Beate Rygiert

Das Liebesleben der Farne

Beate Rygiert

Das Liebesleben der Farne

Roman

Droemer

Besuchen Sie uns im Internet:
www.droemer.de

Die Folie des Schutzumschlags sowie die Einschweißfolie
sind PE-Folien und biologisch abbaubar.
Dieses Buch wurde auf chlor- und säurefreiem Papier gedruckt.

Umschlaggestaltung: ZERO Werbeagentur, München
Umschlagabbildung: getty images
Satz: Adobe InDesign im Verlag
Druck und Bindung: GGP Media GmbH, Pößneck
Printed in Germany
ISBN 978-3-426-19829-2

2 4 5 3 1

Für Brunhilde und Christina

Erster Teil

Die Überwindung der Schwerkraft

Erstes Kapitel

in dem Caroline eine Postkarte erhält und dreimal rotsieht

Sechsundzwanzig Jahre war meine Mutter tot. Dann schrieb sie eine Postkarte. »Wie geht es Dir? Was macht die Kleine? Über Pfingsten bin ich in Deutschland. Vielleicht schau ich mal vorbei. A.«

Auf der Vorderseite eine felsige Küstenlandschaft mit viel stürmischem Himmel darüber. Eine französische Briefmarke.

Ich stehe mitten in meinem Gewächshaus, die Etiketten der Firma kleben noch auf den Glasscheiben, es ist ein blitzblanker Morgen im März, die Sonne fingert sich hartnäckig durch die Wedel der *Dicksonia brasiliensis*, deren schneckenförmige Triebe ich gerade mit Wasser und Nährlösung besprüht habe, überall der hellgrüne Widerschein meiner Pflanzenwelt, in der ich es mir all die mutterlosen Jahre prächtig eingerichtet habe, all die Jahre, in denen mein Vater mir erzählte, sie sei gestorben, gleich nach meiner Geburt, und das mit einem solchen Weh in der Stimme und Schmerz in den Augen, dass ich nur ganz selten gewagt habe, nach dieser Mutter zu fragen – sie ist tot, und mehr gibt es nicht zu erzählen, sagte mein Vater.

Jetzt steht er dort zwischen meinen Farnen, mit eingezogenen Schultern und hängendem Kopf, zu feige, um mir in die Augen zu sehen, ein Lügner, mehr nicht.

Und ihn habe ich einmal so bewundert.

Nein, das kann nicht wahr sein, das ist ein Scherz, wenn auch kein besonders guter, das ist unmöglich, so schnell steht eine tote Mutter nicht auf aus ihrem Grab. Überhaupt, fällt mir ein: Dieses Grab, an das er mich führte, als ich doch einmal nach ihr fragte, der verschlungene Namenszug auf grauem Stein, darüber ein Engel mit Palmzweig, AN-GE-LA, entzifferte ich damals. Ich war sechs Jahre alt und gerade dabei, die Welt der Buchstaben zu erobern. Angela, sagte mein Vater, von dem ich damals noch nicht wusste, dass er ein Lügner ist, das heißt Engel. Ich betrachtete die Figur auf dem Stein genau, von da an hatte meine Mutter ein Gesicht.

Aber es ist kein Scherz. Mein Vater, der Lügner, findet endlich seine Stimme wieder, redet und fuchtelt mit den Händen, der Schweiß läuft ihm von der Stirn, und das liegt nicht allein am tropischen Klima, das meine Farne zum Leben und Wachsen brauchen. Er redet und redet, und keines seiner Worte dringt in mein Bewusstsein, ich sehe seine ängstlich huschenden Augen, seine fahrigen Bewegungen, betrachte ihn wie einen Fremden und stelle fest: Er ist alt geworden, das Haar farblos und dünn, die Züge schlaff. Sebastian Nadler, denke ich, Professor der Anthropologie, spezialisiert auf Totenkulte, Schwarm aller Studentinnen, Star jedes Symposiums, internationale Koryphäe in Sachen Grablegung, strahlender Held von Kyros und Nephtalos – im Grunde bist du nichts anderes als ein Versager. Und wie er so immer weiterredet, von einem Bein auf das andere tritt und wortreich versucht zu erklären, was nicht zu erklären ist, nicht in Hunderten von Jahren, denke ich: Auch du wirst dich eines Tages hinlegen und sterben, und dann werden wir dich in ein Grab legen – aber glaube bloß nicht, dass ich kommen werde, wie ich heimlich an das Grab mit dem Engel gelaufen bin, eine frische Blume in der Hand, später kleine Pflanzen, die ich einbuddelte und dann rasch davonlief, als hätte ich kein Recht, das zu tun. Dass ich tatsächlich kein Recht dazu hatte, das sehe ich nun klar und deutlich.

Wer zum Teufel war diese Angela in dem Grab, unterbreche ich ihn mitten in seinem Redestrom.
Welches Grab, fragt da mein Vater, der Lügner. Ja. Er sagt wirklich: Welches Grab. Er kann sich tatsächlich nicht erinnern.
Geh nach Hause, sage ich. Erzähl deine Lügen anderswo. Vielleicht finden deine Studentinnen sie ja irgendwie charmant.

Später sitze ich in meinem grünen Lieferwagen und kämpfe mich durch den Verkehr in Richtung Innenstadt. Ich fluche und schimpfe und haue mit der Faust auf die Hupe, da sich vor mir wieder einmal die Autos ineinander verknäulen und keiner dieser elenden Blechbüchsenfahrer bereit ist, auch nur einen Millimeter nachzugeben, stur auf seinem Vorrecht besteht, bis sie schließlich aussteigen, die feinen Herren, ihre Jacketts ausziehen, ordentlich auf den Beifahrersitz legen, die makellos weißen Hemdsärmel in aller Ruhe hochkrempeln, um sich eine Minute später die Nasen blutig zu schlagen. Alle anderen glotzen neugierig hinter ihren Scheiben hervor, da fühle ich, wie etwas in mir platzt, ganz still und leise, etwas, das über Jahre gewachsen ist, und ich steige ebenfalls aus, erwische einen der Kampfhähne am Arm und wirble ihn herum, mische mich ein, was ich in meinem ganzen Leben noch nie getan habe, bin auch noch nie so geschickt einem Haken ausgewichen, habe niemals, ich schwöre es, selbst mit der Faust zugeschlagen, und in der Millisekunde, bevor meine Rechte dieses fremde, erstaunte Gesicht trifft, verwandelt es sich in das Gesicht meines Vaters. Aber da kassiere ich selbst einen Schlag, der mich in die Realität zurückbringt, Mensch, tut das weh. Caroline, sag ich mir, du prügelst dich hier auf der Straße mit völlig fremden Menschen, doch es gibt kein Zurück mehr,

und kurz darauf sitze ich auf der Polizeiwache, gemeinsam mit den beiden feinen Herren, und blute aus der Nase.
Das müssen Sie sich mal vorstellen, sage ich dem Wachtmeister. Sechsundzwanzig Jahre lang ist Ihre Mutter tot. Und dann schreibt sie Ihnen eine Postkarte.
In seinem Gesicht kann ich lesen wie in einem Buch: Entweder ich schick sie in die Psychiatrie und hab eine Menge Scherereien, denkt er, oder ich lass sie laufen. Aus dem Nachbarraum klingt die Radioübertragung eines Fußballspiels. Er seufzt und schickt mich nach Hause.

Aber ich gehe nicht nach Hause. Ich wasche mir auf der Toilette des Reviers das Gesicht. Alles halb so wild, sage ich zu meinem Spiegelbild. Alles halb so wild. Du hast eine Mutter, was ist daran so schlimm? Jetzt setzt du dich in deinen Wagen und fährst zu dieser Werbeagentur. Schießlich hast du ein Geschäft.
Es ist mein erster großer Auftrag. Drei Fuhren Farne für eine Präsentation. Nicht verkauft, sondern vermietet. Vor zwei Wochen kam ein Mann in mein Gewächshaus, sah sich alles an und machte mir diesen Vorschlag.
Schreiben Sie uns ein Angebot, sagt er. Was es kostet, Ihre Pflanzen für drei Tage zu mieten. Sie bringen sie, stellen sie auf, holen sie wieder ab.
Wie viele Pflanzen sollen es denn sein, frage ich.
Er macht mit dem Arm eine vage Bewegung.
Alle. Und vielleicht noch ein paar mehr. Können Sie noch mehr auftreiben?
Klar konnte ich. Viel schwieriger war es, das Angebot zu schreiben. Zwei volle Abende schwitzte ich darüber. Dreimal schrieb ich es neu, und als ich es endlich abschickte, hatte ich das Gefühl, zu teuer zu sein und den Auftrag zu verlieren. Als das Angebot schon am nächsten

Morgen unterschrieben und bestätigt durch mein Faxgerät lief, war ich mir sicher, ich hatte es doch zu niedrig kalkuliert.
Vollends überzeugt davon war ich, als ich die erste Ladung Farne an den Ort des Geschehens brachte. *Die Basilika* stand auf der rauchfarbenen Visitenkarte, die mir Arndt Godenflo, Artdirector, in die Hand gedrückt hatte. Und das war nicht gelogen, als ich die Farne anlieferte, fand ich mich vor einer veritablen Kirche. Innen allerdings war alles anders: Dort, wo einst die Gläubigen in stiller Andacht die Hand in das Weihwasserbecken tauchten und sich nach dem Gesangbuch umsahen, befindet sich heute ein Empfangsbereich mit Theken aus Edelstahl und Marmor. Zwei Mädchen, die auch auf einem Laufsteg eine gute Figur machen würden, lächeln dem Besucher entgegen. Dahinter öffnet sich der Blick in ein gewaltiges Kirchenschiff. Purpurrote und ultramarinblaue Glasfenster bündeln hoch oben das Licht und lenken es auf einen Fußboden aus cremefarbenem Travertin. In den Seitenschiffen schweben gläserne Kästen wie Aquarien, darin tummeln sich bunte Menschen. Dort, wo früher einmal der Altar stand, befindet sich der größte Flachbildschirm, den ich je in meinem Leben gesehen habe, dahinter im Chor eine Wand aus Monitoren, auf denen Bilder rhythmisch wechselten, Symmetrien bildeten, sich zu einem einzigen, riesigen Bild zusammenfügten, um dann wieder auseinanderzufallen in Wogen und Wellen.
Willkommen in der Basilika von »Schmidt-Hoss & Beer«, begrüßte mich Arndt Godenflo. Haben Sie die Farne dabei?

Vor drei Tagen also verwandelte ich dieses Kirchenschiff in eine grüne Oase. Ein ganzes Heer hilfreicher Geister errichtete unter meiner Anleitung Podeste, die ich so ar-

rangierte und bepflanzte, dass man die Aufbauten darunter nicht mehr erkennen konnte. An Stahlseilen befestigte ich große Arrangements, die von der Decke herabgelassen wurden, so dass es am Ende aussah, als sei über Nacht ein Urwald in die Kirche hereingewuchert und hätte sich dieses riesigen Raumes bemächtigt.
Achten Sie unbedingt auf das Raumklima, schärfte ich Arndt Godenflo ein und erklärte ihm die Handhabung der vier Luftbefeuchter. Und die richtige Temperatur. Sonst lassen die alle morgen schon die Wedel hängen.
Was es genau mit der Präsentation auf sich hat, habe ich nicht herausbekommen. Ich sah eine Weile zu, wie eine theatertaugliche Beleuchtungsanlage installiert wurde, und hatte eine Idee. Und aus diesem Grund fahre ich jetzt schon zur Basilika, und nicht, wie vereinbart, erst heute Abend: Heimlich, still und leise werde ich von der Empore aus ein paar Fotos machen, und bevor ich eine abschlägige Antwort erhielt, fragte ich lieber gar nicht erst um Erlaubnis, mich bekommt ohnehin niemand zu sehen, denn hinter der Sakristei entdeckte ich eine Treppe, die seitlich hinauf zur Empore führt.
Auf die Idee, eine Werbeagentur in einer Kirche zu betreiben, muss man erst einmal kommen, denke ich, als die Fassade vor mir auftaucht. Heute blinkt es im Hof nur so von edlen Karossen. Keine Chance für meinen Lieferwagen. Ich umkreise die Kirche, finde schließlich einen passenden Parkplatz. Dann biege ich den Rückspiegel zurecht und starre in mein Gesicht. Unter der Nase blüht eine leichte Schwellung auf.
Du hast eine Mutter, sage ich stumm zu meinem Spiegelbild, all die Jahre hattest du eine Mutter und wusstest es nicht. Eine wilde Freude wirbelt in mir auf, reißt an meinen Innereien, lässt sich dann direkt unter meiner Kehle nieder und verwandelt sich in einen stechenden Schmerz.

Ich presse die Augen zusammen, sehe die Brandung an einer felsigen Steilküste, darüber in ausladender Schrift: »Wie geht es Dir, was macht die Kleine …«
Angela. All die Jahre hat sie sich nicht für mich interessiert. Was ist von einer solchen Mutter zu erwarten?

Die digitale Kamera in der Hosentasche schleiche ich mich in das Allerheiligste der Werbewelt ein, durch den Lieferanteneingang in die Sakristei, höre wummernde Discomusik, Lachen und Stimmengewirr. Davon haben Organisten früherer Generationen wohl kaum geträumt auf ihrem Weg die Wendeltreppe hoch zur Orgel. Oben ducke ich mich rasch hinter eine Säule, denn dort, dem Altarraum genau gegenüber, steht ein Mann, aufrecht und ernst, und betrachtet die Szene unten im Kirchenschiff in der Haltung eines Kapitäns, der auf der Brücke seine Mannschaft überwacht. Ganz still steht er da, dann gibt er sich einen Ruck und verschwindet.
Ich spähe hinunter, gleite in der Deckung der Säulen voran auf der Pirsch nach dem besten Blickwinkel, komme mir vor wie James Bond beim Eindringen in die Höhle des Bösewichts, bis mir klarwird, dass meine Kamera diesem Kirchenschiff in seiner Tiefe und Weite bei der spärlichen Beleuchtung nicht gewachsen ist. Auf dem Screen jedenfalls ist nicht mehr zu erkennen als eine grüngefleckte Schwärze.
Enttäuscht stecke ich sie in die Tasche meiner Jeans und lehne mich gegen einen viereckigen Kasten, von denen hier vier herumstehen. Zu sehen ist tatsächlich nicht viel. Rauchschwaden steigen zwischen den grünen Inseln auf, Mädchen mit so etwas wie Kleidern aus Farnwedeln balancieren neongrüne Getränke auf Tabletts, der Flachbildschirm zeigt Bilder von einer Getränkedose und punkig gekleideten Kindern, die in verdrehten Posen

aus diesen Dosen zu trinken versuchen. Irgendwie beschleicht mich ein ungutes Gefühl, eine Vorahnung, ich nehme die Witterung auf, ja, da stimmt etwas nicht, die Luft hier oben ist trocken, viel zu trocken, wie es wohl meinen Farnen da unten geht? Um besser sehen zu können, lehne ich mich vor und erkenne die Gestalt von Arndt Godenflo, der etwas abseits mit dem Mann spricht, der eben genau an dieser Stelle hier stand. Er nickt, eilt weiter und gibt ein paar Zeichen. Und dann bricht die Hölle los, die Discorhythmen verdichten sich zu einem Song, ein Mann wirbelt durch die Pflanzen, springt auf eine besonders prächtige Dicksonia und beginnt zu singen, ein ziemlich dämliches Lied, »Gib dir den Dschungel, dschunga, dschunga« oder so ähnlich, aber ich höre schon nicht mehr richtig hin, will zur Treppe rennen und stoße mir böse die Schienbeine an. Und erkenne, woran ich mich gelehnt habe, was nutzlos hier oben auf der Empore herumsteht. Es sind die Luftbefeuchter, die ich mit viel Mühe und für teures Geld ausgeliehen, eigenhändig eingestellt und diesem Idioten von einem Artdirector erklärt habe, und da unten stehen meine Farne wer weiß wie lange schon in einem absolut schädlichen Klima, eingeräuchert und misshandelt.

Zum zweiten Mal an diesem Tag sehe ich rot. Ich stürze die Treppen hinunter, bin schon mitten im Getümmel, habe nur eines im Auge: meine Pflanzen zu retten, denn wenn ich mich auf etwas verlassen kann in diesem Leben, das zeigt dieser Tag wie kein anderer, dann sind es meine Farne, Mondraute, Adlerfarn, Engelsüß und Hahnenkamm, und ich werde nicht zulassen, dass diese Verrückten sie umbringen, auf ihnen herumturnen, ihre Kippen an ihren Rhizomen ausdrücken, sich auf die Triebe setzen, was kann ich dafür, dass bei dieser Veranstaltung die

Bestuhlung fehlt, aber ich komme zu spät, der Schaden ist enorm, eingerollte und vertrocknete Spitzen, geknickte, ja, sogar abgerissene Zweige, Glasscherben zwischen neonfarbener Limonade in den Wurzelstöcken, und dieser Idiot trampelt auf der Dicksonia herum, als wäre sie Unkraut. Sie versuchen mich von ihm wegzuzerren, aber ich wehre mich, meine Farne können sich nicht wehren, aber ich schon, das bekommt er zu spüren, dieser verdammte Kerl, Artdirector, was?! Aber es werden immer mehr, eine Tür schließt sich hinter mir, und ich sitze in der Sakristei.

Wie aus dem Boden gewachsen steht er dort. Der Mann von der Empore.

Und wer ist das?

Angriff ist die beste Verteidigung. Sagt man.

Arndt, sagt der Kerl mit einer Stimme, so ruhig, so unbeteiligt, als sei ich gar nicht da. Sei doch so nett und bring die Dame in mein Büro.

Und ist auch schon weg.

Wer das ist, sagt Arndt Godenflo feierlich, als hätte der Papst persönlich vorbeigeschaut. Er reicht mir ein Taschentuch. Erst da merke ich, aus meiner Nase läuft schon wieder Blut.

Das ist Gregor Beer.

Als sei damit alles gesagt.

Diese Art von Wichtigtuern – ich kann sie nun mal nicht leiden. Papst Gregor hat sich doch tatsächlich sein Büro hoch oben im Kirchturm eingerichtet, ein quadratischer Raum mit Panoramafenstern in alle vier Himmelsrichtungen, das Gebälk freigelegt und über allem eine riesige Glocke – ein Raum, der beeindrucken, ja, einschüchtern soll, auch mich fast beeindruckt hätte, wäre ich nicht so zornig, und als diese kühlen Augen mich neugierig taxieren, da packt mich der blanke Hass. Ein Wort gibt das andere, und dann wedelt er mit diesem Scheck herum, glaubt tatsächlich, mit Geld die Sache aus der Welt schaffen zu können, ganz wie mein Vater all die Jahre, verreist an Weihnachten, Ostern und natürlich an meinem Geburtstag, irgendwo in Kleinasien oder Nordafrika oder sonst wo damit beschäftigt, eine Grabstätte auszubuddeln mit irgendwelchen attraktiven Doktorandinnen, und alles, was ihm einfiel, um mich zu trösten, waren Schecks mit astronomischen Summen. So wie dieser hier, den er mir entgegenhält, dieser Gregor Beer, verdient haben Sie es nicht, erdreistet er sich auch noch zu sagen, nachdem Sie fast unsere Präsentation ruiniert haben, mit dieser Stimme, so kalt und ruhig, hier, nehmen Sie diesen Scheck. Kaufen Sie sich was Schönes! Hat er das gesagt, oder hab ich es geträumt? Und vielleicht ist es genau dieser Satz, der meine Sicherungen durchbrennen lässt, kauf dir was Schönes, als hätte er sich mit meinem Vater, dem Lügner, abgesprochen, der genau diesen Satz auch immer sagte, kauf dir was Schönes, Kleine, als könnte das den Schaden ersetzen, den Schmerz stillen, und dann tue ich etwas, was ich vorher noch nie, aber an diesem Tag schon zweimal getan habe: Ich balle die Faust und fahre mit ihr nach vorn, noch während dieser Bewegung weiß ich, dass es ein Fehler ist, weiß, dass das vor mir nicht das Gesicht meines Vaters ist, weiß aber auch ganz genau, dass ich niemals in das Gesicht meines Vaters schlagen könnte, sei er nun ein Lügner oder nicht, aber in dieses schmale, arrogante und doch so verdammt attraktive Gesicht kann ich meine Faust plazieren, und das tue ich dann auch, direkt auf die Nase, es gibt ein trockenes Knacken, und da ist es auch vorbei mit seinem Hochmut: Papst Gregor klappt zusammen und geht zu Boden.

Bist du nicht hungrig?, fragt mich mein Vater, der Lügner, am nächsten Tag.
Ich stochere im Thunfisch-Carpaccio. Diese Art von Restaurants, in die mich Sebastian so gern einlädt – im Grunde kann ich sie nicht ausstehen. Ich habe es ihm nie gesagt, schließlich weiß ich, er will mir damit etwas Gutes tun, mir, die als Gärtnerin von jeher an ein kleines Gehalt gewöhnt ist und sich solche Ausgaben nicht leisten kann. Nein, Professor Sebastian Nadler würde nie auf den Gedanken gekommen, dass ich das »Orfani« liebend gerne gegen ein ganz normales Lokal tauschen würde, gegen eine Pizzeria oder ein nettes Bistro, wo ich so hingehen kann, wie ich von der Arbeit komme, ohne mich nochmals umzuziehen, Schuhe zu tragen, in denen ich mich nicht wohl fühle, Kleider, die nicht zu mir passen, um dann vor irgendwelchen neumodischen Tellerkreationen zu sitzen. Meinem Vater zuliebe habe ich all die Jahre dieses Spiel mitgespielt, denn ich weiß, wie gerne er sich mit mir zeigt, wie stolz er auf mich ist und wie viel Freude es ihm macht, den Gönner zu spielen. Aber all das ist jetzt vorbei. Nein, ich bin nicht mehr bereit, ihm auch nur irgendwie entgegenzukommen. Ja, ich trage meine ältesten Jeans und ein T-Shirt, auf dem die Spuren von Blumenerde nicht zu übersehen sind, und das mit voller Absicht. Mein Vater, der Lügner, kann froh sein, dass ich überhaupt gekommen bin!
Wie läuft das Geschäft?, fragt er.
Bestens, antworte ich und verziehe das Gesicht.
Mein Gewächshaus gleicht einer Krankenstation, die Hälfte der Farne habe ich sofort entsorgen können, acht seltene Exemplare sind nicht mehr zu retten, aber das Geschäft läuft hervorragend, ich kann nicht klagen.
Und meinem ersten großen Kunden, dem hab ich die Nase eingeschlagen.

Denke ich an den gestrigen Tag, und ich denke ständig daran, läuft es mir heiß und kalt den Rücken hinunter. Niemals, noch nie in meinem Leben habe ich um mich geschlagen! Und gestern gleich zwei Mal. Erst als es dunkel wurde, hab ich mich wieder in die Nähe der Basilika getraut, wo sie die Pflanzen einfach auf den Hof geworfen hatten! Bis in die Nacht hinein dauerte die Bergung. Der reinste Alptraum. Als ich weit nach Mitternacht im Gewächshaus Bestandsaufnahme machte, hab ich geheult wie seit Omis Beerdigung nicht mehr.

Fred hat mir das alles vorausgesagt. Mit Farnen ist kein Geschäft zu machen, waren seine Worte, als ich mich nicht nur von ihm trennte, sondern auch meine Kündigung einreichte. Sieben Jahre im Botanischen Institut. Von ihm hab ich alles gelernt, was man über Farne wissen kann. Fünf Jahre waren wir ein Paar, ich, die kleine Gärtnerin, und er, der Leiter der Abteilung Farne, zwanzig Jahre älter als ich und tödlich verletzt, als ich ihm den Laufpass gab. Für ihn war ich eine Verräterin. Das hätte ich nicht von dir gedacht, hat er damals gesagt, dass ausgerechnet du mein Wissen einmal so missbrauchen würdest, nun, du wirst schon sehen, wohin das führt, Farne sind viel zu empfindlich für Büros und Wohnzimmer, das weiß keine so gut wie du, du wirst sie ruinieren, aber das kann dir ja egal sein, nicht wahr, Hauptsache, die Kasse klingelt, ich hatte dich anders eingeschätzt, aber so kann man sich täuschen.

Vielleicht, denke ich zähneknirschend, während mein Vater den Wein zurückgehen lässt, weil er angeblich nach Korken schmeckt – Gott, wie mich dieses Getue nervt –, vielleicht hat Fred recht? Vielleicht sitze ich jetzt auf einem Berg von Schulden, das Gewächshaus gehört schießlich zur Hälfte der Bank, vielleicht sind die Farne tatsächlich ein Flop?

Nein, so schnell gebe ich mich nicht geschlagen. Ich bin wie diese Farne, und wenn die auch empfindlich scheinen, so gibt es doch keine zäheren Pflanzen auf der Welt. Seit Jahrmillionen sind sie da, haben Äonen kommen und gehen sehen und die Dinosaurier überlebt, Farne werden die Erde bevölkern und mit ihren Wedeln beschatten, selbst wenn sich eines Tages die Menschheit selbst ausrotten wird, Farne gab es schon immer und wird es immer geben, solange da noch ein Tröpfchen Wasser ist, um die Sporen zum Keimen zu bringen und die Vermehrung zu vollziehen, ein Farn braucht nichts und niemanden auf der Welt, er ist sich selbst genug, und mir wird der Vorfall von gestern eine Lehre sein, so etwas wird mir nie wieder passieren, in Zukunft muss ich eben Vorkehrungen treffen …

Schmeckt der Thunfisch nicht?

Ich schiebe den Teller entschieden von mir und sehe auf, meinem Vater, dem Lügner, direkt in die Augen. Ich kann sehen, wie er erschrickt. Und ohne dass ich es will, sehe ich wieder diesen Kerl vor mir, wie er mir den Scheck hinhält, und die Wut flammt erneut in mir auf. Genau wie mein Vater, ich habe sie niemals eingelöst, diese Schecks, nicht einmal das ist ihm je aufgefallen, und wenn ich ihm das früher auch alles verziehen habe, weil ich ihn liebte wie keinen anderen Menschen auf dieser Welt, so verzeihe ich ihm von gestern an nichts mehr, sein Kredit ist aufgebraucht, wer seine Tochter dermaßen anlügt, ihr ganzes Leben lang, der ist es nicht wert, dass man noch eine Sekunde lang Geduld mit ihm hat.

Was ist nun mit meiner Mutter, sage ich. Sag mir die Wahrheit. Falls du weißt, was das ist.

Niemals hätte ich geglaubt, dass es so weh tun kann, die Wahrheit zu hören. Immer habe ich mich als Kind einer großen Liebe betrachtet, einer unglücklichen, weil zu früh auseinandergerissenen Liebe, aber immerhin einer großen. Schließlich hat Sebastian nie wieder geheiratet. Dass er noch nie verheiratet war, das habe ich, wie offensichtlich so vieles, nicht gewusst.

Sie war die Freundin meines besten Freundes, sagt Sebastian, als würde das irgendetwas erklären. Ich war vierundzwanzig. Mitten im Studium.

Und du hattest eine Affäre mit der Freundin deines besten Freundes?!

Keine Affäre. Mein Gott, Caroline, wir waren jung. Außerdem ..., sie und Tim ..., sie machte sowieso bald Schluss mit ihm, du weißt doch, wie das ist in diesem Alter. Es war nach einer Fete.

Nein, denke ich erbittert, ich habe keine Ahnung, wie das ist. Vor Fred hatte ich zwei kurze Freundschaften, nicht erwähnenswert.

Wir hatten zu viel getrunken. Vielleicht auch zu viel gekifft, keine Ahnung. Angela hat mich den ganzen Abend provoziert. Das hat sie gern gemacht. Sie hatte eine spitze Zunge. Eigentlich konnte ich sie nicht leiden. Aber sie war eine attraktive Frau. An diesem Abend ..., ich weiß auch nicht, wie das kam ... Tatsache ist ... es ist eben passiert.

Sebastian betrachtet seine Hände. Seine Finger zerkrümeln ein frisch gebackenes Baguettebrötchen.

Das war alles. Ein einziges Mal. Und das Blödsinnigste daran ist, ich kann mich nicht einmal daran erinnern.

Und sie?, frage ich weiter.

Was und sie?

Na Angela, wie ... hat sie dann reagiert ... ich meine, danach.

Mein Vater, der Lügner, vermeidet es, mir in die Augen zu sehen, und sucht nach Worten.

Keine Ahnung, sagt er schließlich. Ich bin ihr aus dem Weg gegangen. Ein paarmal hat sie noch angerufen, glaube ich. Ich fand Nachrichten in meiner WG von ihr. Dass ich mich melden sollte. Aber ich habe mich nicht gemeldet. Ja, ich war feige, ich gebe es zu. Bis sie dann eines Tages vor der Tür stand. Sie sei schwanger. Und zwar von mir. Sie hat gesagt, sie will kein Kind, aber für eine Abtreibung sei es zu spät. Sie habe es einfach nicht gemerkt.
Wie kann man das nicht merken, denke ich, wie kann man nicht merken, dass man schwanger ist, das gibt es doch nicht.
Wir haben dann lange dagesessen, sagt Sebastian. Ich habe gesagt, dass ich dafür geradestehen werde, natürlich werde ich das. Ich hab gefragt, ob sie erwartet, dass wir heiraten, aber sie hat mich nur ausgelacht. Es war schrecklich, Caroline, ich kann dir gar nicht sagen, wie furchtbar das war. Zu allem, was ich vorschlug, hat sie nur gelacht, und dann stellte sie alles Mögliche an, um das Kind zu verlieren, machte die Nächte durch, experimentierte mit Drogen, verschwand für Wochen, und ich, ich musste bei allem, was ich tat, an das Kind denken, an dich, Caroline, es war ja schließlich auch mein Kind, und da wurde mir klar, dass ich es haben wollte, ich wollte dich großziehen, allein, diese Frau war ja völlig durchgeknallt, wie gesagt: Ich konnte nicht mit ihr und sie nicht mit mir, und schließlich haben wir eine Abmachung getroffen.
Mein Vater stockt. Was einmal sein Brötchen war, liegt jetzt in verschieden großen zementartigen Kügelchen auf dem Tischtuch.
Was für eine Abmachung?, höre ich mich fragen.
Eine Vereinbarung. Sie hört auf, Amok zu laufen, bringt das Kind zur Welt und lässt es mir. Dann verschwindet sie. Für immer, verstehst du. Und kommt nie wieder. So haben wir es dann gemacht. Sie war tot, das war Teil

unserer Abmachung. Ja, schau mich nicht so an, das war ihr eigener Vorschlag. Ich hab für dich gesorgt, wie ich es versprochen habe. Von ihr hab ich nichts mehr gehört. All die Jahre nicht. Und jetzt auf einmal schreibt sie diese Postkarte.

Ich versuche meine Gedanken zu ordnen. Irgendwie, finde ich, ergibt das alles keinen Sinn.

Und wegen dieser Postkarte hast du beschlossen, mir endlich die Wahrheit zu sagen? Du glaubst also wirklich, dass sie kommt?

Mein Vater sieht völlig erschöpft aus. Auch er hat ganz offensichtlich keinen Appetit mehr. Eine ganze Weile sitzt er da und brütet vor sich hin.

Ich habe keine Ahnung, sagt er schließlich. Ich weiß nur eines: Dieser Frau ist eine Menge zuzutrauen.

Was ist das für ein Grab, an das du mich geschleppt hast?

Sebastian schluckt. Aber ihm ist klar, die Zeit der Lügen und Ausflüchte ist endgültig vorbei.

Irgendeines, gesteht er schließlich. Ich habe es zufällig entdeckt. Du hast mir keine Ruhe gelassen. Da habe ich dich einfach dorthin geführt.

Eigentlich wusste ich das schon. Dennoch fühle ich weiterhin diese unsagbare Wut in mir wachsen. Erst vor ein paar Tagen habe ich Moosfarn auf das Grab gepflanzt, Selaginella, und jetzt, nach sechsundzwanzig Jahren, erfahre ich, dass es ein wildfremdes Grab ist?

Und ich sehe mich wieder dort stehen, ohne meinen Vater, wie alt war ich damals, elf, zwölf? Und da war eine ältere Dame, die Stiefmütterchen auf das Grab pflanzte. Was macht diese Frau am Grab meiner Mutter?, dachte ich. Aber ich war auch irgendwie gerührt, dass diese fremde Frau meiner Mutter Blumen brachte. Schließlich nahm ich allen Mut zusammen und sprach sie an.

Haben Sie sie gekannt?

Die Frau sah mich an und lächelte. Ihre erdigen Hände schwebten über den Stiefmütterchen.
Ja freilich, sagte sie leise, habe ich sie gekannt. Und du?
Ich schüttelte den Kopf. Nein, ich hatte meine Mutter nicht gekannt. Und plötzlich hatte ich einen Kloß im Hals, drehte mich um und lief davon, und lange Zeit ging ich nicht mehr dorthin, auf den Hauptfriedhof, ans Grab mit dem Engel und dem verschlungenen Namenszug.

Auf dem Heimweg mache ich, ohne groß darüber nachzudenken, einen Umweg über den Hauptfriedhof. Ich stelle den Wagen ab und gehe den vertrauten Pfad, den ich, wie oft, gegangen bin, das erste Mal an der Hand meines Vaters, danach allein.
Kommst du mal wieder mit mir?, hab ich ihn gefragt. Gehen wir zu Angelas Grab?
Er lieferte mir lange Erklärungen, die ich als Kind nur halb verstand. Dass kein Sinn darin läge, Gräber zu besuchen, er als Experte für alle Arten von Totenkulten sähe die Dinge anders als andere Menschen, der Ort, an den die Toten gebracht würden, hätte für ihn keine wahre Bedeutung, denn dort befände sich der geliebte Mensch schließlich nicht mehr. Ich glaubte doch nicht im Ernst, dass in diesem Erdloch meine Mutter sei, alles, was von ihr übrig war, sei verwittert und zerfallen, welchen Sinn könnte es haben, zu morschen Knochen zu pilgern, nein, er hielte nichts davon, und ich täte ebenfalls gut daran, es sein zu lassen.
Ich habe es versucht, eine ganze Weile lang. Aber dann bin ich doch wieder hingegangen, und wenn mein Vater auch recht haben mochte, es hat mich getröstet, an diesem Grab zu stehen, und vielleicht war es mehr der Engel, denn ich dachte immer, er sei ein Abbild meiner Mutter.

Da ist er wieder, der verwitterte Stein, der Engel, der Namenszug. Und da ist die fremde Frau. Sie hält eine Hacke in der Hand. Ratlos betrachtet sie die Selaginella.
Darf ich Sie etwas fragen, spreche ich sie an.
Die Frau fährt herum, sie hat mich nicht kommen hören. Dann strahlt sie mich an.
Ja freilich, sagt sie. Kommen S' auch immer noch?
Heute zum letzten Mal, sage ich.
Ah so, wie schad'. Ziehen Sie fort?
Ich schüttle den Kopf.
Wer ist sie …, ich meine, wer war sie denn?, frage ich.
Die Angela?
Die Frau stützt sich auf ihre Hacke und sieht mir von unten her ins Gesicht. Sie erinnert mich an Omi, und auch das tut heute unerwartet weh. Dann schaut die Frau aufs Grab, betrachtet die Selaginella.
Sie war mein einziges Kind. Ja. Das war sie.
Ich würde ihr gern sagen, dass die Selaginella rasch wachsen und einen wunderschönen Teppich wie aus Moos bilden wird, weich und hellgrün, ein Grund, der die Stiefmütterchen erst richtig zum Leuchten bringt, aber ich schweige.
Und … wie ist sie gestorben?, frage ich schließlich.
Ein Unfall. Mit dem Auto. Ja. So war das.
Eine Weile stehen wir so da. Dann zeigt die Frau auf den Moosfarn.
Sie wissen nicht zufällig, was das ist? So ein Unkraut hab ich noch nie gesehn.
Es ist kein Unkraut, sage ich. Es heißt Selaginella und ist ein Moosfarn.
Die Augen der Frau werden rund.
Sie haben das gepflanzt, ach so.
Ich nicke.
Wie muss man den pflegen, den Moosfarn?

Regelmäßig gießen. Sonst nichts.
Ja so …, gießen. So ist das …
Einen Moment ist sie ganz still.
Ich habe Sie oft gesehen, sagt sie dann, hier auf dem Friedhof. Und hab mich gefragt, warum Sie wohl herkommen. Vielleicht gefällt dem Kind der Engel, hab ich gedacht, wer weiß.
Ich nicke. Ja, der Engel. Auch ich hatte mich gefragt, wer die Frau war, hab meinem Vater eines Tages von ihr erzählt, da kommt immer eine Frau ans Grab, wer kann das sein? Das wird die Gärtnerin sein, sagte er, und mir hat das eingeleuchtet, obwohl die Frau nicht aussah wie eine Gärtnerin, aber sie pflanzte Stiefmütterchen, das sprach dafür. Können wir ihr nicht sagen, habe ich ihm vorgeschlagen, dass sie Farne pflanzen soll, Farne und Rosen, das würde mir besser gefallen, aber da wurde er unerwartet streng: Lass sie das machen, was sie für richtig hält, Stiefmütterchen oder Rosen, wo ist da der Unterschied?
Sie haben meine Angela für eine andere gehalten.
Ich nicke. Die Augen der Frau bleiben erwartungsvoll auf mich gerichtet.
Am liebsten würde ich davonlaufen. Wie damals. Ich sehe auf den Grabstein, sehe den Engel, die geschwungenen Buchstaben unter dem Palmwedel.
Meine Mutter, sage ich dann. Meine Mutter hieß auch Angela.
Sie ist gestorben, Ihre Mutter?
Ich nicke wieder. Dann schüttle ich den Kopf. Die alte Frau zieht die Augenbrauen hoch, ist ganz Ohr.
Alle haben gesagt, sie ist tot. Und jetzt schreibt sie plötzlich eine Postkarte.
Eine Postkarte?
Die alte Frau lacht. Sie lacht aus vollem Herzen und hält sich an ihrer Hacke fest.

Ja so was, gluckst sie, eine Postkarte, die hat mir meine Angela noch nie geschrieben.
Dann wird sie wieder ernst.
Da können Sie aber froh und glücklich sein, dass Ihre Mutter noch lebt. Na ja, hier bei den Toten werden Sie Ihre Mutter wohl nicht finden. Hier schreibt keiner mehr Postkarten. So viel steht fest.
Ich sie finden?, denke ich, als ich nach Hause fahre.
Soll sie doch kommen, wenn ihr etwas daran liegt. Doch für den Rest des Tages, während ich geknickte Farnwedel schiene und kleinere und größere Amputationen vornehme, werde ich dieses Bild nicht mehr los: das Bild einer felsigen Küstenlandschaft mit viel stürmischem Himmel darüber.

Zweites Kapitel

in dem Gregor eine Erbschaft macht und mit einer Gewohnheit bricht

Wie immer liegt das Kirchenschiff still in der Morgendämmerung, nur in einer der hinteren Glasnischen glimmt bereits Licht. Das ist diese Webdesignerin, die darum gebeten hat, früh anzufangen, damit sie ihr Kind mittags rechtzeitig aus der Krippe holen kann. Außer ihr ist nur meine Sekretärin Natascha so früh auf den Beinen. An diesem Morgen empfängt sie mich mit besorgtem Blick auf meine verpflasterte Nase, den ich mit einem Kopfschütteln beantworte: Nein, heißt das. Ich bleibe dabei. Keine Anzeige. Auch wenn sie es verdient hätte, diese wildgewordene Gärtnerin.

Deine Mutter, sagt Natascha. Sie wartet auf einen Rückruf.

Ich betrete mein Büro. Zwei Minuten später bringt meine Sekretärin den Kaffee, wie jeden Morgen klein und schwarz, eine Sonderröstung aus meinem Spezialgeschäft, einen halben Löffel Zucker, nicht umgerührt. Der Anruf bei meiner Mutter hat Zeit. Alles hat Zeit. Die ersten dreißig Minuten sind heilig. Natascha weiß das und sorgt dafür, dass mich niemand stört.

Es ist diese halbe Stunde am Morgen, die mir die Kraft gibt, in den Turbulenzen des Tages meine Ziele nicht aus den Augen zu verlieren. Oft genug habe ich mit ansehen müssen, wie Kollegen ihre Träume und Ideale, ihre Kreativität und Begeisterungsfähigkeit in kürzester Zeit abhandenkamen. Ausgebrannt und hohl hecheln sie sich selbst hinterher, bringen nichts Neues zustande, kopie-

ren sich gegenseitig und selbst. Ich aber sehe mir jeden Morgen in aller Ruhe die Stadtansicht aus meinen vier Turmfenstern an, steige die Sprossen hinauf in den Dachstuhl und betrachte die Glocke. Ein Feng-Shui-Berater hat mich gewarnt: zu viele Balken über dem Kopf, noch dazu diese Masse aus Metall …, aber ich weiß es besser. Die Glocke hoch oben über mir ist genau das, was ich brauche. Jeden Morgen bewundere ich ihre schlichte Form, die Reinheit des Metalls, die Perfektion des Gusses. Als geballte Energie hängt sie so den ganzen Tag über meinem Kopf, still, ohne sich zu rühren. Jeden Morgen betrachte ich fasziniert den mächtigen Schlegel, entspannt hängt er im Glockenmund und scheint zu träumen. Er träumt von dem mächtigen Ton, den ich mit ihm anschlagen könnte, wann immer ich es wünsche. Dieser Ton ist immer da, dort, über mir, auch ohne zu erklingen, und er beflügelt mich mehr als alles andere.
An diesem Morgen jedoch werde ich das Gefühl einer fremden Gegenwart nicht los. Hier hat sie gestanden und sich umgesehen, beide Fäuste in die Hüfte gestemmt. Es gibt nicht viele Menschen, die sich so wenig beeindruckt zeigen von diesem Raum, nein, korrigiere ich mich, sie war bislang die Einzige, auf die meine Glocke nicht die geringste Wirkung zeigte. Kein Grund, sage ich mir streng, weitere Gedanken an sie zu verschwenden, schließlich gab es auch bis dato niemanden, der mir das Nasenbein brach, und sie kann von Glück reden, dass sie nichts weiter von dieser Sache davonträgt als meinen Scheck. Den ich außerdem noch sperren könnte. Aber ich werde es nicht tun. Auch wenn die Frage berechtigt ist: Wieso diese Großzügigkeit?
Ja, warum? Die Wahrheit ist, sie erinnert mich an jemanden. Nein: an etwas. Sie erinnert mich daran, wie es ist, am Anfang zu stehen. Ein Blick auf sie genügte, um das

zu erkennen. Ihre Jeans, das billige T-Shirt, der Haarschnitt. Und der Zorn in ihren Augen. Auch der war mir sonderbar vertraut, obgleich es lange her ist, dass ich diese Art von Zorn in meinem Leben zuließ. Wenn sich das heute vielleicht niemand mehr vorstellen kann, so kenne ich, Gregor Beer, durchaus diesen Zustand. Und darum werde ich den Scheck dieser Gärtnerin nicht sperren lassen. Soll sie doch glücklich werden damit.

Dein Patenonkel ist gestorben, sagt Natascha. Deine Mutter bittet dich, zurückzurufen.
Sie wirft mir einen scheuen Blick zu, weiß ganz genau, dass ich keine Beileidsbekundungen wünsche. Ich könnte sie leicht beruhigen. Diese Nachricht erschüttert mich nicht im Geringsten. Ich habe den Bruder meines Vaters, Gregor Beer, nach dem ich benannt wurde, kaum gekannt. Als Pate hat er nie viel hergemacht, meine Mutter spricht eher abfällig von ihm, ein Weltenbummler und sonderlicher Kauz, von dem man nie wusste, in welchem Teil der Welt er gerade unterwegs war. Seit ich denken kann, hat mein Onkel die Meere bereist, er war Kapitän und fuhr zur See, und da der Schwarzwald bekanntlich nicht am Meer liegt, sind wir uns selten begegnet. Ein einziges Mal bekamen mein Zwillingsbruder Heinrich, der seinen Namen vom Bruder der Mutter hatte und demzufolge auch jenen Onkel zum Paten, und ich von Onkel Gregor ein Geschenk: zwei identische Kompasse, und schon diese Tatsache, wieder einmal etwas genau Identisches wie mein Bruder geschenkt zu bekommen, verdarb mir jede Freude. Heinrich und ich hatten nichts gemeinsam außer der niederträchtigen Ähnlichkeit, und dennoch oder wahrscheinlich deswegen schenkte man uns das Gleiche: Kleider, die sich höchstenfalls in der Farbe unterschieden, Spielsachen im Doppelpack, und

jetzt eben auch diese Kompasse. Noch dazu von meinem Patenonkel, während Onkel Heinrich niemals auf die Idee kam, auch mich zu den Festtagen zu beschenken, sondern stur die Goldmünzensammlung meines Bruders Jahr um Jahr vergrößerte, während ich leer ausging.
Wieso regt mich das überhaupt noch auf, denke ich, während ich die Nummer meiner Eltern wähle und dann dem Wortschwall meiner Mutter lausche, die nichts Besseres weiß, als mir den Morgen mit ihrem Gerede über Testamente, die nicht da sind, und Beerdigungen, die nicht stattfinden, zu verderben.
Mein Onkel Gregor Beer ist also verstorben. Und irgendwann im Laufe dieses Morgens, während der Abnahme eines Werbespots, kommt mir für den Bruchteil einer Sekunde in den Sinn, dass, wer diese Traueranzeige in irgendeiner Zeitung lesen würde, denken könnte, es handle sich um mich. Ja, meine Phantasie spinnt in Sekundenschnelle diesen absurden Faden weiter, was wäre, wenn ich die Chance nützte, Gregor Beer sterben ließe, fortgehen und irgendwo anders eine neue Identität beginnen würde? Wieso Chance, widerspricht sofort mein praktischer Verstand, was würde ich denn anders machen?
Nichts, sage ich laut und begebe mich ins Besprechungszimmer zum nächsten Termin.

Ein paar Tage später finde ich bei meiner Post den Brief eines Notars aus der niederländischen Stadt, in der Onkel Gregor seit vielen Jahren gelebt hat. Ich werde aufgefordert, zur Testamentseröffnung persönlich zu erscheinen. Ich bitte Natascha, anzurufen, und lasse ausrichten, dass es mir unmöglich ist, diesen Termin wahrzunehmen. Eine Stunde später ruft ein Anwalt zurück, der sich als Testamentsvollstrecker des verstorbenen Gregor Beer vorstellt und mir eröffnet, ich sei Alleinerbe meines Patenonkels.

Es geht nicht um Geld, sagt er, sondern um eine Art Vermächtnis. Genauer gesagt um die Vollstreckung des letzten Wunsches Ihres Onkels.
Hat mein Onkel diesen Wunsch schriftlich niedergelegt?, frage ich.
Es liegt mir ein Brief an Sie vor. Und … noch eine andere Sache …
Lässt sich diese »Sache« per Post verschicken?
Der Anwalt räuspert sich.
Per Post? Nun, wenn es gar nicht anders geht, würde ich einen Kurier damit beauftragen, aber …
Schicken Sie mir den Brief und diese »Sache«, unterbreche ich ihn, so sparen wir beide eine Menge Zeit.
Onkel Gregor. Warum ausgerechnet mich als Alleinerben eines Briefes und einer »Sache«? Verschiedene Gegenstände tauchen in meiner Vorstellung auf, ein Kompass in Riesenformat, eine Standuhr, ein Chronometer … Und dann habe ich das Ganze erneut vergessen.
Am nächsten Tag aber, als ich mitten in einer Besprechung mit dem Marketingleiter »meiner« Hautcreme-Marke sitze, steckt Natascha den Kopf zur Tür herein. Ein Kurier habe ein Paket aus Holland für mich abzugeben, bestünde aber darauf, es mir *persönlich* auszuhändigen oder andernfalls wieder mitzunehmen – da fällt es mir wieder ein. Onkel Gregor, denke ich, das sieht dir ähnlich. Ich nehme das Paket in Empfang, unterschreibe an der angegebenen Stelle, kehre zu meinem Gespräch zurück.
Erst als ich spät am Abend im Turm sitze, wie immer der Letzte, weil ich dann die besten Ideen habe, als ich zufrieden mein Notebook zuklappe, kommt mir das Paket wieder in den Sinn. Es ist nicht besonders groß, fast würfelförmig und sehr leicht, als sei ein Fußball darin verpackt. Ich öffne den Karton und finde zwischen viel

Füllmaterial aus Styropor einen Gegenstand, den ich zunächst für einen Pokal halte. Onkel Gregor, was hast du mir da vermacht?

Aber es ist kein Pokal. Zwar durchaus ein ähnliches Gefäß, silbern und schwarz, mit zwei Henkeln in Form von Engelsflügeln und einem gutsitzenden Schraubverschluss. Ich öffne den Deckel. Halte das Gefäß unter die Schreibtischlampe. Es dauert eine Weile, bis ich begreife. Sorgfältig schraube ich den Verschluss wieder zu. Ich halte eine Urne in Händen. Eine Urne mit der Asche meines Patenonkels Gregor Beer.

Ich bin nicht der Typ, der hysterisch wird angesichts eines derartigen Gegenstands, aber ich will ehrlich sein – einen Augenblick benötige ich schon, um die Tatsache zu verdauen, dass sich mein verstorbener Onkel, oder besser, seine Überreste hier auf meinem Schreibtisch befinden. Dann öffne ich den beiliegenden Brief, der zu Onkel Gregors Vermächtnis gehört.

»Ich weiß wohl, lieber Gregor«, lese ich, »es kommt nicht alle Tage vor, dass man die Asche eines Verwandten vor sich hat, und ich weiß auch, dass es wenige Menschen gibt, denen man ein solches Vermächtnis zumuten kann. Du bist einer dieser Menschen, Gregor, und darum habe ich Dich ausgesucht, um meinen letzten Willen zu vollenden. Denn ich brauche Dich, ich, der ich zu meinen Lebzeiten niemanden gebraucht habe, jetzt im Tod benötige ich Deine Hilfe.«

Diese Art meines Paten zu schreiben, »… jetzt im Tod benötige ich Deine Hilfe …«, als spräche er mich direkt aus dem Jenseits an, als dringe eine Stimme aus der Urne …, aber das ist Unsinn, kenne nicht gerade ich die suggestive Macht der Worte?

»Ich weiß auch«, so lese ich weiter, »dass Du ein vielbe-

schäftigter Mensch bist. Schließlich arbeitest Du für zwei. Vielleicht bin ich der Einzige, der sehr wohl begriffen hat, was wirklich hinter ›Beer & Beer‹ steckte, nämlich alles andere als die Manifestation Deiner Selbstüberschätzung im Pluralis Majestatis, wie so manch einer aus der Verwandtschaft glaubte, sondern eine Hommage an Deinen toten Bruder. Beer & Beer, das stand für ›Heinrich Beer & Gregor Beer‹. Ja, Du glaubst, Du musst für zwei arbeiten, aber Heinrich ist seit vielen Jahren tot und wird nicht lebendiger durch Dein unermüdliches Schaffen.«
Zornig werfe ich das Schriftstück auf den Schreibtisch. Was weißt denn du, fahre ich die Urne an, du warst damals nicht da, hast dich nie gekümmert. Nicht, dass ich dich gebraucht hätte, oh nein, ich brauche niemanden, weder Heinrich noch dich. Ich brauche deine Einmischung nicht, weder damals noch heute.
Mit großen Schritten gehe ich in meinem Büro auf und ab. Bilder tauchen auf, verschwinden wieder. Rote Pudelmützen, identisch. Wenn er vor mir auf dem Schlitten saß, dann hüpfte der Bommel auf und ab. Auf und ab. Eine Kinderstimme im hänselnden Singsang: *Feigling! Feigling!* Ich halte mir die Ohren zu. Aber sie ist da drin in meinem Kopf, diese Stimme, *Angsthase, Hosenscheißer*, und dann die Pudelmütze, so rot im Schnee …
Es ist innerhalb weniger Tage das zweite Mal, dass ich an meine Anfänge erinnert werde. Hätte mich Onkel Gregor damals gefragt, was ich einmal für einen Beruf ergreifen wollte, so hätte ich gesagt: Einen mit einem Dach über dem Kopf. Ein Dach über dem Kopf, ob es stürmt oder schneit, das war das Höchste in der Vorstellung eines Jungen, der sich sein Taschengeld mit dem Austragen von Gemeindezeitung und Kirchenblatt, mit dem Verteilen von Plastiksäcken für die Altkleidersammlung und Gratisproben neuer Saftsorten aus dem Getränkemarkt

verdiente. Was immer es auch in meiner Heimatstadt im nördlichen Schwarzwald zu verteilen gab, ich sorgte dafür, dass es innerhalb von höchstens zwei Tagen in jedem der fünfzehntausend Haushalte angekommen war. Allerdings traf ich schon damals eine instinktive Qualitätsauswahl: Der Getränkemarkt mit seinen Naturfruchtsäften fand Gnade, die Sonderangebote vom Supermarkt aber landeten schon mal im das Städtchen durchplätschernden Bach. Die Werbeblätter vom neuen Pizzaservice fanden erst dann ihren Weg in die Briefkästen, nachdem ich mich davon überzeugt hatte, dass die Pizza auch wirklich schmeckte. Mit zwölf erklärte ich dem Besitzer des größten örtlichen Schuhgeschäfts, welche Marken es wert waren, in sein Sortiment aufgenommen zu werden, und was ein werbewirksamer Event ist, mit vierzehn organisierte ich Modenschauen für das einzige Bekleidungsgeschäft, das passable Labels vertrat. Und, ja, es stimmt, mit sechzehn gründete ich meine eigene Werbeagentur und entwarf ihr Logo: eine Weltkugel, über die ein dynamischer roter Blitz hinwegfuhr. »Beer & Beer. Werbung für die Besten« stand auf dem Schild, das ich neben die Klingel der elterlichen Wohnung schraubte …

Es dauert einen Moment, bis mir bewusst wird, was ich so intensiv betrachte. Es sind meine Preise und Auszeichnungen, Best of Europe in Gold, gleich drei Mal, den Preis des Art Directors Club, den Hennessy-Pokal. Sie holen mich wieder in die Gegenwart zurück. Beer & Beer. Der Scherz eines Halbwüchsigen, einer der wenigen, die ich mir jemals erlaubt habe, das ist alles. Mein Onkel ist gestorben, ein etwas extravaganter alter Mann, ein Seemann, dem es einfiel, mir einen letzten Gruß auf seine Weise zu schicken. Lass hören, sage ich zur Urne, was du von mir willst. Und damit nehme ich den Brief meines toten Onkels wieder zur Hand.

»Ich habe mich nie in Dein Leben eingemischt, es war nicht meine Art. Aber ich habe sehr wohl verfolgt, was Du so triebst. Ich konnte kaum umhin. Kam ich von einer meiner Fahrten zurück, war mein Anrufbeantworter vollgesprochen von Menschen, die Dich meinten. Schließlich habe ich ihn umbesprochen: Wenn Sie meinen Neffen, den erfolgreichen Werber Gregor Beer sprechen wollen, dann wählen Sie bitte folgende Nummer … Dennoch bekam ich den Widerschein Deiner glanzvollen Karriere zu spüren. Ich gönnte sie Dir von Herzen. Aber ich machte mir auch Sorgen.«

Ich muss grinsen. Die Namensgleichheit konnte durchaus Verwirrung stiften. Hatte nicht auch hier in der Agentur jemand tagelang versucht, zu mir durchzudringen, bis er sich der verblüfften Natascha schließlich als »Professor der Anthropologie, spezialisiert auf Totenkulte« vorstellte und sie damit so verwirrte, dass sie ihn anstandslos zu mir durchstellte? Es war bald klar, dass es sich um einen Bekannten meines Onkels handelte.

»Ich war nie ein besonderer Familienmensch, darin sind wir uns ähnlich«, lese ich weiter. »Vermutlich hätte ich mich mehr um Dich kümmern sollen, ich weiß, dass Deine Mutter diese Ansicht vertritt. Ich war nie ein großer Kümmerer. Deine Patenschaft habe ich nach langem Zögern angetreten, und möglicherweise hätte ich das gar nicht tun sollen. Aber das ist alles Schnee von gestern. Wenden wir uns der Gegenwart zu. Oder besser: der Zukunft.

Ich habe mir lange überlegt, was ich Dir vermachen soll. Denn ich vertrat immer die Überzeugung, dass wir uns im Tod viel näher sein könnten, als wir das im Leben waren. Ich bin nicht besonders wohlhabend, und Geld ist das, was Du am wenigsten brauchst. So habe ich alle meine materiellen Güter vor meinem Tod verschenkt.

Was Dich anbelangt, so bin ich zu dem Schluss gekommen, dass ich Dir zu etwas ganz Besonderem verhelfen kann: Erfahrung. Einer Erfahrung, die Du Dir niemals selbst gönnen würdest. Und die mit Geld nicht zu bezahlen ist. Glücklicherweise deckt sich dies mit meinem letzten Wunsch, und so fügt sich eins zum anderen.«
»Ich finde«, schreibt Onkel Gregor weiter, »Du hast lange genug auf einem Fleck gesessen. Jetzt wird es Zeit für Dich, die Welt zu sehen. Ein bisschen Tapetenwechsel, das ist es, was Du am dringendsten brauchst. Und darum habe ich eine kleine Reise für Dich zusammengestellt – besser gesagt: Für uns beide.«
Ich nehme den Umschlag zur Hand, dem ich den Brief entnommen habe, halb in der Erwartung, so etwas wie ein Flugticket zu finden. Nein. Kein Ticket. Aber etwas fällt zu Boden, leise klirrend, und als ich unter den Schreibtisch krieche, finde ich einen Schlüssel. Einen Postfachschlüssel.
»Jetzt hast Du sicherlich den Schlüssel gefunden. Aber langsam, noch sind wir nicht so weit. Ich will Dir erst von meiner Bitte erzählen, meinem sogenannten ›letzten Willen‹: Ich möchte nicht in der Erde vergraben werden. Kein Begräbnis. Keine Reden, keine Blumen, kein Grab. Sondern ich will, dass Du mich dem Meer übergibst, und zwar an drei verschiedenen Orten, die mir besonders lieb geworden sind. Wir werden diese Reise gemeinsam unternehmen. Je ein Drittel meiner Asche wirst Du an den von mir festgelegten Stellen ins Meer streuen, die Heimreise wirst Du dann ohne mich antreten. Falls Dir danach ist. Vielleicht bist Du auf den Geschmack gekommen und entscheidest Dich, weiterzureisen, vielleicht kehrst Du nicht alleine zurück – wer weiß das schon. Aber wir beide werden uns an dem dritten Ort voneinander verabschieden. Und ich danke Dir jetzt schon dafür, dass Du mir

diesen letzten Wunsch erfüllst. Du wirst einsehen, dass ich dies beim besten Willen nicht allein bewerkstelligen kann. Und Du weißt – das erwähne ich nur für den Fall, dass Du Dich gegen unsere Reise sträubst –, dass man einem Menschen den letzten Willen nicht verwehren darf.«

Ich lasse das Blatt sinken. Es ist lange her, dass mich jemand so verblüfft hat. Nicht schlecht, Alter, wenn mir mein Leben langweilig wäre, könnte ich dem einiges abgewinnen. Aber tut mir leid: Ich habe einfach keine Zeit für diesen Kram.

Ich werfe mich in meinen Sessel, lege die Beine auf den Schreibtisch, schiebe die Urne mit dem einen Fuß gefährlich nahe an den Rand.

Die polierte Oberfläche der silbernen Urne reflektiert einen Lichtstrahl, der durchs Fenster hereinfällt, vielleicht ist es der Mond. Mit den beiden Flügelhenkeln sieht das Gefäß einen Moment lang so aus, als wollte es sich in die Lüfte erheben und davonschweben. Mein Fuß schiebt die Urne einen Zentimeter weiter, das Licht erlischt. Ich sah einmal einen Film über die Arbeit in einem Krematorium. Darin schob man die Leichen in den Särgen in Glutöfen. Und nicht nur einen, nein, gleich mehrere auf einmal. Stunden später schaufelte ein Mann die Reste, die dem Feuer widerstanden hatten, heraus. Nicht alles zerfällt zu Asche. Die größeren Knochen bleiben erhalten. Stückweise werden sie zusammen mit der Asche in Urnen gefüllt …

Ich stehe auf und öffne ein Fenster. Schalte die Deckenbeleuchtung an. Der nüchterne Schein der Tageslichtlampen fließt über Brief und Urne. Einen Moment lang überlege ich, dann nehme ich die Urne, öffne den Deckel, werfe den Schlüssel hinein, stopfe den Brief, den ich nicht zu Ende gelesen habe, hinterher und schraube die Urne

wieder zu. Fasse sie an den beiden Flügelhenkeln, halte sie von mir und stelle sie dann in ein Regalfach neben die Pokale und Auszeichnungen. Trete einen Schritt zurück, betrachte das Regal. Die Urne fällt weiter nicht auf. Fügt sich gut ein. Kann vergessen werden.
Gute Nacht, Onkelchen, sage ich. Dann schließe ich, wie jeden Abend, sorgfältig die Tür hinter mir.

Am nächsten Tag ist Donnerstag. Ein Besuch beim Friseur steht in meinem Terminkalender. Alle vier Wochen. Immer donnerstags. Danach, wie jede Woche, zum Squash mit Arndt, anschließend Sauna. Arndt ist die perfekte Gesellschaft für diese Abende: ein würdiger Partner im Squash und ein schweigsamer in der Sauna. Nichts hasse ich so sehr wie Gespräche, während mir der Schweiß über den nackten Körper fließt. Dennoch tausche ich mich bei dieser Gelegenheit über alles Nötige mit Arndt aus und stimme mich mit ihm ab: beim Fußbad, auf der Dachterrasse oder im Whirlpool. Kryptisch knappe Satzfetzen wandern dann zwischen uns hin und her, sinnentleert für Außenstehende, doch völlig ausreichend für Arndt und mich.
In der Agentur gibt es zur üblichen Betriebsamkeit an diesem Vormittag regelrechten Katastrophenalarm: Ein Virus hat den Zentralrechner außer Gefecht gesetzt, Panik bricht aus über unerklärlicherweise unbrauchbar gewordene oder unauffindbare Backups – der ganz alltägliche Hexenkessel eben. Je höher die Aufregung aufwallt, desto ruhiger werde ich. Keiner weiß, dass ich jeden Abend, ehe ich die Agentur verlasse, alle Daten des Zentralrechners auf drei verschiedenen Servern sichere und die Datenträger der aktuellsten Arbeiten mit nach Hause nehme. Ein Gutteil meines Vermögens steckt in diesen Bits und Bytes, und ich denke nicht daran, sie der

Tagesform, der Vergesslichkeit, dem Hormonhaushalt oder was auch immer meiner Mitarbeiter und Mitarbeiterinnen bis hinunter zum Praktikanten auszuliefern. So überlasse ich die Arbeit in aller Ruhe den Computerfritzen und berufe die Mannschaft zu einem Meeting ein. Das ist eine meiner Spezialitäten: das Adrenalin einer Panikstimmung in kreative Energie umzuwandeln. Als gegen Mittag die Rechner wieder laufen, sind alle bester Laune und voller neuer Impulse. Schmidt-Hoss, mein Partner, der in seiner umgebauten Mühle auf La Palma sitzt und Urlaub macht, kann völlig beruhigt sein.

Ich selbst habe noch nie eine Reise nur zu meinem Vergnügen unternommen. Eine Woche in den Alpen, jeden Tag einen anderen Gipfel, mehr brauche ich nicht. Außerdem bin ich geschäftlich genug unterwegs. Ich habe nicht den leisesten Schimmer, was ich auf La Palma tun sollte. Wenn ich hin und wieder den Stadtkoller bekomme und ein bisschen Grün um mich herum brauche, dann fahre ich in die nahen Berge. Es hat keinen Sinn, jemanden dazu mitzunehmen. Zum einen brauche ich keine Unterhaltung, zum anderen nimmt es niemand mit meinem Tempo auf, nicht einmal Arndt. Du bist ein echter Gipfelstürmer, keuchte er das einzige Mal, das er mitkam. Und er hat recht: Hinauf und wieder hinunter und das auf dem direkten Weg, das ist meine Devise. Dabei kommen mir die besten Ideen. Und am Abend sitze ich wieder in meinem Turm.

Aber jetzt, da ich, wie an jedem ersten Donnerstagabend eines Monats, in Edwins Clubsesselchen sitze und wie immer der Chef höchstpersönlich an meinen Haaren herumschneidet, da erinnere ich mich auf einmal an einen Traum, den ich in der vergangenen Nacht hatte. Und das ich, der ich stolz darauf bin, nie zu träumen!

Ich war wieder ein kleiner Junge und hielt einen Kom-

pass in der Hand. Ich sah meinen Onkel nicht, hörte aber seine Stimme, die mir erklärte, wie ich den Kompass benutzen musste, um die Himmelsrichtungen zu bestimmen. Es ist ganz einfach, sagte er, es gibt vier Himmelsrichtungen: Geburt, die Jugend, das Alter, den Tod. Ich versuchte, diese vier Himmelsrichtungen auf der Kompassrose zu erkennen, aber alles, was ich sah, waren geheimnisvolle Zahlen und Symbole. Du musst in den Spiegel sehen, half mir die Stimme des Onkels, und jetzt erkannte ich, dass in dem Deckel des Kompasses ein Spiegel eingelassen war, und wenn ich den im richtigen Winkel aufstellte, spiegelten sich die Symbole der Kompassrose darin. Ich sah genau hin, und plötzlich fügten sich die Zeichen zueinander, die Kompassnadel drehte sich und blieb auf den Worten »Der Tod« stehen.
Ein paar millimeterkurze Haarschnipsel fallen auf meinen Handrücken. Ich sehe auf, erkenne mich im Spiegel und darüber Edwins Gesicht und Hände, die emsig meinen Kopf bearbeiten.
Ich mach's an den Schläfen heute etwas kürzer, sagt Edwins Spiegelbild. Dann fällt es nicht so auf, dass wir allmählich ein bissel grau werden.
Ich starre bestürzt auf das Haar an meinen Schläfen. Mir ist noch nie auch nur ein einziges graues Haar dort aufgefallen. Aber jetzt, im Licht der tausend indirekten Stylistenlampen, sehe ich sie. Es sind nicht viele, aber sie sind da und leuchten weiß aus der Dunkelheit meines Haares.
Sollen wir einmal eine Farbe versuchen?, schlägt Edwin vor.
Komm mir nie wieder mit einem solchen Vorschlag, knurre ich ihn an, heftiger, als ich möchte.
Edwin wird es sich merken. Erst recht, nachdem mein Trinkgeld diesmal deutlich weniger großzügig ausfällt als sonst.

Auf einmal habe ich keine Lust mehr, mit Arndt Squash zu spielen. Ich wähle seine Nummer auf dem Autotelefon und sage ihm ab.

Annette staunt, als ich vor ihrer Tür stehe.

Heute ist Donnerstag, sagt sie verblüfft, was ist mit Squash und Sauna, hat Arndt dich versetzt?

Ja, sage ich zerstreut. Nein. Das heißt, ich habe ihm abgesagt.

Annette mustert mich genau. Sie weiß, ich bin nicht der Mann, der einfach seinen Squash-Abend absagt. In den vier Jahren, seit sie mich kennt, habe ich das noch nie getan. Sie hat nicht lange gebraucht, um das herauszufinden.

Ihr Tag ist der Dienstag, manchmal auch der Freitag, aber niemals hat Gregor Beer je an einem Donnerstag an ihrer Tür geläutet.

Das nächste Mal rufst du besser vorher an, wenn du solche Überraschungen planst, sagt sie.

Ich sehe mich gleichmütig um.

Störe ich?

Annette lacht. Ja, ich störe. Aber sie ist zu feinfühlig, um mir das direkt zu sagen. Was soll das, sagt eine Stimme in mir, die vertraute, alte Gregor-Beer-Stimme, wieso bringst du sie in Verlegenheit, hau ab, du siehst doch, dass du störst. Aber ich bleibe, warum nicht mal mit den Gewohnheiten brechen, sind wir denn ein altes Ehepaar, das nur dienstags und freitags Sex miteinander haben kann? Natürlich, Liebe ist es nicht, was uns verbindet, das weiß sie so gut wie ich, aber ich brauche sie, und sie braucht mich. Ich bin zufrieden damit, zu ihr zu kommen, den Abend mit ihr zu verbringen und in der Nacht wieder zu gehen. Annette ist eine attraktive Frau. Zehn Jahre älter als ich. Geschieden. Und sie hat ein behindertes Kind.

Sie ist die Erste, die mir nicht nach einem Vierteljahr mit einer gemeinsamen Wohnung und nach einem halben mit mehr oder weniger deutlichen Heiratswünschen kam. Und vor allem will sie kein Kind von mir. Wenn mir danach ist, kann ich bei ihr den ganzen Abend vor dem Fernseher sitzen, ohne dass sie mir auch nur eine einzige Frage stellt. Im Bett lasse ich sie die Phantasie entwickeln, und, bei Gott, sie hat eine Menge Phantasie.

Aber heute ist alles anders. Ich beginne zu bereuen, mit unserer Gewohnheit gebrochen zu haben. Annette wirkt überfallen und nervös. Aber statt zu gehen, verfolge ich aus halbgeschlossenen Augen vom Sofa aus, wie sie am Esstisch Annika füttert, lausche auf den lallenden Singsang des Mädchens, sehe zu, wie Annette sie in ihrem Rollstuhl ins Kinderzimmer fährt. Wie alt mag Annika sein? Zwölf? Oder schon fünfzehn?

Willonich schlafn!, protestiert das Mädchen.

Wenn ich um die gleiche Zeit am Dienstag komme, liegt Annika bereits im Bett. Ich weiß nicht, warum, aber plötzlich stehe ich auf und begleite Annette und ihr Kind in das Zimmer, dessen Tür ich bislang nur verschlossen gesehen habe. Annette sieht mich an.

Bitte lass uns allein, sagt sie, und so, wie sie es sagt, duldet sie keinen Widerspruch.

Willonich schlafn ..., höre ich noch, als ich die Tür hinter mir schließe. Die heisere Stimme des Mädchens, die Verzweiflung darin macht, dass ich mich schlecht fühle. Unentschuldbar schlecht. Wie komme ich dazu, jeden Dienstag und manchmal auch freitags hier hereinzuspazieren und die Mutter dieses Mädchens eine Tür weiter zu vögeln, während es in seinem Zimmer wach liegt, viel zu früh ins Bett verfrachtet?

Wenn Annette ins Wohnzimmer kommen wird, bin ich nicht mehr da.

Auf dem Tisch liegt dann ein Zettel: BITTE ENTSCHULDIGE DIE STÖRUNG. Annette wird das Papier zusammenknüllen und es gegen die Eingangstür werfen. Dann wird sie weinen. Denn sie weiß, Gregor Beer wird nicht mehr kommen. Weder am Dienstag noch am Freitag. Und schon gar nicht am Donnerstag.

Drittes Kapitel

in dem Caroline gerne ein Farn wäre und eine alte Freundin wiedertrifft

Schon Hildegard von Bingen erkannte die Wunder, die in Farnen verborgen liegen. »Die Wurzel Engelsüß«, schrieb sie, »macht die Bräute sanft und lieblich«, und sie wusste außerdem, dass der »Immergrüne Tüpfelfarn«, wie der Engelsüß auch genannt wird, hervorragend gegen Asthma hilft. Der Volksglaube sagte den verschiedenen Arten die erstaunlichsten Eigenschaften nach, so gibt es Farne, die vor bösem Zauber schützen, andere bringen Glück bei Unternehmungen im Allgemeinen und im Spiel im Besonderen, wieder andere zeigen an, wo Schätze verborgen liegen. Ganz bestimmte Sporen, richtig verarbeitet, sollen sogar unsichtbar machen. Kein Wunder hielten es die Kirchenmänner auf dem Konzil von Ferrara 1612 für nötig, das Sammeln von Farnsamen in der Johannisnacht zu untersagen, denn angeblich vermochten sich kundige Frauen mit deren Hilfe in die Lüfte zu erheben, was den Farnen den Volksnamen »Hexenleiter« einbrachte. Dabei bewiesen die Schwarzkittel einmal mehr, wie wenig Ahnung sie haben, denn Farne bilden gar keine Samen, sondern Sporen. Gemeinsam mit den Moosen und Flechten gehören sie zu der Gruppe der Gefäßsporenpflanzen, einer Spezies, die das Problem der geschlechtlichen Fortpflanzung auf ihre Weise gelöst hat. Denn statt auf die Befruchtung durch die gegengeschlechtliche Partnerpflanze angewiesen zu sein, besorgen sie die Sache mit der Vermehrung im Alleingang: Zunächst entwickeln sie, die richtigen Umstände voraus-

gesetzt, aus einer Spore ein kleines Pflänzchen, das sogenannte Prothallium, nur wenige Millimeter groß und mit bloßem Auge leicht zu übersehen. Auf diesem Prothallium bilden sich weibliche und männliche Geschlechtszellen, und zwar gleichzeitig, die, von einem Wassertropfen zusammengebracht, miteinander verschmelzen und so ihren eigenen Nachwuchs zeugen. Der Vorteil dieser Methode liegt auf der Hand: Kein Farn ist der Zufälligkeit einer Liebesbegegnung ausgesetzt, sie sind sich selbst genug und brauchen nichts als ein Tröpfchen Wasser, um sich zu vermehren.
Ich weiß nicht, ob meine Großmutter sich darüber im Klaren war, welch bahnbrechende Informationen sie mir an die Hand gab, als sie mir mein erstes Farnlehrbuch schenkte. Mit Sicherheit ahnte sie nicht, dass Farne meine berufliche Bestimmung sein würden. Denn sie hätte es gerne gesehen, wenn ich in ihr Geschäft eingestiegen wäre, in die kleine, feine Herrenschneiderei, »Alles nach Maß bei Nadler«. Ich bin sozusagen in Omis Schneiderei aufgewachsen, zwischen Stoffresten, Nadelkissen und Garnrollen, schwarz, beige, grau, dunkelblau, braun und lodengrün, mit denen hab ich gespielt, die waren meine Gefolgsmänner, die große silberfarbene Rolle aus reiner Seide war mein Prinz. Und dann waren sie auch die Toten, die ich in die Garnrollensärge legte, Kind, griff Omi dann ein, das ist nichts für dich, komm, ich näh deinem Stoffkater einen neuen Anzug. Dabei hatte der schon fünf, und jetzt bekam er einen schwarzen Frack. Mit Fliege. Und ich eine Tasse Kakao. Denn mein Vater war im alten Babylon oder in Persien, in Samarkant oder der Türkei, in Syrien oder Ägypten, von dort hatte er mir den Kater mit dem Namen Tutenchamun mitgebracht, und überall grub er Gräber aus und brachte die seltsamsten Dinge mit nach Hause: Grabbeilagen, Urnen, auch

Sarkophage, und in unserem Wohnzimmer lag eine kleine Mumie unter Glas. Ja, die Reisen, die mussten sein. Für seine Promotion und später für die Habilitation und dann für unzählige Aufsätze und Bücher und so weiter und so fort, und dann war ich auch schon groß, Tutenchamun saß in der Ecke, denn ich hatte jetzt die Farne.
Hier am Bach im Garten meiner Großmutter, da fing alles an. Das Ufer war voller Farne. Jungfernfarne, aber das wusste ich damals nicht. Mit ihren schneckenförmigen Trieben, die sich nach und nach aufrollten, zogen sie mich in ihren Bann. Bald unterschied ich verschiedene Sorten, grub sie aus und versuchte, sie im Zimmer zu halten, lernte das Wunder kennen, das ein einziger Wassertropfen auf einem Farnwedel vollbringen kann. Bis zur Spezialistin war es damals noch weit, aber Omi schenkte mir neue Exemplare mit fremdartigen Wedeln und phantasievoller Färbung, dazu noch mehr Bücher über ihr sonderbares Leben, Gedeihen und Fortpflanzen. Kind, pflegte sie auszurufen, wenn sie mein allmählich zuwucherndes Kinderzimmer besuchte, du hast einen grünen Daumen, so viel steht fest.
Aber lange blieb sie nie: Wie du das nur aushältst, das ist ja wie in den Tropen, mach doch mal das Fenster auf, du erstickst ja, und dieser Meinung waren alle Erwachsenen. Mein Vater beäugte die grünen Eindringlinge, die sich nach und nach über die ganze Wohnung ausbreiteten, mit Widerwillen, doch Omi nahm mich wie immer in Schutz. Wahrscheinlich war sie froh, dass ich aufhörte, Garnrollen und Stofftiere in Särge zu legen. Etwas Lebendiges, habe ich sie einmal zu meinem Vater sagen hören. Du mit deinen Sarkophagen und Urnen und Totenschädeln. Das ist doch nichts für ein Kind. Wenigstens hat sie etwas Lebendiges für sich entdeckt. Lass ihr die Freude. Du bist ja doch wieder fort.

Ja, mein Vater war kaum da, und auch sonst hatte ich nicht viele Freunde. Anna, mit der ich ein paar Jahre lang alles teilte. Und die dann fortging, geradeso wie mein Vater, und sich nie mehr rührte. Ich war die, die man zurückließ, aber es war lange her, dass mich das irgendwie schmerzte. Die Farne gingen nirgendwohin. Auf meine Farne war Verlass.

Dass ich nicht Herrenschneiderin lernen, auch nicht auf eine Modeschule gehen, nicht einmal als Chefeinkäuferin auf der Suche nach den edelsten Stoffen durch die ganze Welt reisen wollte – damit fand sich Omi schließlich ab. Doch sie achtete streng darauf, dass ich eine ordentliche Ausbildung machte.

Einen Beruf, damit du nie von einem Mann abhängig bist, pflegte sie zu sagen und sah mich dabei groß und bedeutungsvoll an, mitunter auch mit einem zwinkernden Auge, ich wusste nie so recht, woran ich bei ihr war. Tatsache war, dass sie ohne Mann ausgekommen war. Den Mann auf dem Hochzeitsfoto an Großmutters Seite hatte ich nie kennengelernt. Der ist in Russland geblieben, sagte Omi, ganz so, als hätte es ihm da besser gefallen. Und schenkte Walnusslikör aus, den sie selbst aus den eigenen Nüssen im Garten herstellte, wenn sie je getrauert hatte, dann war das lange her. Sie kam bestens ohne Mann zurecht, führte ihr Geschäft allein, wie all die Jahre zuvor auch. Tat sich irgendwann mit ihrem Stofflieferanten zusammen. Rudi. Geheiratet hat sie nicht mehr. Wegen der Rente, sagte sie und blinzelte mir zu. Und außerdem. Einmal im Leben, das ist genug.

Mit fünfzehn rechnete ich nach, dass ihr in Russland gebliebener Ehemann als mein Großvater nicht in Betracht kam. Schließlich wurde mein Vater erst 1950 geboren. Als ich ihn darauf ansprach, zuckte er mit den Schultern. Eines Tages, bei einem Gläschen Walnusslikör, nahm ich all meinen Mut zusammen und fragte sie selbst. Wer war mein wirklicher Großvater? Rudi etwa?

Omi lachte und wollte gar nicht wieder aufhören. Der Rudi?, rief sie und wischte sich die Tränen ab. Kind, wo denkst du hin!

Und dann wurde sie ernst.

Wer Sebastians Vater war?, sagte sie schließlich. Weißt du, das spielt schon lange keine Rolle mehr. Und damit war das Thema für sie erledigt.

Omi ist seit fünfzehn Monaten tot. Glücklich entschlafen im Alter von sechsundachtzig. Eingeschlafen und nie wieder aufgewacht. Rudi hat die Schneiderei übernommen und mich ausbezahlt.

Omi hatte alles schon vorher geregelt, mit dem Betrieb hast du nichts am Hut, sagte sie, aber der Rudi, bei dem ist er in guten Händen, und die Leute behalten ihre Arbeit. Dein Vater, der braucht mein Geld nicht, aber du kannst damit dein eigenes Geschäft aufbauen, du willst doch nicht ein Leben lang für diesen Pflanzenzoo krummbuckeln, das kann doch wohl nicht dein Ernst sein. Zweihunderttausend Euro, gut angelegt in Wertpapieren. Damit du immer allein zurechtkommst, stand in ihrem handgeschriebenen Testament. Niemals einen Mann brauchst, jedenfalls nicht, um versorgt zu sein. Und wenn du einmal heiratest, denk daran: Gütertrennung! Dreimal rot unterstrichen.

Gütertrennung, denke ich und muss lachen, als ob ich jemals heiraten würde, und pflanze Selaginella in winzige Töpfchen, die ich zum Frühlingsbeginn an jeden verschenke, der den Weg zu mir findet, trotz Freds Unkenrufe läuft mein Geschäft gut an, ich verkaufe Hirschhornfarne, Silberthaler und Engelsüß, mitunter traut sich jemand, einen kleineren Baumfarn mit nach Hause zu nehmen.

Und dann sagt jemand: Cari? Und ich schaue auf. In meinem ganzen Leben gab es nur einen Menschen, der mich so nannte, und das war meine Freundin Anna. Anna, die mein Ein und Alles war und dann mit siebzehn auf ein Ballettinternat entschwebte. Auf Nimmerwiedersehen. Die keinen Brief beantwortete. Niemals zurückrief. Die ich schließlich aus meinem Leben entfernt hatte, nicht im Zorn, sondern so, wie ich als Gärtnerin einen Wurzelstock beschneide, damit die gesamte Pflanze nicht von einer faulen Stelle verdorben wird. Und nun steht sie dort hinter den australischen Baumfarnen, keine Ahnung, wie lange schon, und ich habe sie nicht einmal bemerkt.

Kennst du mich denn nicht mehr?, fragt sie.

Doch, sage ich und räuspere mich. Wie könnte ich Anna nicht wiedererkennen. Auch wenn sie sich verändert hat. Ihr Gesicht ist hagerer, die Wangenknochen sind noch ausgeprägter als damals, die Augen größer, ein wenig in die Höhlen zurückgesunken, um den Mund entdecke ich einen neuen, fremden Zug, aber sie ist immer noch schön, groß und schlank, mit dieser Haltung einer Königin, um die ich sie beneidete, Anna hatte schon immer eine unnachahmliche Art, sich zu bewegen oder auch einfach nur dazustehen, unter Tausenden hätte ich sie wiedererkannt, nur an ihrem Gang …

Ich schätze, sagt Anna leise, du bist ganz schön sauer auf mich.

Ich? Sauer?, will ich sagen, wie kommst du denn darauf? Aber ich sage nichts, ja, sie hat recht, ich bin sauer auf sie, oder war es, einen kurzen Moment lang denke ich, ich breche gleich in Tränen aus, bin für ein oder zwei Sekunden lang wieder sechzehn und fühle die Enttäuschung, den Schmerz und die Wut, aber dann ist das verflogen, und übrig bleibt eine zerbrechliche Freude.

In Annas Augen schimmern Tränen, machen sie noch

größer, tiefer, hey, sage ich, weißt du was, ich mache jetzt den Laden zu, und dann gehen wir rüber ins Haus.

Doch Anna will noch nicht hinübergehen. Sie möchte, dass ich ihr das Gewächshaus zeige, ja, sie interessiert sich für jeden einzelnen Farn, und ich erkläre ihr alles, höre mir selbst dabei zu, und während ich darüber spreche, wer welche Erde braucht und wie hoch die Luftfeuchtigkeit sein muss, woher sie kommen und unter welchen Bedingungen sie am besten gedeihen, wie ich sie vermehre und wie lange es dauert, bis aus einem kleinen Pflänzchen ein großer Farn geworden ist, betrachten wir uns verstohlen, vergleichen uns Frauen mit den Mädchen von damals, ganz langsam gewinnt Anna ihre Selbstsicherheit zurück, und mir wird klar, welche Überwindung und Mut es sie gekostet haben muss, hierherzukommen.

Das Haus kennt Anna noch gut von damals, als Omi hier lebte. Seit zwei Monaten wohne ich hier. Der Geruch von Farbe und frischem Holz liegt noch über allem. Ich habe es komplett renoviert, ein Jahr nach Omis Tod habe ich mir einen Ruck gegeben und Böden und Mauern herausgerissen, Terrakottafliesen und Holzdielen verlegt, Wände verputzt, gestrichen und lasiert, und das Ergebnis ist ein helles, buntes, luftiges Hexenhaus. Gerade groß genug für eine Person. Gerade richtig für mich. Im Erdgeschoss habe ich die Wand zwischen Küche und Wohnzimmer herausgebrochen, in der Vorratskammer mein winziges Büro eingerichtet. Im ersten Stock wurde das Badezimmer um meine Mädchenkammer erweitert, Omis Schlafzimmer erhielt einen Balkon und zitronengelb und aprikosenfarben lasierte Wände. Und im Garten habe ich das Gewächshaus gebaut. Vierhundert Quadratmeter mit der modernsten Klimaanlage, die es auf dem Markt gab. Die Bewässerung teilweise aus dem Bach,

der durch das Grundstück fließt. Und auf dem Dach Sonnenkollektoren, um die Stromkosten wenigstens im Sommer ein wenig zu mindern. Meine Großmutter wäre stolz gewesen, hätte sie das noch sehen können.
Anna hat Kuchen mitgebracht, und wir tragen ihn samt einer Kanne Kaffee und zwei Tassen, so wie früher unsere Limonaden und Kekse, hinunter zum Bach. Der Abend ist mild. Wir setzen uns auf die Bank, die wir vor vielen Jahren gemeinsam für meine Omi gebaut haben. Der Kaffee dampft aus unseren Tassen. Zwischen uns wird es still. Seit meine Großmutter tot ist, hatte ich keine Gesellschaft mehr auf dieser Bank.
Hier saß sie jeden Abend. Wenn ich sie besuchte, dann fand ich sie vom Frühjahr bis in den Herbst meistens hier unten am Bach. Schau nur, wie es rauscht, das Wasser … Ich musste immer lachen, wenn sie das sagte, denn man kann doch nicht sehen, wie der Bach rauscht, das kann man nur hören, bis ich eines Tages begriff, dass Omi ein wenig schwerhörig geworden war. Und als ich sie endlich dazu überredet hatte, sich ein Hörgerät anzuschaffen, an das sie sich nie recht gewöhnen wollte und es mit den malerischsten Flüchen bedachte, derer ihre Altmünchner Seele mächtig war, da ertappte ich mich dabei, dass ich dachte: Jetzt wird sie alt. Und eine Angst beschlich mich, die Angst vor Tod und Verlust.
Der Bach, sagt Anna schließlich, der ist der Alte geblieben.
Und dann hängt wieder das Schweigen zwischen uns, und ich habe so viele Fragen, dass ich nicht weiß, wo beginnen.
Ich betrachte sie verstohlen von der Seite. Sie zieht eine Strähne aus ihrem Haarschopf und kaut darauf herum. Wie früher. Wenn sie nachdenkt. Oder verlegen ist.
Wohnst du wieder hier in der Stadt?, frage ich sie.

Nein, sagt Anna, ich bin nur … zu Besuch … sozusagen. Sonst lebe ich in Südfrankreich.
Südfrankreich …, wiederhole ich, hast du dort ein Engagement?
Sie schüttelt den Kopf. Schluckt. Dann sieht sie mir offen in die Augen.
Nein, sagt sie, ich hab kein Engagement. Nie eines gehabt. Ist nichts geworden aus der Karriere. Hab alles vermasselt.
Ich halte vor Schreck den Atem an. Sie trinkt ihre Tasse leer.
Wenn ich dies alles so sehe, sagt Anna und beschreibt mit ihrer Kaffeetasse einen vagen Kreis, der den Bach und das Gebüsch, den Himmel, den Garten, das Gewächshaus und das Häuschen dahinter zu umschließen scheint, wenn ich dich hier so sehe, Cari, das ist phantastisch, wirklich, ich beneide dich. Du machst deinen Weg. Einfach so, ohne viel Aufhebens. So war das früher schon. Du weißt, was du willst, und das erreichst du auch. Ruhig. Ohne all diese Dramen und Aufs und Abs.
Ich denke an die Postkarte an meiner Pinnwand, von der Anna nichts weiß. Mir kommt es nicht so vor, als hätte ich besonders viel erreicht. Auch ich kenne Aufs und Abs, will ich sagen. Das Gewächshaus gehört offiziell der Bank. Ich stehe ganz am Anfang …, aber ich sage nichts davon.
Stattdessen frage ich: Du tanzt nicht mehr?
Anna stellt ihre Tasse neben sich auf die Bank.
Doch, sagt sie. Schon. Ich hab eine Tanzschule zusammen mit Lucien, meinem Freund. Das macht Spaß. Ich bin zufrieden.
Aber besonders zufrieden sieht sie nicht aus.
Was ist passiert?, frage ich. Du gehst auf dieses Ballettinternat und lässt nie wieder etwas von dir hören. Du

warst unser Star, hast Preise gewonnen, kamst im Fernsehen! Begabtenförderung und was weiß ich. Alle sagten dir eine phantastische Karriere voraus. Und dann?
Anna antwortet nicht gleich.
Na ja, sagt sie schließlich, du hast recht, wer weiß, was hätte werden können, aber ich dumme Gans hab mich in unseren Trainingsleiter verliebt, und bevor ich das Abitur hatte, bekam ich ein Kind. War ein Riesenskandal, der Kerl wollte seinen Arsch retten und stritt alles ab, hat bis heute die Vaterschaft nicht anerkannt, nutzte ihm nichts, hat trotzdem seinen Job verloren, aber mir hat das auch nichts mehr geholfen. Eine Schwangerschaft – weißt du, was das heißt, wenn man beschlossen hat, den Himmel zu erobern, auf der Spitze dabei ist, die Schwerkraft aufzuheben, ich konnte höher und weiter springen als alle anderen, aber schon im dritten Monat war es damit aus und vorbei, die internationalen Auswahlen fanden ohne mich statt. Macht nichts, meinte die alte Bilaskaja, die immer noch zu mir hielt, bis zuletzt: Bring das Kind zur Welt und arbeite hart, dann hast du noch eine Chance. Aber bei der Geburt hat mir das Kind das Becken verschoben, nur ein paar Millimeter, aber das hat gereicht, Qualen beim Training, du kannst dir das nicht vorstellen, eine Odyssee von Orthopäde zu Osteopath, von Masseur zu Chiropraktiker, ich habe mich sogar operieren lassen, hier in München, aber auch das hat nichts geholfen, und am Ende war ich vierundzwanzig und längst zu alt für den Olymp.
Ein ganzer Roman, denke ich, in fünf Sätze zusammengefasst, das Ende eines Traums, und ich weiß genau, auch wenn Anna sich bemüht, die Geschichte so emotionslos wie möglich zu erzählen, so, wie sie es sich zurechtgelegt hat all die Jahre, denn immer lässt man etwas weg, wenn man erzählt, dass Anna hier nur die Spitze eines Eisber-

ges preisgibt, was damit verbunden ist und hinter ihr liegt an Tränen und Enttäuschung, an Reue und Verzweiflung, an Schmerzen, Trotz und Kampfesgeist und doch nur wieder gescheiterten Hoffnungen – nicht einmal ich, die ich Anna gekannt habe wie keine andere, kann das ermessen.

Hast du niemals daran gedacht …, beginne ich langsam, und bringe den Satz doch nicht zu Ende.

Abzutreiben? Natürlich hab ich das. Ich hab es versucht. Bin extra nach Holland gefahren. Die Bilaskaja hat mir das vermittelt, ist sogar mitgefahren und hat mir das Händchen gehalten, der alte Drache. Aber es hat nichts genützt, kannst du dir das vorstellen? Am Ende war es immer noch da. Ja. Kaum zu glauben. Hat sich festgeklammert in mir, dieses kleine Wesen, auf Teufel komm raus. Und dann, ja, da war es endgültig zu spät.

Annas Hand spielt mit dem leeren Kaffeebecher. Dann hast du heute … ein Kind.

Es ist keine Frage, eher eine Feststellung.

Ja, sagt Anna. Victor. Sieben Jahre alt.

Es wird kühl, schließlich ist es noch früh im Jahr, die Feuchtigkeit zieht vom Bach herauf, und wir gehen zurück zum Haus. Während ich ein paar Nudeln für uns in kochendes Wasser werfe, erzählt Anna, wie sie nach dieser fruchtlosen Beckenoperation endlich beschloss, sich nicht mehr weiter zu quälen, und, dem Gezeter ihrer alten Ballettmeisterin zum Trotz, die Spitzenschuhe endgültig an den Nagel hängte.

Kannst du jetzt verstehen, fügt Anna hinzu, warum ich mich nicht gemeldet habe? Zuerst kam ich überhaupt nicht zum Nachdenken, und dann schämte ich mich und kämpfte diesen aussichtslosen Kampf … wenn ich es geschafft habe, dann melde ich mich bei Cari, hab ich eine ganze Weile gedacht, und dann zog sich das immer länger hin, und je länger ich mich nicht gemeldet hatte, desto weniger Mut hatte ich, es zu tun, und dann dachte ich, du hast mich eh schon vergessen, und hab es einfach gelassen.

Ich nicke. Oh ja, das kann ich gut verstehen. Und doch auch wieder nicht. Wozu sind Freundschaften gut? Etwa dazu, dass man sich genau dann voneinander entfernt, wenn man sich am dringendsten braucht? Aber auch ich hätte Anna damals nicht helfen können. Trösten vielleicht, aber was heißt das schon. Im Grunde ist man allein, das weiß ich, seit ich ein kleines Mädchen war und Garnrollen beerdigte.

Na ja, fährt Anna fort, als ich endlich einsah, dass ich nie wieder in Grand Jetés über eine Bühne schweben würde, ohne vor Schmerzen zu heulen, da hab ich einen Schlussstrich gezogen. Eigentlich bin ich bei Nacht und Nebel abgehauen. Mit meinem Baby im Umschlagtuch und einem Rucksack auf dem Rücken bin ich eine Weile durch die Welt gezogen. In Poona habe ich Yoga geübt und in Benares indischen Tempeltanz gelernt, ja, sagt sie, das hat mir sehr gutgetan. Natürlich ..., die Zeit der großen Sprünge ist vorbei.

Anna versucht ein Lachen. Aber ich weiß, wie tief ihre Enttäuschung immer noch sitzt.

Die Überwindung der Schwerkraft, erinnere ich mich, das hat Anna damals so oft gesagt, wenn ich sie vom Balletttraining abholte, die Erde will uns festhalten, aber für mich gibt es nichts Größeres, als ihr einen Streich zu spielen. Zuerst ist da nichts als Mühe und Plage, du denkst, das schaffst du nie, aber dann, wenn du Glück hast, in ganz besonderen Momenten, da hebst du sie auf, die Anziehung der Erde, du hast das Gefühl, zu schweben, du springst höher und weiter, als du es dir jemals erträumt hast, und alles ist leicht.

Und ich muss an die Abende denken, an denen wir uns Videoaufnahmen angesehen haben von Nijinskij, dem unvergleichlichsten aller Tänzer, hier, hier siehst du das, rief Anna außer sich und hielt das Bild an, das ist gegen das Gesetz der Schwerkraft, was er da macht, schau nur, es ist, als würde er einen Moment lang in der Luft verharren, siehst du das?
Oh ja, auch ich sah es, wieder und wieder, denn Anna konnte nie genug bekommen von diesem Wunder, und nachmittags versuchte sie es ihm gleichzutun, übte Grand Jetés und Pirouetten, bis ihre Sehnen und Bänder nicht mehr mitmachen wollten, und hin und wieder erreichte auch sie annähernd dieses Wunder, immer dann, sagte sie völlig erschöpft, wenn du es am wenigsten erwartest, Cari, wenn du es nicht darauf anlegst, wenn du mit dir im Lot bist, eins mit Raum und Zeit, dann passiert es, aber nur manchmal, viel zu selten.
Daran denke ich, während ich die Nudeln abschütte und eine Fertigsauce aufwärme, den Tisch decke und Anna zuhöre, die mir erzählt, wie sie von Indien über Australien nach Neuseeland gereist sei, dort in einer Tanzschule Lucien kennenlernte, der sich wie sie dort ein wenig Geld dazuverdiente. Und mit ihm kehrte sie schließlich nach Europa zurück.
In der Nähe von Bordeaux haben wir uns eine Existenz aufgebaut, sagt Anna, und es klingt ein bisschen wie einstudiert, ich bin sehr glücklich dort, und sieht mich an mit diesen Augen, die immer noch groß sind und schön, diese Begeisterung aber suche ich vergeblich, dieses Feuer und die Entschlossenheit, die physikalischen Gesetze aus den Angeln zu heben, koste es, was es wolle.
Und dann erzählt sie mir, warum sie wirklich hier ist. Morgen wird sie ins Krankenhaus gehen und sich erneut an der Hüfte operieren lassen.

Die haben ein bisschen Metall dringelassen, sagt sie leichthin und wickelt die Nudeln um ihre Gabel. Das wollen sie wiederhaben.
Aber hinter ihrem Grinsen sehe ich, wie sehr ihr davor graut.

Als sie geht, verspreche ich ihr, sie zu besuchen. Natürlich werde ich das. Von der Postkarte habe ich ihr nicht erzählt. Ein paar Mal hatte ich es auf der Zunge, um es dann doch nicht auszusprechen. Was könnte Anna dazu wohl sagen?
Auch meine Omi hat nie mit mir über meine Mutter gesprochen, so, als hätte sie nicht existiert. Da musst du deinen Vater fragen, wehrte sie jede Frage ab, ich habe damit nichts zu tun.
Sie hätte es mir sagen sollen, denke ich, wie so oft, und während ich das Geschirr abwasche, versuche ich mir vorzustellen, wie das wohl gewesen sein mag: Eines Tages kommt ihr Sohn mit einem Baby an und erklärt ihr, er ist Vater geworden, aber eine Mutter gibt es leider nicht?
Ja, genau so muss es gewesen sein. Und Omi war die Letzte, die in einem solchen Fall unnötige Fragen stellte. Was für eine Familie!

Viertes Kapitel

in dem Gregor einen Berg besteigt und Besuch von seiner Mutter bekommt

Als ich am Samstag in Rekordzeit den Blauen Tötz hinaufsteige und für die wenigen Meter zum Gipfelkreuz einen kleinen Endspurt einlegen will, trete ich ungeschickt auf einen spitzen Felsen, die Sohle meines Bergstiefels – immerhin das Produkt einer der wenigen Traditionsfirmen, für die ich bereit wäre, meine Hand ins Feuer zu legen – bricht geradewegs mittendurch, und mit einem hässlichen Schnalzgeräusch, als würde ein Gummiband reißen, falle ich auf die Knie. Es nützt nichts, zu fluchen und zu schreien, mein Fuß schwillt rasch zu einem Klumpen an, der Schuh ist ohnehin nicht mehr zu gebrauchen, aber auch ohne Schuh ist ans Auftreten nicht zu denken. Andere Bergsteiger sind nirgendwo in Sicht und wären auch keine echte Hilfe, und hätte ich nicht mein Handy dabei, um die Bergwacht zu alarmieren, es könnte böse mit mir enden.

Man fliegt mich mit dem Hubschrauber ins Tal hinab, verfrachtet mich ins Garmischer Krankenhaus, wo ich Tod und Teufel und vor allem Arndt in Bewegung setze, um nach München-Großhadern überführt zu werden. Dort bestätigt man die Diagnose der Garmischer Kollegen: Die Achillessehne ist gerissen. Ich werde operiert, und mit einem Gips, in dem der Fuß gestreckt wie der einer Primaballerina für die nächsten Wochen festsitzt – auf keinen Fall belasten, mahnt der Arzt, auch nicht das kleinste bisschen, wenn Sie wollen, dass irgendwann alles wieder so wird wie früher –, schickt man mich nach Hau-

se. Die nächsten vier Wochen sind Sie selbstverständlich krankgeschrieben, sagt der Arzt zum Abschied. Lassen Sie sich verwöhnen.
Aber ich habe niemanden, der mich verwöhnen will.

Was ist denn *das*?
Arndt steht vor meiner Regalwand, die Urne in den Händen. Er schüttelt sie, hält sie ans Ohr.
Statt nach Hause ließ ich mich im Taxi zur Basilika fahren. Ich denke gar nicht daran, auch nur einen Tag länger meinem Büro fernzubleiben. »Daheim sterben d' Leut'«, sagt ein schwäbisches Sprichwort. Noch nie war ich krank, und auch diesmal bin ich nicht krank, lediglich meine Achillessehne muss wieder zusammenwachsen, aber seit wann denke ich mit dem Fuß?
Sieht aus wie eine Urne, sagt Arndt.
Ich ziehe es vor, nicht zu antworten. Es gelingt mir nicht mehr, den pochenden Schmerz in meinem Fuß zu ignorieren. Schweiß trocknet auf meiner Stirn. Was zum Teufel ist in Arndt gefahren, den schweigsamen, zurückhaltenden Arndt, ist er jetzt nicht sogar drauf und dran, den Deckel von der Urne zu schrauben?
Ich erhebe mich mühsam und nehme ihm das Gefäß aus der Hand.
Wo hast du das her?
Manchmal kann Arndt richtig zäh sein.
Von meinem Onkel, antworte ich knapp.
Cool! Meinst du, der kann mir auch so was besorgen?
Nein, sage ich und stelle die Urne zu den Unterlagen, die ich heraussuchen ließ, um sie mit nach Hause zu nehmen.
Nein, Arndt, das glaube ich kaum. Er ist nämlich da drin.

Seit langem betrachte ich meine Wohnung am Rande des Englischen Gartens lediglich als Schlafplatz. Und nun sitze ich auf der Couch, alle Kissen im Rücken, die zu finden waren, das Notebook auf den Knien. Eine Weile beschäftige ich mich damit, herauszufinden, wie weit die Crew ohne mich gekommen ist. Alles läuft bestens, die brauchen mich gar nicht. Ich lehne mich zurück, atme tief aus, betrachte die Decke meines Wohnzimmers. Ich habe Schmerzen und fühle mich allein. Wie seltsam, dabei bin ich immer allein und schätze es als mein höchstes Gut. Niemand, der mir auf die Nerven geht, niemand, der etwas von mir erwartet. Niemals fühlte ich mich allein, und ich habe keine Lust, heute damit anzufangen.
An den Krücken schleppe ich mich zur Toilette – ein Raum von einer Größe, wie ihn andere nicht für ihre Küche haben, ein Thron, umgeben von zwei reduzierten, minimalistischen Skulpturen. Nie zuvor habe ich bemerkt, wie weit die Wege in dieser Wohnung sind, die die Maklerin damals als »großzügig« beschrieb, jetzt zähle ich jeden Schritt. Als ich mich setze, fallen die Krücken zu Boden, fluchend verrenke ich mich, um sie aufzuheben, ohne das verletzte Bein zu belasten.
Es macht mich wütend, mir einzugestehen, wie unerträglich meine Schmerzen sind. Ich erinnere mich an die Tabletten, die mir der Arzt bei der Entlassung aus dem Krankenhaus mitgegeben hat. Wenn es schlimm wird, nehmen Sie eine, hat er gesagt. Ich humple zur Garderobe, suche in der Manteltasche, finde ein sauber gebügeltes weißes Stofftaschentuch und ein Päckchen mit zahnmedizinischem Kaugummi. Einen Edding auf der anderen Seite. Die Tabletten finde ich nicht.
Von der Tür zum Wohnzimmer aus betrachte ich mein Lager mit den zerdrückten Kissen. Ich kann mich nicht erinnern, krank gewesen zu sein, seit ich der mütterli-

chen Fürsorge entronnen bin, und dieses Krankenlager schlägt mir aufs Gemüt. Ich beiße die Zähne zusammen und klemme die Krücken unter die Schultern, arbeite mich Schritt für Schritt zur Terrassentür vor. Öffne sie. Frühlingsluft und das tiefe Orchester der Stadtgeräusche strömen herein. Die Dämmerung legt sich blau über die Baumwipfel des Englischen Gartens. Dunstschleier markieren den Verlauf der Isar. Immer mehr Lichter glimmen auf, als schmücke sich die Stadt für die Nacht.
Ich trete hinaus auf die Terrasse, atme tief die Luft ein, stehe ganz still, und es ist mir, als sähe ich das alles zum ersten Mal, ich kann mich nicht erinnern, diese Terrasse jemals betreten zu haben, seit mir die Maklerin die Wohnung zeigte. Damals stand ich hier, genau an dieser Stelle, das Abenteuer der Basilika lag noch vor mir. So vieles lag vor mir. Jetzt aber fühle ich den unerträglichen Schmerz, der in meiner linken Ferse pulsiert, und denke, nein, ich denke es nicht nur, sondern spreche es laut aus, hinaus in diesen unerträglich herrlichen Abend: Wieso muss das ausgerechnet mir passieren?
Ich erhalte keine Antwort. Dafür läutet das Telefon. Es ist meine Mutter, die ihren Besuch ankündigt, damit jemand nach mir sieht.
Nein, rufe ich, das ist überhaupt nicht nötig. Aber meine Mutter hat schon aufgelegt. Am nächsten Tag wird sie also über mich kommen wie das Jüngste Gericht. Mit einem Mal fühle ich mich hilflos. Hilflos und alt.

In der Nacht finde ich keinen Schlaf. Der Gips zieht mich tief in die Matratze hinein, mehrmals schrecke ich von dem Gefühl, in einen zähen Morast zu sinken, auf. Der Schmerz in der Ferse wandert mein Bein hinauf bis in die Hüfte. Gegen zwei Uhr morgens halte ich es nicht mehr aus, stehe auf, humple in der Wohnung umher, bis mir die

Arme weh tun, fluche, beiße die Zähne zusammen, fluche wieder. Endlich fällt mir ein, dass ich beim Verlassen des Krankenhauses gar nicht den Mantel trug, sondern die Wanderjacke. Darin finde ich tatsächlich die Schmerztabletten, gierig schlucke ich gleich zwei. Habe plötzlich Appetit auf einen heißen Kakao, wühle in den Küchenschränken, finde nur ein paar Krümel japanischen Sencha und Kaffeebohnen, eine kenianische Sonderauslese. Keinen Kakao. Im Kühlschrank ist das, was mir meine Zugehfrau jede Woche getreulich einkauft: ein Stück gesalzene Rollbutter, 200 Gramm San Daniele, sauber in Alufolie verpackt, ein Dutzend Eier von frei laufenden Landhühnern, einen Liter Bergbauernmilch. Dann ist da noch ein Döschen mit Foie gras, das liegt schon lange dort in der hintersten Kühlschrankecke, für den Notfall. Der ist jetzt eingetreten.

Ich suche, bis ich eine Pfanne finde, und schlage drei Eier hinein. Toaste ein paar Brotscheiben und öffne die Dose mit der Gänseleber. Dass der Herd überhaupt funktioniert, erstaunt mich. Ich koche niemals zu Hause, mache mir zum Frühstück mein wachsweiches Ei auf den Punkt im Eierkocher, lasse meinen ersten Espresso aus der Maschine. Heute Nacht aber lege ich ein paar Scheiben Schinken über die fast fertigen Eier. Wie mühsam das alles ist, auf nur einem Bein hüpfend, die Krücken in Reichweite, die mir andauernd zu Boden krachen. Die einfachsten Handreichungen werden zum logistischen Abenteuer.

Irgendwie schaffe ich es, den Teller mit den Eiern zum Esstisch zu bugsieren, und gerade, als ich genüsslich in den Toast mit der Gänseleber beißen will, fällt mein Blick auf Onkel Gregors Urne. Aus einem lächerlichen Impuls heraus, meinen Paten vor Arndt zu schützen, habe ich die Urne mit nach Hause genommen. Ich betrachte die nicht

mehr so glänzende Oberfläche. Denke an das Krankenhaus, an den bitteren Geruch, der über den Gängen lag – so riecht der Tod. Woran Onkel Gregor wohl gestorben ist? Er war noch nicht alt, kaum älter als mein Vater, und der ist ein kerngesunder Mittfünfziger. Er war krank, denke ich, wie hätte er sonst so genau wissen können, dass er sterben wird?
Langsam und bedächtig kaue ich Toastbrot mit Foie gras und gable Schinkeneier in mich hinein, eine Mischung, die mir sonst nie über die Lippen käme. Schon wieder steht mir Schweiß auf der Stirn, alles strengt an. Aber die Schmerzen sind längst nicht mehr so heftig.
Ich humple hinüber zur Urne und schraube den Verschluss auf. Richtig, unter einer feinen Schicht aus Asche liegt darin ein zusammengefaltetes Bündel Papier. Ich klemme mir die Urne unter den Arm und schleppe mich damit zum Waschbecken. Vorsichtig ziehe ich Onkel Gregors Brief heraus, befreie ihn von Ascheresten und stecke ihn in die Tasche meines Morgenmantels. Dann mache ich es mir auf dem Sofa so bequem wie möglich und suche auf den Seiten die Stelle, wo ich aufgehört habe, zu lesen.
»… dass man einem Menschen den letzten Willen nicht verwehren darf.
Ich denke, das wirst Du einsehen. Sicherlich wirst Du eine Weile brauchen, um Deinen Entschluss zu fassen und Deine Angelegenheiten zu regeln, um für ein paar Wochen fortzukönnen. Aber Du solltest nicht zu lange damit warten. Du könntest mich vergessen, und eines Tages kommt Deine Mutter zu Besuch und entdeckt mich in der Urne – den Schrecken wollen wir ihr doch ersparen, nicht wahr?«
Ich muss lachen. Er hat recht. Bevor meine Mutter morgen aufkreuzt, sollte ich Onkel Gregor gut verstecken.

Aber wo? Sie hat eine absolut indiskrete Art, jeden Winkel meiner Wohnung zu ergründen, auf der Suche nach dem Hinweis auf eine Frau in meinem Leben, sie brennt darauf, endlich Enkel zu bekommen, und da diese Pflicht nach Heinrichs Tod allein mir zufällt ... Zum Teufel damit.
Verdammt. Ich habe völlig vergessen, dass meine Achillessehne gerade erst geflickt wurde. Der Orthopäde war hingerissen von der archaischen Handwerkskunst seiner Zunft: Mit Spezialschnüren – ja, Sie haben richtig gehört, Schnüren – die beiden Sehnenenden zusammenfügen. Und dann Faser für Faser miteinander verkleben. In zehn, zwölf Wochen haben Sie alles vergessen. Da springen Sie wieder herum wie ein Wiesel ... Aber jetzt wird mir übel vor Schmerz, als ich so jäh versuche, aufzustehen.
Tja, Onkel Gregor, aus einer Reise wird wohl nichts werden. Selbst wenn ich wollte.
Aber was tun mit der Urne? Schließlich kann ich sie nicht einfach in den Müll werfen. Ich könnte sie meinen Eltern übergeben, hier, da habt ihr euren Anverwandten, macht mit ihm, was ihr für richtig haltet.
Aber ich weiß genau, was geschehen würde. Meine Mutter wird nicht eher rasten und ruhen, bis Onkel Gregor unter der Erde ist. Ihr geht der Sinn für Geschichten wie eine dreifache Seebestattung gänzlich ab. Ein anständiger Mensch braucht eine anständige Beerdigung, höre ich sie bereits sagen, die Fäuste in die Hüften gestemmt. Und, ja, auch wenn es mir nicht besonders in den Kram passt, irgendwie habe ich das Gefühl, Onkel Gregor vor der resoluten Phantasielosigkeit meiner Mutter retten zu müssen.
Denn wenn ich ihr auch in gewisser Weise ähneln mag, was unseren Sinn für Pragmatismus anbelangt, so habe ich mir doch ausbedungen, mein Leben auf meine Art zu

leben. Ich habe nie darüber nachgedacht, aber heute Nacht wird mir klar: Auch ich bin ein Außenseiter und sogar stolz darauf, auch ich will mich um keinen Preis an andere Menschen binden, mich in keiner Weise von ihnen abhängig machen, auch ich bestehe darauf, dass meine Wünsche, wie ausgefallen sie auch sein mögen, respektiert werden. Und so respektiere ich Onkel Gregors letzten Wunsch.

Ist dir klar, was das heißt, frage ich mich selbst. Willst du tatsächlich diesem verrückten Alten durch halb Europa oder gar die ganze Welt folgen? Nein. Das kommt nicht in Frage. Aber ich werde eine Lösung finden. Es gibt immer eine Lösung. Auch diesmal wird mir etwas einfallen. Aber zuerst will ich sehen, was Onkel Gregor noch zu sagen hat.

»Es ist alles ganz einfach. Sobald Du bereit bist, rufst Du meinen guten alten Freund Sebastian Nadler an, er sagt Dir, wie es weitergeht. Das heißt: *Ich* werde es Dir sagen, denn Sebastian ist im Besitz eines weiteren Briefes, den er Dir übergeben wird. Darin wirst Du auch erfahren, was es mit dem Schlüssel auf sich hat. Dass er zu einem Schließfach passt, das hast Du natürlich schon erkannt.

So, und nun wünsche ich Dir gute Entschlusskraft. Ich hoffe, ich schaffe Dir nicht zu viele Unannehmlichkeiten. Aber manche Dinge müssen einfach sein, und wir erkennen erst im Nachhinein ihren Sinn und Nutzen.

Alles Liebe und bis bald, es grüßt Dich Dein verstorbener Onkel Gregor.«

Mein Gott, Onkel Gregor. Ich versuche, ihn mir vorzustellen, wie er den Brief und jenen anderen, den dieser Sebastian Nadler verwahrt, und wer weiß wie viele weitere, geschrieben hat, durchaus noch lebendig, mich dennoch bereits als Toter grüßend. Ich kann mich nicht erinnern, wann ich ihn das letzte Mal gesehen habe, weiß nicht einmal mehr, wie er aussah. Ich schätze, er hatte eine Menge Spaß dabei, diesen Brief zu schreiben, eine seltsame Art von Vergnügen und gewissermaßen auf meine Kosten. Na, mir soll es recht sein, nicht, dass ich etwa Lust verspüre, auf diese abenteuerliche Schnitzeljagd einzugehen, aber irgendwie muss der Onkel, wenn schon nicht unter die Erde, so doch ins Meer gelangen, seine letzte Ruhe oder was auch immer finden, und mit einem Mal weiß ich die Lösung, ich suche meine Krücken zusammen, erhebe mich, hangle mich zum Notebook und schalte es ein.

Während der Bildschirm aufflackert und die Programme geladen werden, wähle ich die Nummer meiner Eltern. Zehn Mal läutet es, dann meldet sich die Stimme meiner Mutter.

Was ich sagen wollte, teile ich ihr mit, während ich mich ins Netz einwähle, du brauchst wirklich nicht zu kommen. Aber wenn ich es dir nicht ausreden kann, dann bring ein paar Fotos mit. Von Onkel Gregor. Falls du welche hast.

Sag mal, antwortet die Stimme meiner Mutter, ist dir klar, wie spät es ist?

Ich schau auf die Uhr. Es ist kurz nach halb fünf.

Entschuldige, sage ich, aber meine Mutter hört gar nicht zu.

Und wieso denn Onkel Gregor, weißt du eigentlich, dass es nie eine Beerdigung gab? Jedenfalls hat man uns nicht benachrichtigt, das ist ein Skandal, schließlich ist er der Bruder deines Vaters, und in seinem Testament hat er uns auch nicht bedacht. Oder dich. Wo du doch sein Patensohn bist. Und die da oben in Holland geben einem einfach keine Auskunft. Du solltest etwas unternehmen!

Ich muss grinsen, von einem Ohr zum anderen. Ich bin mir sicher, auch das hat mein Patenonkel einkalkuliert.

Und sich diebisch daran gefreut. Aber meine Mutter ist noch nicht fertig. Offensichtlich ist sie jetzt hellwach und hat noch eine Menge zum Thema zu sagen.
Ich frage mich: Wo ist die Leiche? Angehörige haben ein Recht auf eine Leiche! Dieser holländische Anwalt sagt, dein Onkel habe anders über seinen Körper verfügt. Wie, das will er nicht sagen. Dein Vater meint, vielleicht hat er seinen Körper der Medizin zur Verfügung gestellt. Wie denkst du darüber?
Kann schon sein, gebe ich zur Antwort und muss mir ein Lachen verbeißen.
Also ich, wenn ihr mich fragt, ich glaube das nicht, tönt es aus dem Telefonhörer.
Sei doch froh, werfe ich dazwischen, ein Grab weniger, das du pflegen musst, und bereue es sofort, denn ich weiß genau, was jetzt kommt, eine lange Klagelitanei über die Mühen der Grabpflege, die Verwandtschaft ist groß und viele nicht mehr unter uns, und wie schäbig sich doch die meisten Lebenden verhalten, die sich einen Dreck um die notwendige, den Toten geschuldete Blütenpracht und die Plage mit den Moos ansetzenden Grabsteinen scheren, alle Arbeit ihr überlassen und noch nicht einmal kommen, um das stolze Ergebnis zu bewundern. Aber das habe ich schließlich davon, was muss ich auch meine Mutter anrufen, und ganz gegen meine Gewohnheit lasse ich sie reden, mache alle paar Minuten hmhm und jaja, gebe inzwischen »Seebestattungen« als Suchbegriff ein und blättere mich durch verschiedene Angebote von Beerdigungsinstituten, die eine derartige letzte Ruhefindung in ihrem Internetangebot bereitstellen.
Auf dem Motorschiff »Farewell« oder »Letzte Ruhe« kann man also in »schlichter und würdiger Zeremonie« seine Asche in einer »Öko-Urne«, die sich gemäß den Umweltvorschriften rückstandslos auflöst, an einer be-

stimmten, vorgeschriebenen Stelle ins Wasser versenken lassen, wenn man will, spielt eine Blaskapelle dazu. Oder Musik vom Band. Alles höchst individuell. Sogar Fotos gibt es im Netz von diesem »Unterwasserfriedhof« auf dem Meeresgrund, wo wild die Seelilien wachsen, und während meine Mutter mir vorrechnet, was eine anständige Beerdigung kostet, Grabstein und Grabpflege noch längst nicht inbegriffen, lese ich, wie günstig man mit einer Seebestattung davonkommt, von den Folgekosten, die es nicht gibt, ganz zu schweigen.
Dennoch. Travemünde. Sylt. Timmendorf. Eine behördlich festgelegte Stelle. Das ist nicht das Richtige für meinen Patenonkel. Und während ich weitere Webseiten öffne, lese, vergleiche, komme ich zu dem Ergebnis, dass auch dies eine Beerdigungsindustrie wie jede andere ist, dass kein Raum für Sonderwünsche bleibt, eine Bestattung in einem anderen Land als Deutschland ist nicht vorgesehen, und ich bin mir ziemlich sicher, dass mein Onkel nicht in der Ost- oder Nordsee enden wollte.
Hörst du mir überhaupt zu?
Ich habe nicht bemerkt, dass der Redeschwall aus dem Telefonhörer verebbte.
Mutter, sage ich, du musst nicht kommen. Ich komm prima allein zurecht.
Natürlich komme ich, bellt sie zurück. Jetzt frühstücke ich, und dann setz ich mich ins Auto …
Bring mir ein Foto mit. Von Onkel Gregor.
Auf der anderen Seite wird es still.
Seit wann interessierst du dich für die Familie?
Ich interessiere mich nicht für die Familie, entgegne ich barscher als beabsichtigt, ich interessiere mich für meinen Onkel.
Reichlich spät, finde ich. Und wenn man bedenkt, dass er sich nie für dich interessiert hat …

Bring mir einfach ein Foto mit, ja? Oder lass es von mir aus sein!

Herrgott, muss sie immer ihren Kommentar zu allem und jedem abgeben! Noch lange sitze ich auf dem Sofa, schaue mit leeren, übernächtigten Augen vor mich hin. Ich muss raus aus dieser Wohnung, das ist es, was mich verrückt macht, das Eingeschlossensein in diesen vier Wänden.

Ich greife noch einmal zum Telefonhörer. Im Gegensatz zu meiner Mutter meldet sich Arndt hellwach. Das hab ich gewusst. Wir beide sind aus demselben Holz.

Meine Mutter will mich besuchen, sage ich, ich werde also erst heute Nachmittag ins Büro kommen können. Schau doch nachher hier vorbei und lass uns zusammen frühstücken gehen. Dann können wir alles besprechen.

Arndt ist mit allem einverstanden. Wie von einer großen Last befreit, sinke ich zurück in die Polster. Beobachte schläfrig, wie allmählich der Himmel Farbe annimmt, bis ein erstes Schimmern die Wohnung in Zwielicht taucht. Ich mag diesen einen kurzen, unmerklichen Moment, wenn es sich durchsetzt, das Licht, und die Dämmerung endgültig – für einen weiteren Tag zumindest – verdrängt. Heute Morgen aber verpasse ich diesen Augenblick. Die Müdigkeit legt sich ganz plötzlich wie ein Schleier über mich.

Hier, sagt meine Mutter wenige Stunden später und legt ein Fotoalbum auf den Tisch.

Dann macht sie sich ans Auspacken. Dreimal lässt sie den Aufzug vollbeladen von der Garage bis hinauf zu meinem Penthouse fahren und stellt zu meinem Entsetzen die durchaus geräumige Küche mit Kartons und Tüten voll. Ich humple entnervt hinter ihr her, versuche, über nichts zu stolpern, sehe in Körbe und öffne Taschen, sor-

tiere wieder aus, was sie in meine Schränke räumt, halte ihr unbeachtete Vorträge über Produkte, mit denen ich bestimmt niemals meinen armen Magen quälen werde, bis ein heftiger Streit im Gang ist, meine Mutter wie ein losgelassener Luftballon durch die große Wohnung schießt und mangels Türen, die sie so wie zu Hause zuknallen könnte, wieder in die Küche zurückkehrt, um mit Dosen und Päckchensuppen um sich zu werfen.
Schließlich kann ich nicht anders, ich muss lachen. Wieder einmal bin ich auf dieses Spiel hereingefallen, das wir unser Leben lang spielen werden, kaum betritt ein Elternteil die Bühne, schlüpfe ich in meine Sohnesrolle, die ich eigentlich nach der Pubertät geglaubt habe, hinter mir zu lassen, ich gehe auf meine zornsprühende Mutter zu, stolpere über eine Kiste mit Schwarzwälder Apfelsaft, stürze ihr bühnenreif in die Arme, hänge an ihr wie ein Sack, da sich die Krücken mal wieder in alle Richtungen davonmachen, die eine scheppernd gegen die Edelstahltür meines Siemens-Kühlschranks, wo sie eine deutliche Macke hinterlässt, du Scheusal, du undankbares, schimpft meine Mutter, aber dann muss auch sie lachen, und schließlich endet alles damit, dass ich uns einen Kaffee mache, auch wenn ich meine Mutter dafür fast auf dem Sofa festbinden muss.
Da sitzen wir nun, eingehüllt in den Duft von caffè arabica, auf dem Tisch das Album. Beide betrachten wir es, beide unterlassen wir es, in diesem so seltenen friedvollen Moment das Thema Onkel Gregor anzuschneiden. Stattdessen frage ich, mit dem Blick auf ein viereckiges Etwas, das in einer Kunststoffhülle mit Reißverschluss an der Wand meines Wohnzimmers lehnt: Was ist denn das dort?
Meine Mutter antwortet nicht gleich. Und ich beginne etwas zu ahnen, zwei Meter lang, neunzig Zentimeter

breit, nein, sage ich, und es klingt mehr wie eine Bitte, das kommt nicht in Frage, ich bestell dir ein Zimmer in dem Hotel an der Ecke ...
Gregor, sagt meine Mutter und holt tief Luft, in deinem Zustand, also ich finde, du solltest nachts nicht ...
Nein, sage ich, meine ganze Entschlossenheit und Willenskraft zusammenraffend, auf gar keinen Fall übernachtest du hier, hörst du ...
Aber ich stör dich überhaupt nicht, ehrlich, so riesig, wie diese Wohnung ist, da merkst du nicht mal, dass da noch jemand ...
Nein, schreie ich und erschrecke selbst, glaube die Stimme meines Vaters zu erkennen, wenn der sich nicht mehr zu helfen wusste, damals, als ich noch ein Kind war und mich durch meine ewigen Jobs den ganzen Nachmittag aus dem Staub machen konnte, abends in mein Zimmer verzog, um Schulaufgaben zu machen oder zu lesen, während mein Vater zwar dem Stumpfsinn des Büros entronnen, dafür dem Starrsinn meiner Mutter hilflos ausgeliefert war, nein, sage ich jetzt ruhiger, aber mit Nachdruck, ich will einfach nicht, dass du hier übernachtest, fang jetzt bloß nicht an, mit mir zu streiten, oder ...
Ist ja gut, unterbricht mich meine Mutter und zieht eine Schnute. Aber ins Hotel geh ich nicht. Dann fahre ich eben heute Abend noch nach Hause.
Ich wage kaum zu atmen vor Erleichterung. Halb habe ich befürchtet, dass sich meine Mutter häuslich bei mir niederlassen wollte, die Unmengen an mitgebrachten Vorräten deuteten auf so etwas hin. Dass sie allerdings die Kühnheit besitzt, gleich mit einem Reisebett anzurücken – nun, wenn sie hofft, ich würde widersprechen und sie bitten, bis morgen zu bleiben, dann hat sie sich getäuscht.
Du bist schon ein komischer Sohn, sagt meine Mutter

und schaut in ihre Kaffeetasse. Du rufst nie an. Wann warst du das letzte Mal zu Hause?
Ich bin hier zu Hause, will ich sagen, aber ich lasse es sein, nein, ich weigere mich, die Diskussionen zu wiederholen, die meine Mutter alle Jahre wieder provoziert, aus dem Alter, auf meine Unabhängigkeit zu pochen, bin ich raus, soll sie doch reden, Hauptsache ist, sie packt ihr Reisebett wieder in den Wagen und fährt spätestens heute Abend zurück in ihr Leben und lässt mich in meinem in Ruhe.
Weißt du, was ich manchmal denke?, fährt meine Mutter fort. Damals, als Heinrich umkam, damals habe ich euch alle beide verloren.
Und dann sagt sie nichts mehr, stellt die Tasse auf den Tisch, zieht das Album zu sich und schlägt es auf. Zwei Babys auf einem Frotteetuch. Identisch. Ich will wegsehen. Zwei Buben in Latzhosen, zwei oder drei Jahre alt.
Alle haben immer gesagt, dass man euch nicht auseinanderhalten kann, sagt meine Mutter, aber das stimmt überhaupt nicht.
Sie blättert zurück.
Hier, sagt sie und reicht mir das Album, bei eurer Taufe. Das hier ist dein Onkel.
Ich sehe eine Gruppe junger Menschen vor einem Kirchenportal, erkenne meine Mutter, schlank und zerbrechlich steht sie da in einem Rüschenkleid mit schwingendem Rock, daneben mein Vater im Anzug. Auf der anderen Seite neben meiner Mutter steht ein untersetzter, blonder Mann mit breitem Grinsen – Onkel Heinrich. Er hält ein spitzenverziertes Kissen auf dem Arm, als sei es eine Bombe. Meinen Bruder kann ich darauf nur vermuten, zu sehen ist nichts von dem Täufling, nur das Kissen. Neben meinem Vater, fast am Bildrand, steht noch ein Mann, dunkel, hochgewachsen, in der Uniform eines Ka-

pitäns. Es ist Onkel Gregor. Auch er hat ein Kissen auf dem Arm, hat es allerdings zur Kamera gewendet und aufgerichtet, und tatsächlich kann man deutlich den Kopf eines Säuglings mit einer hellen Babymütze erkennen. Es sieht fast so aus, als lachten Gregor senior und Gregor junior einvernehmlich in die Kamera.

Du wärst fast vom Kissen gefallen, sagt meine Mutter, eine Sekunde später konnte ich dich gerade noch auffangen.

Ich glaube ihr kein Wort. Sie sehen sich sehr ähnlich auf dem Foto, mein Vater und sein Bruder, und mir wird bewusst, dass auch mich mit den beiden eine gewisse Ähnlichkeit verbindet.

Warum kannst du ihn nicht leiden, will ich wissen.

Meine Mutter schnaubt, wendet das Gesicht ab, gibt keine Antwort. Ich blättere weiter. Ich sehe mich und meinen Bruder auf dem Abenteuerspielplatz, als Cowboy und Indianer verkleidet beim Kinderfasching, mit den gleichen Schultüten vor dem Portal der Grundschule.

Hat er dir etwas getan?

Sie hält immer noch den Kopf abgewandt, so als sehe sie aus dem Fenster und in den Himmel.

Auf ihn war kein Verlass, sagt sie schließlich, aber etwas in ihrer Stimme lässt mich aufhorchen.

Wie meinst du das?

Na ja …, meine Mutter sucht nach Worten, und das ist schon erstaunlich genug, die »große weite Welt …«, was anderes zählte für ihn nicht. Wir waren ja nur die Landeier, sagt sie schließlich heftig, gerät wieder in ihr altes Fahrwasser und redet sich in ihre gewohnte Ablehnung hinein, er ließ sich nie blicken, verstehst du, nicht mal bei Familienfesten, wollte von uns allen nichts wissen, er war einfach … na ja … schrecklich unzuverlässig. Ich war dagegen, aber dein Vater wollte unbedingt, dass er dein Pate wurde, ich konnte sagen, was ich wollte, dein Vater hat darauf bestanden, du kennst ihn ja …

Ja. Ich kenne meinen Vater. Und gerade darum wundere ich mich. Ich kann mich nicht erinnern, wann mein Vater sich in einer so wichtigen Angelegenheit je durchgesetzt hätte. Ich schlage die Seite im Album um, in der Hoffnung, noch mehr Fotos von meinem Onkel zu finden. Aber es folgen weitere von meinem Bruder Heinrich und mir, in identischen Kleidern, ich sehe mich im Alter von neun mit einer roten Baseballmütze, die ich mir von meinem selbstverdienten Geld kaufte, die rote Mütze leuchtet wie ein Hilferuf auf ein bisschen Individualität. Aber es hat nicht lange gedauert, da hat meine Mutter Heinrich dieselbe Mütze gekauft, meine trug ich von dem Tag an nie wieder.

Und dann. Ich hätte gewarnt sein sollen. Ein anderer Gregor tief in mir denkt ständig daran, bewahrt die Bilder und hält sie lebendig, ob ich will oder nicht. Ich blättere weiter, obwohl ich genau weiß, was kommt, was damals kam, nach der Einschulung und dem Kinderfasching und der roten Baseballmütze, die ich dann nie wieder trug, weil Heinrich mir alles verdarb, mir alles wegnahm, mich kopierte, bereits als Gregor-Kopie auf die Welt kam. Was ich auch immer unternehmen würde, um ein eigenständiges, einmaliges Leben zu führen, so würde doch ein paar Sekunden später Heinrich auftauchen und es mir nachmachen und damit wegnehmen, so wie er ein paar Sekunden, oder seien es auch Minuten, nach mir auf diese Welt geplumpst war, mein überflüssiges Double, mir so verdammt ähnlich und doch Welten von mir entfernt. Denn es gab diesen Unterschied, oh ja, und beide wussten wir das, ich war der Schnellere, der Hellere, nicht nur in der Schule, wo Heinrich viel durch Fleiß wettmachte, nein, das erste Mal zeigte sich der entscheidende Unterschied zwischen uns beiden Zwillingsbrüdern deutlich, als ich beschloss, Tauchen zu lernen, und Heinrich selbstverständlich auch zum Kurs im heimischen Hallenbad angemeldet wurde. Aber Heinrich hatte einen kleinen, feinen Schaden im Trommelfell, und als es im Sommer in den Baggersee ging, da durfte er nicht mehr mit.

Als wir noch kleiner waren, da habe ich einen Winter und einen Sommer lang sehnsüchtig auf eine Gelegenheit gewartet, meinen Bruder Heinrich umzubringen. Es gelang nicht. Als ich ihn in der schlimmsten Kurve vom Schlitten warf, fiel Heinrich in eine Schneewehe, krabbelte wieder heraus und hatte nicht einmal einen Kratzer. Übrig blieben das schlechte Gewissen und der wachsende Ärger über meinen Bruder. Als ich ihn im Schwimmbad vom Zehnmeterbrett schubste, fiel Heinrich wie ein Stein ins Wasser und tauchte wie eine Ente wieder auf. Heinrich war einfach nicht totzukriegen. Schließlich fand ich mich damit ab. Nicht vorbereitet war ich auf das, was später geschah. Niemand war darauf vorbereitet. Nie hätte ich daran gedacht, dass ausgerechnet Heinrich die Initiative ergreifen würde. Er war ein Imitator, ein Plagiator, er machte nach, was ich ihm vorlebte, und niemals zuvor hatte er aus eigenem Antrieb etwas unternommen. Und dann, eines schönen Tages mitten in den Sommerferien, als ich mir eine Glasscherbe in den Fuß getreten hatte und unsere Mutter mit mir zum Arzt gefahren war, so dass ich die Abschlussprüfung des Tauchkurses verpasste, da stahl Heinrich meine Tauchausrüstung, gab sich als Gregor aus, fuhr mit der Gruppe zum Baggersee, tauchte hinab wie alle anderen, aber als er viel zu spät und an ganz anderer Stelle wieder auftauchte, trieb er leblos im Wasser, und als man ihm die Taucherbrille abnahm, da war alles voller Blut, das ihm aus der Nase und den Ohren quoll.

Ich habe nie verstanden, warum mein Bruder das tat. Wollte er mir zeigen, dass auch er Mut besaß? Oder wollte er für mich die Prüfung retten, die ich erst im nächsten Sommer hätte nachholen können? Aber Heinrich wusste nur zu gut, dass er mir damit keinen Gefallen erwiesen hätte. Er wollte mir auch das noch wegnehmen, das war es, was ich dachte, während um mich herum die Welt in Trauer aufging und ich immer stärker das Gefühl bekam, dass in den Augen meiner Mutter der falsche Sohn verunglückt war. An Gregors statt ..., das war es, was ich dauernd zu hören bekam, an deiner Stelle ... Ja, Heinrich war an meiner Stelle gestorben, das wurde mir spätestens im Herbst klar, als die Schule wieder begann und der Platz neben mir leer blieb, als die anderen Kinder zuerst nicht wagten, mit mir zu sprechen, und mich so komisch ansahen, wie einen, der kein Recht mehr hat, hier zu sein und Rechnen und Schreiben zu lernen, als sei nichts geschehen. Ja, Heinrich hat es auf sich genommen, für mich zu sterben, und so war es ihm schlussendlich doch gelungen, dem Imitator, dem Plagiator, eine Rolle in der Familie und darüber hinaus einzunehmen, die ich niemals würde toppen können.
Ich merke, dass meine Mutter mich beobachtet. Warum nur hat sie mir dieses Album mitgebracht, frage ich mich. Ich bat um Bilder von meinem Onkel, ich war nicht darauf gefasst, mir und Heinrich in Tauchanzügen vor dem Schwimmbecken zu begegnen, schon gar nicht dem Grab mit dem weißen Stein, das meine Mutter täglich zu besuchen pflegte, sicherlich tut sie das heute noch, immer frische Blumen auf dem Grab, nur mich hat man schon damals nur unter schlimmsten Androhungen dort hinbekommen, nicht einmal an Allerheiligen bin ich mitgegangen, und das hat mir, davon bin ich auch heute noch fest überzeugt, meine Mutter niemals verziehen.

Was soll das, frage ich und klappe das Album zu.
Es ist dein Album, sagt meine Mutter, dein Vater und ich, wir haben es vor vielen Jahren für dich angelegt. Ich hab es dir mitgebracht, jetzt mach damit, was du willst.

Dann legt sie sich wirklich ins Zeug. Sie telefoniert mit meiner Zugehfrau und vereinbart, dass sie die nächsten Wochen täglich vorbeikommt (völlig überflüssig, denn ich denke gar nicht daran, zu Hause herumzusitzen, aber ich verzichte darauf, das meiner Mutter zu sagen). Dann fährt sie mit mir zum Arzt, löchert ihn mit Fragen, gemeinsam erstehen wir in einem Sanitätshaus bequemere Krücken, dann macht sie einen Chiropraktiker ausfindig, der täglich zu mir nach Hause kommen soll (beziehungsweise in die Basilika, das werde ich ihm nach der Abreise meiner Mutter mitteilen), um mit gezielten Übungen einseitigen Fehlbelastungen und einer Überbeanspruchung des gesunden Beines von vorneherein entgegenzuwirken, und später, wenn der Gips entfernt wird, mit dem ruhig gestellten Fuß zu trainieren.
So wird es Abend, das Reisebett lehnt immer noch an der Wohnzimmerwand, meine Mutter sinkt erschöpft auf mein Sofa, und ich greife zum Telefonhörer.
Möchtest du ein Zimmer mit Blick auf den Englischen Garten oder lieber über die Stadt? Bäume siehst du doch zu Hause jeden Tag genug, oder nicht?
Meine Mutter schenkt mir diesen Blick, der von klein auf bei mir ein abgrundtief schlechtes Gewissen hervorrief, ob ich nun wusste, weshalb, oder nicht. Es hat Jahrzehnte gedauert, bis ich endlich immun gegen ihn wurde.
Also über die Stadt, entscheide ich ungerührt, reserviere eines der besten Zimmer, Frühstücksbuffet inbegriffen, auch wenn ich weiß, dass sie zum Frühstück zu mir herüberkommen wird, um mit Argusaugen Frau Schellbach

bei ihrer Arbeit zu beobachten, ihr noch diese oder jene Anweisung zu geben, mir ist klar, dass es genau das ist, was sie davon abhält, sich sofort ins Auto zu setzen und wieder nach Hause zu fahren, denn wenn meine Mutter etwas hasst, dann ist es, in Hotels zu übernachten, soweit ich mich erinnern kann, hat sie das immer vermieden. Aber ich kann es nun mal nicht ertragen, nachts jemanden in meiner Wohnung zu wissen, keine Frau hat je die Nacht bei mir verbracht, immer achte ich sorgfältig darauf, dass ich bei ihnen schlafe und nicht umgekehrt, die Frage: »Zu mir oder zu dir« stellt sich für mich nie. Annette hat es mir auch in dieser Hinsicht leichtgemacht, es ist wirklich schade, dass wir uns nicht mehr sehen, aber andererseits vermisse ich sie nicht, nur dienstags kommt sie mir in den Sinn, und ihre leidenschaftlichen Umarmungen fehlen mir dann, aber mir ist klar, dass dieses bedauernde Vermissen nicht ausreicht, um in das Leben dieser Frau, von der ich im Grunde nichts weiß, erneut einzudringen.
Wieder spüre ich, dass meine Mutter mich beobachtet. Sie macht sich ihre eigenen Gedanken, ausnahmsweise aber schweigt sie und denkt sich ihren Teil. Ich entdecke ein ungewohnt mildes Lächeln auf ihrem Gesicht, und da wird mir klar, was mir weitere Diskussionen um ihren Schlafplatz erspart: Da ist eine Frau im Spiel, das ist es, was sie denkt, darum will ihr Sohn sie nicht in seiner Wohnung haben, und wenn dem so ist, dann gibt sie ausnahmsweise klein bei.
Soll sie also glauben, was sie glauben will. Und während sie ein paar belegte Brote von der Art machte, die ich seit meiner Kindheit hasse, mit Gürkchen und eingelegten Paprikastreifen auf der Salami, dick Butter auf dem Schwarzbrot aus der Brotfabrik, öffne ich eine Flasche meines Lieblingsweins, freue mich an den neuen, leichten

Krücken, öffne eine Packung italienischer Cantuccinis und mache es mir bequem.
Hast du nicht noch ein anderes Foto von Onkel Gregor?, frage ich, als meine Mutter mit dem Teller voller Brote aus der Küche kommt.
Sie schüttelt den Kopf. Bekommt wieder dieses verkniffene Gesicht.
Überhaupt gar keines?
Du weißt doch selbst, dass er nie da war. Also ist er auch auf keinem Foto.
Sie beißt in ein Salamibrot, kaut, sieht missbilligend auf das trockene Gebäck in meiner Hand. Du solltest etwas Anständiges essen, ermahnt sie mich, kein Wunder reißen dir die Sehnen, wenn du dich von diesem trockenen Zeug ernährst.
Er ist deinetwegen nicht mehr gekommen, sage ich.
Meine Mutter wirft das angebissene Salamibrot zurück auf den Teller.
Meinetwegen?, ruft sie empört. Ist es vielleicht meine Schuld, dass Gregor Beer sich lieber in der Weltgeschichte herumtreibt, als seine Familie zu besuchen? Ist es meine Schuld, dass er auf keine Briefe antwortet, nicht zu den Festtagen anruft, sich nicht um seinen Patensohn kümmert?
Aber das muss doch einen Grund haben, sage ich und denke gleichzeitig, warum sollte das einen Grund haben, auch ich melde mich nie, und wenn man mich fragen würde, dann wüsste ich keinen Grund dafür zu nennen.
Meine Mutter isst ihr Brot zu Ende. Kaut gründlich, ich kann das Gürkchen zwischen ihren Zähnen knacken hören. Und als ich nicht mehr mit einer Antwort rechne, da sagt sie, nun wieder ganz ruhig: Glaub mir, ich habe meine Gründe. Aber jetzt ist er tot. Lassen wir die alten Geschichten in Frieden ruhen.

Am anderen Tag wird es Mittag, und meine Mutter ist immer noch da. Ich fühle, dass mir nach und nach die Geduld ausgeht, wie der Sand aus einer Eieruhr scheint sie aus mir zu rinnen, stetig, unaufhaltsam. Der Tag hat schlecht begonnen: Wie erwartet klingelte meine Mutter noch vor dem Frühstück, und zwar schon um sieben. Ich hatte endlich einmal wieder tief und fest geschlafen und war schlechter Laune, nachdem sie mich wach geklingelt hatte. Zu allem Überfluss gehört meine Mutter noch zu der Sorte Frühaufsteher, deren Ausgeschlafensein sich in stetig strömenden Redekaskaden äußert, ich dagegen, sonst auch in aller Frühe auf den Beinen, liebe es, die ersten Stunden des Tages schweigend zu genießen.
Frau Schellbach kam, und statt sie in Frieden ihre Arbeit machen zu lassen, griff meine Mutter gleichfalls zum Scheuertuch, sie ist es nicht gewohnt, zuzusehen, wie irgendjemand, der nicht sie ist, die Hausarbeit erledigt, sich das Privileg aneignet, sich um ihren Sohn zu kümmern, zu spät erkenne ich, dass sich Frau Schellbach in den Augen meiner Mutter von Minute zu Minute mehr in eine Konkurrentin verwandelt, die es zu übertreffen und in die Schranken zu weisen gilt. Sosehr ich mich auch bemühe, ich kann nicht verhindern, dass sie meine Bettwäsche wechselt, schließlich habe ich die Urne im Wäscheschrank vergraben, versuche vergeblich, Frau Schellbach vor der auftrumpfenden Betriebsamkeit meiner Mutter zu schützen, da ist nichts zu machen, und schließlich schicke ich sie, sehr zum Ärger meiner Mutter, vorzeitig nach Hause, gebe ihr ein großzügiges Trinkgeld, und als wir endlich wieder allein sind, stehen die Zeichen auf Krieg.
Hör mal, sage ich so ruhig wie möglich, es ist jetzt wirklich genug. Ich komme ohne dich zurecht. Wie wäre es, wenn du so langsam den Heimweg antreten würdest?

Meine Mutter sieht mich an mit diesem Blick, der mir das Herz brechen soll, mit dem sie in ihrem Leben weit gekommen ist, der Blick einer verkannten Kreatur, die nichts schenken will als lauter Liebe und doch immer wieder zurückgewiesen wird, denn die Welt ist voller Undank und Verrat.

In diesem Augenblick klingelt mein Handy, es ist der Marketingchef meines wichtigsten Kunden, der unbedingt persönlich mit mir über die neuen Werbespots sprechen möchte, mich in ein langes Gespräch über die Hausfarbe verwickelt, die seiner Meinung nach in den Spots zu wenig präsent ist, und während ich ihm geduldig zum hundertsten Mal erkläre, dass es klüger ist, mit diesem Wiedererkennungsmerkmal sparsam umzugehen, um seine Wirkung nicht herabzusetzen, verfolge ich aus den Augenwinkeln die unruhigen Kreise, die meine Mutter in der Wohnung zieht, jetzt verschwindet sie doch tatsächlich wieder im Schlafzimmer. Ich folge ihr, verheddere mich in meiner Argumentationskette, sehe, wie meine Mutter den Wäscheschrank öffnet, und statt wie jeder andere vernünftige Mensch die obersten Bezüge vom Stapel zu nehmen und den Schrank wieder zu schließen, fährt sie mit dem linken Arm unter den von Frau Schellbach sauber auf Kante gelegten Wäschepacken, legt die rechte Hand obenauf und nimmt alles aus dem Schrank, greift nach dem Staubtuch in ihrer Schürzentasche, stellt sich auf die Zehenspitzen und fährt mit einer energischen, weitschwingenden Bewegung über den Boden des Fachs. Etwas scheppert im Innern des Schrankes, ich gestikuliere, versuche die Aufmerksamkeit meiner Mutter auf mich zu ziehen, aber vergebens, und während der Marketingleiter den Frust und Druck, dem er selbst Tag für Tag ausgesetzt ist, an mich weitergeben möchte, reckt sich meine Mutter noch höher auf ihre Zehenspit-

zen, versenkt beide Arme im Innern des Schrankes und befördert schließlich Onkel Gregors Urne ans Licht.
Irgendwie gelingt es mir, das Gespräch zu beenden. Ich humple auf meine Mutter zu, die mich mit großen Augen anstarrt, ignoriere ihre Frage, was um alles in der Welt *das da* ist, nehme ihr die Urne aus der Hand, stelle sie zurück in den Schrank, schließe die Tür und schreie dann ungebremst meinen gesamten, seit Tagen angestauten Ärger heraus.
Ich hasse mich selbst in diesem Augenblick. Ich bin kein Mensch der großen Emotionen, wenigstens dachte ich das bis heute. Ärger, Frust und Stress perlen sonst an mir ab wie ein Frühlingsregen, gehen anderen die Gäule durch, bleibe ich die Ruhe selbst. Auch die Szenen, die mir gelegentlich Frauen machen, mit denen ich schlafe, lassen mich kalt. Du bist ein emotionaler Krüppel, hat mich einmal eine angeschrien. Ich habe nur gelächelt. Und jetzt stehe ich da in meinem Schlafzimmer, klammere mich an meinen Krücken fest und brülle, dass es von den Wänden widerhallt.
Du brauchst mich nicht anzuschreien, sagt meine Mutter, als mir die Luft ausgeht. Ich weiß, was das ist.
Und damit marschiert sie an mir vorbei, öffnet den Schrank, holt die Urne wieder heraus, trägt sie ins Wohnzimmer, stellt sie auf den Couchtisch neben das Fotoalbum, lässt sich in den Sessel fallen. Dann nimmt sie die Urne wieder in beide Hände, schüttelt sie.
Da ist tatsächlich … etwas … jemand drin, stellt sie so entsetzt wie fasziniert fest. Wer ist das?
Das geht dich nichts an.
Meine Mutter hebt den Blick.
Du meinst, du hast einen Toten in deinem Wäscheschrank, und deine Mutter geht das nichts an?
Ich kann gar nicht sagen, wie bescheuert ich mir vorkom-

me, wie ein ertapptes Kind, und das macht mich nur noch wütender. Hilflos stehe ich da mit meinen Krücken, an meinem linken Bein hängt der Gips wie ein Zentnergewicht, darin wühlen wieder Schmerzen, dass ich die Zähne aufeinanderbeiße, auf keinen Fall auf dem kranken Fuß auftreten, hallt mir die Stimme des Arztes im Ohr, wie zum Teufel soll das gehen, wenn einem die Mutter das Leben auf den Kopf stellt?
Herrgott noch mal, kannst du mich nicht in Ruhe lassen, presse ich zwischen den Zähnen hervor. Wann fährst du endlich nach Hause?
Aber meine Mutter hört mich nicht. Sie sieht auf die Urne, ihre Augen werden groß und weit, Gregor, flüstert sie, und mir ist nicht ganz klar, wen sie meint, sag mir, ist es *seine* Asche?
Ich lasse mich auf das Sofa fallen, hieve mein Bein hoch, fühle mich müde und alt. Ziehe es vor, zu schweigen. Aber meine Mutter lässt nicht nach.
Ist das Gregor Beer, der Bruder deines Vaters, dein … dein Patenonkel?
Na und, sage ich schließlich grob, was kümmert es dich, du hast ihn nie gemocht, also kann es dir doch egal sein.
Aber dann geschieht das Unerwartete, etwas, was ich schon einmal erlebt habe, damals, als sie Heinrich nach Hause brachten, meine Mutter schlägt die Hände vors Gesicht, verfällt in ein Schluchzen, das ihren ganzen Körper erschüttert, so sitzt sie aufrecht im Sessel, schluchzt und bebt, ich kann wieder sehen, wie mein Vater die Arme um sie zu legen versucht, aber sie schüttelt ihn ab, wird ganz steif, und aus dem Schluchzen wird ein Wimmern, ein Klagelaut, den ich nicht ertragen kann, damals floh ich hinaus in den Garten, über die Felder in den Wald, kam erst am späten Abend wieder nach Hause, und da hatte sie aufgehört zu schluchzen und diesen keh-

ligen Ton von sich zu geben, ganz still war sie, aber immer noch steif wie ein Brett, so saß sie neben Heinrich, den sie auf dem Esszimmertisch aufgebahrt hatten. Später schnürte es mir immer die Kehle zusammen, wenn man an diesem Esstisch saß, habe nie viel hinunterbekommen, mich so schnell man es mir erlaubte, von diesem Tisch erhoben, der einmal das Totenbett meines Bruders gewesen war.
Aber heute kann ich nicht davonlaufen. Heute sitze ich, hilflos den Schmerzen, dem Wimmern meiner Mutter und diesen Erinnerungen ausgesetzt, auf dem Sofa fest, kann nichts tun als abwarten, warten, dass meine Mutter dieser Wahnsinn verlässt, warten, dass sich das Chaos in mir legt, wie das jemals geschehen soll, ist mir ein Rätsel, aber einmal muss doch wieder Ordnung einkehren, ewig kann das doch nicht so weitergehen. Und irgendwann beruhigt sich meine Mutter von wer weiß welchem Schmerz, das Wunder geschieht, sie packt tatsächlich ihre Sachen zusammen, und als sie alles ins Auto getragen hat, stellt sie sich vor mich hin. Ich nehme ihn mit, sagt sie und greift nach der Urne. Aber sie rechnet nicht mit der Entschlossenheit ihres Sohnes, in Wahrheit habe ich selbst nicht damit gerechnet. Blitzschnell schieße ich in die Höhe, reiße die Urne an mich und sage: Gar nichts nimmst du mit, außer deinem Reisebett, das ja immer noch hier an der Wand lehnt, du sagst, du hattest deine Gründe, so eklig zu ihm zu sein, und ich sage dir, er hatte seine Gründe, selbst nicht als Toter in deine Hände zu fallen, und damit treffe ich offensichtlich so genau ins Schwarze, dass sie kein Wort mehr hervorbringt, sich umwendet und geht, nur das schreckliche Reisebett, das lässt sie da, und das Gefühl, mich einmal mehr wie ein emotionaler Krüppel verhalten zu haben.

Fünftes Kapitel

in dem Caroline in der Zeitung kommt und einiges in Scherben geht

Ich komponiere die Erde für jeden einzelnen Farn, topfe um, beschneide, wässere und dünge. Noch vor dem ersten Morgenlicht stehe ich im Gewächshaus, es ist tiefe Nacht, wenn ich es wieder verlasse. Ich erkläre meinen Kunden die Eigenarten meiner Lieblinge, ich lasse Regenwälder erstehen und fasse Äonen in einen Satz.

Ich lerne, es sind auch diese Geschichten, die sie kaufen, wenn sie einen meiner Farne zu sich nach Hause tragen. Es sind die Frauen, die sie kaufen, und manchmal kommen ihre Männer zurück. Dann sind sie es, die mir Geschichten erzählen.

Ich lerne, dass Farne »Erlebnischarakter« haben. Dass sie dem »Zeitgeist« entsprechen. Dem »Wunsch nach Individualität«. Im Glockenbachviertel eröffnet ein neues Restaurant. Am Starnberger See baut ein Hotel eine Wellness-Oase. In Nymphenburg, bei mir um die Ecke, entsteht eine Lounge. Überall bringen meine Farne ihren Charakter ein. Ein Journalist widmet ihnen einen Artikel und kreiert den Begriff »plant art«. Seitdem steht mein Telefon nicht mehr still.

Die Anrufe meines Vaters lasse ich unbeantwortet. Fast täglich ruft er an, es ist mir egal. Zweimal stand er bei mir im Laden, doch ich sorgte dafür, dass es ihm zu lange wurde, bis ich Zeit für ihn hatte. Langsam begreift er: Seine Uhr ist abgelaufen.

Wann immer ich kann, besuche ich Anna. Dabei hasse ich Krankenhäuser. Ich hasse auch die Geschichten, die man dort erzählt. Komplikationen. Reha. Wunden, die nicht heilen. Knochen, die sich entzünden. Nerven, die durchtrennt wurden. Anna tut mir leid. Aber ich unterschätze ihre Zähigkeit. Kurz vor Pfingsten verlässt sie Großhadern ohne Krücken. Ich werde wieder tanzen, sagt sie. Natürlich wirst du das, sage ich. Und denke: Die Überwindung der Schwerkraft. Wenn sie es nicht schafft, dann keine.

Und dann ist Pfingsten.

Es wird Sonntag. Es wird Montag. Und niemand kommt. Natürlich nicht.

Ich versuche, nicht an die Postkarte zu denken. Heute Abend werden Anna und ich in diesem neuen Restaurant zu Abend essen, bevor sie morgen nach Frankreich zurückfährt. Gestern und heute habe ich das Haus nicht verlassen. Ja. Ich habe gewartet. Ich warte immer noch. Auch wenn ich es mir nicht eingestehen will.

Es ist Zeit, zu gehen. Doch ich sitze, wie seit den Nachmittagsstunden, an meinem Küchentisch und starre vor mich hin.

Schließlich raffe ich mich auf.

Mir ist nicht nach Feiern zumute. Am liebsten würde ich mich ins Bett verkriechen. Doch ich reiße mich zusammen, ziehe mein schönstes Kleid an und schminke mich sorgfältig. Schon habe ich den Autoschlüssel in der Hand, da kehre ich noch einmal um. Im Büro nehme ich die Postkarte von der Pinnwand. Betrachte sie. Dann zerreiße ich sie in winzige Stücke.

Anna sitzt unter einer prächtigen Dicksonia, ein halbleeres Glas Mineralwasser vor sich, und sieht sich alle Augenblicke nach der Tür um. Als sie mich in dem ungewohnten Kleid erkennt, strahlt sie.

Du siehst toll aus, sagt sie.
Doch dann sieht sie in meine Augen und sagt nichts mehr.
Ich heule ein ganzes Päckchen Papiertaschentücher nass.
Anna stellt keine Fragen, sucht in ihrer Handtasche nach noch mehr Taschentüchern, hindert den Kellner mit einem einzigen Blick daran, sich unserem Tisch auch nur zu nähern.
Endlich werde ich ruhiger. Ich putze mir die Nase, bereue, mich geschminkt zu haben, aber dann ist mir auch das egal.
Sie ist nicht gekommen, sage ich schließlich.
Anna weiß nicht, wovon ich rede. Natürlich nicht.
Ich hole tief Luft.
Meine Mutter. Angela. Sechsundzwanzig Jahre war sie tot. Dann schrieb sie eine Postkarte.
Annas Augen werden groß. Ihr Blick bekommt etwas vorsichtig Tastendes. Sie denkt, ich verliere den Verstand, und plötzlich muss ich lachen. Es ist ein kleines, heiseres Lachen, das eher nach einem Schluchzer klingt.
»Wie geht es Dir? Was macht die Kleine? Ich bin über Pfingsten in Deutschland. Vielleicht schau ich mal vorbei.«
Der Kellner schleicht um unseren Tisch herum wie einer, der etwas verloren hat und es sich nicht anmerken lassen will.
Vielleicht schau ich mal vorbei, wiederhole ich bitter. Ist das eine Art? Tut man das? Erst sein Kind im Stich lassen und nach Jahren so eine Postkarte schreiben? Und dann doch nicht kommen?
Ich kann nicht weiterreden, Tränen ersticken meine Stimme. Doch diesmal sind es Zornestränen. Meine Hand zerknüllt die Damastserviette mit den Spuren von Wimperntusche. Anna legt ihre Hand darüber.

Komm, sagt sie, ich bring dich nach Hause.
Aber ich schüttle den Kopf. Nein. Ich werde mich zusammenreißen, wie ich es immer tue. Zuerst gehe ich zur Toilette, wasche mir die Tränen vom Gesicht, richte mich ein wenig her. Und dann bestellen wir das ausgefallenste Menü, das diese Karte zu bieten hat. Ich bin hungrig, ich habe seit Tagen nicht richtig gegessen. Und Angela werde ich wieder begraben. So, wie sie es all die Jahre ohnehin für mich war.

Wo wohnt sie denn, sagt Anna eine halbe Stunde später und nimmt sich eine Auster.
Keine Ahnung, sage ich.
Weiß dein Vater …?
Ich schnaube verächtlich.
Woher kam denn die Postkarte?
Der Kellner erscheint, um die Muscheltrümmer abzutragen.
Irgendeine französische Insel. Île de irgendwas, sage ich müde.
Ich würde gerne über etwas anderes reden, aber Angela füllt so vollständig meinen Kopf aus, und Anna scheint entschlossen, der Sache auf den Grund zu gehen. Aber an dem sind wir schon längst angelangt, ich habe Anna alles erzählt. Viel ist es ja ohnehin nicht.
Warum fährst du nicht einfach hin, fragt Anna, nachdem der Kellner uns Wein nachgeschenkt hat.
Wohin, frage ich.
Na dorthin, auf diese Insel. Wahrscheinlich wohnt sie da!
Ich habe selbst schon daran gedacht. Mich einfach in meinen Lieferwagen zu setzen und nach Frankreich zu fahren. Dabei fällt mir ein, dass ich nicht einmal weiß, wie meine Mutter mit Nachnamen heißt.

Oh nein, sage ich plötzlich so energisch, dass sich eine ältere Dame am Nachbartisch zu mir umwendet, ich lauf ihr doch nicht hinterher. Wenn sie nichts von mir wissen will …

Cari, sagt Anna, reg dich nicht gleich auf …

Der Kellner kommt mit dem zweiten Gang. Ich entdecke einen kunstvoll dekorierten Salat mit zarten Fleischscheiben. Ich habe einfach das achtgängige Menü für uns beide bestellt, ohne mich mit Details aufzuhalten, mir ist heute völlig egal, was ich esse, Hauptsache, es beschäftigt mich eine Weile.

Hmm, macht Anna, das Lammfilet sieht aber lecker aus …, ich bemerke, wie hungrig ich bin, und für eine Weile widmen wir uns ganz unserem Essen. Dabei beobachte ich Anna. Schließlich ist auch sie Mutter. Und hat das Kind sicherlich genauso wenig gewollt wie Angela mich. Und dennoch hat sie es nicht dem Vater vor die Tür gestellt.

Sag mal, beginne ich und weiß nicht so recht, wie ich es formulieren soll, bist du … nimmst du es deinem Kind eigentlich nicht manchmal übel, dass du … ich meine … du machst ja allerhand mit …

Victor?, unterbricht mich Anna und lacht. Du kennst ihn nicht. Leider. Aber das müssen wir nachholen! Dann wirst du verstehen, dass man Victor überhaupt nichts übelnehmen kann.

Sie betrachtet eine Gabel voller Rucolasalat.

Schließlich … er kann ja wirklich nichts dafür, oder?

Nein, denke ich, ich kann ja auch nichts dafür …

Aber dir ist nie in den Sinn gekommen, ihn wegzugeben, zur Adoption oder so?

Doch, doch. Ich hatte das vor. Aber dann war er da, und … na ja, dann kam es einfach nicht mehr in Frage. Die Instinkte, schätze ich.

Anna lacht und zieht eine lustige Grimasse. Doch mir wird wieder ganz elend.
Dann ist meine Mutter also ein völlig widernatürliches Wesen. Ich meine, ohne gesunde Instinkte und so …
Anna hält im Essen inne und schaut mich an. Ich kann diesen Ausdruck in ihren Augen nicht ertragen. Das Letzte, was ich jetzt brauche, ist Mitleid.
Fahr hin, sagt Anna. Frag sie. Sonst wirst du dein Leben lang spekulieren.
Ich lege mein Besteck auf den Teller. Ich habe keinen Appetit mehr auf Salat.
Das ist unmöglich, sage ich. Da ist das Geschäft. Selbst wenn ich wollte, du hast doch selbst gesehen, ich kann nicht weg.
Schade, sagt Anna. Ich habe gehofft, dass du uns besuchen kommst.
Anna. Morgen reist sie also wieder ab. Die nächsten Gänge essen wir schweigend, unterbrochen von Annas Plaudereien. Zwischen Steinbutt und Morchelmousse wird mir klar, dass sie mir fehlen wird. Ich bin müde und viel zu satt, und in mir wächst eine Unruhe, die ich nicht erklären kann. Wie eine Vorahnung.
Unsinn, denke ich, als das Dessert aufgetragen wird, du hast zu viel getrunken, heute war ein schwerer Tag. Wir löffeln Sorbet, und Anna hat recht, das ist das Äußerste, was jetzt noch Platz in uns findet.
Was ist denn das, fragt mich Anna und horcht, dieses … Trommeln …?
Es ist kühler geworden. Anna schlüpft in ihre Wolljacke. Das zarte Aroma von Limette und Brombeer auf der Zunge, fühle ich mich erschöpft, eine große Wehmut packt mich, wenn ich an Annas Abreise denke. Nach ihr hatte ich nie wieder eine richtige Freundin …
Hörst du das nicht?

Ich schrecke auf. Ja, jetzt höre ich das auch. Und bemerke die Unruhe am Ausgang des Restaurants. Menschen drängeln sich vor der Tür, recken die Köpfe, doch keiner verlässt das Lokal.

Was ist denn da los?, frage ich den Kellner.

Das Unwetter, sagt er. Die Straßen stehen unter Wasser, kein Taxi kommt durch.

Das Gefühl. Es ist wieder da, bohrend und unheilverheißend.

Was für ein Unwetter?

Am besten, Sie machen es sich hier noch eine Weile bequem, sagt der Kellner. Denn nach Hause kommen Sie jetzt sowieso nicht. Darf ich Ihnen noch etwas bringen? Einen Kaffee vielleicht?

Es war heute viel zu warm für die Jahreszeit, sagt Anna, da kann es schon mal ein Gewitter geben.

Aber das ist kein Regen, das hört sich ganz anders an. Es hört sich an … wie …

Hagel, will ich sagen. Stattdessen stehe ich auf und gehe direkt zum Ausgang, drängle mich durch die Menschen, schubse und schiebe, sehe nichts und niemanden, will die Tür öffnen, doch jemand hält mich zurück.

Moment mal, Fräulein, sagt ein kleiner Mann mit Glatze, da können Sie jetzt nicht hinaus, das ist lebensgefährlich, aber ich schüttle ihn einfach ab und reiße die Tür auf. Augenblicklich umfängt mich eine eisige Wolke, harte Nadelstiche von allen Seiten, es ist, als sei ich in ein Kühlhaus geraten, und dann höre ich wieder das Geräusch, bin mitten in dem Geräusch, ein unheimliches kaltes Rauschen, unmenschlich, ansonsten sind alle Laute aus der Welt genommen, nur dieses kalte, grausame Klirren, als wäre der Himmel in Scherben gegangen und stürze auf mich nieder.

Und dann fühle ich einen Schlag auf den Kopf, der mich

fast betäubt, es trommelt und prasselt und hämmert auf mich ein, das tut weh, das tut verdammt weh, spitze Geschosse überall auf meiner Haut, und ich laufe die Straße entlang auf der Suche nach einem Unterstand, presse mich gegen einen überdachten Hauseingang, das Trommeln wird lauter, infernalisch, ohrenbetäubend, Eisbrocken stürzen auf den Asphalt, zerspringen und zerbersten und zersprühen in weißliche Splitter, zerschmettern Windschutzscheiben, hämmern präzise runde Beulen in Autodächer, eine an der anderen. Die Welt ist in Eis getaucht, ein frostiger Seufzer erfasst die Bäume, rasiert das junge Grün von den Ästen, reißt ganze Zweige und Äste mit herab, wirft mir einen Blütenzweig vor die Füße, zermalmt ihn, begräbt ihn unter der Schicht aus geborstenem Eis. Über mir geht mit einem Laut wie ein Aufschrei die Glasüberdachung zu Bruch, die Scherben rieseln über mich hinweg, als habe der Himmel beschlossen, dass nichts mehr übrig bleiben soll von dieser Welt. Auf jeden Fall nichts, was aus Glas ist.

Aus Glas …

Caroline, höre ich durch das Inferno eine Stimme rufen. Caroline, wo bist du. Komm sofort wieder hier rein. Aber ich höre nicht darauf. Mein ganzes Denken ist von diesem entsetzlichen Geräusch erfüllt. Mein Gewächshaus, ich muss sofort nach Hause. Ich sehe mich um, versuche mich zu orientieren in dieser Welt, die sich in Kälte auflöst. Dann erinnere ich mich und renne los, zwei Straßenkreuzungen weiter muss ein Eingang zur U-Bahn sein, das ist mein nächstes Ziel, ich hebe die Arme über den Kopf und versuche, mich ein wenig zu schützen, ich kann kaum etwas sehen, und in meinen hochhackigen Schuhen rutsche ich ständig aus, ohnehin bin ich nass bis auf die Haut, aber ich fühle es kaum, und dann wird die Welt ganz dunkel, die Straßenlaternen verlöschen und

auch sonst jedes Licht, Stromausfall, denke ich, jetzt hat es die Stromleitungen erwischt, und dann denke ich nichts mehr, sondern schreie auf, denn ich bin mit etwas zusammengestoßen, das auch aufschreit, es ist ein Mensch, ein Mann, wir prallen vor lauter Schreck gleich wieder auseinander, und ich fühle, dass ich das Gleichgewicht verliere, doch zwei Arme halten mich fest, Gott, haben Sie mich erschreckt, sagt eine Stimme ganz nah, kommen Sie, wir müssen hier weg, und dann zieht er mich weiter, und auf einmal hört das Prasseln und Trommeln auf. Wir stehen in einer Toreinfahrt. Es ist so dunkel, dass ich das Gesicht des Mannes nicht erkennen kann, ich höre nur sein Atmen, das stoßweise geht, ich fühle ein wenig Wärme von ihm ausgehen, und dann höre ich etwas anderes, über das ich mich wundere, es ist mein Herz, das schlägt, als wollte es in tausend Stücke zerspringen.
Am besten ist, wir bleiben hier, bis es vorbei ist, sagt der Mann.
Nein, sage ich. Ich muss nach Hause.
Er sagt nichts. Wir stehen ganz eng beieinander, seine Schulter berührt meine, der Ärmel seiner Jacke ist nass, alles ist nass, das Wasser läuft an uns herab, auch über mein Gesicht rinnt es, ich wische es mir aus den Augen. Ich muss nach Hause. Aber ich bleibe einfach so stehen, der Mann neben mir rührt sich nicht, sein Atmen ist ruhig geworden, und ich denke, dass ich am liebsten die ganze Nacht hier stehen würde an diesen Arm gelehnt, neben diesem Mann, den ich nicht kenne, der nichts sagt, und es ist mir recht so, eine kleine Verschnaufpause, ich weiß es, nur eine Pause, eine Frist, ehe alles über mir zusammenbricht, aber ich denke einfach nicht daran, und ich wundere mich, selbst meine Gedanken schenken mir diesen Moment des Innehaltens, verschonen mich vor dem Szenario, das unweigerlich kommen wird, nicht ein-

mal die Frage, wie um alles in der Welt ich überhaupt nach Nymphenburg gelangen soll, dringt zu mir durch. Ich schließe die Augen und fühle diesen fremden Arm, der Mann schweigt immer noch, und ich bin ihm dankbar, da zerstört eine andere Stimme diesen tröstlichen Moment. Wenn ihr glaubt, ihr könnt hier Wurzeln schlagen, höre ich, dann lasst euch gesagt sein, dieser Platz ist schon besetzt.

Ich erstarre. In den Mann neben mir kommt Bewegung. Er wendet sich ein wenig um, legt dabei beschützend den Arm um meine Schultern, beide spähen wir in die Dunkelheit hinter uns. Da flammt ein Streichholz auf, beleuchtet keine zwei Meter entfernt eine halbrunde Nische in der Wand, früher stand hier vielleicht einmal ein Brunnen, heute ist darin ein Lager aus Decken, Zeitungspapier und Karton. Mitten in den Lumpen ein zerfurchtes Gesicht, Augen, in denen sich die Streichholzflamme spiegelt, eine Hand, die sie hält. Dann erlischt das Licht und hinterlässt eine noch tiefere Dunkelheit als zuvor.

Durch den Mann neben mir geht ein Ruck. Ich fühle seine Ablehnung, seinen Ekel. Er macht sich steif. Sein Arm gleitet von meiner Schulter.

Wo müssen Sie denn hin?, fragt er, und jetzt ist auch in seiner Stimme diese Kälte, die von der ganzen Welt Besitz ergriffen hat.

Nach Nymphenburg, höre ich mich sagen. Auch meine Stimme klingt fremd, wie von weit her. Und dann ist es wieder da, alles ist wieder da, mein Gewächshaus, ich sehe die Windschutzscheiben zersplittern, eine nach der anderen, fühle, wie das Glasdach in Scherben über mich herniederprasselt, Panik steigt in mir auf, ich muss los, ich darf hier nicht herumstehen und die Zeit vertun, ich muss nach Hause und setze mich in Bewegung, gehe entschlossen zur Straße, warten Sie, höre ich den Mann hinter mir, ich wende mich kurz um, doch ich habe keine Zeit zu verlieren, soll er doch warten, bis der Himmel wieder vernünftig wird, besser ist es, er wartet hier, aber ich muss weiter, auf Wiedersehen, murmele ich und laufe hinaus auf die Straße.

Es dauert Stunden, bis ich endlich nach Hause komme. Überfüllte U-Bahn-Schächte, Chaos auf den Straßen, querstehende Autos, hysterische Menschen. Schließlich nimmt mich ein Feuerwehrauto mit und bringt mich fast bis vor das Haus. Es geht schon auf den Morgen zu, als ich über einen Haufen herabgestürzter Dachziegel steige und aufschließe. Wie in Trance öffne ich die Tür zum Garten, schalte das Außenlicht an, bleibe wie angewurzelt stehen. Wo das Gewächshaus stand, starren nur noch die Eisenträger in den sich aufhellenden Himmel. Die letzten Sterne brechen zwischen den abziehenden Wolken hervor, dann auch der volle Mond. In seinem kalten Licht schimmert der Garten, als häuften sich Berge von Edelsteinen darin. Mechanisch gehe ich die Treppenstufen hinunter, durch die glänzenden Scherben dorthin, wo sich noch vor wenigen Stunden das Zentrum meines Lebens befand. Am Freitag noch kam eine umfangreiche Lieferung brasilianischer Baumfarne an. Die liegen hier, wie alle anderen Pflanzen, meine Zöglinge und Kulturen, mein ganzes Vermögen und meine Liebe, alles liegt hier begraben unter zentimeterdicken Schichten aus Glasscherben und Eis. Ich entdecke die Planen des Brutzeltes im Gebüsch am Ufer des Baches. Die Pflanztische, auch sie bedeckt mit einer dicken Schicht aus Eis und Glas, stehen wie Kunstobjekte zusammengeschoben und übereinandergetürmt an das Eisengerüst gedrängt. Einzig die Verkaufstheke hat dem Inferno standgehalten. Ich schlage die Hände vors Gesicht.

Komm da raus, ruft jemand vom Haus. Es ist Anna. Sie versucht, zu mir zu gelangen. Du schneidest dir die Füße kaputt.
Aber ich höre nicht auf sie. Was kümmern mich meine Füße. Für mich ist ohnehin alles zu Ende.

Anna schreit auf, als sie mich sieht. Auf meiner Stirn und den Armen habe ich unzählige winzige Kratzer und Schnitte, getrocknetes und wieder aufgeweichtes Blut klebt mir in den Haaren, überall auf der Haut.
Du siehst furchtbar aus, sagt sie, sucht und findet Jod in meinem Badezimmerschrank, tupft damit geduldig jede einzelne Schramme ab, entfernt mit der Pinzette winzige Glassplitter, es ist, als habe mich das Unwetter in einem bizarren Muster gezeichnet, mein Körper brennt wie Feuer, und dennoch zittere ich vor einer inneren Kälte.
Du musst ins Krankenhaus, sagt Anna, dich versorgen lassen. Ich sage nichts, und sie tupft weiter, mein Kleid ist ruiniert, die Schuhe auch, in jeder Ambulanz eines jeden Krankenhauses ist jetzt der Teufel los, das weiß sie so gut wie ich.
Du solltest dich ins Bett legen, sagt Anna, als sie fertig ist und mich in meinen Bademantel packt, du bist ja ganz kalt, aber ich reagiere nicht, ich bleibe einfach so sitzen, und Anna kocht Tee, zieht mir vorsichtig dicke Wollsocken über die zerschnittenen Füße, sieht immer wieder aufmerksam in mein Gesicht, sie macht sich Sorgen, weiß nicht, was sie tun soll, macht mir eine Wärmflasche, die sie mir unter die Füße schiebt, ich lasse es mit mir geschehen, ich kann nichts sagen, mich nicht bewegen, bleibe einfach so sitzen und warte. Worauf eigentlich, ich weiß es nicht, zunächst einmal, dass es Morgen wird. In meinem Kopf dreht sich alles, die sonderbarsten Dinge fallen mir wieder ein, ziehen an mir vorbei wie Filmfetzen,

Omis Beerdigung, das falsche Angela-Grab, Gewitternächte meiner Kindheit, die beruhigende Stimme meiner Großmutter. Sobald es hell genug ist, stehe ich auf, geh in mein Zimmer, ziehe irgendetwas an, zwänge meine verbundenen Füße in Gummistiefel und gehe wieder in den Garten. Da stehe ich eine Weile, weiß nicht, wo anfangen, dann hole ich mir aus dem Keller Schaufel und Harke, beginne mit der Suche nach »Überlebenden«.
Irgendwann kommt mein Vater.
Er steht auf dem Treppenabsatz oben am Haus und ruft mir etwas zu. Ich habe keine Lust, zu ihm zu gehen. Die Eisbrocken haben zu tauen begonnen, ich wate durch einen scheußlichen Matsch, durchsetzt mit Glasscherben. Es ist hoffnungslos. Von den Farnen, die ich aus dem Schutt ziehe, oder dem, was von ihnen übrig blieb, ist nichts zu retten.

Dann erlebe ich alles wie durch einen Schleier. Mein Vater redet auf mich ein, aber ich höre ihn nicht. Anna nimmt mich in die Arme, ich begreife nicht, was sie zu mir sagt, was das heißen soll: Sie muss jetzt leider gehen, es tut ihr leid. Was tut dir leid, will ich fragen, aber ich kann kein Wort sagen.
Ich lass mich von ihr ins Bett bringen wie ein Kind. Ein Mann kommt, den ich von irgendwoher kenne, ich zerbreche mir eine Weile den Kopf darüber, wer er ist, er öffnet seine Ledertasche und holt eine Spritze heraus. Als ich hinübersinke in einen wattigen Schlaf, fällt es mir ein. Er war Omis Arzt, und dann bin ich wieder auf dem Friedhof, stehe am Grab mit dem Engel, und Omi pflanzt Stiefmütterchen, nein, rufe ich, keine Stiefmütterchen, lass uns Rosen pflanzen und ein paar Jungfernfarne wie die, die am Bach wachsen, doch dann verwandelt sich Omi in die fremde Frau, was wollen Sie von meiner An-

gela, fragt sie kalt, und der Engel auf dem Stein wendet den Kopf, sieht mich an und hebt drohend den Palmwedel, dass ich davonlaufe und etwas suche oder besser jemanden, doch ich kann mich nicht erinnern, wen, ich laufe durch einen Wald aus Baumfarnen und an jedem einzelnen von ihnen hängt ein Etikett mit einem Preis, es ist schwül, und ich schwitze, die Farne scheinen mit ihren Wedeln nach mir zu schlagen, heben tückisch ihre Rhizome aus dem sumpfigen Boden, so dass ich stolpere und mich gerade noch fangen kann, sie schlingen ihre Triebe um meine Knöchel, dabei muss ich mich beeilen, wenn ich sie retten will, aber wen, frage ich mich, wen muss ich retten? Doch je schneller ich laufe, desto tiefer sinken meine Knöchel ein, schon stecke ich bis zu den Knien im Morast, da sehe ich etwas Helles durch das dichte Grün schimmern, dort ist Licht, ist Rettung, und als ich die letzten Wedel teile, sehe ich unter mir eine Ebene, die im Sonnenlicht glitzert und blinkt. Ich reibe mir geblendet die Augen, begreife nicht, was es ist, das so hell leuchtend die Erde bedeckt, ich will einen Schritt hinein tun in die schimmernde Ebene, doch mit einem Schrei ziehe ich den Fuß zurück. Direkt vor mir, unter einer dichten Schicht aus Glasscherben, liegt meine Omi. Still liegt sie da, mit geöffneten Augen sieht sie zu mir hoch, denk daran, sagt sie, wenn du jemals heiratest: Gütertrennung!, und dann schließt sie die Augen, und ich weiß, sie ist gestorben, und ich weine, weine, und all meine Tränen, die zur Erde tropfen, werden zu Glasscherben, rieseln mit einem Pling hinunter zu den anderen.

Ich werde wach und stelle fest, es muss bereits Nachmittag sein. Die Sonne scheint aus einem unschuldsblauen Himmel, als sei nie etwas geschehen. Mein ganzer Körper schmerzt, als ich mich hinunter in die Küche schlep-

pe. Dort sitzt mein Vater und raucht. Dabei hat er vor Jahren das Rauchen aufgegeben. Das ist gar nicht mein Vater, denke ich. Das ist ein Fremder.
Geht es dir besser?, fragt er.
Ich sehe aus dem Fenster. Das Eis ist nun ganz und gar geschmolzen. Was im Mondlicht noch aussah wie eine böse, verzauberte Landschaft, ist nur noch eine Masse aus Schlamm und Schutt. Wie ein Käfig überragt das Eisengerüst den Garten.
Ich bin ruiniert, denke ich. Aber ich fühle es immer noch nicht. In mir ist nichts als Gleichgültigkeit.
Wie heißt Angela eigentlich? Ich meine, mit Nachnamen?
Mein Vater hebt den Kopf. Er fragt sich, ob ich noch unter Drogen stehe, denke ich. Er überlegt, wie er mit mir umgehen soll.
Ich möchte gerne wissen, wie sie heißt, füge ich hinzu.
Du bist enttäuscht, dass sie nicht gekommen ist, sagt er. Es ist keine Frage. Er hatte immer schon die Antworten vor der Frage. Früher habe ich ihn deswegen bewundert. Heute verachte ich ihn dafür.
Ich hätte es eigentlich wissen müssen, fährt er fort, dass sie nicht kommt. Das war schon damals ihr Stil. Sie ist eine unberechenbare Frau …
Wie heißt sie, wiederhole ich lauter als nötig.
Mein Vater, der Fremde, sieht mich an, dann wendet er sich wieder seiner Zigarette zu.
Ritter, sagt er.
Ritter, wiederhole ich in Gedanken. Angela Ritter. Und probiere, wie es zusammen mit Caroline klingt. Caroline Ritter. So würde ich heißen, wenn ich bei meiner Mutter aufgewachsen wäre.
Wie sah sie aus?, frage ich weiter. Hast du kein Foto von ihr?

Wie war das bei meiner Geburt, will ich fragen und denke an das, was Anna gesagt hat, erzähl mir alles, warst du dabei ..., doch ich merke, wie mein Vater den Blick abwendet. Er bläst Rauch in den Raum. Da ist etwas zwischen uns, wie eine unsichtbare Wand.
Wie sie aussah, wiederholt er, und seine Stimme klingt noch fremder. Ich kann es nicht glauben. Da draußen liegt alles in Scherben. Auf dem Haus lastet eine Hypothek, die mich seit Monaten nachts nicht schlafen lässt, und du willst wissen, ob ich ein Foto von Angela habe.
Ja, denke ich, genau so ist es. Aber ich schweige.
Ich finde, wir haben jetzt andere Sorgen, fährt mein Vater, der Fremde, fort. Während du schliefst, habe ich die Versicherung angerufen. Es scheint, da ist einiges in Unordnung. Du hast die Zusatzpolice nicht abgeschickt, die ich dir empfohlen habe. Hier, sagt er, und schiebt einen Zettel von sich, der Sachbearbeiter heißt Bohn. Ich habe auch einen Termin mit meinem Vermögensberater gemacht. Wir werden eine Lösung finden müssen. Ich habe noch keine Ahnung, wie, aber es wird sich eine finden.
Es ist mein Haus, sage ich. Es gibt keinen Grund für dich, nicht ruhig zu schlafen.
Was soll das heißen, »dein Haus«? fährt er auf. Das Haus hat deiner Großmutter gehört ...
Und sie hat es mir vererbt.
Mein Vater sieht mich mit einem Ausdruck an, den ich noch nie an ihm gesehen habe.
Sie hat es dir nicht vererbt, damit du es der Bank schenkst! Kaum ein halbes Jahr hast du dazu gebraucht. Was, glaubst du, würde sie dazu sagen? Die Bank hat die Hand darauf, Caroline, es hat keinen Sinn, sich etwas vorzumachen. Du hast es belastet, um diesen wahnsinnigen Kredit zu bekommen. Ich habe dich gewarnt. Du wolltest nicht hören. Es musste ja das größte Gewächshaus sein, das in

den Garten passt. Und dieser technische Firlefanz. Belüftung, Bewässerung, was weiß ich nicht alles. Alles vom Feinsten. Ich habe gesagt, versichere das alles, und zwar sofort, aber du …

Er kann nicht mehr weitersprechen. Ich sehe, wie seine Hand zittert, als er die Zigarette ausdrückt. Er benutzt einen leeren Blumentopf, und ich hasse ihn dafür.

Ich will nicht, dass du hier rauchst, will ich sagen, das ist ein Nichtraucherhaus. Aber ich lasse es. Es ist nicht mehr dein Haus, würde er sagen, und wahrscheinlich hätte er sogar recht. Er hat immer recht, und in diesem Moment hasse ich ihn auch dafür.

Ich habe die ganze Zeit nachgedacht, fährt mein Vater ruhiger fort, während du geschlafen hast. Die einzige Möglichkeit, das Haus zu retten, ist meine Lebensversicherung. Sie war eigentlich für meine Rente gedacht, na ja, jetzt wird sie eben die Hypothek auslösen. Aber ich mache das nur unter einer Bedingung, Caroline. Das Haus wird auf mich überschrieben. Dann kannst du tun und lassen, was du willst. Du kannst hier weiter wohnen, mietfrei, und wenn ich tot bin, gehört es sowieso wieder dir. Aber ich lasse unter keinen Umständen mehr zu, nicht, solange ich lebe …

Ich will deine Lebensversicherung nicht, sage ich und wundere mich selbst über die Kälte in meiner Stimme.

Mein Vater, der Fremde, sieht auf. Sein Blick aus halb zusammengekniffenen Augen wird hart.

Ich denke, sagt er, du wirst keine andere Wahl haben.

Er erhebt sich, wendet sich zur Tür.

Du willst wissen, wie Angela war? Schau in den Spiegel. Du wirst ihr jeden Tag ähnlicher.

Sechstes Kapitel

in dem Gregor einen weiteren Erfolg verbucht und seine Glocke läutet

Ich kann es mir nicht erklären, aber mitten in einer Besprechung, während einer Abnahme, sogar beim Squash mit Arndt – auf einmal ist er wieder da. Der Duft nach dem nassen Haar jener Frau. Manchmal glaube ich sogar, ihren Atem zu hören.

Ich war zu Fuß in der Stadt unterwegs an jenem Abend. Seit ich den Gips los bin, nutzte ich jede Gelegenheit, um das Bein zu bewegen. Auf einmal brach die Hölle los, und mitten darin – sie.

Ich habe versucht, ihr zu folgen. Nur eine Sekunde habe ich gezögert, und sie war fort.

Ich habe sogar nach ihr gerufen. Zum Glück kam ich wieder zur Vernunft. Da war ein hellerleuchtetes Lokal, es war das Restaurant, von dem ich in der Zeitung gelesen hatte, »plant art«, dass ich nicht lache, vollgestopft mit diesen Pflanzen, die mir seit einer Weile auf Schritt und Tritt begegnen und auf die Nerven gehen. Ich starrte in alle Gesichter, doch ich fand keines, in dem etwas derartig glitzerte wie in dem dieser Frau, die mir durch den Hagel davongelaufen war. Die Gesichter starrten zurück, und als ich in der Toilette in den Spiegel sah, da begriff ich, warum. Ich war voller Blut. Fein gesprenkelt mit roten Tupfen. Mein weißes Hemd, ohnehin nass und am Ende, hatte dort, wo ich mit der Frau zusammengestoßen war, ein feines Muster aus Blutstropfen. Auch meine Hände waren voll davon. Für einen Moment wurde mir schwarz vor Augen. Das letzte Mal, dass ich

fremdes Blut gesehen hatte, war, als sie meinen Bruder brachten …
Ich sehe im Terminkalender nach, obwohl ich das Programm des heutigen Tages auswendig kenne, 9 Uhr: Mitarbeiterbesprechung, 10 Uhr: kurze Abstimmung mit Arndt, 10.30 Uhr: Vorstellungsgespräch mit einer Senior Texterin, die werde ich um 11 Uhr Max übergeben, damit sie sich ein bisschen warmschreibt. Danach das Mittagessen mit einem Journalisten vom »Kapital«, dann das Spitzentreffen mit allen Entscheidern der Hautcremefirma.
Die neue Kampagne. Es wird wieder ein hartes Stück Arbeit sein, den Kunden zu überzeugen. Es ist immer dasselbe: Sie fordern von mir das Beste, und wenn ich es ihnen präsentiere, bekommen sie Angst. Ist das nicht eine Nummer zu groß für uns? Werden wir diesen Ansprüchen auch tatsächlich gerecht? Was sagen die Mitbewerber? Werden wir uns damit nicht blamieren?
Dabei kennen sie mich und wissen, dass sie mit meinen Strategien immer gut gefahren sind – was heißt gut, seit ich den Etat betreue, haben sie so dramatisch an Marktanteilen dazugewonnen, dass es ihnen fast schwindelig wurde. Nun gut. Es gehört schließlich zu meiner Aufgabe, meine Kunden von mutigen Schritten zu überzeugen.
Das Telefon läutet. Der Tag beginnt.

Und das, sage ich, wird uns in klaren Schritten die erwähnten Anteile auf dem gehobenen Kosmetikmarkt sichern. Unserem Diagramm können Sie entnehmen, in welchen Stufen das geschehen wird. Gesichtspflege, Körperpflege und im kommenden Jahr der Aufbau einer Dekorativen Kosmetikserie. Der Zeitplan ist präzise definiert. Print, Radio und TV, Plakataktionen und Anzeigenkampagnen sind sorgfältig aufeinander abgestimmt. Arndt Godenflo wird Ihnen jetzt ein paar Beispiele für

die Anmutung und den Look geben, den ich für Sie entwickelt habe. Sie werden sehen, die traditionellen Elemente sind mit einer zeitgemäßen Optik verschmolzen und ergeben, auf der Basis des Vertrauten, eine Linie, auf der sich aufbauen lässt.
Ich nehme an der Stirnseite des großen Tisches Platz. Lautlos senken sich die Jalousien vor die Fenster. Arndt startet die Power-Point-Präsentation. Die Bilder auf dem Screen und die Stimme meiner Lieblingssprecherin, mit der wir den Slogan und einige der neuen Prämissen aufgenommen haben, erfüllen den Raum. Gute Arbeit, beglückwünsche ich mich selbst, mit dieser Kampagne werden alle, wie sie hier sitzen, in ein paar Jahren noch reicher sein, als sie es ohnehin schon sind. Sie werden neue Fabriken bauen, Menschen einstellen, glücklich sein.
Und dann, fragt eine Stimme in mir, was kommt danach? Noch eine Kampagne? Und dann eine weitere? Und immer so weiter? Auf einmal sehe ich mich, Arndt an meiner Seite, sehe, wie wir beide langsam ergrauen, höre mich dieselben Worte sagen, die gleichen Argumente vorbringen oder neue Varianten der alten, sehe Moden kommen und gehen, Trends sich ablösen, bis ich schließlich alt bin – ist es wirklich das, was ich will?
Arndts Präsentation nähert sich dem Ende. Das Tageslicht flutet wieder in den Raum. Ich blicke in die Runde und sehe ein skeptisches Gesicht nach dem anderen. Alles ist wie immer. Doch in mir wächst zu meinem großen Staunen eine namenlose Wut.
Ich schweige, während sie ihre Bedenken formulieren. Durch die Glasfront zum Kircheninneren beobachte ich, wie die Sonne von einem der Westfenster zum nächsten wechselt und ultramarinblaue Felder über den Travertinboden wandern lässt. Der Meetingraum ist in die Empore eingebaut, ein gläserner Kasten, der über dem Portal

schwebt und die Orgel an ihrer Rückwand umschließt. Wie oft habe ich wohl schon das Spiel des Lichts auf dem Steinboden der Basilika betrachtet, während meine Kunden mit sich rangen, ob sie meiner Arbeit würdig sind oder nicht? Jetzt ergreift der Produktionsleiter das Wort. Ich weiß jetzt schon, was er sagen wird. Ich sehe in die Runde, mustere all die verkniffenen, verlogenen Gesichter, erkenne die Verschlagenheit darin und die Gier, sehe meine sorgfältig ausgearbeiteten Unterlagen, betrachte den gläsernen Meetingraum und die Kirche darunter – und plötzlich finde ich das alles nur noch mächtig aufgeblasen und lächerlich. Ein Käfig voller Verrückter, ein Haufen Irrer und ich mittendrin. Auf einmal kann ich mich von außen sehen, wie ich in meinem Büro hockte all die Jahre, über mir die Glocke, unter mir die Stadt, ich habe geglaubt …, ja was denn eigentlich? Dass ich der liebe Gott bin? Dass ich Welten erschaffe? Und ist es nicht so? Essen nicht Millionen Menschen rechtsdrehenden Joghurt, weil ich es vor ein paar Jahren so wollte? Habe ich nicht Moden diktiert, die viel unauffälliger waren als eine neue Rocklänge oder eine neue Trendfarbe, dafür aber das Leben der Menschen viel subtiler bestimmen? Und wozu das alles? Ist die Menschheit ein wenig glücklicher geworden? Ach, was schert mich die Menschheit, was kümmert es mich, was sich wildfremde Frauen ins Gesicht schmieren, wer bin ich denn, eine Art Messias der Qualität? Ich lache auf, und eine Welle von Langeweile flutet durch mich hindurch, würgt mich wie ein Ekel vor mir selbst. Gregor Beer, sage ich mir, das hast du doch nicht ernsthaft gewollt, das kann es doch nicht gewesen sein, und während sie mit dem Firmenanwalt die kleinsten Eventualitäten diskutieren, wegen derer sie unter Umständen haftbar gemacht werden könnten, und ich schon weiß, dass sie nichts finden werden, denn ich

habe bereits alles überdacht und überprüfen lassen, mit dieser Kampagne werden wir wieder einmal Preise gewinnen, sehe ich mich in London oder New York oder Paris oder Wien, sehe, wie man mir einmal mehr eine Medaille oder eine Urkunde oder was auch immer überreicht, und bei dem Gedanken wird mir übel. Nein, sage ich zu mir, es ist genug.
Ich stehe auf.
Alle verstummen und blicken mich an. Nun, sage ich, das war es dann, meine Herren, ich wünsche Ihnen viel Glück. Mich aber müssen Sie jetzt leider entschuldigen. Und verlasse den Raum. Einen Moment lang schauen sie verwirrt. Dann hebt das Gespräch wieder an. Ihre Welt ist zu festgefügt. Keiner begreift.
Nur Arndt kommt hinter mir hergelaufen. Ist alles in Ordnung?, fragt er mich und versucht, mir in die Augen zu sehen.
Bestens, antworte ich, alles in bester Ordnung.
Ich gehe hinauf ins Büro, sehe mich um. Ich habe alles erreicht, was ein Mann in meinem Metier erreichen kann. Wenn ich will, kann ich unter den größten und begehrtesten Etats dieser Welt auswählen, ich könnte noch reicher werden, als ich es schon bin, und es wird nicht mehr lange dauern, da muss ich selbst keinen Finger mehr rühren, dann sind es meine Ideen, meine Ratschläge, die mit Gold aufgewogen werden, ich sehe mich so, ganz oben, am Ziel meiner Träume, aber gleichzeitig erkenne ich, dass ich nicht glücklich bin, nicht bin und nicht sein werde, ich fühle jetzt schon die große Leere, jetzt, da es nichts mehr zu erkämpfen gibt, jetzt, da es nur darum geht, das Erreichte zu verteidigen, *nach dem Höhepunkt kommt der Niedergang*, wo habe ich das gelesen? Im I Ging, dem Buch der Wandlung, als ich mich in fernöstlichen Weisheiten umsah für irgendeine Kampagne, *die Sonne, steht*

sie im Zenit, muss wieder untergehen, so fürchtet der Weise den Ruhm und sorgt vor für die Zeiten des Niedergangs, aber ich habe nicht vorgesorgt, ich habe nicht weiter gedacht als bis zum Erfolg, und jetzt wird mir klar, dass er mir im Grunde nichts, aber auch rein gar nichts bedeutet.

Ich weiß genau, wann etwas zu Ende ist. Ich sehe hinauf zur Glocke. Eine Weile hat sie mich beschützt. Ich habe tatsächlich geglaubt, meine Bestimmung gefunden zu haben. In Wirklichkeit war es nichts weiter als eine letzte Frist.

Es gibt nichts, was ich mitnehmen will. Meinen Anwalt werde ich von zu Hause aus anrufen. Ich bin schon an der Tür, da gehe ich noch einmal zurück. Steige die Treppe hinauf in den Turm.

Das Dröhnen der Glocke erfüllt den Raum, breitet sich aus über die ganze Basilika, durch das Viertel. So klingst du also. Überall heben sie erstaunt ihre Köpfe, lassen die Hände sinken, vergessen, was sie gerade dachten, von der kleinsten Praktikantin bis hinauf in den Meetingraum horchen sie und staunen und wundern sich.

Drei Mal lasse ich die Glocke schwingen. Dann gehe ich. Durch die gläsernen Wände folgen mir unzählige Augen.

Ist es wieder so weit?, fragt mein Anwalt, ein alter Freund aus Studienzeiten, dem ich seit Jahren blind vertraue. Er klingt kein bisschen überrascht.

Diesmal hast du es lange ausgehalten.

Alle Anteile, sage ich.

Und wo gehen wir diesmal hin?

Wir gehen nirgendwohin, gebe ich kühl zur Antwort. Ich mache eine Reise.

Ich kann hören, wie mein Freund den Atem anhält.

Eine Auszeit?, sagt er dann. Das wird dir guttun …
Bevor er redselig wird, beende ich das Gespräch.
Als Nächstes rufe ich die Maklerin an. Sie erinnert sich sofort. Schon morgen könne sie mir einen Käufer präsentieren.
Das Einzige, was ich behalten werde, ist mein Wagen. Ein Jaguar e-Type. Der einzige Luxus, den ich mir je gönnte.
Irgendwie müssen wir ja reisen, sage ich laut zur Urne.
Ich krame nach dem Brief und überfliege die letzten Seiten. Dann habe ich gefunden, was ich suche. Ich rufe die Auskunft an und frage nach der Nummer eines gewissen Sebastian Nadler.

Siebtes Kapitel

in dem Caroline die Bekanntschaft von Herrn Bohn macht und eine Reisetasche packt

Mir ist heiß. Seit zehn Minuten blättert Herr Bohn nun schon in seinen Akten. Dann beginnt er zu reden. Und es ist, als rieselte Sand durch meine Ohren in mein Gehirn und wieder hinaus. Paragraphen. Absätze. Omi sagte immer, diese Versicherungsheinis sind alle Verbrecher.

Daran muss ich denken, während Herr Bohn versucht, das Unwetter von neulich in eine Kategorie einzustufen. Dass es regionale Unterschiede gab, von Stadtviertel zu Stadtviertel verschieden. Dass zu prüfen sei, wie es sich in meiner Straße verhalten habe. Er redet und redet von Haftausschlussklauseln und Zusatzpolicen, die ich nicht habe. Die reden sich immer raus, hatte Omi gesagt, die finden immer ein Kleingedrucktes, und du stehst dumm da.

Wir werden es prüfen, sagt Herr Bohn. Aber das wird dauern. Was glauben Sie, wie viele Fälle wir zu bearbeiten haben nach dem Unglück.

Aber die Bank …, wende ich ein.

Herr Bohn hebt die Schultern.

Sie hören von uns.

Und dann bin ich draußen.

Seit dem Unglück scheint sich Omas Häuschen verändert zu haben. Fremd ist es geworden. Die Vorhänge vor den Fenstern zum Garten habe ich zugezogen und nicht

mehr geöffnet. Noch immer kann ich den Anblick der Wüste dort draußen nicht ertragen.
Der Schreibtisch, auf dem sich sonst immer das Papier türmte, ist leer geräumt. Nur ein Zettel liegt noch dort, ich konnte mich nicht dazu entschließen, ihn wegzuwerfen. »Liebe Caroline, falls du doch irgendwann zur Île d'Ouessant fährst, dann komm bei uns vorbei. Anna«
Eine Telefonnummer hat sie daruntergekritzelt. Daneben finde ich die Fetzen der Postkarte sorgfältig aneinandergefügt, wie ein Puzzle. Eine Weile starre ich es an, dann schiebe ich es heftig beiseite. Die Ordnung löst sich wieder auf, der Himmel zerbricht, und das Meer bekommt Risse.
Lange sitze ich einfach nur da und starre auf meine Hände. Sie tragen die Spuren meiner Arbeit, der tägliche Umgang mit Erde hat sie rissig werden lassen, die Nägel stumpf. Ich sehne mich nach meinen Pflanzen, nach dem Geruch von Feuchtigkeit in meinem Gewächshaus. Ehe ich wieder zu heulen anfange, ziehe ich den Europaatlas aus dem Regal. Schlage ihn auf und beginne zu suchen. Versuche die Namen der Inseln zu entziffern, die rings um Frankreichs Küsten zu finden sind. Ich will gerade aufgeben, da entdecke ich sie: Im äußersten Westen, der Küste der Bretagne vorgelagert, Île d'Ouessant. Noch weiter geht es wohl nicht, sage ich empört zu den Postkartenschnipseln. Dann seufze ich, krame nach Tesafilm und klebe die Fetzen wieder zusammen.
Ich lehne mich zurück. Erst jetzt fällt mir auf, dass ich immer noch den Mantel anhabe. In meinem Kopf dreht sich alles.
Ich stehe auf. Noch gestern konnte ich es mir nicht vorstellen. In meinem Zimmer zerre ich meine Reisetasche vom Schrank und öffne sie. Ich war noch nie in der Bretagne, doch ich stelle mir Winde vor und leuchtende Tage

unter einem Himmel, über den Wolken jagen. So wie auf der Postkarte. Ich sehe mich in Pullover eingepackt einen Strand entlangspazieren. An meiner Seite geht jemand. Jemand, der aussieht wie ich. Nur älter.
Die Tasche füllt sich wie von selbst. Danach wandere ich durch alle Räume. Als Letztes geh ich ins Büro. Alles ist geordnet. Nur an der Pinnwand hängen längst überholte Zettel. Ich reiße sie herunter und werfe sie weg, einen nach dem anderen. Erst im letzten Moment entdecke ich den Barscheck. Dreitausend Euro steht darauf in einer kühlen, eleganten Handschrift aus dunkelblauster Tinte. Die Unterschrift bilden zwei geradezu abweisende Haken, doch der Aufdruck lässt keinen Zweifel: Schmidt-Hoss & Beer, Agentur »Die Basilika«.

Bist du jetzt vollkommen übergeschnappt?
Mein Vater ist außer sich.
Ich ziehe es vor, nicht zu antworten. Es war ein Fehler, herzukommen. Ich hätte von unterwegs anrufen sollen, dann hätte ich mir dies hier erspart.
Du kannst doch jetzt nicht einfach verreisen! Jetzt! Was soll mit dem Haus geschehen?
Der Mann von der Versicherung sagt, es dauert.
Mein Vater starrt mich an, dann bricht er in Gelächter aus.
Ach so. Sagt er das?
Ich stehe auf und wende mich zum Gehen. Doch mein Vater hält mich zurück.
Caroline, beginnt er wieder, und er klingt, als spreche er zu einem Kind. Du bist komplett durcheinander. Das verstehe ich. Aber was du da vorhast, ist unmöglich. Gerade jetzt kannst du nicht fort. Du musst dich um dein Geschäft kümmern. Man geht nicht pleite und haut einfach ab.

Ich betrachte das Wohnzimmer, in dem ich groß geworden bin. Es hat sich nichts geändert, seit ich auszog. Heute sehe ich alles mit einem kalten, fremden Blick. Sehe die gediegene Düsternis der schweren Vorhänge, die selbst die hellste Sommersonne nicht ins Zimmer lassen, die sandfarbene Tapete, die dunklen Holzpaneele. Hier habe ich also meine Kindheit verbracht. Kein Wunder sagen alle, ich sei ein so ernstes Kind gewesen, wie kann man hier das Lachen lernen, hätte ich Anna nicht gehabt, wer weiß, was aus mir geworden wäre.
Ich muss hier raus, sage ich und erinnere mich, dass ich diesen Satz schon vor Monaten ausgesprochen habe, damals, als ich beschloss, mich von Fred zu trennen, Omis Häuschen umzubauen und ein eigenes Geschäft zu eröffnen. Und? Wie weit bin ich damit gekommen?
Sebastian setzt sich in seinen Ledersessel.
Zu einem Geschäft, beginnt er in seinem Vorlesungston, den ich so hasse, gehört nicht nur, dass man etwas von der Sache selbst versteht, das habe ich dir schon vor einem Jahr gesagt, sonst ist man besser als Angestellter aufgehoben. Aber wenn man wirklich ein eigenes Unternehmen führen will …
Ach, begehre ich auf, woher willst du denn das wissen? Du, als Beamter auf Lebenszeit …
Ja. Weil ich meine Grenzen kenne. Ich hätte das niemals gewollt. Und das habe ich dir auch gesagt, ich hoffe, du erinnerst dich. Rechne nicht mit mir, hab ich gesagt …
Ich erinnere mich sehr gut, sage ich und stehe auf, und darum tu ich, was ich für richtig halte.
Warum, sagt Sebastian fast flehend und beugt sich in seinem Sessel vor, sag mir nur noch das. Warum tust du mir das eigentlich an? Was habe ich verbrochen? Sag es mir.
Gegen meinen Willen sehe ich ihn an. Eine Welle von Zuneigung flutet in mir auf. Wie sehr habe ich meinen Vater

geliebt und bewundert. Du vergötterst ihn zu sehr, hat Omi gesagt. Glaub mir eines, Männer darf man niemals vergöttern. Und dein Vater ist ein Mann wie alle anderen auch, nicht besser und nicht schlechter. Wenn wir sie zu sehr vergöttern, dann werden sie uns eines Tages enttäuschen. Das ist nun mal so.

Kannst du das nicht verstehen, sage ich, nach allem, was geschehen ist? Nach all deinen Lügen?

Ich gehe durchs Zimmer, bleibe bei der Vitrine mit der chinesischen Grabmaske stehen.

Als ich klein war, habe ich mir immer vorgestellt, Angela hätte auch so ein goldenes Gesicht. Dort unten in ihrem Grab. Du hast keine Ahnung, wie sehr mich das alles beschäftigt hat. In meiner Vorstellung sah sie aus wie der Engel auf dem Grabstein und hatte ein goldenes Gesicht.

Ich drehe mich um und schau hinüber zu der zusammengesunkenen Gestalt im Sessel.

Weißt du noch, als ich dich gefragt habe, was meine Mutter für einen Beruf hatte? Kannst du dich noch erinnern, was du damals gesagt hast?

Die Gestalt im Sessel regt sich nicht.

Du hast gesagt, sie war Sängerin. Und ich hab mich immer geschämt, weil ich nicht singen kann. Und als ich wissen wollte, ob es nicht ein paar Aufnahmen von ihr gibt, da hast du gesagt, … du hast gesagt, sie hätte nicht gewollt, dass man sie aufnimmt, weil man die Stimme nicht festhalten darf, dass sie nur in dem einen einzigen Augenblick erklingen soll, in der Gegenwart, immer wieder neu, weißt du das noch? Ich erinnere mich an jedes einzelne Wort, das du gesagt hast, und heute weiß ich, dass du dir das alles ausgedacht hast, verstehst du, jeden Tag fallen mir neue Lügen ein, manchmal kommt es mir vor, als hättest du mir nie etwas anderes als Lügen erzählt. Ist es nicht so?

Sebastian schweigt.
Was hat Angela tatsächlich gemacht? Was hat sie studiert?
Es dauert eine Weile, ehe Sebastian antwortet.
Ich habe keine Ahnung. Ich hab es dir doch gesagt. Wir hatten nie etwas miteinander zu tun.
Ich lache auf, und es klingt fremd. Hart und böse.
Nein, sage ich zynisch. Ihr hattet nichts miteinander zu schaffen. Außer mich in die Welt zu setzen. Aber das zählt ja nicht.
Wieder gehe ich mit großen Schritten durch das Zimmer.
Ich bin nicht wie du, bricht es schließlich aus mir heraus. Ich an deiner Stelle hätte auch herausfinden wollen, wer mein Vater ist.
Wer sagt dir, dass ich das nicht getan habe?
Ich starre meinen Vater an.
Du hast …
Ja, sagt er müde. Auch ich wollte wissen, wer mein Vater ist. Natürlich wollte ich das.
Und?, frage ich, als Sebastian keine Anstalten macht, weiterzusprechen.
Ich habe herausgefunden, dass es manchmal besser ist, man weiß nicht alles.
Was? Damit soll ich mich zufriedengeben?
Es wäre besser für dich.
Wie kannst du so etwas sagen, rufe ich aus.
Genau das habe ich deiner Großmutter auch gesagt.
Aber du hast nicht auf sie gehört. Erzähl mir von deinem Vater!
Sebastian schüttelt den Kopf.
Warum nicht, sage ich wütend, was ist das nur für eine Familie? Nichts als Schweigen und Lügen. Das ist auch mein Großvater, vergiss das nicht.

Sebastian kramt in seiner Jackentasche, fördert eine zerdrückte Packung Zigaretten zutage, fingert eine heraus und zündet sie umständlich an.
Weißt du, sagt er und bläst den Rauch aus, wir Menschen nehmen uns viel zu wichtig. »Wer war mein Großvater.« »Wer ist meine Mutter.« Sieh dich hier um, alles, was du siehst, zeugt von der maßlosen Selbstüberschätzung der Menschen. Auch noch über ihren Tod hinaus wollen sie Bestand haben. Eine Individualität erhalten. Ich stamme ab von der und der Linie und so weiter und so fort. Was spielt es für eine Rolle, wer in den Gräbern liegt? Und ob dort überhaupt jemand liegt? Das Einzige, was zählt, ist doch, wer wessen Nähe sucht, solange noch warmes Blut in unseren Adern fließt. Mein Vater wollte nichts von mir wissen. Gut. Es hätte mir genügen sollen. Und Angela will von dir nichts wissen. Warum respektierst du das nicht?
Er hat recht. Und doch, wenn es so ist, warum hat sie dann diese Postkarte geschrieben?
Was sie tut, ist ihre Sache, sage ich schließlich. Aber ich will von ihr etwas wissen, das ist schließlich mein gutes Recht. Und du, du wirst mich nicht aufhalten.
Mein Vater begleitet mich nicht zur Tür. Er bleibt einfach sitzen, dort, in seinem Sessel. Ich hasse ihn, denke ich, während ich den Wagen anspringen lasse. Und weiß, dass es nicht wahr ist. Warum können Menschen nicht sein wie Farne, frage ich mich. Sie kennen weder Liebe noch Hass, nur den stillen Wunsch, zu existieren. Ein paar Tröpfchen Wasser, mehr brauchen sie nicht.

ACHTES KAPITEL

in dem Gregor die Brücken hinter sich abbricht und bereit ist für ein Abenteuer

Es beginnt bereits am frühen Abend. Das Telefon läutet ununterbrochen, selbstverständlich nehme ich nicht ab.

Das muss ein Missverständnis sein, höre ich Schmidt-Hoss auf den Anrufbeantworter sprechen. Es gibt nichts, was wir nicht regeln können, Gregor, du musst mich unbedingt anrufen, egal, was es ist, wir klären das …

Und als habe sich die Nachricht über die Branchenbuschtrommel bereits verbreitet, meldet sich ein Headhunter nach dem anderen, alle wollen mir neue, verlockende Optionen unterbreiten. Ich bin nicht interessiert. Den einzigen Anruf, den ich entgegennehme, ist der von Arndt.

Kann ich vorbeikommen?, fragt er.

Klar, antworte ich.

Um ihn tut es mir leid. Wir waren das perfekte Team. Doch unsere Zeit ist vorbei.

Das Telefon läutet wieder. Es ist meine Mutter. Eine gute Gelegenheit, um mich für eine Weile zu verabschieden. Denke ich.

Was machst du jetzt mit ihm, will meine Mutter ansatzlos wissen.

Mit wem, frage ich unschuldig.

Was hat du mit ihm vor? Du kannst ihn doch nicht ewig im Wäscheschrank verstecken.

Mutter, sage ich, es ist schön, dass du anrufst, ich wollte euch ohnehin sagen, dass ich für eine Weile verreise.

Am anderen Ende wird es still. So still, dass ich ihren Atem durch die Leitung hören kann.
Hat er dir etwas dazu geschrieben? Einen Brief oder wie man das nennen soll?
Ich tu so, als hätte ich nicht gehört.
Es kann also sein, dass ich mich eine Weile nicht melde. Diese Telefonnummer wird es ab morgen nicht mehr geben.
Hör zu, Gregor, sagt meine Mutter, und ihre Stimme klingt sehr fremd, was auch immer er dir geschrieben hat, glaub ihm kein Wort, er hat schon immer die Dinge verdreht und zu seinen Gunsten umgebogen, hörst du?
Mutter, sage ich, falls du von meinem Patenonkel sprichst – er ist tot. Was also sollte er jetzt noch verdrehen. Ich mache eine Reise. Das ist alles.
Wieder bleibt es eine Weile ungewöhnlich still.
Das hat er vor vielen Jahren auch einmal gesagt.
Was, will ich fragen, was hat wer auch einmal gesagt, aber da hat sie schon aufgelegt, und das ist in meiner ganzen dreiunddreißigjährigen Sohneskarriere noch nicht ein einziges Mal vorgekommen.

Du kommst nicht zurück, nicht wahr?, fragt Arndt und sieht mich offen an.
Nein, sage ich.
Arndt dreht sein Glas in den Händen. Er hat Ringe unter den Augen, auch er hat ein paar Nachtschichten eingelegt, um die Kampagne präsentabel zu machen. Er starrt auf den Parkettboden, und ich kann die Enttäuschung fühlen und die Selbstzweifel, was hab ich falsch gemacht, denkt er, ist das womöglich meine Schuld?
Arndt, sage ich, und er schreckt auf, du bist einer der Besten. Du brauchst mich nicht mehr.
Er schaut mich überrascht an, dann lächelt er. Es ist ein

trauriges Lächeln, aber er hat verstanden. Wir haben noch nie viele Worte gebraucht. Eine lange Rede wäre uns beiden peinlich. Aber etwas hat er noch auf dem Herzen.
Warum?, fragt er schließlich.
Tja, denke ich, gute Frage. Warum? Weil eine Glocke, die nicht schlägt, wie ein Vogel ist, der nicht fliegt?
Vielleicht habe ich zu lange an einem Fleck gesessen, sage ich, und da fällt mir ein, dass dieser Satz nicht von mir stammt.

Das nenne ich eine Familienähnlichkeit, sagt Sebastian Nadler am nächsten Morgen und bittet mich ins Haus.
Offenbar bemerkt er, wie ich mit raschen Blicken die Einrichtung mustere, denn er sagt mit einem gewissen Stolz, dies ist ein Sarkophag aus Jemen, und das hier stammt aus China.
Ich betrachte kurz die ungewöhnlichen Gegenstände, dann ruht mein Blick wieder auf diesem Mann. Sebastian Nadler hält eine Flasche schottischen Whisky in der Hand.
Ihr Onkel mochte diesen Whisky, darf ich …?
Ich winke ab. Nicht um diese Zeit.
Tja, Kapitän Beer …, sagt Onkel Gregors Freund, schenkt sich einen Fingerbreit Whisky ein und lässt sich in einen Ledersessel fallen, den die Zeit tief gedunkelt hat. Wir haben uns auf einer Fahrt von China zurück nach Europa kennengelernt. Na ja wissen Sie, ich betreue Ausgrabungen, und hin und wieder gibt es das eine oder andere Stück, das man transportieren muss. War nicht immer ganz einfach …, Sie verstehen, was ich meine.
Nadler lächelt breit. Ich verstehe. Wie diesen Sarkophag aus Jemen oder die Maske aus China, die eigentlich in ihrer Heimat in einem Museum ausgestellt sein sollten.
Da gibt es immer wieder ungewöhnliches Gepäck, Instru-

mente, Proben ..., in Ihrem Onkel habe ich da einen verständnisvollen Partner gefunden.
Nadler nimmt einen Schluck aus seinem Glas.
Und auf den langen Reisen haben wir uns angefreundet. Na ja, meistens bin ich zurückgeflogen. Aber ein paarmal habe ich mir den Spaß gegönnt und bin mit Ihrem Onkel über die Meere geschippert ... Sie werden das ja kennen.
Ich schweige. Nein, ich weiß nicht, wie es ist, mit meinem Onkel zur See zu fahren. Etwas sticht und schmerzt, wenn ich daran denke, dass dieser Mann hier so viel vertrauter mit ihm war als ich. Und dabei hat er es mir versprochen, denke ich plötzlich und wundere mich selbst, so gründlich hatte ich das vergessen, ja, während einer seiner letzten Besuche, ich war elf oder zwölf, Heinrich bereits tot, da hat mir Onkel Gregor versprochen: Im Sommer nehme ich dich mit auf See. Und dann hat er nie wieder etwas von sich hören lassen.
Er war ein seltsamer Mann, sagt Sebastian Nadler, und es hat mich nicht gewundert, als er mich bat, diesen Brief an Sie zu verwahren. Was ich nicht gedacht habe, ist, dass Sie so schnell kommen würden. Tut mir sehr leid, er war ein fabelhafter Bursche.
Wann hat er Ihnen den Brief übergeben?, frage ich.
Er kam per Post, sagt Nadler, vor ein paar Wochen erst.
Haben Sie ..., von einer Krankheit gewusst?, frage ich.
Mein Gastgeber sieht mich verwundert an.
Ich? Nein. War er krank? Er wirkte kerngesund, als ich ihn das letzte Mal sah. Das ist allerdings schon eine Weile her ... Zwei Jahre. Vielleicht. Wir haben danach noch zwei-, dreimal miteinander telefoniert. Aber von einer Krankheit hat er nichts gesagt. Woran ist er gestorben?
Ich schweige wieder. Das wüsste ich auch gerne, denke ich. Doch ich bin nicht in Stimmung, diesem Fremden von unseren Familienverhältnissen zu erzählen.

Sebastian Nadler sieht mich erwartungsvoll an, doch als mein Schweigen den ganzen Raum ausfüllt – mein Gott, welch eine Einrichtung, denke ich und lasse den Blick erneut über Vitrinen und Schränke gleiten, überfüllt mit seltsamen Gegenständen, Devotionalien, nehme ich an, Grabbeigaben, ist das dort hinten nicht sogar ein Schrumpfkopf? –, da wendet Nadler seinen Blick endlich von mir ab.

Ihr Onkel hatte eine ungewöhnliche Haltung zum Tod, sagt er, und ich kann nicht feststellen, ob mein Schweigen ihn gekränkt hat. Während nach vorherrschender Meinung der Tod das Ende von allem bedeutet, vertrat er die Ansicht, dass er eine Art Anfang darstellt. Ich will damit nicht sagen, dass er religiös war. Klar, er interessierte sich für die Weltreligionen, und wir diskutierten viel über die verschiedenen Todesauffassungen, aber ich kann mit Sicherheit sagen, Ihr Onkel hing keiner Religion an. Und dennoch bestand er darauf, dass das Wichtigste in seinem Leben erst nach seinem Tod beginnen würde. Ich konnte nicht aus ihm herauskriegen, was er damit meinte.

Die Reise, denke ich, er meint unsere gemeinsame Reise. Und schüttle gleichzeitig den Kopf. Das ergibt alles keinen Sinn. Was weiß schon dieser Antiquitäten schmuggelnde Professor über Gregor Beer senior. Er war ein Spinner, höre ich meine Mutter sagen, das sieht ihm ähnlich, gemeinsame Sache mit einem Grabschänder, und dann sehe ich sie wieder weinen angesichts der Urne, wie sie geweint hat, als man ihr den toten Sohn brachte. Die Welt ist aus den Fugen, denke ich unbehaglich und überlege, wie ich dieses Haus mit all den Dingen aus der Welt der Toten so schnell wie möglich wieder hinter mir lassen kann.

Ich höre mir noch eine Weile Nadlers Ausführungen über das Wesen meines Patenonkels an und betrachte Bil-

der, auf denen Kapitän Beer in schmucker Uniform auf der Brücke seines Schiffes steht oder in der Messe. Nadler lässt es sich nicht nehmen, mir ein besonders schönes Foto zu schenken. Doch als sich der Professor einen zweiten Whisky gönnt und unmerklich in einen vertraulicheren Ton übergeht, von seiner Tochter zu erzählen beginnt, die ihm in letzter Zeit große Sorgen mache, da bereite ich meinen Rückzug vor.
Ich finde, sagt Nadler, man sollte die Vergangenheit ruhen lassen, was meinen Sie dazu?
Etwas abrupt stehe ich auf. Danke, dass Sie sich so viel Zeit genommen haben, sage ich, schiebe Brief und Foto in meine Tasche und wende mich zum Gehen.
Erleichtert höre ich, wie die Tür hinter mir ins Schloss fällt. Viel zu viele Menschen, denke ich, während ich zügig den Gartenweg zur Straße hinuntergehe, ich habe mein Leben bisher an viel zu viele Menschen vergeudet. Und ich beginne mich auf die einsame Reise, die vor mir liegt, zu freuen, deren Geheimnis in meiner Jackentasche verheißungsvoll knistert, sehe meinen Jaguar e-Type wie einen Silberpfeil durch unbekannte Landschaften gleiten, allein werde ich sein, keinem Menschen zu nahe kommen, einzig und allein Onkel Gregors seltsame Stimme im Ohr.

Nun, denke ich, während ich mir, wieder zu Hause, einen Kaffee koche, den übervollen Anrufbeantworter ignoriere, es mir auf dem Sofa bequem mache, wo soll denn die Reise hingehen?
Ich öffne den Umschlag. Fühle eine gewisse Nervosität. Die Brücken hinter mir habe ich schon mehrmals abgebrochen. Doch noch nie habe ich einem anderen überlassen, wohin es gehen soll. Ich zögere, lege den Brief beiseite und greife nach der Fotografie, betrachte dieses

Gesicht, und mit einem Mal überschwemmt mich eine ganze Flut von Erinnerungen. Zuerst stellt sich die Stimmung ein, die bei uns zu Hause herrschte, solange Onkel Gregor zu Besuch war, das Gefühl, dass es meiner Mutter einerseits zwar recht war, sogar sehr, wenn sie uns zusammen sah, aber dann doch auch wieder nicht, ein Hin- und Hergerissensein zwischen ihren widersprüchlichen Launen und meinen eigenen Wünschen. Denn so klein Heinrich und ich damals auch waren, so erbittert wurde zwischen uns eine Art Onkel-Wettstreit ausgetragen, und da Onkel Heinrich ständig greifbar war und Onkel Gregor nur selten kam, war er der geheimnisvolle – und durchaus phantasievollere Kandidat. Einmal, auch das fällt mir wieder ein, hat er uns ins Planetarium mitgenommen, immer uns beide, das ließ er sich nicht ausreden, auch wenn ich ihn noch so gern für mich allein gehabt hätte – einen einzigen Menschen auf dieser Welt ganz für mich allein –, so erfüllte er mir diesen Wunsch nie, jedenfalls nicht vor Heinrichs Tod. Das Foto zeigt einen Mann in seinen besten Jahren, wie man so schön sagt, wenn die Jugend vorbei ist und das Alter seine Spuren noch nicht allzu gnadenlos herauskehrt, um die fünfzig, schlank, gutaussehend, ein schmales Gesicht mit ausdrucksvollen, skeptischen Augen, halb versteckt unter den Lidern, als wollten sie sich verbergen, ein Geheimnis bewahren. Dann dieser Mund mit den vollen Lippen, der gerne lacht, wie die Fältchen um die Augen- und Mundwinkel verraten, ein trauriges Lachen oder ironisch, als amüsiere er sich über sich selbst.

Warum warst du eigentlich nie verheiratet, frage ich das Foto, und wie eine Antwort denke ich, dasselbe könnte ich dich fragen, dreiunddreißig, da hat so mancher schon eine Familie, du aber willst niemanden um dich haben, und so ging es auch mir. Doch da ist noch etwas anderes,

etwas, was hinter den halb gesenkten Lidern verborgen bleibt, etwas, was Onkel Gregor nicht preisgeben will. Noch nicht.
Das Telefon klingelt dreimal, dann springt der Anrufbeantworter an. Es ist die Maklerin, die fragt, ob sie mit dem Interessenten für die Wohnung schon früher kommen kann.

Zwei Stunden später ist alles beschlossen. Ohne zu zögern, akzeptiere ich das Angebot. Um alles Weitere wird sich mein Anwalt kümmern. Morgen werde ich dies alles hinter mir lassen. In mir ist nicht die Spur von einem Bedauern.

Zweiter Teil

Das Gesetz der Bewegung

Neuntes Kapitel

in dem Gregor ein Missgeschick widerfährt und unerwartete Hilfe zuteilwird

Du hast Dich also entschieden, lieber Gregor, mit mir zu reisen, wie schön! Ich hoffe, Sebastian hat nicht zu viel Unsinn über mich erzählt, er neigt zur Übertreibung. Jedenfalls hat er einen famosen Whisky, und ich nehme an, er hat Dir davon angeboten?

Doch ich will Dich nicht länger auf die Folter spannen. Unser erstes Ziel liegt im äußersten westlichen Zipfel Frankreichs, auf einer Insel. Es ist ein ziemlich rauher und windiger Ort, die Menschen dort leben seit Generationen vom Fischfang, auch wenn dies eine gefährliche Angelegenheit ist, jede Familie hat eine lange Reihe von Toten zu beklagen, die sich die See geholt hat. Ja, für mich ist sie eine Art Toteninsel, aber nicht im düsteren Sinn, nein, sie ist alles andere als ein bedrohlicher Ort, sondern geradezu leuchtend im Licht der Sonne oder der Sterne. Und darum möchte ich, dass ein Teil von mir dort für immer bleibt, oder, je nachdem wie man die Seebestattung begreift, ein für alle Mal ausgelöscht wird.

Was ist das wohl, dieses Ich? Was bleibt von uns, wenn wir diese Erde verlassen? Jetzt, wo Du dies liest, habe ich auf diese Fragen bereits eine Antwort. Doch in dem Jetzt, da ich diese Zeilen schreibe, bleibt es für mich nur Spekulation. So wie für Dich.

Ich habe zu meinen Lebzeiten immer viel darauf gehalten, mich an niemanden zu binden. Die anderen Seeleute, die daheim Frauen hatten, bemitleideten mich, aber ich lachte nur und dachte, die armen Teufel seid doch ihr mitsamt

euren Familien, was ist das für ein Leben, sechs Monate zur See und dann drei Monate zu Hause, Zank und Streit, und wenn man sich wieder aneinander gewöhnt hat, dann heißt es schon wieder Abschied nehmen.
Die Einzigen, die ich hatte, wart ihr. Ich weiß nicht, ob Du Dich daran erinnern kannst, dass ich anfangs, als ihr noch klein wart, öfters bei euch vorbeigeschaut habe. Deiner Mutter war es entweder nicht oft genug oder zu oft, ich habe nie herausfinden können, wo die Wahrheit lag. Tatsache war, dass ich bei jedem meiner Landurlaube zu euch in den Schwarzwald fuhr, bis Deine Mutter mir zu verstehen gab, dass man gut und gern auf diese Besuche verzichten könnte. Ich zuckte die Schultern und schenkte mir die Fahrt, aber heute weiß ich, wie sehr mich die Ablehnung Deiner Mutter gekränkt hat. Und doch, sie hatte ein Recht dazu, warum, das werde ich Dir später erzählen.
Nur eines möchte ich Dir noch sagen: Erinnerst Du Dich, als Dein Bruder starb? Ich konnte bei seiner Beerdigung nicht dabei sein, weil ich mich auf dem Weg nach China befand, ich weiß es noch wie heute, es war eine jener einsamen Nächte auf der Brücke, als mich die Nachricht erreichte. Ich konnte also erst vier Monate später kommen, und ihr saht mich alle an wie einen Barbaren oder zumindest wie einen Fremden. Damals habe ich Dir versprochen, dass ich Dich mitnehmen würde auf eine Fahrt, weißt Du das noch? Ich habe es Dir hoch und heilig versprochen und auch alles in die Wege geleitet, und tatsächlich stand kurz darauf eine Fahrt an, genau in Deinen Sommerferien, nichts Gefährliches, nur nach Skandinavien und wieder zurück, aber als ich diese Nachricht Deinen Eltern übermittelte, da hatte ich ein langes Gespräch mit Deiner Mutter. Sie machte mir klar, dass sie es nicht erlauben würde. Sie würde Dich niemals zur See fahren

lassen, schon gar nicht mit mir, ja, genau das waren ihre Worte, schon gar nicht mit dir, und sie sagte das mit solchem Abscheu in der Stimme, dass ich nie mehr auf das Thema zurückkam, ja, eigentlich war es damals, dass ich den Kontakt zu Dir, so spärlich er auch immer gewesen sein mag, ganz verebben ließ. Deine Mutter ist eine sehr willensstarke Frau, das habe ich in meinem Leben mehrere Male erleben dürfen, und jede dieser Gelegenheiten betraf uns beide, Dich, Gregor, und mich. Aber ich denke, eine Frau, die solches durchgemacht hat wie Deine Mutter, der muss man auch einiges nachsehen. Und so habe ich mich ihren Wünschen meistens gefügt.

Es ist schon seltsam, dass unsere Körper für immer von der Erde verschwinden können, doch die Erinnerungen, die wir bei anderen hinterlassen, nicht. Und obwohl ich jetzt, da ich dies schreibe, noch lebe und mein Körper noch anwesend ist auf dieser Erde, kann ich Dir doch erst jetzt, da Du diese Zeilen liest und ich tot bin, wirklich nahe sein.

Und um dieser Erinnerungen willen machst Du Dich also nun auf den Weg, zur Île d'Ouessant. Und falls Du es irgendwie schwierig finden solltest, den ersten Teil meiner Asche ins Meer zu befördern, dann frag den Leuchtturmwärter Jacques Malgorne um Rat, er ist ein Freund von mir und weiß Bescheid. Von ihm erhältst Du einen weiteren Brief mit allen nötigen Informationen über den Fortgang unserer Reise.

Eine gute Fahrt wünscht Dir Dein

Onkel Gregor«

Dreiunddreißig Jahre lang war mein Onkel lebendig, nie hat er mir auch nur eine Zeile geschrieben, und jetzt, da er tot ist, erhalte ich einen Brief nach dem anderen von ihm. Und je länger ich hinter dem Steuer meines titanfar-

benen Jaguar e-Type Richtung Westen brause, desto zorniger werde ich auf meine Mutter. Es ist ein kindlicher Zorn: Wieso hat sie mir diese Seereise nicht gegönnt, will er wissen. Warum hat sie sich zwischen mich und meinen Paten gestellt, ja, wieso versucht sie das heute noch, bis in seinen Tod hinein, welchen vernünftigen Grund kann es dafür geben? Sicher. Sie hatte gerade einen Sohn begraben, da ist es verständlich, dass sie den überlebenden mit allen Mitteln zu beschützen suchte. Dennoch. Und zwischen Stuttgart und Karlsruhe, inmitten eines lächerlich unnötigen Staus, verursacht durch zwei Arbeiter, die auf einer Strecke von drei Kilometern gleich zwei Spuren sperren, um auf dem Mittelstreifen in aller Ruhe Gras zu schneiden, da wächst in mir ein neuer Zorn, diesmal über Onkel Gregor, der sich von den Launen seiner Schwägerin davon abhalten ließ, zu mir eine vernünftige Beziehung aufrechtzuerhalten. Als ich endlich das Karlsruher Kreuz passiere und mich in Richtung Straßburg einfädle, da ist auch dieser Zorn verraucht. Du kennst doch deine Mutter, sage ich mir. Und wenn Onkel Gregor auch nur im Entferntesten Ähnlichkeit mit mir hatte, dann ist es ein Wunder, dass er sich überhaupt während der ersten Jahre um mich gekümmert hat.
Ich folge der A 4 Richtung Paris, überquere eine Grenze, die keine mehr ist, und endlich kann ich die sechs Zylinder von der Leine lassen. Neben mir auf dem Beifahrersessel liegt Onkel Gregors Urne, silbern und schwarz mit Flügeln anstelle von Henkeln, fügt sie sich hervorragend ein. Am liebsten würde ich singen, doch ich weiß nicht, wie das geht, ich kann mich nicht erinnern, je gesungen zu haben, also pfeife ich irgendwelche Töne, während sich die Gegend verändert und mein e-Type und ich durch eine wellenförmige Hügellandschaft gleiten mit Weiden, auf denen elfenbeinfarbene Rinder grasen, als

täten sie das schon seit Jahrhunderten. Dann erweitert sich das Land, dehnt sich großzügig aus, streckt und reckt sich, kaum unterbrochen von Ortschaften oder Städten. Durch diese Weite pflügt die lange Schnauze vor mir wie der Bug eines Schiffes auf westlichem Kurs. Wieso bin ich nicht schon früher mit ihm auf Fahrt gegangen, wir beide sind ein perfektes Gespann, und die Bestimmung eines Automobils ist es, unterwegs zu sein.

Das satte, dunkle Geräusch, mit dem der 4,2-Liter-Motor mühelos seine 265 Pferde springen lässt, hat etwas ungemein Beruhigendes. Der Jaguar e-Type ist das Nonplusultra in der Geschichte des Automobils, das Ergebnis einer Sternstunde des Flugzeugkonstrukteurs Malcolm Sayer. Niemals vorher und auch nicht nachher wurde ein Auto gebaut mit einer derart perfekten Form, Harmonie und Ästhetik nicht um ihrer selbst willen, die elegante Ellipsenform ist aerodynamisch begründet, ein pragmatisches Kunstwerk auf Rädern. Bei einem Besuch im Museum of Modern Art in New York begegnete mir in der ständigen Ausstellung ein Bruder meines Modells, ebenfalls eine Sonderanfertigung aus der Serie Zwei von 1964, bereits mit einem voll synchronisierten Vierganggetriebe und einem Armaturenbrett aus Wurzelholz. Doch mein e-Type ist besser erhalten, die wenigen Male, die ich ihn auf der Straße parke, finde ich regelmäßig Zettel hinter den Scheibenwischern mit Höchstgeboten und Telefonnummern von begehrlichen Autofreaks.

Aber er ist nicht verkäuflich.

Wir kommen gut voran. Kurz hinter Paris trinke ich einen Kaffee, esse ein Brötchen. Wie immer erregt der Wagen eine Menge Aufmerksamkeit, das ist das Einzige, was mich an ihm stört. Am liebsten bin ich mit ihm allein, freue mich an seiner Schönheit und Effizienz, doch sobald ich ihn irgendwo abstelle, ist er umringt von Menschen jeden Alters und jeden Geschlechts. Durch das Fenster des Autobahnrestaurants beobachte ich ein paar abgerissene Jugendliche, die den Wagen umkreisen, als sei er ein Ufo. Ein Mädchen mit ziegelroten Rastalocken setzt sich doch tatsächlich auf die Schnauze, ich lasse meinen Kaffee stehen und stürme hinaus. Zerre sie von meinem Wagen. Ein Ellbogen landet in meinem Bauch. Ein ethnischer Mix aus französischen Überseekolonien drängt von allen Seiten auf mich ein. Das Mädchen bohrt ihre Maghrebaugen in meine und schreit mich an. Ich bin froh, ihre Sprache nicht zu verstehen. Ob das Französisch ist – ich würde es nicht beschwören. Erst als sich zwei bullige Typen von der Tankstelle her nähern, lassen sie von mir ab.

Zu viele Menschen, sage ich zu meinem Jaguar, als ich einsteige und den Anlasser starte. Viel zu viele Menschen. Auf dieser Insel wird es hoffentlich anders sein. In sieben Sekunden beschleunigen wir von null auf hundert. Die Rastalocken bleiben in einer Staubwolke zurück.

Au revoir, sage ich und gebe Gas.

Zwanzig Kilometer weiter fahre ich auf einen Parkplatz. Eine kurze Pinkelpause, mehr nicht. Heute Abend werden mein e-Type und ich in Brest einrollen. Dreizehn Stunden und neun Minuten, sagt mein GPS. Mal sehen, ob wir beide nicht einen Rekord schaffen werden.

Doch als ich aus dem Gebüsch trete, befinde ich mich in einem bösen Traum. Zuerst sehe ich den Bullenfänger, dann den verbeulten Wagen. Fünf schwarze Augenpaare. Ziegelrote Rastalocken hinter dem Steuer. Das Mädchen gibt Gas. Nicht von null auf hundert in sieben Sekunden, aber schnell genug. Sie rast auf das ellipsenförmige Heck meines Jaguars zu. Ein hässliches Geräusch von aufeinanderprallendem Metall. Wie ein erschrockenes Tier

macht mein e-Type einen Satz nach vorn, zerdrückt sich die Nase an einem Baum. Quietschende Reifen im Rückwärtsgang, das Knirschen der Kupplung, das Aufheulen des Motors. Rumms. Der Baum bohrt sich noch tiefer in die Silbernase.
Ich bin wie erstarrt. Sehe zu, wie sich dieser unmögliche Vorgang wiederholt, sehe die triumphierenden Gesichter, die Zunge, die mir herausgestreckt wird. Sehe die schrittweise Zerstörung reiner Schönheit, sehe das Blut, nein, Benzin, das unter dem misshandelten Torso hervorrinnt.
Dann löst sich meine Starre. Wie ein wütender Stier stürme ich auf die Vandalen zu, halte mich an ihrem Türgriff fest, werde beiseitegeschleudert. Ein weiteres Krachen, das mir das Trommelfell zerkratzt. Mühsam rapple ich mich auf. Meine linke Ferse schmerzt beim Auftreten.
Es ist still geworden. Nur mein Atem keucht. Dennoch nehme ich ein Geräusch wahr, ein kleines, feines. Ein Streichholz, das angerissen wird. Ich schaue auf. Dort stehen sie. Sehen sehr zufrieden aus. Das Mädchen zündet sich eine Zigarette an. Und dann weiß ich, was kommen wird. Ich stolpere auf sie zu. Doch zu spät. Mit einer fließenden Bewegung wirft sie das brennende Streichholz von sich. Dorthin, wo das Benzin den Asphalt dunkel färbt.
Mit einem Schlag wird es heiß, sehr heiß. Irgendjemand brüllt, und ich merke, das bin ich. Etwas reißt mich zurück. Ich schließe die Augen. Will es nicht sehen. Höre nicht auf zu brüllen.
Und dann falle ich und kullere eine Böschung hinunter. Jemand schüttet Wasser auf mein Gesicht.
Beruhigen Sie sich, sagt eine Stimme. Ich schüttle mich wie ein nasser Hund und springe auf. Vor mir steht eine Frau, jung, dunkle kurze Haare. Jeans. Ein billiges T-Shirt. Irgendwo hab ich das alles schon einmal gesehen. Über

ihrem Kopf steigt schwarzer Qualm in den Himmel. Dann eine Explosion. Metallteile, die durch die Luft fliegen.
Die bring ich um, keuche ich.
Sie sind weg, sagt sie.
Aber es kommen andere. Auf einmal ist die Luft voller Sirenen. Polizei. Feuerwehr. Zwei Polizisten eilen uns entgegen. Gerechtigkeit, denke ich und humple auf sie zu. Rache. Sie werden die Übeltäter stellen und zur Rechenschaft ziehen.
Doch sie verstehen mich nicht. Schieben mich zur Seite und wenden sich an die junge Frau. Und dann geht es hin und her und her und hin, ich habe keine Ahnung, worüber sie so lange diskutieren, statt die Bande zu jagen.
Sie wollen, dass Sie das bezahlen, sagt sie schließlich.
Bezahlen? Was denn?
Den Feuerwehreinsatz, sagt sie und sieht unglücklich aus.
Ich schnappe nach Luft.
Sie glauben mir nicht. Sie sagen, Sie haben den Wagen gegen den Baum gefahren.
Aber … Sie haben das doch auch gesehen!
Sie glauben es einfach nicht, schreit sie zornig.
Ich gehe auf die Polizisten zu, so würdevoll ich es mit meiner wehen Ferse vermag. Ich habe einmal gelesen, dass die französischen Polizeiuniformen von Karl Lagerfeld entworfen wurden. Und genau das sage ich diesen Lackaffen, sage, eine Uniform von Karl Lagerfeld macht noch keine Helden aus euch, ihr Pfeifen. Wenn ihr nichts anderes könnt, als die Hand aufzuhalten, wenn ein paar durchgeknallte Banlieue-Rowdys fremder Leute Autos schrotten …
Doch weiter komme ich nicht.
Les papiers, sagt der eine, der mit der Dolce & Gabbana-Sonnenbrille.
Ich greife in meine Jackentasche. Ertaste Onkel Gregors

Brief. Meine Autopapiere aber waren im Wagen. Ich fluche. Sonnenbrille wechselt mit Lagerfeld einen vielsagenden Blick.
Passeport.
Gottlob, der Geldbeutel steckt in meiner Hosentasche. Darin mein Personalausweis. Der Kerl schnappt ihn sich und geht damit zum Streifenwagen.
Was soll das werden?, frage ich die junge Frau.
Sie zuckt mit den Schultern. Ich kann ihr ansehen, dass sie es bereut, sich eingemischt zu haben. Unentschlossen sieht sie nach ihrem Wagen. Es ist ein grüner Lieferwagen. »Die Welt der Farne« steht darauf. Eine Adresse in Nymphenburg. Farne. Ich sehe sie mir genauer an. Und auf einmal weiß ich es wieder.
He, sage ich, haben Sie mir nicht mal die Nase gebrochen?
Sie schaut mich finster an. Offenbar weiß sie genau, wen sie vor sich hat. Sie öffnet den Mund, um etwas zu sagen, doch da kommt der Polizist zurück, hält einen Zettel in der Hand. Dreihundertundsechzig Euro steht darauf.
Kommt überhaupt nicht in Frage, sage ich, ich bin versichert. Ich werde meinen Anwalt …
Les papiers?
Der Kerl grinst, ich könnte ihn schlagen. Er sagt etwas und deutet auf die Rechnung. Er sagt noch viel mehr und deutet auf die verkohlten Überreste. Er sagt noch etwas und deutet auf den Streifenwagen.
Und?, frag ich die Gärtnerin.
Er sagt, dass Sie das entweder bezahlen oder mit auf die Wache kommen. Er sagt, mit dieser Quittung können Sie sich das Geld wiedererstatten lassen. Er sagt, es sei immer das Gleiche mit uns Deutschen. Außerdem will er eine Alkoholprobe machen. Und wenn ich Ihnen einen Rat geben darf, hören Sie auf, ihn anzuschreien.

Ich habe es noch nie leiden können, wenn mir jemand sagt, was ich tun soll. Doch ich kann mich beherrschen. Gregor Beer hat sich unter Kontrolle. In jeder Situation. Auch in dieser. Ich zücke meine Brieftasche. Dreihundertundsechzig Euro befinden sich in ihr. Einen Moment später ist sie leer.

Schließlich darf ich mich nicht aufhalten lassen, ich habe ein Ziel, und das heißt Brest …

Da fällt mir etwas ein. Mir wird heiß und kalt gleichzeitig. Die Urne! Ich haste zu den Überresten meines Wagens.

Ihr Anblick treibt mir die Tränen in die Augen. Gibt es etwas Schmerzlicheres als zerstörte Perfektion? Im Feuer entfaltete mein e-Type noch eine gewisse Größe, was unter den Fluten der Feuerwehrspritzen zutage kommt, hat nichts mehr mit ihm zu tun. Das Wrack stinkt nach Gummi und verbranntem Kunststoff und nach manch anderem mehr. Über die Karosserie kriecht grau verfärbter Löschschaum. Die Motorhaube wurde gegen den Baum gedrückt und hat sich um seinen Stamm gewickelt. Auch die Heckklappe mit integriertem Fenster, einst ein Segment aus der Form eines Eies, wurde herausgeschleudert. Von meiner Reisetasche ist nichts mehr übrig als ein verkohltes Bündel. Das Stoffdach verschmort, ebenso die Ledersitze, darunter freigelegt die metallene Federung. Das Skelett eines geliebten Freundes. Und dann entdecke ich sie. Unter der triefenden Konsole mit den zersprungenen Armaturen, eingeklemmt zwischen Gaspedal und Rahmen. Ich versuche sie herauszuziehen und verbrenne mir die Finger. Ich wickle mir ein Taschentuch um die Hand, und nun bekomme ich sie frei. Stahl verbrennt nicht. Und Asche schon gar nicht.

Onkel Gregor, flüstere ich, jetzt bist du zweimal durchs Feuer gegangen.

Zehntes Kapitel

in dem Caroline Onkel Gregors Bekanntschaft macht und ein Abendessen ausgibt

Es ist an der Zeit, weiterzufahren. Was geht mich das Ganze an? Stattdessen sehe ich nach, was es dort am Autowrack noch zu verhandeln gibt, jetzt, wo die Rechnung bezahlt ist.

Qu'est-ce que c'est, que ça?, fragt der Polizist gerade.

Lassen Sie die Finger davon, antwortet Gregor Beer und umklammert einen verrußten Gegenstand.

Sagen Sie ihm, sagt er zu mir, es ist etwas Persönliches, das geht ihn nichts an.

Doch Sonnenbrille hat ihm das Ding bereits entrissen. Mit einem Ruck öffnet er den Deckel und sieht hinein. Schiebt die Sonnenbrille hoch. Wirft Gregor Beer einen durchdringenden Blick zu. *Qu'est-ce que c'est*, wiederholt er eine Oktave strenger, da kommt sein Partner dazu, wirft einen Blick in die Dose, sagt etwas, das sich nach »Kokain« anhört, und ich komme mir vor wie in einem schlechten Krimi, denn der Polizist befeuchtet doch tatsächlich seinen Zeigefinger und taucht ihn tief in die Dose, nein, stöhnt Gregor Beer auf, das ist eine Urne, sagen Sie denen, dass das eine Urne ist, die Asche meines Onkels, doch da führt der Polizist auch schon seinen Zeigefinger zum Mund, leckt ihn ab, wiegt den Kopf, Wortfetzen gehen zwischen den beiden hin und her, unschlüssig nimmt nun auch der andere eine Probe.

Die Asche Ihres Onkels?, sage ich fassungslos, und dann muss ich lachen, obwohl ich weiß, dass das schlecht ist, ganz schlecht, denn wie alle Männer beziehen die beiden

Polizisten das natürlich auf sich, lache niemals im Beisein von Uniformen, hat meine Großmutter mir einst eingeprägt, denn sie werden sich immer ausgelacht fühlen. *C'est une urne*, beeile ich mich zu sagen, während mich das Lachen schüttelt, *son oncle mort*, und dann geht ein Ruck durch die beiden Uniformierten, das Lachen erstirbt mir so plötzlich, wie es gekommen ist, und einen Moment später trägt Gregor Beer Handschellen und wird zum Polizeiwagen geführt, Polizist Nummer eins aber steigt bei mir im Lieferwagen ein und weist mich an, dem Blaulicht zu folgen.

Auf der Wache bringen sie uns in verschiedene Zimmer. Dort sitze ich geschlagene zwei Stunden und fünfzehn Minuten, und das ist lange genug, um abwechselnd auf Gregor Beer und mich selbst wütend zu sein. Schließlich soll ich Formulare ausfüllen und Fragen beantworten, die ich schon beantwortet habe.

Dann lassen sie mich warten, bis andere Beamte kommen, um mir andere Fragen zu stellen, und gerade, als ich mich mit dem Gedanken anfreunde, dass ich wohl oder übel meinen Vater werde anrufen und um Hilfe bitten müssen, da läutet das Telefon. *Oui*, sagt der Polizist. *Oui d'accord. Oui.* Und ich kann sehen, wie er selbst im Sitzen Haltung annimmt.

Eine Viertelstunde später kann ich gehen. Auf dem Flur treffe ich Gregor Beer. Draußen ist es bereits dunkel.

Was machen wir jetzt?, fragt Gregor Beer.

Keine Ahnung, was Sie machen. Ich jedenfalls suche mir ein Plätzchen für die Nacht.

Gregor Beer rührt sich nicht. Unter seinem Arm klemmt die Urne. Er sieht verloren aus, in dem Wagen war all sein Gepäck, diese blödsinnige Urne ist alles, was ihm geblieben ist.

Wieso haben die uns so plötzlich laufen lassen?, frage ich.
Ein paar Anrufe, sagt Gregor Beer. Mein Anwalt. Der kennt einen Kollegen in Paris. Und der kennt einen anderen. Und so weiter.
Aha, sage ich. Gut, dass Sie so phantastische Beziehungen haben. Da kommen Sie jetzt sicherlich ohne mich zurecht.
Gregor Beer sieht sich um.
Könnten Sie vielleicht …, ich weiß, ich hab Ihnen schon viel zu viel Umstände …
Na ja, sage ich, ist schon okay. Ich würde sagen, wir sind jetzt quitt. Ich habe Ihnen die Nase gebrochen und Sie mich in diesen Schlamassel gebracht. Kann ich sonst noch etwas für Sie tun?

Ich konnte ihn doch nicht einfach so stehenlassen, in diesem Provinznest, mit nichts als einer Urne unter dem Arm.
Doch die Geschichte wird immer komplizierter. Der Bankomat, zu dem ich ihn fahre, schluckt seine goldene Karte und gibt sie nicht mehr her.
Vielleicht ist Ihr Konto nicht gedeckt, wage ich zu bemerken, doch da rastet er aus, schlägt auf den Geldautomaten ein, bis ihm die Fäuste weh tun, und das geht ziemlich schnell, diese Hunde, schreit er, und noch eine ganze Menge anderer Sachen, die ich nicht verstehe, langsam wird er mir unheimlich, dieser Mann, es dämmert mir, dass ich ihn wohl nicht so schnell loswerde, wie ich gehofft habe, und ich spiele mit dem Gedanken, mich einfach in meinen Lieferwagen zu setzen und davonzufahren, diesen tobenden Menschen sich selbst zu überlassen, hab ich nicht schon genug getan, und ich verfluche den Zufall, der mich ausgerechnet auf diesen Parkplatz führte.

Gregor Beer beruhigt sich, fährt sich über das Gesicht, greift in seine Hosentaschen und sucht sie alle durch, offenbar vergebens, schüttelt den Kopf, presst die Hände vors Gesicht, lehnt sich an den Bankomaten und krümmt sich zusammen, schlägt sich gegen seine Stirn, und dann krieg ich langsam eine Wut, hey, sage ich, jetzt reißen Sie sich mal ein bisschen zusammen, was ist los mit Ihnen! Da schaut er mich an, er hat mich völlig vergessen, das war meine Firmenkarte, sagt er schließlich, alles andere war im Auto, meine privaten Kreditkarten, Handy, einfach alles.
Ach du grüne Neune, denke ich, was für ein Pechvogel, aber dann dämmert mir, dass ich es bin, die verdammtes Pech hat, Caroline, sage ich mir streng, du machst jetzt die Fliege, aber ich bringe es nicht fertig, ich kann es einfach nicht, dieser Mensch wirkt so wenig überlebensfähig so ohne alles in diesem fremden Land, nein, ehe er sich hier den Schädel einschlägt, müssen wir etwas unternehmen.
Also kümmere ich mich um ihn. Setze ihn wieder in den Lieferwagen. Gebe ihm Notfalltropfen gegen den Schock. Drücke ihm mein Handy in die Hand. Jetzt rufen Sie Ihren Anwalt noch mal an, sage ich. Wenn der Sie vor der französischen Polizei retten kann, dann kriegt er auch das auf die Reihe.

Zum Abendessen lade ich ihn ins Restaurant eines netten Hotels ein. Eigentlich ist dieses Städtchen ganz hübsch, hinter einer Zugbrücke steht mitten im Ort ein richtiges Schloss. Uralte Trauerweiden lassen ihre Zweige in den Burggraben baumeln, und dieses Hotel scheint in alten Zeiten so etwas wie die Postmeisterei gewesen zu sein. Ich bin froh, dass wir noch einen Tisch bekommen, der Raum ist voller Gelächter und einander überbietender

Stimmen, ein Duft von in Wein gedünstetem Fleisch hängt in der Luft, von Rosmarin und Ziegenkäse.
So, sage ich, als wir Platz nehmen, jetzt wird gegessen. Und später werde ich nach einem Zimmer für diesen Unglücksraben fragen, denke ich im Stillen, es im Voraus bezahlen, und dann mache ich mich endgültig aus dem Staub. Das Geld, das ich mit mir herumtrage, ist sowieso von ihm, erst vor zwei Tagen habe ich den Scheck mit seiner Unterschrift eingelöst, offenbar keinen Tag zu früh.
Wir bestellen das *menue du chasseur*, eine Fasanenterrine und danach Kaninchen in Rotwein. Hier kann er in Ruhe die Geldanweisung seiner Bank abwarten, denke ich, und dann ist alles wieder gut. Zu gerne wüsste ich, warum dieser Mann eine Urne mit sich herumträgt, wieso seine Kreditkarte gesperrt wurde, doch Gregor Beer stochert in seiner Terrine herum, schweigsam, in Gedanken. Er trauert, denke ich, der Verlust dieses Autos macht ihm schwer zu schaffen, doch dann schaut er auf einmal auf und fragt: Was machen Sie eigentlich hier mitten in Frankreich? Wie kommen denn Ihre Pflanzen, die doch so empfindlich sind, psychisch und physisch ohne Sie zurecht?
Urlaub, sage ich kühl und denke, na ja, auf diese Weise wirst du von ihm auch nichts erfahren, aber welchen Sinn sollte es haben, ihm von Angela zu erzählen, das geht ihn schließlich nichts an.
Und Sie, frage ich, haben Sie Ihren Job hingeschmissen?
In seinen Augen kann ich sehen, dass ich ins Schwarze getroffen habe, und bin ehrlich überrascht. Er schien eine große Nummer in dieser Agentur, wenn nicht der Miteigentümer, schließlich stand sein Name im Briefkopf. Gespannt sehe ich ihn an, doch er spießt in aller Ruhe ein Stück Fasan mit der Gabel auf, führt es zum Mund, kaut, schluckt.

Tapetenwechsel, sagt er dann. Man kann nicht ewig dasselbe tun.
Ich nicke, lege den Kopf schräg.
Und die Urne?, frage ich.
Gregor Beers Augen werden eine Spur schmaler.
Eine lange Geschichte, sagt er. Länger, als dieses Abendessen dauert.
Oh, will ich sagen, ich hab die ganze Nacht Zeit. Aber ich lass es gut sein. Er hat recht. Man muss es nicht übertreiben. Es reicht durchaus, was wir an diesem einen Tag miteinander erlebt haben, zwei Geschichten, die sich kreuzen, müssen sich nicht unbedingt ineinander verheddern.
Beim Bezahlen frage ich nach dem Zimmer.
Mais non, sagt die Hotelière nachsichtig lächelnd, als hätte ich eine besonders dumme Frage gestellt, *je regrette. Nous sommes complets.*
Ich erkläre, dass es nur um ein Einzelzimmer für Monsieur gehe, es könne gerne auch eine Rumpelkammer sein, doch in einer langen Redekaskade erklärt mir Madame, dass sie ausgebucht seien bis unters Dach.
C'est la chasse, sagt sie, die Jagd, die Saison wurde eben eröffnet. Und so überfüllt wie ihr Haus seien alle Hotels und Gasthäuser in der Umgebung, das Wochenende inklusive.
Es tut ihr leid, übersetze ich Gregor Beer, aber ein Zimmer werden Sie im Umkreis von fünfzig Kilometern nicht finden.

Das macht nichts, sagt er draußen und versucht tapfer zu sein, dann bleibe ich eben die ganze Nacht auf.
Aus dem Hotelrestaurant schallt dröhnendes Gelächter. Jäger unter sich. Inzwischen funkeln Cognacschwenker auf den Tischen, die Wirtin kommt mit Nachschenken

kaum hinterher. Dichte Rauchschwaden machen uns den Abschied leicht.
Sie können sich vorn ins Führerhaus setzen, schlage ich vor, die Sitze sind eigentlich ganz bequem.
Doch er zieht eine arrogante Miene, tritt von einem Bein auf das andere, schüttelt den Kopf.
Danke, sagt er, machen Sie sich keine Umstände.
Reden Sie keinen Unsinn, in der Nacht wird es frisch, Sie können doch nicht die ganze Zeit …
Hören Sie, unterbricht er mich, ich bin nicht eine Ihrer empfindlichen Pflanzen, die Sie bemuttern müssen, und da werde ich böse, bitte, sage ich, wie Sie wollen, und wende mich zum Gehen.
Einen Moment, sagt Gregor Beer, und ich denke schon, jetzt wird er sich entschuldigen, ist doch die Höhe, erst kommt er ohne meine Hilfe nicht zurecht, und dann das, doch er sagt nur, die Urne, sie ist noch bei Ihnen im Wagen.
Na und, sage ich patzig, da kann sie ja auch bleiben bis morgen früh. Oder muss Ihr Onkel auch die ganze Nacht aufbleiben?
Da wirft er mir einen Blick zu, in dem ich den alten Gregor Beer aus seiner Basilika wiedererkenne, diesen Ich-stehe-über-allem-und-vor-allem-über-Ihnen-Blick.
Ich möchte mich lieber, sagt er, nicht mehr von ihm trennen.

Elftes Kapitel

in dem Gregor einen Freund gewinnt und wieder verliert

Na, sage ich zu Onkel Gregors Urne, weit sind wir nicht gekommen.

Ich habe mir eine Bank unter einem dieser Bäume gesucht, deren Zweige wie ein Vorhang bis zum Boden reichen, hinter mir das Schloss. Ich bin so lange durch das Städtchen spaziert, bis hinter den Gardinen besorgte Gesichter auftauchten und mein Fuß zu schmerzen begann. Der Sturz heute Mittag hat der Sehne nicht gerade gutgetan. Und doch kann ich kaum stillsitzen.

Mein Jaguar. Ich hätte nicht gedacht, dass mich irgendein materieller Verlust so schmerzen könnte. In mir brennt eine namenlose Wut gegen alle Rastazöpfe dieser Welt und auch, und das tut besonders weh, gegen mich selbst. Immer wieder erlebe ich diese unbegreiflichen Augenblicke aufs Neue. Kaum fallen mir die Augen zu, höre ich das Geräusch von aufeinandertreffendem Metall, und ich bin wieder wach, hellwach, balle die Fäuste, gehe am morastigen Schlossgraben auf und ab, in dem die Frösche ihr Geschrei vollführen, hin und her, bis mich der Schmerz in meinem Fuß wieder zum Niedersitzen zwingt, ich habe keine Ahnung, wie spät es ist, das Saufgelage im Hotel scheint sich langsam dem Ende zu nähern, auch dort würde ich kaum ein Auge zumachen, dann, schließlich, als hätte jemand das Kommando dazu erteilt, verlassen die Gäste in Gruppen das Restaurant, besteigen ihre Jeeps und fahren davon. Die letzten Lichter im Ort verlöschen, hinter mir schlägt eine Glocke zwölfmal, meine

schlaftrunkenen Gedanken wandern zu meiner Glocke in der Basilika, sie ist nicht mehr deine Glocke, denke ich, dann gleite ich hinüber in einen unruhigen Schlaf.
Ich erwache von einem unangenehmen Gefühl der Kälte. Die Kälte ist überall in mir und auch in meinem Gesicht. Ich schlage die Augen auf und blicke direkt in ein struppiges Gesicht. Eine nasse Zunge fährt über meine Nase. Ich schrecke auf. Alles tut mir weh. Ich kann mich nicht erinnern, mich auf die Bank gelegt zu haben, Onkel Gregors Urne unter meinen Rippen. Vor mir steht eine Kreatur, ein wenig Schäferhund, ein wenig Collie, ein wenig Terrier, ein Cocktail aller Rassen dieser Welt auf vier Pfoten.
Na, sage ich, wer bist denn du?
Der Hund sieht mich an und wedelt mit dem Schwanz. Er scheint zu lächeln, aus seinen Lefzen zieht sich ein Speichelfaden bis zum Boden. Ich krame in meiner Jacke nach einem Taschentuch, um mir das Gesicht abzuwischen, sieh nur, sage ich zu dem Hund, das ist alles, was mir geblieben ist. Eine Brieftasche. Ein Taschentuch. Onkel Gregors Brief, den ich in eine der Brusttaschen gesteckt habe, nachdem ich ihn das letzte Mal gelesen hatte. Und wieder überfällt mich die Wut, ich könnte gegen die Bank treten und gegen den Stamm des Baumes schlagen, doch ich lass es sein, denn es bringt ohnehin nichts ein außer noch größerer Schmerzen.
Der Hund setzt sich auf meine Schuhe. Zuerst will ich ihn wegscheuchen, doch dann bemerke ich, wie kalt meine Füße sind und wie warm dieser Hundekörper, und als er sich gegen meine Schienbeine lehnt, da überwinde ich meine Ablehnung, versuche, nicht daran zu denken, wie schmutzig dieser Köter wahrscheinlich ist, welche Parasiten sich in seinem Fell verbergen mögen, und kraule ihm den Kopf. Das gefällt ihm, er reckt den Hals, um

meiner Hand noch näher zu kommen, und gerührt bemerke ich, wie er voller Vertrauen seinen Kopf in die Kuhle meiner Handfläche schmiegt.
Als Junge wünschte ich mir so sehr einen Hund, aber meine Mutter war dagegen. Diese Tiere machen nichts als Ärger und Schmutz, pflegte sie zu sagen, sie zerkratzen die Türen und ruinieren die Polstergarnitur, sie übertragen Krankheiten und verbreiten Allergien, doch nach Heinrichs Tod bekam ich zu Weihnachten einen Wellensittich, den ich mir niemals gewünscht hatte, und als er im folgenden Herbst eines Morgens tot im Käfig lag, trauerte niemand um ihn, weder meine Mutter noch ich. Siehst du, sagte sie, nachdem ich ihn im Garten vergraben hatte. Es ist nicht so einfach, wie du dir das denkst. Ein Tier braucht Zuwendung und Liebe. Als wäre ich zu so etwas nicht fähig.
Der Hund hat sich umgedreht und legt mir seinen breiten Kopf auf die Knie, sieht mich von unten erwartungsvoll an. Soll er mir doch den Anzug ruinieren, der ist ohnehin am Ende.
Hast du kein Zuhause, frage ich den Hund, bist du so einer wie ich, der nicht weiß, wo er hingehört?
Und dann lausche ich meinen Worten nach und wundere mich, Gregor Beer, denke ich, was ist aus dir geworden, ein Tag raus aus dem Alltag, ein bisschen Abenteuer, und schon vermisst du ein heimeliges Nest?
Und dann überdenke ich, so gut es geht, mit kühlem Kopf meine Lage. Was geschehen ist, ist geschehen. Suche ich mir eben wieder einen neuen Jaguar, sobald ich von dieser Reise zurück bin. Den letzten Rest von Aufbegehren gegen diesen gemeinen Akt der Zerstörung, die Wut darüber, dass dieser Frevel auch noch ungesühnt bleiben wird, schlucke ich hinunter. Aber dann ist mir klar: Einen anderen e-Type wird es nicht geben in mei-

nem Leben. Mein Herz habe ich an einen einzigen verloren, und der ist dahin.

Aber wir müssen nach vorne schauen, sage ich zu dem Hund, der mir aufmerksam zuhört, sich kraulen lässt und mir die Beine wärmt, wir müssen überlegen, wie es weitergehen soll. Und dann entsinne ich mich der Urne. Darf ich vorstellen, sage ich, dies ist Onkel Gregor, und hier, das ist »Hund«, keine Ahnung, wie er heißt.

Ich sehe nach, aber das Tier trägt kein Halsband. Also doch, sage ich, hab ich es mir doch gedacht. Wie ein Jagdhund siehst du mir nicht aus, vermutlich können die Cognactrinker und Gauloisesraucher mit dir nicht viel anfangen, was?

Den Wellensittich habe ich damals Old Shatterhand genannt, aus keinem bestimmten Grund, außer vielleicht dem, dass meine Mutter das wie erwartet unmöglich fand. Damals verschlang ich alles von Karl May, wie jeder Junge in meinem Alter. Und dann denke ich, Karl May, das wäre doch ein ausgezeichneter Name für einen Hund.

Das Kinn sinkt mir auf die Brust. Warum nicht schlafen, jetzt, wo ich einen Bewacher habe? Also lege ich mich wieder auf die Bank, doch befindet sich mein Gesicht auf der Höhe seiner Schnauze, lässt es sich mein neuer Freund nicht nehmen, mit seiner Zunge darüberzufahren, da nützt kein Verhandeln. Und dann bin ich auch schon wieder völlig wach, mache einen weiteren Spaziergang um das Schloss, der Hund folgt mir auf dem Fuß, weicht keinen Meter von meiner Seite.

Die Gärtnerin. Da muss ich ausgerechnet ihr in die Arme laufen. Aber eigentlich hat sie sich fabelhaft verhalten. Wie sie mit den Polizisten verhandelte, als ginge es um ihr Auto. Und später …, aber daran mag ich nicht denken, ich schäme mich der Szene am Bankomaten. Dass mir Julius so schnell die Konten sperren würde, noch bevor die Verhandlungen überhaupt begannen! Niemals hätte ich das gedacht.

Der Schaden ist groß, aber ich darf mich damit nicht aufhalten, ich muss daran denken, wie es weitergehen soll. Er wird mir eine Geldanweisung schicken, sagte mein Anwalt. Morgen kannst du sie bei der Bank abholen, sagte er. Dann werde ich dem Mädchen, ich weiß ja nicht einmal ihren Namen, zurückgeben, was ich ihr schulde, werde mir einen Wagen mieten, Kleider kaufen und die Fahrt fortsetzen. Möchtest du, dass ich jemanden schicke, der dich abholt?, hat mein Anwalt gefragt. Als ob ich schon nach dem allerersten Tag aufgeben würde. Das ist nicht Gregor Beers Art.

Ich bin ein ziemlich hartnäckiger Bursche, sage ich zu Karl May, der zu mir emporschaut mit einem etwas zu unverschämten Grinsen ums Maul.

Am schlimmsten wird es gegen halb vier. Auch wenn ich es mir nicht eingestehen will, so bereue ich es doch, das Angebot des Mädchens ausgeschlagen zu haben.

Ich war nicht besonders nett zu ihr, sage ich zum Hund, der vor der Bank liegt, die Schnauze zwischen den Pfoten. Ab und zu, wenn ich etwas zu ihm sage, hebt er kurz die Lider, ansonsten döst er vor sich hin. Nein, denke ich, nach allem, was sie für mich getan hat, war das ein ziemlich schlechter Stil. Außerdem hat sie recht: Es ist verdammt kalt. Und es will und will nicht Morgen werden.

Irgendwann muss ich doch eingeschlafen sein, denn ich erwache von dem Rumpeln eines Müllwagens, der sich früh um sechs durch die Straßen des Städtchens quält. Karl May liegt zusammengerollt vor der Bank. Ich stehe auf, strecke und recke meine Glieder.

Die Bank öffnet erst um neun, das war das Erste, was ich gestern Abend in Erfahrung brachte. Im Münzfach meiner Brieftasche finde ich noch ein paar Euro, und als um sieben das Café gegenüber des Hotels öffnet, warte ich noch anstandshalber fünf Minuten, dann verlasse ich meinen nächtlichen Platz unter der Trauerweide. Der Hund trottet hinter mir her.

Er setzt sich neben den Eingang, entschlossen, auf mich zu warten. Das Aroma von frisch gemahlenem Kaffee empfängt mich. Eben bringt ein junges Mädchen ein Blech mit Croissants. Ich bestelle einen Milchkaffee und eines dieser Hörnchen. Es ist noch warm. Ich habe nicht genügend Geld, um mich an einen Tisch zu setzen, wo andere Preise gelten als an der Theke, und in den Augen des Mannes hinter dem Tresen kann ich lesen, dass ich einen miserablen Eindruck mache.

Später, auf der Toilette, kann ich dies nur bestätigen. Eine Nacht auf der Parkbank hinterlässt Spuren, mein Anzug ist zerknittert und schmutzig, meine Haare, so kurzgeschnitten sie auch sind, wirken zerzaust. Kein Kamm. Keine Zahnbürste. Dunkle Ränder unter den verklebten Augen. Dieses Landstreicherleben geht mir an die Substanz.

Ich zähle meine verbliebenen Münzen und bestelle noch einen Kaffee. Greife nach der Tageszeitung, um mich dahinter zu verschanzen, doch ein Mann mit schmalem Oberlippenbart und einem Zigarillo zwischen den beringten Fingern schnappt sie mir vor der Nase weg. Auch gut. Verstehe ohnehin kein Französisch. Ich genieße jeden einzelnen Schluck, trinke so langsam wie möglich, um das Ganze hinauszuzögern, immerhin bleiben noch fast eineinhalb Stunden, die ich herumbringen muss. Da höre ich ein Jaulen vor der Tür, ein Mann steht breitbeinig dort draußen und beschimpft den Hund. Da bin ich auch schon draußen, Karl May schaut mich aus verzweifelten Augen an, weicht geschickt einem Fußtritt

aus, drängt sich an mich, versteckt sich hinter meinen Beinen.
Lassen Sie doch den Hund in Ruhe, sage ich zu dem Mann. Er trägt eine dieser Mützen auf dem Kopf, die offenbar ein guter Franzose auch heute noch trägt, darunter ein breites Gesicht mit zornigen Augen unter buschigen Brauen.
Er spuckt auf den Gehsteig und sagt etwas.
Lassen Sie ihn in Ruhe.
Der Mann ist einen Kopf kleiner als ich, dafür gut und gerne zwanzig Kilo schwerer. Er tritt ziemlich nahe an mich heran. Sagt wieder etwas. Ich zucke mit den Schultern. Er zeigt mit dem Finger auf den Hund, der sich an meine Kniekehlen drückt, und lässt einen ganzen Redeschwall los, die Männer aus dem Café sind auf einmal auch alle da, beobachten uns mit neugierigen Gesichtern, die meisten mit einem blödsinnigen Grinsen auf den Lippen.
Schließlich spricht der Mann mit dem Oberlippenbart.
Sie sind deutsch?, fragt er mit starkem Akzent.
Ich nicke.
Das ist sein Hund, sagt er und weist auf die Baskenmütze.
Ich rühre mich nicht. Der Hund rührt sich nicht.
Verstehen Sie nicht, wiederholt er und weist mit dem Zigarillo erst auf den Hund, dann auf den Mann, der sich vor mir aufgebaut hat. Der Hund ist sein Eigentum.
Aber er trägt kein Halsband, sage ich.
Ein hässliches Lächeln zieht den Mund mit dem Oberlippenbart in die Breite.
Er übersetzt meinen Satz, und der Mann vor mir tritt noch ein wenig näher, wenn er nicht so klein wäre, müsste ich seinen Atem fühlen, er stemmt die Fäuste in die Seiten, und gerade, als ich denke, der boxt mich gleich in den Magen, höre ich eine helle Stimme, die Gärtnerin

kommt mit großen Schritten über den Platz, was ist denn hier los, fragt sie mich, dann sagt sie etwas auf Französisch, und als würde die Anwesenheit einer jungen deutschen Frau meine Existenz überhaupt erst legitimieren, verwandeln sich die Mienen, die Haltungen entspannen sich, der kleine Dicke überschüttet sie mit einem Redeschwall, sie nickt und lächelt und reißt die Augen auf, sagt: Ah, und oh, eh bien, und währenddessen stupst mich Karl May mit der Nase an, blickt flehentlich zu mir empor, als wolle er sagen, nein, ich gehöre diesem Ekelpaket nicht, rette mich, bitte, bitte nimm mich mit, hinaus in die große weite Welt.
Was ist das für eine Geschichte mit diesem Hund, sagt das Mädchen, der Mann behauptet, du wolltest ihn stehlen? Er trägt kein Halsband, sage ich, bei uns heißt das, er hat keinen Besitzer, da nickt sie, ach so, ein Missverständnis, und lang und breit erklärt sie diesen Franzosen, das alles sei ein Missverständnis, selbstverständlich wolle ich diesen Hund nicht stehlen, aber er soll ihn nicht prügeln, sage ich, sie übersetzt oder tut jedenfalls so, und dann brechen diese Männer hastig auf, besteigen Jeeps und wedeln wichtigtuerisch mit Gewehren, ach ja, sagt das Mädchen, *la chasse*, und dann sind sie davon, nur der kleine dicke Mann mit der blauen Mütze schreit noch immer spitze Befehle in Richtung Hund, der langsam, wie gegen einen unsichtbaren Widerstand kämpfend, sich von mir entfernt, mir immer wieder einen herzerweichenden Blick zuwirft, bis ihn der Mann am Schlafittchen packt und davonzerrt. Der Hund duckt sich aus der Hand des Alten, mach's gut, alter Junge, sage ich gegen meine Überzeugung, und der Hund trottet davon, mit hängenden Ohren und eingezogenem Schwanz.
Er schlägt ihn, sage ich.
Das Mädchen schaut mich nachdenklich an. Ich will gar

nicht wissen, was hinter diesen hübschen, dunklen Augen vor sich geht.
Haben Sie schon gefrühstückt, fragt sie, dann beißt sie sich auf die Lippen, oh, sagt sie, entschuldigen Sie, Sie wollen ja nicht bemuttert werden, doch ehe sie sich wegdrehen kann, fasse ich sie sacht am Arm, es tut mir leid, sage ich und fühle, wie ich rot werde, das war nicht besonders nett gestern, und wenn ich es mir recht überlege, hab ich mich noch nicht einmal bei Ihnen bedankt.
Sie schaut mich an, dann lacht sie.
Nein, sagt sie, das haben Sie nicht.
Dann tu ich es jetzt, sage ich tapfer, danke. Für alles. Und wenn ich nachher mein Geld abgeholt habe, darf ich Sie dann zum Mittagessen einladen?
Sie zögert einen Moment.
Nachher bin ich schon weg, sagt sie dann entschlossen. Ich muss weiter.
Ich auch, denke ich. Und ich brauche einen Mietwagen. Doch habe ich erst einmal Geld in der Tasche, dann fügt sich das andere alles von selbst.
Schade, sage ich.
Na dann, meint sie, viel Glück. Und alles Gute.
Und verschwindet im Café. Ich schaue auf die Uhr, noch eine knappe Stunde, Zeit genug, um herauszufinden, wo ich hier einen Mietwagen finde oder schlimmstenfalls ein Taxi in die nächstgrößere Stadt.

Es wird neun, doch die Bank macht nicht auf. Es wird halb zehn, nichts geschieht. Die Minuten dehnen sich, langsam, aber sicher überkommt mich wieder eine heillose Wut. Ich gehe vor der verschlossenen Tür auf und ab, versuche, mich zu beherrschen, doch die Müdigkeit, vermischt mit meinem von Minute zu Minute wachsenden Zorn, zeigt in meinem Kopf, in allen meinen Glie-

dern eine verheerende Wirkung. Als ich, rein routinemäßig, nur, um irgendetwas zu tun, meinen Ausweis hervorziehe, zittert meine Hand.
Als ich zehn metallische Glockenschläge vom Schloss her zähle, ist es genug. Eine Frau kommt des Weges, in jeder Hand eine übervolle Einkaufstasche, sie mustert mich schon von weitem misstrauisch, ich stelle mich ihr in den Weg, wann macht denn diese verdammte Bank auf, frage ich sie, quand öffnet la banque, ah, la banque, antwortet sie, und dann folgt wieder einmal ein Sturzbach an Worten, ich ahne das Schlimmste, als die Frau ihre Taschen abstellt, beide Unterarme ausstreckt und mehrmals bis zum Ellbogen gegeneinander verkreuzt, die Bank macht nicht auf, heißt das, aber warum, sage ich wütend und stampfe mit dem Fuß auf, was ich lieber lassen sollte, denn das weckt meinen schlafenden Sehnenschmerz, *fermée pour la chasse*, sagt die Frau, und dass das Jagd heißt, das habe ich inzwischen begriffen.
Geschlossen wegen der Jagd. Das ist unmöglich. Aber in diesem Land scheint das Absurdeste möglich, und ich beginne zu ahnen, dass mein Martyrium noch nicht zu Ende ist. Außerdem ist heute Freitag, fährt es mir durch alle Glieder, das heißt, das ganze Wochenende bin ich ohne Geld, ohne Kleider, ohne Auto. Ich laufe los auf der Suche nach der Gärtnerin, sie ist die Einzige, die mir hier helfen kann, und obwohl ich mich dafür hasse, sie schon wieder um einen Gefallen bitten zu müssen, einen Gefallen, dessen Ausmaß ich noch gar nicht abschätzen kann, fällt mir kein anderer Ausweg ein. Ich habe vielleicht noch zehn Cent in der Tasche. Damit kann ich nicht einmal telefonieren. Alles, was ich habe, ist …, und dann trifft es mich wie ein erneuter Schlag, die Urne, ich habe Onkel Gregors Urne vergessen, dort im Café auf der Theke, dort habe ich sie stehenlassen, als draußen der Hund aufjaulte,

und im Laufschritt biege ich um den Platz, stürze in das Café, hoffe inständig, das Mädchen möge noch da sein und inzwischen auf die Urne aufgepasst haben, doch von ihr ist keine Spur, und auch die Urne ist weg.

Keuchend stehe ich da und starre auf die Stelle, wo ich vor zwei Stunden gefrühstückt habe. Nichts. Schließlich fasse ich mir ein Herz und frage.

Das Mädchen …, probiere ich, denn direkt nach der Urne zu fragen, ist mir peinlich, the girl …, doch der Kellner zuckt nur die Schultern, poliert mit einem Tuch Gläser und würdigt mich keines Blicks.

Ah, Monsieur ist zurück, höre ich die Stimme mit dem näselnden Akzent hinter mir, es ist der mit dem Bärtchen, der dort immer noch bei einer Zeitung sitzt, Sie suchen das Mädchen, sie ist gegangen, schon vor langem.

Ein harter Schlag. Bleibt noch Onkel Gregor.

Ich habe etwas hier stehenlassen, sage ich, ein Gefäß, der Mann zieht die Brauen in die Höhe, zuckt mit den Schultern, wechselt rasch ein paar Worte mit dem Mann hinter der Theke, nein, sagt er dann, hier ist nichts. Und dann grinst er, dass ich ihm am liebsten die Fresse einschlagen würde, ich glaube ihm kein Wort, hören Sie, sage ich, der Gegenstand ist wichtig für mich, mag sein, gibt er zurück, warum passen Sie nicht besser auf ihn auf?

Doch während er noch spricht, sehe ich sie. Natürlich, hinter der Grünpflanze neben der Theke, dort habe ich sie hingestellt, um nicht noch mehr Blicke auf mich zu ziehen.

Meine Knie zittern, als ich auf den Platz hinaustrete. Das war knapp, sage ich zur Urne und versuche mich zu erinnern, wo das Mädchen ihren Lieferwagen vergangenen Abend abgestellt hat, und als ich um ein paar Straßenecken biege, höre ich auf einmal hinter mir ein wohlbekanntes Hecheln. Karl May strahlt mich glücklich an.

Du schon wieder, sage ich, geh zurück zu deinem Herrchen, ich hab schon genug Ärger am Hals, doch er weicht nicht von mir, und schließlich habe ich anderes, worum ich mich kümmern muss, hoffentlich hat sie die Stadt noch nicht verlassen. Ich habe keine Ahnung, wohin ich gehe, erreiche das Ortsschild, dahinter öffnen sich Wiesen und Weiden, doch vor dem ganzen Grün ist eine Tankstelle, und dort steht tatsächlich, wie eine Fata Morgana, der Lieferwagen. Das Mädchen schließt gerade den Tank, und ich laufe, so schnell ich kann, rufe und winke und gestikuliere, sie ist dabei, einzusteigen und davonzufahren, doch da sieht sie sich um, erkennt mich, zögert, ich kann an ihrer Haltung erkennen, dass sie nicht gerade erfreut ist, mich zu sehen, aber das spielt jetzt keine Rolle, es geht um Tod oder Leben, ja, so etwas Melodramatisches denke ich in diesem Augenblick, und noch nie war ich so froh, jemanden zu sehen wie diese Frau, deren Namen ich immer noch nicht weiß.
Sie schon wieder, sagt sie. Was ist denn nun schon wieder passiert?
Die Bank, keuche ich, sie ist geschlossen. Wegen der Jagd.
Wegen der Jagd, fragt sie, und dann fängt sie an zu lachen, sie hat eine besondere Gabe, in den kritischsten Momenten in ein klingendes Gelächter auszubrechen, ist das wahr, das gibt es doch gar nicht, und dann beruhigt sie sich, bekommt eine kleine steile Falte auf der Stirn, das heißt, sagt sie, kein Geld?
Ich schüttle den Kopf.
Und jetzt?
Ich betrachte meine Schuhe. Auch sie sind ruiniert. Feinlederne italienische Schuhe, so gut wie neu.
Keine Ahnung, sage ich. Ich dachte … ich meine, ich habe nur noch ein paar Cent in der Tasche …

Sie schweigt erbarmungslos, sieht mich nur an mit diesem Blick, von dem ich immer mehr überzeugt bin, dass er in mich hineinsieht und dort Dinge erkennt, von denen ich selbst keine Ahnung habe.
Wissen Sie was, sagt sie schließlich, allmählich gehen Sie mir auf die Nerven. Kaum bin ich nett zu Ihnen, stoßen Sie mich vor den Kopf. Und kaum sind Sie ein paar Stunden allein, bringen Sie sich in Schwierigkeiten, und ich muss Ihnen helfen. Zwei Minuten später, und ich wäre schon längst fort. Was würden Sie dann tun?
Doch ehe ich etwas sagen kann, hat sie den Hund entdeckt, der brav neben uns sitzt und begeistert zu ihr aufstrahlt, mit hängender Zunge, einen Speichelfaden im Mundwinkel.
Und dieser Köter! Was soll der schon wieder hier?
Das ist kein Köter, höre ich mich sagen, das ist mein Freund, doch das war offensichtlich das Falscheste, was ich hätte sagen können, na prima, sagt sie, dann fragen Sie doch ihn um Hilfe, öffnet die Fahrertür und will einsteigen, bitte, sage ich, lassen Sie mich hier nicht so stehen, ich bezahle Ihnen auch alles, alles wieder zurück, doppelt und dreifach, doch auch das ist offenbar nicht gut, gar nicht gut, sie wird weiß im Gesicht, und ihre Augen werden schmal, und unwillkürlich weiche ich einen Schritt zurück, auch der Hund bemerkt es, erhebt sich und beginnt vorsichtig zu knurren, doppelt und dreifach, ja, sagt sie gefährlich, das ist genau diese Art, die ich auf den Tod nicht leiden kann, denn es gibt Dinge im Leben, Gregor Beer, die kann man für Geld nicht kriegen, diese Lektion sollten Sie lernen, sonst kommen Sie nicht weit, jedenfalls nicht bei mir. Und dann steigt sie ein, startet den Wagen und fährt, ohne auch nur ein einziges Mal zurückzublicken, davon.

Ich sehe mich um. Keine Menschenseele. Dies ist eine automatische Tankstelle mit Selbstbedienung. Ich setze mich auf ein niederes Mäuerchen, der Hund nimmt neben mir Platz, betrachtet mich besorgt. Ich bin zum Umfallen müde, eigentlich ist mir alles egal, und ich überlege allen Ernstes, ob ich mich nicht dort hinten in die Wiese legen soll und schlafen, einfach nur schlafen. Doch ich kann mich nicht aufraffen. Und nach einer Weile, keine Ahnung, wie lange sie dauert, höre ich einen Motor sich nähern, aus der anderen Richtung, nicht vom Ort her, ich bin zu müde, um auch nur den Kopf zu heben, und dann hält direkt vor mir ein Wagen, ich blicke auf, er ist grün und ein Lieferwagen, die Beifahrertür öffnet sich, das Mädchen lehnt sich herüber und schaut auf uns herab.
Steigen Sie ein, sagt sie barsch.
Ich gehorche. Ehe ich die Tür schließen kann, springt der Hund in einem verzweifelten Satz über mich hinweg, das Mädchen schreit auf, ich habe plötzlich das Hinterteil des Hundes im Gesicht, sein Schwanz versetzt mir ein paar haarige Hiebe, und nach den Lauten, die die Gärtnerin von sich gibt, macht ihr Gesicht Bekanntschaft mit Karl Mays Zunge, doch sie fackelt nicht lange, öffnet die Fahrertür und befördert meinen Freund gleich wieder hinaus.
Haben Sie Ihre verflixte Urne, fragt sie. Ich nicke.
Gut, sagt sie.
Und dann braust sie los. Im seitlichen Rückspiegel kann ich sehen, wie uns Karl May verdutzt nachschaut. Dann setzt er sich entschlossen in Bewegung.

Zwölftes Kapitel

in dem Caroline nach ihrer Mutter sucht und eine Skulptur findet

Dass es klar ist, sage ich, Ihretwegen mache ich keine Umwege mehr.
Er nickt.
Ich fahre jetzt auf dem direktesten Weg in die Bretagne, und wenn Ihnen das nicht passt, dann steigen Sie auf der Stelle wieder aus.
Bretagne, wiederholt er erstaunt.
Ich halte an.
Wenn das nicht Ihre Richtung ist, hier ist die Tür.
Er starrt mich an.
Nein, nein, wehrt er rasch ab, die Bretagne ist perfekt. Das trifft sich gut. Sehr gut sogar.
Ich sehe mir diese zerknitterte Gestalt etwas genauer an. Die Nacht hat ihn ganz schön geschafft, er ist grau im Gesicht, und als ich in seine übermüdeten Augen schaue, schmilzt mein Ärger ein wenig. Keinen Kilometer später ist er eingeschlafen.
Und während ich weiter über Land zuckele, keine Lust verspüre auf die Autobahn, während sich der Morgen mit einem Aufleuchten über den Feldern verabschiedet, schläft Gregor Beer wie ein Kind, die Beine von sich gestreckt, eine Hand unter der rechten Wange, den Kopf ans Fenster gelehnt. Ich biege auf einen Feldweg ein, gehe ein paar Schritte hinter die Büsche. Als ich zurückkomme, kniet Gregor Beer am Wegrand und krault schon wieder einen Hund.
Sehen Sie nur, sagt Gregor Beer und strahlt zu mir auf, er

ist uns hinterhergerannt! Die ganze Strecke! Er ist völlig am Ende.
Tatsächlich. Es ist der Hund aus der Stadt. Er hechelt rasselnd, als würde er gleich den Löffel abgeben, sein Fell glänzt feucht.
Haben wir ein bisschen Wasser für ihn, fragt Gregor Beer mit unschuldiger Miene, und ich seufze, hole eine Plastikflasche aus dem Auto, gieße davon in die Schale seiner Hände und sehe zu, wie es der Hund mit seiner langen, rosafarbenen Zunge geschickt aufschlabbert, immer wieder von Hechelpausen unterbrochen.
Wir müssen ihn mitnehmen, sagt Gregor Beer.
Ich öffne den Mund und klappe ihn wieder zu. Schlucke. Atme tief durch. Betrachte den Hund, der völlig erledigt auf dem Feldweg liegt, hechelt, dass sein ganzer Körper bebt, mich anschaut aus klugen, bernsteinfarbenen Augen.
Na ja, denke ich, wir können ihn ja schlecht hierlassen.
Und wenn er Krankheiten hat, sage ich, Parasiten oder Würmer?
Karl May hat keine Würmer, sagt Gregor Beer, und ich denke, jetzt ist er übergeschnappt, wer, frage ich vorsichtig, ist Karl May?
Gregor Beer steht auf, klopft sich Staub vom Anzug, eine überflüssige Gebärde, denn der Anzug ist versaut, er braucht frische Kleider, denke ich, wir werden einen Hypermarché ansteuern.
Ich nenne ihn Karl May, sagt er.
Das ist doch kein Name für einen Hund, wende ich ein und muss lachen, wieso nicht, entgegnet Beer, es ist ein guter Name für jemanden, der die Welt sehen will.
Na fein, sage ich, gehe zurück zum Wagen, suche hinter den Sitzen nach einer alten Decke, werfe sie über den Beifahrersitz, also, sage ich dann, steigen Sie ein, die Her-

ren Beer und May, der Hund macht einen Satz und dreht sich ein paarmal um sich selbst, ehe er auf der Decke Platz nimmt.
Es dauert eine Weile, ehe geklärt ist, wer wo sitzen darf und wo nicht. Gregor Beer muss sich schmal machen, während der Hund sein Kinn auf die Kante der halbgeöffneten Fensterscheibe legt und sich den Fahrtwind um die Nase wehen lässt.

Im Hypermarché braucht Gregor Beer Ewigkeiten, um sich eine Zahnbürste und einen Rasierer auszusuchen.
Was machen Sie denn so lange, frage ich, als ich genügend Proviant für eine ganze Reisegruppe in den Einkaufswagen gepackt habe, einschließlich Hundefutter, Bürste, Leine und Napf.
Es gibt nichts Vernünftiges, sagt er, keine Qualität.
Ich betrachte das Angebot. Mindestens dreißig verschiedene Tuben Zahnpasta, genauso viele Sorten Rasiercreme, von allem ist reichlich vorhanden.
Machen Sie schon, sage ich.
Widerstrebend legt er ein paar Artikel in den Wagen.
Diese Art von Geschäften, sagt er, sind schuld an allem. Sie verderben die Qualität. Die Menschen wissen nicht mehr, wo ihnen der Kopf steht. Alles durcheinander. Seife neben der Käsetheke, Plastikspielzeug neben abgepackten Tortenböden. Können wir nicht in einen vernünftigen Laden gehen?
Ich verstehe nicht, was er meint.
Sie brauchen ein paar Sachen. Hier sind sie. Also, machen Sie mich nicht verrückt.
Er seufzt, zieht eine finstere Miene. Wählt ein paar Artikel aus.
Jetzt Kleider, sage ich.
Er schüttelt den Kopf.

Unmöglich, sagt er, ich kann doch nicht …
Hören Sie, sage ich, Sie kaufen sich hier eine Jeans. Sie sind schmutzig. Auch wenn es ein Armani ist, ich schäme mich wegen Ihnen.
Schließlich kauft er sich tatsächlich eine Jeans. Und ein T-Shirt, das einzige im ganzen Hypermarché, das aus reiner Baumwolle ist. Und weiß muss es sein, auf keinen Fall gefärbt.
Wissen Sie, sagt er, als wir an der Kasse anstehen, wie viel Chemie in diesen Klamotten ist?
Nein, sage ich, und ich will es auch gar nicht wissen.
Und dann schweigen wir uns an, bis wir endlich unsere Sachen in viele Plastiktüten verpackt hinaus zum Wagen tragen, wo uns Karl May begeistert begrüßt.

Wo müssen Sie denn hin mit Ihrer Urne, frage ich Gregor Beer während einer Pause.
Auf eine Insel, sagt er, Île d'Ouessant heißt sie.
Ich verschlucke mich an meinem Kaffee.
Sie liegt im äußersten Westen. Ich habe vorher auch nicht von ihr gehört. Soviel ich weiß, geht von Brest eine Fähre ab. Und Sie? Wohin fahren Sie?
Ich brauche eine Weile, diese Neuigkeit zu verdauen.
Auch dorthin, sage ich dann. Kaum zu glauben, was?
Nun ist er es, der die Augen aufreißt.
Auf diese Insel? Aber das ist ja phantastisch, bricht es dann aus ihm heraus.
Weil Sie das Taxi direkt bis vors Ziel bringt?
Manchmal kann ich es mir einfach nicht verkneifen. Vielleicht tue ich ihm ja unrecht, er schaut ein wenig verletzt drein, geht wieder auf Distanz.
Es tut mir leid, dass ich Ihnen so auf die Nerven gehe, sagt er. Ich bin in allen Punkten völlig abhängig von Ihnen …

Nein, unterbreche ich ihn. Nur in einem Punkt, und der heißt: Geld. Ich mache Ihnen einen Vorschlag. Ich leihe Ihnen ein paar Scheine. Genug, um übers Wochenende zu kommen. Ich setze Sie in der nächsten Stadt ab, und wir trennen uns da. Was halten Sie davon?
Er schaut mich an. Ich möchte wegsehen, aber ich kann es nicht. Und mir wird klar, dass ich es furchtbar schade fände, würde er jetzt bereitwillig zustimmen, und dann sagt er, können wir nicht einfach Frieden schließen?
Und ich denke an die halbe Stunde zurück, nachdem ich ihn bei der Tankstelle hatte stehenlassen, erinnere mich, wie meine Gedanken nur noch um ihn kreisten, bis ich gar keine Freude mehr daran hatte, allein unterwegs zu sein, und schließlich umkehrte, um ihn dort aufzulesen, und mein Zorn, als er wieder im Wagen saß, rührte mehr daher, dass ich mich über mich selbst ärgerte, weil ich mir nicht eingestehen wollte, dass ich ihn ziemlich gernhabe, diesen verrückten Kerl, dass er mir fehlte, und auch jetzt will ich es nicht wahrhaben, doch als er sagt, warum machen wir diese Fahrt nicht einfach zusammen, wo wir doch wunderbarerweise dasselbe Ziel haben, sage ich: Na schön.
Da leuchten seine Augen auf.
Und übrigens, sagt er, ich heiße Gregor. Wollen wir nicht einfach du sagen?
Und dann fängt er an zu lachen.
Weißt du was, sagt er, ich kenne noch nicht mal deinen Namen.
Caroline, sage ich, Caroline Nadler.
Nadler, wiederholt er, da gibt es einen Sebastian Nadler, Professor für … für …
… Anthropologie, helfe ich ihm, ja, sage ich und verziehe das Gesicht, das ist mein Vater. Kennst du ihn etwa?

An diesem Tag kommen wir bis kurz hinter Rennes. Es zieht sich in die Breite, dieses Land, doch eigentlich habe ich keine Eile. Und Gregor, wie es scheint, auch nicht.
Wir suchen und finden ein Hotel, Einzelzimmer gibt es nicht, und da Hunde nicht erlaubt sind, überzeugt mich Gregor, dass ich im Hotel übernachte und er mit Karl May im Auto.
Das Abendessen verläuft friedlich, Gregor erzählt von dem Wellensittich, den er als Kind einmal statt eines Hundes bekam und Old Shatterhand taufte, und ich erzähle von meinen Farnen und wie sie nach und nach gegen den Willen meines Vaters die Wohnung eroberten, bis schließlich die Luftfeuchtigkeit eine Mumie in unserem Wohnzimmer fast wieder zum Leben erweckt hätte, um ein Haar, sage ich, wären Pilze aus der Vitrine gesprossen.
Was hat denn deine Mutter zu alldem gesagt, fragt Gregor, ich meine, Mumien und so weiter, und da werde ich ernst, meine Mutter, sage ich, ich hatte keine Mutter.
Oh, sagt er, das tut mir leid, und ich antworte, ja, mir auch, und dann erzähle ich ihm alles, erzähle ihm, dass meine Mutter sechsundzwanzig Jahre lang tot war, nur um in diesem Frühjahr eine Postkarte zu schreiben, dass ich unterwegs bin, sie zu finden und zur Rede zu stellen, und gnade ihr Gott, sie hat keine gute Erklärung für ihr Verhalten …, oh ja, sagt Gregor mitfühlend, da tut sie mir jetzt schon leid. Dann lachen wir gemeinsam, und ich denke, das tut zur Abwechslung ganz schön gut.
Mein Blick fällt auf die Urne, die immer und überall mit dabei ist, erzähl mir von deinem Onkel, will ich fragen, doch dann lass ich es sein. Eines Tages wird er es von sich aus tun.
Schließlich gehen wir schlafen. Mein Hotelzimmer ist über und über mit einem verblichenen Rosenmuster

tapeziert, das Bett sieht einladend aus, doch als ich mich hinlege, kullere ich in die Mitte, wo mich eine tiefe Kuhle aufnimmt, und mir wird klar, dass ich bei diesem Matratzentausch den Kürzeren gezogen habe.

Am nächsten Morgen schmerzt mein Rücken vom obersten Wirbel bis hinunter zum Steißbein. Ich verzichte auf das Frühstück, hole Croissants aus einer Bäckerei, spaziere hinüber zum Parkplatz, wo Gregor schon auf ist, den Schlafsack über die offene Fahrertür ausgebreitet hat und mit Karl May Morgentoilette betreibt. Jeans und T-Shirt stehen ihm ziemlich gut.
Sieh mal, sagt er, was für ein feiner Hund Karl May heute wird!
Mit aller Kraft bearbeitet er das Hundefell mit der Bürste, die ich gekauft habe. Karl May lächelt selig.
Dann verschlingen wir die Croissants. Um Cafés in kleinen französischen Städten machen wir seit gestern lieber einen Bogen.

Als wir aufbrechen, jagen uns von Westen her düstere Wolken entgegen. Kaum eine halbe Stunde später tauchen wir in eine Masse aus Nebel und Regen ein, im Nu steht das Wasser eine Handbreit über dem Asphalt, schlägt Blasen, und trotz Scheinwerfer ist der Wagen vor uns kaum zu erkennen. Mein Lieferwagen wird zum U-Boot, bis der Wolkenbruch, so plötzlich, wie er uns überfiel, verebbt und sich in einen sprühenden Regen verwandelt. Der Nebel reißt auf, gerade weit genug, damit die Sonne ein unwirkliches Licht über uns ausgießen kann. Und dann spannt sich ein leuchtender Bogen über die Straße, wie ein Tor, die Nässe vor uns beginnt zu glühen in reinem Rot und Orange, sieh nur, sage ich leise, und wir alle schauen andächtig, wie dieses Leuchten auch auf uns übergeht, und auf einmal sind wir selbst mitten im Regenbogen, die Wassertropfen um uns schimmern und glänzen, und dann ist es, als sei die Zeit aufgehoben und mit ihr der Raum, eine kleine Unendlichkeit verharren wir, obwohl wir fahren, keiner von uns wagt zu atmen, auch nicht Karl May, der die Ohren gespitzt hält und die Augen weit offen, bis die Straße eine Kurve macht und es vorbei ist, der Bogen aus Licht hinter uns bleibt, wir aber sind noch eine ganze Weile lang still.

Gegen Mittag erreichen wir Brest. Mit vereinten Kräften suchen und finden wir den Hafen, die richtige Fähre und buchen die Überfahrt. Dabei gilt es zwei Enttäuschungen zu verkraften: Wir müssen den Wagen zurücklassen, da nur Personenfähren zwischen dem Festland und den Inseln verkehren, und es gibt nur eine Fähre pro Tag, und die fährt morgens um halb neun.
Wie willst du sie finden, fragt mich Gregor beim Abendessen. Vor uns stehen riesige Schüsseln mit Moules frites, Miesmuscheln mit Fritten, das isst man hier so.
Darüber habe ich noch gar nicht nachgedacht.
Sicher gibt es so etwas wie ein Einwohnermeldeamt, meint er. Oder wir sehen im Telefonbuch nach, sage ich. Und fragen in allen Bars, so wie man das im Film macht. Irgendwie werde ich sie schon finden, denke ich.
Und auf einmal bin ich nervös.

An Bord der Fähre scheint es Karl May nicht geheuer.
Hoffentlich ist er seefest, sagt Gregor.
Die Fähre legt ab. In der Bucht von Brest ist die Fahrt noch gemütlich, doch kaum erreichen wir das offene Meer, werfen die Wogen unsere Fähre hin und her, Karl May legt die Ohren an und stemmt sich mit den Pfoten gegen den Wind.

Das soll ein stürmisches Stück See sein, sagt Gregor überflüssigerweise, eine Menge Felsen im Wasser, an manchen Tagen laufen die Fähren gar nicht aus.
Woher weißt du das alles, rufe ich gegen den Lärm um uns herum und klammere mich an einem Rettungsboot fest, das hab ich gelesen, gibt er zurück, er trägt die Urne in dem kleinen Rucksack, den er im Hypermarché gekauft hat, auf dem Rücken, er friert trotz des Wollpullovers, den ich ihm geliehen habe.
Auf einmal wird mir alles klar. Er bringt dort jemanden zur letzten Ruhe, aus welchem anderen Grund trägt man eine Urne quer durch Europa? Er muss seinen Onkel geliebt haben, denke ich, er ist in Trauer, und ich hab ihn die ganze Zeit so streng behandelt.
Es dauert nicht lange, und es stellt sich heraus, keiner von uns dreien ist besonders seefest. Ein wilder Wind peitscht die Wellen auf, das Schiff hebt und senkt sich vom Bug bis zum Heck, jedes Mal, wenn das Schiff frontal gegen eine Welle schlägt, geht ein Ruck durch seinen Leib, durch unsere Körper und vor allem meinen Magen. Wir ziehen uns bald in den Aufenthaltsraum zurück, Gregor holt für uns Kaffee in Pappbechern, doch als er auf mich zukommt, macht das Schiff einen Schlenker zur Seite, und der Inhalt der Becher ergießt sich über seine neue Jeans.
Mach dir nichts draus, versuche ich ihn zu trösten, Kaffeeflecken auf Jeans sind halb so schlimm wie Gras und Erde auf Armani, und vielleicht sollte ich ohnehin keinen Kaffee trinken, und dann beeile ich mich, zur Toilette zu kommen, vorläufig eine reine Vorsichtsmaßnahme, mehr nicht. Später gehe ich lieber wieder an Deck, den schwankenden Horizont im Blick, halte ich das Geschaukel noch am besten aus.
Als ich dort ein schmales Band entdecke, rufe ich Gregor und Karl May. Die Wolkendecke öffnet sich, ein drama-

tisches Licht fließt über den Küstenstreifen, der wie eine Platte aus angelaufenem Silber über den Wassern schwebt. Hell leuchten darauf vereinzelt Häuser wie hingewürfelte Kieselsteine. Am Hafen überwacht ein Zwillingsturm unsere Einfahrt.

Und jetzt, frage ich mich, nachdem alle Mitreisenden zu Fuß verschwunden sind oder abgeholt wurden, wie soll es jetzt weitergehen?

Vouz avez une reservation?, spricht mich ein Mann mit einem knorrigen Akzent an, die Mütze tief in die Stirn gezogen, ich habe Mühe, ihn zu verstehen.

Non, antworte ich, *pas de reservation*. Frage ihn, ob er uns etwas empfehlen kann. Er kratzt sich am Hinterkopf, sieht uns prüfend an, betrachtet Karl May. Dann macht er einen Vorschlag, ich verstehe kein Wort.

Kurz darauf rumpeln wir in seinem Renault über die Insel.

Wir kommen durch einen Ort, in dem ein Kirchturm spitz wie eine Nadel in den Himmel ragt, passieren einen Hafen, unser Fahrer sagt »Lampol« und ergänzt ein paar Worte, die ich leider nicht verstehe. Die Insel ist so flach, dass man von einem Ende zum anderen sehen kann. Hellgrauer Granit ragt zwischen weiten, mit Heidekraut und Salzwiesengras bewachsenen Flächen hervor, Karl May registriert jedes noch so unbeweglich dastehende Schaf und nimmt die Witterung auf. Graue Häuser ducken sich in kaum merkliche Mulden, vor einer Ansammlung von drei Gebäuden mit blauen Fensterläden tritt Monsieur unvermittelt auf die Bremse.

Voilà, sagt er.

Ja, sagt die Wirtin, zwei Zimmer hat sie für uns, wenn wir wollen, mit Halbpension, und für Karl May holt sie ein Körbchen.

Von meinem Fenster aus sehe ich das Meer. Und weit draußen, von Wellen umspült, einen Leuchtturm, aus dem grauen Stein der Insel gemauert und bekrönt mit einer roten Kuppel, leuchtend gegen den nun blauen Himmel.
Deine Mutter weiß, wo es schön ist, sagt Gregor, als wir zu einem Spaziergang aufbrechen. Karl May zieht schon unruhig an seiner Leine. Und mein Onkel wusste es auch.

Wir gehen bis ans Ende der Klippen, die nach Südwesten zeigen, umschrien von Seevögeln. Der Leuchtturm mit seiner roten Kappe wirkt einsam dort draußen, mitten im offenen Meer. Auf der nördlichen Seite liegt eine Bucht, dahinter ein weiterer Streifen Land. Auch dort, wie offenbar an jedem Landende, steht ein Leuchtturm, ein moderner aus Metall. Weiter enfernt, klein wie ein Zeigefinger, ein schwarz-weiß gestreifter wie aus dem Bilderbuch.
Karl May stemmt sich gegen die Leine, er kann das Angebundensein nicht leiden, aber so gut kennt ihn Gregor noch nicht, um zu wissen, ob er hier der Versuchung erliegen würde, um allem Möglichen hinterherzujagen, Möwen, Schafen oder wer weiß welchem Getier, das sich in der Heide verbergen mag. Und tatsächlich, er hebt die Nase nicht mehr von der Erde, aufgeregt schnüffelnd zieht er hierhin und dorthin und scheint ganz aus dem Häuschen.
Sieh mal, sagt Gregor und weist auf ein seltsames Gebilde am Ende des Weges. Ein Metallpfahl ragt dort aus einem betonierten Sockel, daraus ragen Verstrebungen in den Himmel mit silbermetallischen Formen, einige wirken verstümmelt, andere bewegen sich hässlich quietschend im Wind. Es sieht aus wie ein vom Sturm zerzauster

Vogel. Oder wie eine reichlich mitgenommene Vogelscheuche.
Kunst, sagt Gregor und verzieht das Gesicht. Oder besser das, was der Wind davon übrig ließ.
Ich trete an den Sockel. Eine Plakette ist dort eingelassen. »Das Gesetz …«, übersetze ich, »… der Bewegung«. Windskulptur von …, und dann stocke ich, doch Gregor steht jetzt neben mir, liest zu Ende: … von Angela Ritter.

Dreizehntes Kapitel

in dem Gregor nasse Hosen bekommt und einen Leuchtturmwärter trifft

Na ja, was soll ich sagen, es ist ein ziemlich hässliches Ding.

Immerhin eine Spur, sage ich aufmunternd zu Caroline, sie ist also wirklich hier.

Den ganzen Abend über spricht sie kein Wort, brütet vor sich hin. So hässlich, denke ich, ist es nun auch wieder nicht.

Aber das ist nicht der Grund für Carolines Schweigsamkeit. Ich habe den Eindruck, es war ein Schock für sie, dem Namen ihrer Mutter so unerwartet zu begegnen. Wer denkt denn an so etwas. Eine Künstlerin, und noch dazu eine miserable. Ich habe keine Ahnung, wie lange Caroline von der Existenz ihrer Mutter überhaupt weiß. Bis heute schien sie aber eher ein Phantom geblieben zu sein, und wenn ich Caroline beobachte, wie sie in ihrem Essen stochert, denke ich: Sie gewöhnt sich an den Gedanken, dass es diese Frau tatsächlich gibt. Und macht sich darauf gefasst, dass alles ganz anders ist, als sie es sich jemals vorgestellt haben mag.

Doch das ist ihre Sache. Ich habe andere Sorgen. Es ist nicht so einfach, Asche in dieses Meer zu streuen, das wird mir klar, als ich mir am anderen Morgen die Lage besehe. Steilklippen, vorgelagerte Felsen, Wind, der jede Minute die Richtung wechselt. Sicher, es gibt geschützte Sandstrände auf dieser Insel, aber wer möchte schon die Asche seines Onkels in seichte Wellen streuen, die sie kurz darauf ans Ufer spülen, wo Kinder Sandburgen aus ihr bauen?

In meiner Tasche raschelt die Croissant-Tüte von gestern. Ein Drittel der Asche habe ich da hineingefüllt, um nicht ständig die Urne mit mir herumschleppen zu müssen. Doch zunächst muss ich herausfinden, wo der ideale Ort für den ersten Akt der Seebestattung ist.

Einmal mehr entfalte ich Onkel Gregors zweiten Brief. Jacques Malgorne, Leuchtturmwärter. Ich seufze. Das Problem ist, ich werde mich nicht mit ihm verständigen können. Vielleicht könnte mir Caroline helfen …?

Doch diesen Gedanken verwerfe ich sofort. Caroline hat ihre eigenen Sorgen. Und es widerstrebt mir immer noch, ihr – oder überhaupt einem Menschen – von dem wahren Grund meiner Reise zu erzählen.

Jede Einzelheit, die man preisgibt, zieht eine unüberschaubare Anzahl an Fragen nach sich, ein unbedachtes Wort führt leicht bis zu den intimsten Kindheitserlebnissen, und das Letzte, worüber ich mit Caroline Nadler reden möchte, ist meine Familie.

Frauen sind da anders, sie verfügen gewöhnlich über ein schwer nachvollziehbares Mitteilungsbedürfnis, gekoppelt mit einer eher unterentwickelten Sensibilität dafür, wie viel man überhaupt wissen möchte, und dass mir Caroline von ihrer Mutter erzählte, hat mich daher nicht verwundert. Die meisten Frauen glauben, sie machen einem Mann ein besonderes, unschätzbares Geschenk, indem sie ihn in ihre persönlichen Probleme einweihen – die so einzigartig, wie sie glauben, gar nicht sind, die meisten Frauen wären erstaunt, zu hören, wie oft ich ganz ähnliche Geschichten anvertraut bekam –, und erwarten als Gegenleistung ein vergleichbares Geständnis. Doch wenn ich es mir recht überlege, hat mich Caroline schon eine ganze Weile nicht mehr nach der Urne gefragt, und das ist ungewöhnlich. Schließlich ist sie eine Frau.

Ja, sie ist eine Frau, und eine ziemlich attraktive obendrein. Wenn sie sich zu Karl May hinunterbeugt, erscheint zwischen dem Bund ihrer Jeans und ihrem T-Shirt ein kleines Stück Haut, unter dem sich ganz fein ein Dreieck abzeichnet, ihr Kreuzbein, würde mein Chiropraktiker sagen, und dieses Stück Haut zieht zu meinem eigenen Erstaunen jedes Mal meinen Blick in seinen Bann. Es ist nichts Außergewöhnliches, einfach ein Stück Haut an einer nicht besonders aufreizenden Stelle, zum Glück trägt Caroline nicht diese Art von Hosen, die hinten kaum über die Pobacken reichen und vorne gerade so den Venushügel bedecken. Nein, Caroline trägt gute alte Wrangler und ziemlich hochgeschlossene Oberteile, und das Einzige, was hin und wieder aufblitzt, ist diese Stelle kurz oberhalb des Kreuzbeins, eine Stelle, die mir noch nie bei einer anderen Frau aufgefallen ist, zart sieht sie aus, samtig, und ich ertappe mich bei dem Gedanken, wie sie sich anfühlen mag, diese Stelle, und dann wandert mein Blick diesen Rücken hinauf, wo sich unter ihrem T-Shirt die Wirbelsäule abzeichnet, nicht besonders stark, nur gerade so zu erahnen, genauso die Schulterblätter, und dann richtet sie sich für gewöhnlich schon wieder auf, und ich wende rasch den Blick ab, damit sie ihn nicht womöglich falsch versteht.

Nein, zurück in Brest werden sich unsere Wege trennen. Doch zuvor muss ich einen Weg finden, das erste Drittel von Onkel Gregor zu beerdigen. Oder sollte ich besser sagen: zu Wasser lassen?

Gegen Mittag esse ich eine Kleinigkeit in einem Restaurant im Hafen von Lampaul. So heißt der Ort mit dem spitzen Kirchturm. Ich habe Glück, die sommersprossige Bedienung spricht ein wenig Englisch, und beim Bezah-

len frage ich sie nach Jacques Malgorne. Oh, sagt sie, Malgorne, diesen Namen gibt es hier wie Sand am Meer. Sie ruft etwas hinüber zu der Wirtin, die sich zu mir umdreht, mich mustert, als sei ich von der Geheimpolizei, dann kommt sie herüber und fragt, wer das wissen will.
Er war ein Freund meines Onkels, erkläre ich der Bedienung, die übersetzt, und dann bekomme ich die Auskunft, ich soll am Abend wiederkommen, da könnte ich Jacques Malgorne treffen, offenbar ist er hier Stammgast.
Beim Kaffee studiere ich die Karte, die mir unsere Wirtin in die Hand gedrückt hat. Die Insel hat die Form eines Krebses mit zwei Scheren, die nach Südwesten zeigen. Genau in der Bucht dazwischen liegt das Städtchen Lampaul. Auf der südlicheren Schere befindet sich unsere Unterkunft. Ich habe das Gefühl, Onkel Gregor hätte sich gewünscht, dass ich eine Stelle auf der Westseite auswähle, und so beschließe ich, den Nachmittag zu nutzen, um ans Ende der zweiten Schere zu wandern, das noch weiter der untergehenden Sonne zugewandt ist.
Ein bequemer Sandweg führt an der Küste der Baie de Lampaul entlang, legt sich wie eine Schlange über den Rücken der Landzunge. Ich lasse Karl May von der Leine, und er springt umher wie ein zu groß geratenes Karnickel. Dort, wo das Plateau des Festlands endet und bevor das Meer beginnt, ist es von zerklüfteten Felsen wie von einem silbernen Spitzenrand umgeben. Ein kräftiger Wind weht mir die ganze Zeit entgegen.
Schon von weitem sehe ich den Leuchtturm von Nividic vor der Küste auf einem Felsen, davor, auf Klippen näher am Ufer, stehen zwei seltsame Gebilde wie altertümliche Straßenschilder oder Laternen, auch sie gemauert, und eine Weile denke ich, Carolines Mutter war auch hier zugange. Gemeinsam mit dem Leuchtturm scheinen sie

eine Einheit zu bilden, einen Zusammenhang, der sich mir nicht erschließt, und plötzlich fühle ich meine Fremdheit zu dieser Welt der Meere, Signale, Untiefen und Stürme, und diese Fremdheit ist nun auch wieder zwischen mir und Onkel Gregor, dessen Überreste ich in einer Bäckertüte mit mir herumtrage. Ich habe keine Ahnung von dieser Welt, die vom Wetter bestimmt ist, von Strömungen und Gezeiten, ich bin ein Landei, das sich zurücksehnt – ja, wohin eigentlich? Nach den Bergen, dem Blauen Tötz, der sich mir in den Weg stellt auf eine Weise, die ich bezwingen kann, doch dieses Wasser, das so weit reicht wie mein Auge und noch weiter – was kann ich dem entgegensetzen?

Plötzlich ist der Himmel voller Vögel. Und nicht nur der Himmel, die Felsen, schwarz und glänzend im Gegenlicht, werden von ihnen in Beschlag genommen. Und wie sie dort ihr Geschrei vollführen, sich gegenseitig verscheuchen, gierig etwas von den Felsen picken, kommt mir der Gedanke, dass es hier vielleicht möglich sein könnte, wenn es mir gelingt, über die Felsen zu diesen Meereslaternen zu klettern, dass dies eine gute Stelle wäre für den ersten Akt der Bestattung.

Gesagt, getan. Ich erklimme Felsen, überspringe ein paar Klüfte, Karl May bellt empört hinter mir drein, zögert, läuft am Meeressaum hin und her, auch er ist ein Landei, das war schon auf der Fähre klar, und was ich da vorhabe, scheint ihm gar nicht zu gefallen. Ich winke ihm zu, und dann sammelt auch er allen Mut und springt mir hinterher, ich merke bald, dass meine italienischen Schuhe nicht sehr passend sind, die glatte Ledersohle bietet kaum Halt. Aber ich denke nicht ans Aufgeben, arbeite mich weiter voran, verärgere Seevögel, die mich und vor allem Karl May mit imponierenden Schwingen umkreisen, gefährliche Laute ausstoßen, in Scheinangriffen auf uns nieder-

stoßen. Ich blicke zurück. Weit bin ich noch nicht gekommen. Karl May steht wie eine Wächterfigur auf einem besonders zerklüfteten Felsen und bellt, was das Zeug hält, verbellt hysterisch die Vögel und die Wellen, bellt besorgt hinter mir her. Doch der Ort scheint mir noch immer nicht ideal. Also weiter. Die Abstände zwischen den Felsen werden größer, ihre Oberfläche immer glitschiger, eine Weile überlege ich mir, ob ich die Schuhe lieber ausziehen soll, doch die festgewachsenen Muschelschalen sind scharf wie Rasierklingen. Mit Händen und Füßen arbeite ich mich weiter vor, da walzt eine mächtige Welle heran, bricht sich am Felsen unter mir, durchnässt mich bis hinauf zur Taille. Ich fluche. Beäuge die Dünung. Was, wenn die Flut steigt und mir den Rückweg abschneidet? Eine zweite Welle reißt mir fast die Füße vom Felsen, und eingeschüchtert ob dieser Gewalt, begebe ich mich eilig auf den Rückzug. Karl May läuft mir erleichtert entgegen. Plötzlich wird mir angst und bange um ihn: Eine Welle wie vorhin würde ihn ohne weiteres vom Felsen spülen.
Wir erreichen das feste Land, und zwar keine Minute zu früh. Die niedrigeren Felsen in der Nähe des Festlands sind schon überspült. Die Vögel scheinen mich nun zu verhöhnen. Zitternd setze ich mich ins Heidekraut. Karl May schüttelt sich, läuft herbei und versucht mir das Gesicht abzulecken.
Guter Hund, sage ich, du hast ja recht. Dann ziehe ich meine Schuhe aus, schütte Wasser aus ihnen. Taste nach Onkel Gregor in der Papiertüte. Sie ist trocken geblieben.

Mit quietschenden Schuhen und durchnässten Hosen erreiche ich eine Stunde später Lampaul. Karl May ist wieder bester Dinge, doch mir klappern die Zähne vor

Kälte. Im Hafen finde ich ein Inseltaxi, das uns zurück zu unserer Unterkunft bringt.
Mühsam schäle ich mich aus der nassen Jeans. Und muss lachen, weil sie, steif vom Meerwasser, fast von alleine mitten im Zimmer stehen bleibt. Natürlich sind meine Schenkel blau verfärbt, man sollte keine Kleider in Hypermarchés kaufen, schon gar keine Jeans Marke no name. Ich darf gar nicht daran denken, welch Toxide das Meerwasser aus der Textilie herausgelöst haben mag. Auf dem Weg zur Dusche begegnet mir auf dem Flur Caroline, mit frisch gewaschenen Haaren, in einen Bademantel gehüllt. Amüsiert mustert sie meine blau verfärbten Beine.
Was ist denn mit dir passiert, fragt sie und kann nicht anders, bricht wieder in ihr klingendes Lachen aus.
Mich hat jemand gezwungen, eine billige Jeans in einem Supermarkt zu kaufen.
Caroline legt den Kopf schräg und grinst mich unnachahmlich an, so, wie nur sie das schafft.
Und, fahre ich fort, hast du sie gefunden?
Caroline schüttelt den Kopf. Ihr Lachen erstirbt. Plötzlich sieht sie traurig aus, und ehe ich mir irgendetwas Tröstliches einfallen lassen kann, fragt sie ohne Vorbereitung: Und du, die Asche schon verstreut?
Ich starre sie an. Woher weiß sie das? Ich habe es ihr jedenfalls nicht erzählt. Bist du dabei nass geworden, fügt sie hinzu, und dann verschwindet sie in ihrem Zimmer, und ich mache, dass ich unter die Dusche komme, um mit dem Rest des heißen Wassers, den Caroline übrig gelassen hat, die Farbe von meinen Schenkeln zu schrubben.

Beim Abendessen überlege ich mir, wie ich am besten nach Lampaul komme, ohne Caroline im Schlepptau zu haben.

Ich muss nachher noch mal in den Ort, sagt Caroline nach einer Weile mit einem flüchtigen Blick auf mich, nach Lampaul …

Oh, sage ich, das trifft sich gut.

Caroline sieht mich überrascht an. Und da verstehe ich, es geht ihr wie mir, sie hat eine Verabredung, etwas, was mit ihrer Mutter zusammenhängt, vielleicht trifft sie sich ja mit ihr und will mich nicht dabeihaben, natürlich nicht, und da sage ich, hör zu, Caroline, ich nehme an, du hast eine Verabredung und willst lieber allein hingehen, und noch ehe sie etwas erwidern kann, spreche ich weiter, und bei mir ist es genauso, also, lass uns gemeinsam ein Taxi nehmen, und im Hafen geht jeder seiner Wege. Sonst nehmen wir zwei, falls du lieber nicht mit mir gesehen werden willst.

Sie starrt mich an. Wirkt verletzt.

Was du nur immer so denkst, sagt sie schließlich, darauf kommt kein vernünftiger Mensch, das ist es, was ich an dir von Anfang an nicht leiden konnte, dass du glaubst, du bist allwissend. Aber du täuschst dich, Gregor Beer. Du hast nicht die geringste Ahnung.

Und dann verläuft das restliche Abendessen in eisigem Schweigen, und am Ende weiß ich immer noch nicht, ob ich ein eigenes Taxi rufen muss oder nicht.

Frauen, denke ich. Aus ihnen wird man einfach nicht schlau.

Und dasselbe sage ich zu Karl May, der bedauernde Winseltöne von sich gibt, als Caroline aus dem Haus stürmt, auf Madames rotes Fahrrad steigt und in Richtung Lampaul davonradelt.

Als ich das Restaurant betrete, erkenne ich es kaum wieder. Eine Großfamilie, vom Kleinkind bis zu den Alten fein herausgeputzt, räumt gerade ihre Tafel, es ist Sonn-

tagabend, der Tag des großen Dinners, wie es scheint. Ich kann die Bedienung mit den Sommersprossen nirgendwo entdecken, eine andere Frau balanciert ein Tablett mit schmutzigem Geschirr zwischen den Tischen hindurch.
Ich sehe mich um. An einem Tisch in einer Ecke sitzen ein paar Männer mit Fischermützen und Gesichtern darunter, die Wind und Wetter gebräunt haben, ich gehe hinüber zu ihnen, und als sie aufblicken, werfe ich ein fragendes »Jacques Malgorne« in die Runde. Da wird es still, und alle betrachten mich, ohne auch nur eine Falte zu bewegen, dann sagt einer etwas, die anderen lachen, da könnte ja jeder kommen, denke ich, sie haben völlig recht. Doch dann hat mich die Wirtin entdeckt, winkt mich zu sich, drückt mir einen Zettel in die Hand, darauf steht:

Malgorne, Jacques
Route du Créac'h.

Das muss seine Adresse sein. Gleich morgen früh geh ich zu ihm, ich bedanke mich und verschwinde wieder, Karl May, der sich die ganze Zeit gegen meine Beine drückte, scheint erleichtert.
Du magst wohl keine vollen Kneipen, sage ich zu ihm. Und obwohl ein frischer Wind über die Insel pfeift, beschließen wir, die zwei, drei Kilometer nach Hause zu Fuß zu gehen. Schließlich wollen wir Caroline nicht gleich wieder um Geld anbetteln müssen. Und während wir gehen, betrachte ich die Lichter der Leuchttürme rund um mich herum, die ihre Signale, jeder ein eigenes, markantes, sei es in der Farbe oder im Intervall des Aufblitzens, über die Insel und die Meere senden, ein stummes Konzert mit drei, vier, fünf Solisten.

Am nächsten Morgen hat Caroline schon gefrühstückt und das Haus verlassen, als ich zu Madame hinunter ins Wohnzimmer komme. Ich bin beunruhigt. Sonst ist Caroline nicht so früh auf den Beinen. Sie wird doch nicht grollen, frage ich mich. Aber warum sollte sie? Und ich komme zu dem Schluss, dass Caroline eben doch keine Ausnahme ist unter den Frauen, wie ich es eine kurze Weile versucht war, zu glauben, und dass man diese weiblichen Empfindlichkeiten einfach hinnehmen muss, stoisch und gelassen, so wie das Wetter.
Dies jedenfalls ist heute ganz herrlich, der Himmel blau und glänzend wie eine Murmel, und als ich Madame schon wieder um ein Taxi bitte, fragt sie mich, warum nicht auch ich ein Fahrrad nehme. Sie hat recht, denke ich, und auch Karl May grinst von einem Ohr zum anderen, und nachdem ich mir habe erklären lassen, wie ich zur Route du Créac'h komme, radle ich davon. Karl May springt in großen Sprüngen mal vor mir her, mal hinter mir, Karl May, rufe ich ab und zu, und tatsächlich, er horcht auf und kommt her, schaut mich fröhlich fragend an, er hat den Namen sofort akzeptiert.
In Lampaul entdecke ich Carolines rotes Fahrrad auf dem Kirchplatz. Ich sehe mich rasch um, kann sie aber nirgendwo entdecken, und einen Moment lang frage ich mich, ob sie womöglich gar nicht nach Hause gekommen ist gestern Abend, sondern die Nacht hier verbracht hat, und zu meinem Erstaunen bemerke ich, dass mir dieser Gedanke gar nicht passt, nein, überhaupt nicht. Gregor Beer, frage ich mich streng, du wirst doch womöglich nicht eifersüchtig sein?
Ich habe nicht aufgepasst und bin wieder auf dem Sandweg gelandet, den ich gestern zum Phare de Nividic hinausgewandert bin, ich kehre um, rufe nach Karl May, komme zu einer Weggabelung, bin mir nicht sicher, wel-

che Richtung ich einschlagen soll, doch dann entdecke ich ein Schild: *Phare du Créac'h, Musée des Phares & Balises*. Das muss es sein. Und schon von weitem kann ich ihn auf einer Anhöhe sehen, den schwarz-weiß gestreiften Leuchtturm.

Unbefestigte Wege zweigen von der Straße ab. Sie führen zu versteckten Gehöften aus demselben Granit, der zwischen dem Grün der Pflanzen herausragt, die diese Felsplatte mitten im Atlantik spärlich bedecken. An einer dieser Abzweigungen fällt mein Blick auf einen Felsen, in den Buchstaben eingemeißelt sind, ich entziffere »Malgorne«, fast hätte ich es übersehen. Drüben, in einer Mulde, stehen zwei Steinhäuser, ein paar Schafe, weiß und schwarz, weiden in einiger Entfernung. Ich nehme Karl May an die Leine, obwohl er bislang keinen ausgeprägten Jagdtrieb erkennen ließ, sicherlich keine Eigenschaft, die ihn bei seinem früheren Besitzer besonders beliebt gemacht hat.

Als wir uns Malgornes Häusern nähern, schlägt ein Hund an und läuft auf uns zu, er ist groß und schwarz, und ich steige vom Fahrrad, erwäge einen überstürzten Rückzug, denn ich habe keine Ahnung, wie ich mich verhalten soll, ich habe keine Lust auf eine Keilerei zwischen Hunden, und es sieht so aus, als wisse auch Karl May nicht so recht, was tun, er winselt, schnüffelt, und dann ist es auch schon zu spät, der fremde Hund hat uns erreicht, er ist viel größer als Karl May, ziemlich beeindruckend und zottig, doch statt Karl May an die Kehle zu gehen, schnüffelt er an ihm herum, wedelt mit dem Schwanz, auch Karl May scheint erfreut zu sein, und ich atme auf.

Dann höre ich einen Pfiff, der schwarze Hund spitzt die Ohren, *eehhh*, ertönt ein langgezogener Schrei, *viens-ici*, ein kräftiger Mann steht vor dem Haus, der Hund läuft

gehorsam zu ihm, Karl May zieht heftig an der Leine, will hinter ihm her.
Gregor Beer, sage ich, als ich ihn erreiche, und halte ihm die Hand hin. Sein Gesicht ist wie diese Insel, grau und zerfurcht, vom Wetter gezeichnet, struppig bewachsen, seine Augen leuchten in Graublaugrüntönen, wie die Reflexion des Himmels auf dem Wasser.
Jacques Malgorne, sagt er und drückt meine Hand.
Er betrachtet mich eingehend und lässt sich dabei Zeit. Dann wirft er einen Blick auf Karl May, Sie können ihn von der Leine lassen, sagt er in gutem Deutsch, mit Rüden schließt Brima schnell Freundschaft. Gut, dass Sie keine Hündin mitgebracht haben.
Er winkt mich ins Haus.
Ich muss mich bücken, um mir nicht den Kopf am Türstock zu stoßen. Drinnen ist es dämmrig, ich erkenne einen Tisch und Stühle, setze mich, Malgorne schenkt etwas aus einem Krug in ein Glas, stellt es vor mich hin.
Auf Ihr Kommen, sagt er, und wir trinken, der Cidre prickelt säuerlich in meiner Kehle, schon nach dem ersten Schluck spüre ich den Alkohol, nein, dies ist kein Apfelsaft, und ich erinnere mich an den Most, den wir früher manchmal bekamen, wenn Onkel Heinrichs Apfelbäume gute Ernte abwarfen und er uns großzügig ein Fässchen schenkte.
Sie tragen denselben Namen, stellt Malgorne fest, und Sie sehen ihm sehr ähnlich.
Er leert sein Glas, lässt mich dabei nicht aus den Augen.
Wie kommt es, frage ich, dass Sie so gut Deutsch sprechen, obwohl ich mir nicht sicher bin, ob dies ein guter Anfang ist. Malgorne verzieht sein Gesicht zu einem Lächeln. Es sieht grimmig aus, und ich erwarte eine schreckliche Geschichte, eine aus dem Zweiten Weltkrieg, Kriegsgefangenschaft und so weiter, doch Malgorne sagt,

ich bin zur See gefahren, und der Zufall wollte, dass ich auch auf deutschen Schiffen fuhr, so habe ich Gregor kennengelernt, er war ein junger Offizier, damals, als er bei uns anfing. Er schaut auf seine Hände, die das Glas halten. Dann sieht er auf.

Wie geht es ihm, fragt er, und da wird mir klar, auch er weiß es noch nicht, ich schlucke, fühle mich schrecklich, werde ich also immer mehr zum Überbringer schlechter Nachrichten, ein Todesbote, Onkel Gregor, das ist nun wirklich nicht schön. Und ich merke, wie ich mit der einen Hand sacht meine Jackentasche berühre, dort, wo sich die Asche in der Papiertüte befindet, und ich frage mich, was Jacques Malgorne wohl dazu sagen würde, wenn er wüsste, dass ein Teil meines Onkels hier in einer Croissant-Tüte ruht.

Er ist tot, sage ich.

Doch Malgorne scheint alles andere als überrascht. Er nickt. Zieht die buschigen Augenbrauen noch dichter zusammen. Als habe er es erwartet.

Dann steht er auf, geht zu einer Kommode, holt etwas aus einer Schublade, einen Brief.

Er hat mir geschrieben, sagt er, als er sich wieder schwer an den Tisch setzt, dass du kommen würdest. Früher oder später. Und dass du die Nachricht von seinem Tod bringst. Und noch etwas anderes.

Das andere ist die Asche, denke ich. Er weiß tatsächlich Bescheid.

Malgorne füllt unsere Gläser, wir trinken, es ist ein Ritual, vielleicht zu Ehren meines Onkels, und ich frage mich, wie es kommt, dass all diese fremden Menschen ihn so gut kannten, sein Vertrauen besaßen, nur ich, der ich so heiße wie er, ich weiß nichts über ihn, rein gar nichts. Und etwas beginnt zu brennen hinter meinem Brustbein, ein Bedauern, das Gefühl eines unwiederbringlichen Verlusts, wieso, denke ich, hast du das nicht früher gemacht, als du noch am Leben warst, warum musstest du sterben, um mir näherzukommen, das ergibt doch alles überhaupt keinen Sinn.

Von draußen hören wir heftiges, zweistimmiges Gebell. Malgorne erhebt sich, stellt sich in die offene Tür, seine massige Gestalt wie ein Scherenschnitt gegen die Helle des Himmels. Ein Pfiff. Sein langgezogenes *Eeeehhh*, es ist der Briefträger, sagt er, jeden Morgen dasselbe Theater. Dann wendet er sich wieder zu mir.

Komm mit, sagt er, ich zeig dir etwas. Und ich bin froh, aus dieser niedrigen düsteren Küche herauszukommen, schlage mir nun doch den Kopf am Türstock an, Malgorne geht mir voraus, pfeift nach den Hunden, Karl May hat nur noch Augen und Ohren für seine neue Freundin, wir gehen in Richtung des Leuchtturms, doch vorher schlägt Malgorne einen Pfad ein, der zwischen Felsen führt, nicht ein einziges Mal sieht er sich um, ob ich ihm folge, und dann sehe ich eine Bucht vor mir, in der ein Boot liegt, eines, wie Fischer sie haben, ohne Aufbau, ein länglicher Kahn aus Holz.

Komm, sagt Malgorne, als ich zögernd stehen bleibe. Komm mit.

Und so steige ich hinter ihm die kleine Bucht hinunter, Malgorne springt auf das Boot, zieht es an dem Tau, mit dem es an einem Pfahl am Ufer festgemacht ist, so nah wie möglich an die Felsen heran, spring, sagt er, und ich gehorche, springe ins Boot, das gefährlich zu schaukeln beginnt, Malgorne lacht dröhnend, ein Seemann bist du nicht, nein, das sieht man, und hinter mir springt Brima ins Boot, Karl May schaut verzweifelt, doch offensichtlich will er sich vor dieser tollen Hündin nicht blamieren, und so springt auch er, landet auf allen vier Pfoten zugleich, und Malgorne lacht noch lauter, als wolle er sagen,

du und dein Hund, ihr passt zusammen. Dann startet er den Motor.
Die See ist ruhig und von einem leuchtenden Blau. Rasch entfernen wir uns vom Ufer, ich blicke zurück zum Leuchtturm von Créac'h, der vom Meer aus betrachtet wie der König aller Leuchttürme wirkt, erhaben, und doch freundlich mit seinen weißen und schwarzen Streifen.
So alt er ist, sagt Malgorne, er ist der stärkste. Sein Licht reicht bis zu achtzig Kilometer weit. Drüben in England, Land's End, dort steht sein Pendant, und beide zeigen den Schiffen, wie sie sich in den Ärmelkanal einfädeln können, ohne sich die Leiber aufzuschlitzen.
Malgorne stellt den Motor ab. In der plötzlichen Stille nehme ich die Geräusche des Wassers wahr, als sei es eine lebendige Größe, die mich trägt, das Boot nun nach seinem eigenen Gutdünken schaukelt und dorthin treibt, wohin es will. Das Ufer ist nur noch ein Streifen. Ich finde, das Boot ist ziemlich klein für diese enorme Menge Wasser um und unter uns. Ich selbst bin erschreckend klein.
Hier ist es besser, als über Felsen zu klettern, eh?
Malgornes Augen haben die Farbe gewechselt. Hier draußen leuchten sie wie das Meer.
Du hast sie doch dabei?
Ich nicke. Ziehe die Tüte aus meiner Tasche. Malgorne verzieht keine Miene.
Ich habe keine Ahnung, wie ich es machen soll. Der Augenblick hat etwas Heiliges. Soll ich ihn einfach so über Bord streuen?
Malgorne hat begonnen, etwas zu summen. Es hört sich eher an wie ein Brummen, doch dann erkenne ich eine Melodie, sie klingt fremd, irgendwie irisch oder keltisch. Ich öffne die Tüte, streue die Asche in meine Hand,

zögere, will die Tüte Malgorne reichen, damit auch er einen Teil verstreuen kann, doch er schüttelt den Kopf, fährt fort, diese Melodie zu summen, dann singt er mit Worten in einer seltsamen Sprache, Bretonisch wahrscheinlich. Ein Windstoß weht mir einen Teil der Asche aus der Hand, rasch drehe ich mich weg, um Onkel Gregors Überreste nicht ins Gesicht zu bekommen, ich kann nicht erkennen, wo die Asche die Oberfläche des Wassers berührt, es scheint eher, als streue ich sie in den Wind, nicht ins Wasser, und ich nicke, ja, denke ich, genauso sollte es sein, und während ich den letzten Rest aus der Tüte schüttle, meine Hand in die Wellen tauche, sie darin wasche, singt Malgorne eine weitere Strophe seines Liedes, Karl May legt seinen Kopf auf mein Knie, Brima blinzelt träge in die Sonne, ich schaue aufs Meer hinaus, in die Richtung, in die der Wind die Asche getragen hat, so bleiben wir eine lange Weile, bis Malgorne sein Lied verklingen lässt und die Geräusche des Wassers wieder das Einzige ist, was der Stille einen Hintergrund gibt.
Wir haben Glück, bricht Malgorne irgendwann das Schweigen. So ruhig ist die See hier nur selten.
Er schaut mich nicht an. Sein Blick schweift über das Wasser. Du hast keine Ahnung, wie viele gesunkene Schiffe hier auf dem Meeresboden ruhen. Alles voller Wracks. Alles voller Toter.
Ich ziehe die Hand aus dem Wasser. Die Tiefe unter mir erhält eine neue Dimension. Es ist, als würde ich von den toten Seelen getragen, die zu diesem Meer geworden sind, und jetzt ist auch Onkel Gregor ein Teil von ihnen.
Es ist ein tückisches Stück See, fährt Malgorne fort. Voller versteckter Felsen. Glaub mir, wenn ich dir das Steuer überlassen würde, um zurück zum Ufer zu gelangen, wir würden nur durch einen großen Zufall heil heimkehren, und damit meine ich nicht, dass du ein solches Boot nicht

sicher steuern könntest. Hast du schon einmal von *proëlla* gehört?
Ich schüttle den Kopf. Malgorne schaut wieder aufs Meer hinaus.
Ein alter Brauch auf der Insel. Die Menschen lebten vom Fischfang. Und viele Männer kamen von ihrer Fahrt hinaus nicht zurück. Wenn eine Leiche nicht an Land gespült wurde, was häufig geschah, dann feierte man nach Ablauf einer Frist *proëlla*. Eine Totenfeier ohne Toten.
Malgorne beginnt wieder zu singen.
Il y a proëlla chez toi ce soir, ma pauvre enfant … Dann breiten die Frauen zwei Leintücher auf dem Tisch aus, falten sie so, dass sie wie ein weißes Kreuz übereinanderliegen, darauf legt man ein kleines Kreuz aus Wachs – anstelle des Vermissten. Und nach der Totenwache und ein paar Ritualen wird das alles dann beerdigt.
Malgorne summt, schaut hinaus aufs Meer.
Mein Vater bekam *proëlla*, und mein Großvater auch. Und nach zehn Jahren auf See dachte ich, es ist Zeit, nach Hause zu kommen. Ich heiratete ein hübsches Mädchen von der Insel und wurde Leuchtturmwärter.
Auf diesem hier, frage ich und weise zur Küste hinüber.
Malgorne schüttelt den Kopf. Nein, sagt er. Nicht auf dem Créac'h. Meiner war La Jument. Dort hinten kannst du ihn sehen, mit dem roten Hütchen.
Und, frage ich, wer ist heute dort?
Niemand mehr, sagt Malgorne und schaut finster. Als ich La Jument verließ, kam kein neuer Leuchtturmwärter. Und in diesem März haben Jean-Philippe und Brian den Kéréon verlassen. Heute wird er, wie alle anderen auch, vom Créac'h aus gesteuert. Elektronisch. Uns Leuchtturmwärter, uns braucht man nicht mehr.
Und dann wirft Malgorne den Motor wieder an und nimmt Kurs auf die Küste.

Übrigens, frage ich ihn, als er das Boot vertäut hat und wir wieder festen Boden unter uns spüren, wohnt hier auf der Insel eine Frau, die Angela Ritter heißt?
Nein, sagt Malgorne.
Bist du sicher, frage ich, sie ist Künstlerin. Hat so ein Ding gemacht, dort, am anderen Ende der Insel, eine Windskulptur.
Malgorne bleibt stehen, fasst mich scharf ins Auge.
Ach die, sagt er. Was hast du mit dieser Frau zu schaffen?
Ich? Nichts, sage ich überrascht. Aber ich kenne jemanden, der sie sucht.
Malgorne fixiert mich immer noch scharf. Dann geht er weiter.
Dann kannst du demjenigen sagen, er muss woanders suchen. Hier wohnt sie nicht. Und darüber ist keiner traurig.

Vierzehntes Kapitel

in dem Caroline eine stürmische Geschichte erfährt und selbst in eine gerät

Die Menschen hier sind an moderne Kunst einfach nicht gewöhnt.

Pierre-Michel Dodant schaut leidend drein.

Und dass die Skulptur den ersten Sturm nicht überstand, hat die Akzeptanz nicht gerade gefördert. Madame Ritter war darüber im Bilde, dass Windstöße mit zweihundert Stundenkilometern hier durchaus üblich sind, besonders im Frühjahr. Drei Tage nach der feierlichen Enthüllung waren es neun Beaufort, wir nennen diesen Wind *Kornog*, er hat die Skulptur einfach abrasiert und die oberen beiden Drittel mit ins Meer genommen, fffftttt, weg war sie. Tja. Und seither habe ich den ganzen Ärger am Hals.

Pierre-Michel Dodant ist Leiter des Kunstvereins auf Ouessant. Und wenn ich glauben darf, was mir die Inselbewohner gestern und heute so alles erzählt haben, wird er das nicht mehr lange sein.

Sie verstehen, sagt er und lehnt sich in seinen Sessel zurück, die Aufgabenstellung war klar. Überall auf der Insel finden Sie *girouettes*, die sich im Wind drehen und seine Richtung anzeigen. Und natürlich muss so ein Gebilde den Wind auch aushalten, das versteht sich von selbst. Madame Ritter hat den Wettbewerb gewonnen, hier, sehen Sie, das ist das Modell, sie hat es hier selbst präsentiert, und alle waren begeistert. Alle, sage ich, auch die, die heute nichts mehr davon wissen wollen. Nun, wie dem auch sei …, hier, sehen Sie, eine sich im Wind

bewegende Skulptur, speziell für diese Insel und die Stelle draußen am Porz Doun entworfen. Die verspiegelten Dreiecke sollten die Farbe des Himmels reflektieren und in ihrer Form an die Segel der Fischerboote erinnern, und das taten sie auch, drei Tage lang, es sah tatsächlich so aus, als würde sich die Skulptur jeden Moment vom Boden lösen und in den Himmel davonschweben, dummerweise sagte ich genau so etwas bei der Eröffnungsfeier, und drei Tage später tat sie das wirklich. Stellen Sie sich das mal vor, das ganze Ding erhob sich in den Himmel, und was übrig blieb, das haben Sie ja gesehen, es ist ein Jammer, aber Madame Ritter war da schon auf und davon, das Honorar bereits ausbezahlt, und da sie bis heute nichts von sich hören lässt, auf unsere Anrufe und Briefe nicht reagiert, werden wir wohl einen Anwalt beauftragen müssen, um sie entweder dazu zu bringen, das Kunstwerk so wiederherzustellen, damit es den Wettern standhält, oder, wie vertraglich festgelegt, einen Teil des Honorars zurückzubezahlen.
Pierre-Michel Dodant lehnt sich erschöpft zurück. Ich betrachte das Modell. »Das Gesetz der Bewegung«, ja, sie gefällt mir, diese Skulptur, und ein Stein fällt mir vom Herzen. Dass der Sturm sie zerfetzt hat, dafür hat Angela mein Mitgefühl, schließlich zerstörte mir ein anderes Unwetter das Gewächshaus.
Nein, Angela wohnt nicht auf dieser Insel. Sie hat hier einen Auftrag ausgeführt, während dieser Zeit hat sie an mich gedacht, an mich und meinen Vater, hat eine Postkarte gekauft, wie man sie natürlich auch heute noch kaufen kann, im Drehständer des Zeitungsgeschäfts am Hafen habe ich genau die gleiche entdeckt. Womöglich hat sie da gestanden, hat den Ständer mit ihrer Hand angeschubst, das Gesetz der Bewegung, er hat genauso gequietscht, wie er es heute noch tut, und dann blieb er

stehen, ihr Blick fiel auf die Karte mit den stürmischen Wolken vor felsiger Küste, sie kaufte sie, schrieb ein paar Sätze darauf, schickte sie ab. Und hier, in diesem Büro, auf diesem Stuhl hat auch sie gesessen, und sicherlich fraß ihr Pierre-Michel Dodant damals aus der Hand, auch wenn er sie heute zur Hölle wünscht.

Jeder hat mir etwas anderes über Angela erzählt. Und niemand etwas Gutes. Unsere Wirtin kennt ihren Namen nicht, aber von dem Skandal um die Skulptur hat sie natürlich gehört. Im Tourismusbüro war man sehr höflich, leider habe ein Unwetter das Kunstwerk zerstört, dann drückte man mir Prospekte in die Hand vom Vogelzentrum, dem Leuchtturm-Museum, der Kirche von Lampaul, dem Rundgang der bretonischen Kreuze und dem der Windmühlen, dem Naturkundemuseum. In der Kneipe fielen sie alle über sie her, eine dahergelaufene Künstlerin, ach was, Künstlerin: eine Hochstaplerin, eine Femme fatale, dem Dodant habe sie den Kopf verdreht, da sei etwas gewesen, warum sonst habe Dodants Frau Hals über Kopf die Insel verlassen ..., weil ihre Mutter krank ist, die auf dem Festland lebt, warf die Wirtin beschwichtigend ein, ach was, hieß es, wie sonst hätte die Deutsche diesen Auftrag bekommen, ausgerechnet eine Deutsche, wo sich doch auch namhafte französische Künstler und sogar ein Bretone beworben haben, aber nein, dieses gigantische Kinderspielzeug aus Spiegelflächen habe den Preis gewonnen, wo doch so etwas auf diese Insel überhaupt nicht passt, und dass das den ersten Frühjahrssturm nicht überstehen würde, das habe man eigentlich im Voraus gewusst. Und so überraschend, wie sie gekommen war, sei sie auch wieder verschwunden, und einer wollte ganz genau wissen, dass sie die Kasse habe mitgehen lassen mit dem gesamten Etat des Kunstvereins für das laufende Jahr.

Ich habe nicht gewagt zu erzählen, dass sie meine Mutter ist. Ja, ich muss gestehen, dass mich selbst Zweifel überkamen, ob ich tatsächlich die Tochter einer solchen Frau sein kann. Schließlich habe ich als einzigen Zeugen dafür meinen Vater, und mein Vater ist ein Lügner, daran gibt es nichts zu rütteln. Die Frage ist: War er die sechsundzwanzig Jahre seit meiner Geburt ein Lügner oder erst seit jenem Morgen in meinem Gewächshaus, als er die Postkarte brachte?

Aber jetzt, wie ich hier vor Pierre-Michel Dodant sitze, mit dem Zeigefinger ganz sacht Angelas Modell aus Draht und Spiegelfolie anschubse, mir vorstelle, wie sie dieses fragile Gebilde entworfen hat, während ich nach den Zeichnungen greife, die Dodant vor mir ausgebreitet hat, wunderbare Bleistift- und Tuscheskizzen, da erfüllt mich Stolz. Stolz auf diese Mutter, die in der Lage ist, so etwas zu erschaffen, und am Rand der Blätter erkenne ich ihre großzügige Handschrift, *Sockel aus Stahlbeton*, entziffere ich, *2,40 x 2,40 m x 1,50 m, in 5 m Tiefe verankern*, ja, sagt Dodant, als er meinem Blick folgt, der Sockel hat ja auch gehalten, der wird bis ans Ende der Welt halten, hier oben liegt der Fehler, und er zieht eine weitere Skizze unter der oberen hervor, streicht sie mit dem Ärmel glatt, hier, sagt er und weist mit dem Zeigefinger auf die sich nach oben verjüngende Mittelachse, das ist viel zu dünn, hat unser Statiker nachgerechnet, und außerdem, selbst wenn sie gehalten hätte, die beweglichen Segel in ihren Lagerungen hätten dem Sturm nie standgehalten.

Wieso haben Sie das nicht vorher bemerkt, frage ich.

Dodant zuckt zusammen, als höre er diese Frage nicht zum ersten Mal.

Bin ich ein Künstler?, ruft er aus. Nein. Bin ich ein Statiker? Nochmals nein. Madame hat unterschrieben, dass

sie für alle bautechnischen Details geradesteht, und damit werden wir jeden Prozess gewinnen.
Lebt sie in Frankreich?, frage ich so beiläufig wie möglich.
Dodants Miene verdüstert sich.
Eben nicht, sagt er. Das erschwert die Sache. Aber eines sage ich Ihnen, auch wenn sie sich im hintersten Winkel Portugals verkriecht, sie muss nicht glauben, dass sie einfach so davonkommt.
Portugal? Oh Gott, denke ich, weiter geht es wohl nicht.
Könnte ich, frage ich wieder, vielleicht ihre Adresse haben?
Der Leiter des Kunstvereins sieht mich über seinen Brillenrand hinweg an. Er zögert.
Ich bin von einer deutschen Kunstzeitschrift, lüge ich. Und möchte über diese Sache schreiben.
Und damit habe ich seine ganze Aufmerksamkeit.
Ausgezeichnet, ruft er, aber ja, das muss an die Öffentlichkeit. Auf diese Weise tut man der zeitgenössischen Kunstszene nämlich überhaupt keinen Gefallen, wissen Sie. Es wird Jahre, wenn nicht Jahrzehnte dauern, bis wir hier einmal wieder etwas durchsetzen können, was über die regionale Kunstszene hinausgeht, das schwöre ich Ihnen. Ein solcher Skandal richtet Schaden an, bitte schreiben Sie das in Ihrem Artikel.

Portugal. Darauf war ich nicht gefasst. In meiner Jackentasche fühle ich den Zettel mit der Adresse. Sogar die Telefonnummer hat mir Dodant aufgeschrieben.
Lassen Sie sich nicht von ihr beeindrucken, gab er mir noch mit auf den Weg. Sie hat ein Talent, die Menschen für sich einzunehmen.
Ich könnte sie anrufen. Ihr sagen, dass ich komme. Aber ich weiß, dass ich das nicht tun werde.

Es ist kurz vor zwölf, als ich den Kunstverein verlasse. Auf dem Kirchplatz stehen ein paar ältere Männer beieinander, stecken die Köpfe zusammen, als sie mich sehen. Ich grüße freundlich, mancher, der mir am vergangenen Abend Schauergeschichten über Angela erzählt hat, ruft mir ein herausforderndes *Bonjour, Mademoiselle* zu. Ich bin sicher, sie machen sich ihren eigenen Reim auf mich, und dass sie mich jetzt aus Dodants Büro kommen sehen, wird seinem Ruf nicht gerade nützen. Und meinem ohnehin nicht.

Aus diesem Grund wollte ich gestern Abend Gregor bitten, mich zu begleiten. Es ist immer besser, wenn eine junge Frau einen Mann dabeihat, vor allem, wenn sie spätabends in einem fremden Lokal versucht, seltsame Fragen zu stellen. Und das auch noch im Ausland. Doch er hatte ja etwas Besseres vor, etwas, bei dem er nicht mit mir gesehen werden wollte, und bei der Erinnerung an diese kurze Unterhaltung während des Abendessens werde ich wieder zornig.

Ich hatte gedacht, wir wären inzwischen tatsächlich so etwas wie Freunde. Und dabei kann er so charmant sein. Ja, ich mag ihn wirklich gern, zu gern, und es wird Zeit, dass wir uns trennen, auf Nimmerwiedersehen. Na ja, denke ich, ab morgen kann ja jeder seiner eigenen Wege gehen, wie er das gestern so treffend gesagt hat, mir ist klar, dass er sich nur deshalb bemüht, liebenswürdig zu sein, weil er ohne mich aufgeschmissen wäre. Warum tu ich das alles, frag ich mich und kicke ein paar Steine aus dem Weg, warum um alles in der Welt bin ich so blöd und behandle ihn wie einen Freund, wo er doch keine Gelegenheit auslässt, mir zu zeigen, wie egal ich ihm bin?

Aber er ist mir doch auch egal, vollkommen egal, was reg ich mich überhaupt auf? Caroline, sage ich ernst zu mir selbst, nimm dich in Acht. Komm bloß nicht auf den

Gedanken, dich in so jemanden zu verlieben, mach nicht wieder einen solchen Fehler wie damals mit Fred. Doch Gregor und Fred, die kann man doch überhaupt nicht miteinander vergleichen, die beiden sind wie Feuer und Wasser. Fred konnte mir ein Gefühl geben, zu dem ein Gregor Beer niemals imstande wäre, nämlich das sichere Gefühl, in einem Hafen zu liegen, beschützt, umsorgt, einen Hafen, in dem niemals der Wind mit neun Beaufort wehen wird, nein, nicht das kleinste Lüftchen. Und gerade das hat mich schließlich so entsetzlich gelangweilt, mir den Atem abgeschnitten, das kann es doch nicht gewesen sein, dachte ich oft, wenn ich Freds regelmäßige Atemzüge neben mir hörte und nicht schlafen konnte, das war doch noch nicht alles ..., kein Grund, sage ich streng zu mir, sich jetzt jemanden auszusuchen, der das krasse Gegenteil ist, denn Gregor Beer ist für eine Bindung alles andere als geschaffen. Ich kann mir keine Frau vorstellen, die es mit ihm länger als ein paar Wochen aushält, weil er immer wieder diesen Egoisten herauskehren wird, diesen arroganten Besserwisser und Menschenverächter, weil er sich immer wieder in sein Schneckenhaus zurückziehen wird und keine Nähe zulassen kann, ja, denke ich, das ist es, er kann es nicht ertragen, wenn man ihm zu nahe kommt, dann schlägt er um sich, ob er es will oder nicht. Bravo, Caroline, sage ich zu mir, jetzt fängst du schon an, Entschuldigungen für sein Verhalten zu finden, doch dann kommt mir in den Sinn, wie liebevoll er sich um Karl May kümmert, sehe ihn wieder an Bord der Fähre mit der Urne in dem billigen Rucksack, erinnere mich an seinen toten Onkel, und mein Zorn schmilzt dahin.
Ich ziehe meine Windjacke aus. Über die Insel spannt sich ein tiefblauer Himmel, auf einer Erhebung steht wie hingemalt eine Windmühle. Das Licht ist fast greifbar, alle Farben erscheinen heute wie frisch gewaschen, und

irgendetwas scheint zu fehlen, es ist der Wind, der ansonsten ununterbrochen von Westen her bläst. Ich bin schnell gegangen, habe den Ort weit hinter mir gelassen, die Entfernungen auf dieser Insel sind im wahrsten Sinne des Wortes überschaubar. Ich setze mich auf einen der Felsen, die hier überall aus dem Grün herausschauen, betrachte die schwefelgelben und orangefarbenen Flechten auf dem Stein, prüfe die Vegetation um mich herum, das Silbergrün des Seegrases, unterbrochen von den weiten erikafarbenen Flächen der Heide, in der Ferne ein paar Ginsterbüsche, die eben dabei sind, ihre goldgelbe Pracht zu entfalten. Ich verlasse den Weg und gehe ein Stück querfeldein, einige größere Pflanzen in der Ferne ziehen mich magisch an, und ja, es sind Farne, *pteridium aquitinum*, Adlerfarne, und ein wenig entfernt in einer Mulde finde ich tatsächlich einen *osmunda regalis*. Einen Königsfarn.

Es ist, als würde ich alten Freunden begegnen. In der Nähe befindet sich ein Wasserloch, natürlich, ohne dieses könnte der Königsfarn hier nicht gedeihen. Alle meine Farne kommen mir in den Sinn, und ich merke, wie sehr sie mir fehlen, ihr beruhigendes Wesen, die Stille, die von ihnen ausgeht, ihre Selbstgenügsamkeit, bietet man ihnen ausreichend Wasser und annähernd die richtige Temperatur. Meine Hände streichen über die gefiederten Wedel, fühlen die Textur der Triebe, einige leuchtende Sporenkerzen, die den Königsfarn so einzigartig machen, ragen in der Mitte der Pflanze empor. Ich bin glücklich. Am liebsten würde ich ihn ausbuddeln, doch natürlich geht das nicht, er ist viel zu groß, fast so hoch wie ich selbst, und es wäre eine Sünde, ihn hier zu entfernen.

Du gehörst hierher, nicht wahr, sage ich zu ihm, und dann werde ich traurig, denn die Erinnerung an diese Unglücksnacht fällt über mich her, und alles, was danach kam, die Auseinandersetzungen mit meinem Vater, die Unsicherheit, ob die Versicherung den Schaden übernehmen wird oder nicht. Und ich spaziere auf dieser Insel herum, als hätte ich Urlaub. Aber muss ich denn überhaupt wieder zurück, frage ich mich, vielleicht sollte ich ein neues Leben beginnen, hier oder sonst wo, die Welt steht mir offen.

Ich nehme Abschied von dem Königsfarn. Schau immer nach vorn, hat Omi oft zu mir gesagt, es gibt zu viele Menschen, die ständig nach hinten blicken und sich wundern, warum sie keinen Meter vorankommen.

Da springt ein Hund an mir hoch, es ist Karl May, und ein zweiter, groß und schwarz, wartet vorsichtig schnuppernd ein paar Meter entfernt und wedelt mit dem Schwanz.

Hast du einen Freund gefunden, frage ich Karl May und versenke mein Gesicht in sein Fell, auch von ihm muss ich morgen Abschied nehmen, seltsam, wo ich doch anfangs überhaupt nicht begeistert war von dieser zugelaufenen Kreatur.

Als ich aufschaue, steht Gregor Beer vor mir in seiner verfleckten Armanihose, die Jeans hat Madame gestern noch in ihre Waschmaschine gestopft, darüber trägt er meinen Wollpullover, und er steht ihm wirklich gut.

Hallo, sagt er. Die Insel ist klein.

Er sieht erfreut aus, mich zu sehen. Bilde dir nur nichts ein, Caroline, ermahne ich mich streng.

Er tritt von einem Bein auf das andere.

Hör zu, sagt er rasch, ich hab zwar keine Ahnung, was ich gestern falsch gemacht habe, aber egal, was es war, es tut mir leid.

Ich nicke. Kraule Karl May verlegen hinterm Ohr.

Ich habe gehört, sagt er vorsichtig, deine Mutter wohnt gar nicht hier.

Das interessiert dich doch gar nicht, denke ich, das ist dir doch egal. Da ertönt ein Pfiff, Karl Mays Freund spitzt die Ohren, darf ich dir Jacques Malgorne vorstellen, sagt Gregor, und da sehe ich den alten Mann, am Eingang zum Leuchtturmmuseum steht er und sieht zu uns herüber.
Er hat meinen Onkel gekannt, sagt Gregor, während wir zu ihm hinübergehen.
Ich schüttle ihm die Hand. Und muss immerzu in diese Augen schauen unter den buschigen Brauen. Wie alt mag Malgorne sein? Sechzig Jahre? Oder älter?

Eine Weile später sitzen wir in einer Schenke. Vor uns dampft Fischeintopf mit Kartoffeln in Steingutschüsseln. Gregor scheint verändert, etwas Feierliches geht von ihm aus.
Dreißig Jahre war ich auf La Jument, erzählt Malgorne. Und wenn du da draußen bist, dann bist du ganz allein, mit dir, dem Meer, und mit deinen Kollegen natürlich. Und ich sage euch, im Winter ist es am schlimmsten. Da bist du manchmal viele Wochen lang draußen, weil die Stürme so toben, dass sie dich nicht abholen können. Ein paarmal ist meine Frau mitgekommen, wir haben dann Weihnachten im Turm gefeiert, doch dann hat sie gesagt, sie dreht durch dort oben, sie wird verrückt, ich hab es ihr nicht übelgenommen, so manche Nacht denkst du tatsächlich, dies ist die letzte.
Einmal, das war am 21. Dezember 1989, am späten Morgen, der Sturm tobte schon seit Tagen, da höre ich ein Geräusch. Ein Brummen. Wie wir es nie hören auf dem Turm. Ich öffne die Tür zur Basis, schaue hinaus. Ein Hubschrauber, na so was, denke ich, was soll denn das. Er umkreist den Leuchtturm, und ich versuche herauszufinden, was er will, da höre ich von hinten ein Donnern, schnell gehe ich ins Innere und schließe die Tür.

Und durchs Fenster kann ich sehen, dass in der nächsten Sekunde ein Brecher nicht nur die Plattform überspült, auf der ich gerade noch stand, sondern den ganzen Turm, einen Moment später, versteht ihr, und ich wäre nicht mehr hier.
Malgorne nickt, schlingt seinen Eintopf hinunter.
Es gibt Fotos davon, sagt er. Denn der Hubschrauber, den hat ein berühmter Fotograf gemietet. Um Bilder von La Jument im Sturm zu machen. Er hat mich fotografiert, du kannst es als Poster kaufen. Ich habe einen Schweißausbruch bekommen, nachträglich, als ich das gesehen habe, um ein Haar hätte mich die See geholt, und auch für mich hätte es *proëlla* gegeben.
Wir löffeln schweigend unseren Fischeintopf. Gregor scheint in Gedanken versunken.
Eines Abends, beginnt Malgorne wieder, und seine Stimme klingt jetzt ganz anders, eines Abends auf hoher See, es war im chinesischen Meer, und es gab einen ähnlichen Sturm, da hat mir dein Onkel von euch erzählt. Von dir und deinem Bruder.
Ich werfe Gregor einen raschen Blick zu. Er hat seine Haltung um keinen Millimeter verändert, und doch scheint er sich unmerklich zu entfernen.
Es war in der Nacht, als Heinrich starb. Die Nachricht kam über Funk, und wenn ich jemals an Bord verzweifelte Männer sah, dann war es nichts im Vergleich zu deinem Onkel.
Gregor legt den Löffel neben seinen Teller. Ganz langsam und vorsichtig, als sei er zerbrechlich, und ich wünsche mich weit weg von hier, denn dieses Gespräch ist nicht für meine Ohren bestimmt, aber ich kann jetzt den Tisch unmöglich verlassen, und darum versuche ich, mich in Luft aufzulösen, esse ganz still meine Suppe, doch in Wirklichkeit klopft mir das Herz bis zum Hals.

Er hatte immer ein Foto von euch beiden dabei, fährt Malgorne fort. Aber von dir sprach er am meisten. Er heißt Gregor wie ich, und eines Tages wirst du ihn kennenlernen, hat er einmal gesagt, ich hole ihn aufs Schiff für ein paar Wochen, und in dieser Nacht, als wir gemeinsam Schicht hatten oben auf der Brücke, da hat er mir die ganze Geschichte erzählt ...

Welche Geschichte, fragt Gregor, und seine Stimme klingt fremd, was hat er dir erzählt, und dann sehen sich diese beiden Männer in die Augen, es ist ein gegenseitiges Messen, so als sähen sie sich zum ersten Mal wirklich, ich kann beinahe fühlen, wie Malgornes Blick in Gregor eindringt, wie er in ihm liest, zu einem Schluss kommt, dann den Blick von ihm löst, sich ein Stück Brot nimmt, es bricht und in den Eintopf tunkt. Du wirst sie erfahren, sagt er, es ist an deinem Onkel, zu entscheiden, wann.

Aber er ist tot, entgegnet Gregor, er wird gar nichts mehr entscheiden, doch da lacht Malgorne auf, das denkst du vielleicht, sagt er mit vollem Mund, aber bist du nicht hier, weil er es so wollte?

Er hat sich nie um mich gekümmert, sagt Gregor nach einer Weile halblaut. Und dann, wie abschließend, das ergibt alles keinen Sinn.

Malgorne kaut über seinen Teller gebeugt und wirft ihm einen kurzen, prüfenden Blick zu. Zerreißt weiter Brot und wirft die Stücke in die Suppe.

Er war hier, sagt er dann, er hat mich oft besucht zwischen seinen Fahrten. Es ist vielleicht ein halbes Jahr her, da hat er hier gesessen, da, auf dem Stuhl, auf dem du jetzt sitzt.

Gregor antwortet nicht. Er ist weiß wie die Wand hinter ihm. Ich kann mir vorstellen, wie er sich fühlt, muss an den letzten Streit mit meinem Vater denken, ich habe ein Recht, zu erfahren, was geschehen ist. Und dann sagt

Gregor: Findest du nicht, ich habe ein Recht, zu erfahren, was eigentlich los ist? Warum ich hier durch halb Europa reise, seinen letzten Wunsch erfülle? Ich meine, was dieses ganze Theater soll?
Malgorne wischt den Teller sorgfältig mit einem Stück Brot aus. Lässt sich wie immer Zeit.
Du bist sein Erbe, sagt er schließlich. Vielleicht merkst du es nicht, aber du bist gerade dabei, alles zu erfahren. Wenn ein Schiff ausläuft, möchte man am liebsten am anderen Tag schon im nächsten Hafen sein. Aber die Seefahrt besteht nun mal aus der Fahrt. Das Ankommen ist etwas anderes. Wenn du auf dem richtigen Kurs bleibst, ist das Ankommen nur eine Frage der Zeit und die logische Folge der Fahrt, und gleichzeitig der Beginn einer neuen. Ich bin nicht dein Schiff und auch nicht dein Zielhafen. Ich bin nur ein alter Leuchtturmwärter. Vergiss das nicht.
Und dann lacht er, und es ist, als würde die Sonne durch Wolken brechen, er schlägt Gregor auf die Schulter, du hast keine Ahnung, sagt er, wie ähnlich du ihm bist, nicht nur im Aussehen, nein, die ganze Art, warum bleibst du nicht eine Weile auf der Insel, sie ist ein guter Ort, man kommt zur Ruhe, die Stürme zeigen uns, wer wir wirklich sind.
Sein Blick fällt auf mich. Er sieht mich gutmütig an.
Manche kommen nämlich und glauben, sie können über Wind und Wetter gebieten. Und dann kommt ein Sturm und bläst alles hinweg.

Und, möchte ich auf dem Heimweg fragen, bleibst du hier?
Doch ich beschließe, das Gespräch beim Mittagessen mit keinem Wort zu erwähnen. Ich war nicht dabei. Punktum. All das geht mich nichts an.

So gehen wir schweigend, Gregor schiebt sein Fahrrad, weil ich meines in Lampaul gelassen habe, und obwohl ich ihm angeboten habe, er solle ruhig vorausfahren, geht er weiter neben mir her, das Fahrrad zwischen uns.
Wir schweigen auch den ganzen Weg von Lampaul nach Hause, und als ich mich im Flur vor unseren Zimmern zu Karl May hinunterbeuge, um ihm ein paar Grashalme aus dem Fell zu zupfen, da spüre ich auf einmal Gregors Hand auf meinem Rücken, ganz unten, dort, wo das T-Shirt wohl ein bisschen hochgerutscht ist, ich fühle ein leichtes Elektrisieren, ein Prickeln, das durch meinen ganzen Körper zieht, und während ich zögere mich aufzurichten, wandert seine Hand unter meinem T-Shirt nach oben, tastet sich leicht die Wirbelsäule entlang, und dann zieht er mich mit der anderen Hand an der Schulter sacht hoch, nimmt mich in seinen Arm, seine Hand streicht mir federleicht und doch bestimmt über den Rücken, ich fühle seinen Atem und seine Lippen, und da ist ein Begehren in mir, während er mich an sich zieht, so plötzlich und so heftig, dass mir schwarz wird vor Augen, mein Körper schmiegt sich an seinen, sie passen zueinander, als seien sie dafür und für nichts anderes geschaffen, und dann, ich weiß nicht, wie, sind wir in meinem Zimmer, mein Wollpullover und mein T-Shirt und seines, das weiße, im Hypermarché gekaufte, fallen zu Boden, wie seine fleckige Armanihose und meine Jeans, und dann versinkt alles um uns, nur noch Hände und Haut und Lippen und seine Zunge und wieder seine Hände, überall; und mein Körper, umfangen, erkannt, von ihm.

Fünfzehntes Kapitel

in dem Gregor nicht allein aufwacht und auch nicht die richtigen Worte findet

Ich werde wach und weiß überhaupt nicht, wo ich bin. Mein Arm ist taub geworden, und dann fällt mir alles wieder ein. Carolines Kopf liegt auf meinem Arm, ihr Körper an meinen gebettet, ihr Atem streichelt meine Brust, und ich frage mich, wie dies hat passieren können, noch nie in meinem Leben bin ich eingeschlafen und mit einer Frau im Arm wieder aufgewacht, immer bin ich vorher gegangen, habe höflich gewartet, bis die regelmäßigen Atemzüge der Frau mir verrieten, dass sie tief und fest schlief, um mich leise auf den Rückzug zu begeben. Aber dieses Mal, da war es anders.

Wie spät mag es sein, es ist dunkel draußen, alle paar Sekunden wirft La Jument drei rote Blitze durchs Zimmer. Wir haben das Abendessen verschlafen, am liebsten möchte ich aufstehen, mich davonstehlen, doch Caroline liegt auf meinem Arm, sie würde aufwachen, und das will ich auf keinen Fall. Ich will allein sein. Mit meinen Gedanken.

Was ist bloß passiert?

Doch ich weiß es, weiß alles noch ganz genau, auf dem Heimweg hat sie kein Wort gesagt, wenn sie auch nur den kleinsten Kommentar abgibt, habe ich mir geschworen, dann ist sie für mich gestorben, es schien unmöglich, dass sie nichts sagen würde, und trotzdem konnte ich nicht einfach aufs Fahrrad steigen und davonfahren, etwas hielt mich bei ihr, ich kann nicht sagen, was es war, los, dachte ich die ganze Zeit, jetzt stell schon eine dieser typischen

Frauenfragen, doch sie blieb stumm, den ganzen Weg bis nach Hause, und da begriff ich, dass sie wirklich anders ist als die Frauen, die ich bisher kannte, natürlich ist sie anders, denke ich und streiche vorsichtig, um sie nicht zu wecken, eine Strähne von meinem Arm, die mich sachte kitzelt.

Sie ist anders. Aber warum?

Und ich denke wieder an ihre Umarmung, spüre ihren Körper an meinen geschmiegt, und da kehrt die Erregung zurück, diese Hitze, unaussprechlich, wir haben uns den ganzen Nachmittag und in den Abend hinein geliebt bis zur Erschöpfung, haben die Zeit vergessen und alles andere, und dann weiß ich nichts mehr, bis ich wieder aufgewacht bin, eingehüllt in den Duft unserer Liebe.

Liebe ...

Es ist das erste Mal, dass ich dieses Wort auch nur denke im Zusammenhang mit einer Frau. Überhaupt einem Menschen. Sicherlich, man liebt seine Eltern, aber das ist etwas anderes, man hat keine Wahl, man ist verdammt dazu, seine Eltern zu lieben. Aber ich meine ja nicht Liebe, ich meine Sex, und dies war mit Abstand der allerbeste Sex, den ich jemals hatte, keine Spur von dem vorsichtigen Kennenlernen, das oft das erste Mal begleitet, nicht die geringsten Unsicherheiten oder Ungeschicklichkeiten, wenn man sich erst aneinander gewöhnen muss, Caroline und ich liebten uns wie ein perfekt aufeinander abgestimmtes Duett, als hätten wir nie im Leben etwas anderes getan, und das ausgerechnet mit dieser Gärtnerin, denke ich und muss fast lachen, wer hätte das gedacht?

Als sie sich niederbeugte zu Karl May und wieder dieses Dreieck über dem Bund ihrer Jeans erschien, da konnte ich nicht anders, ich legte meine Hand darauf. Ich wundere mich selbst darüber, dass ich den Mut besaß, dass ich die Folgen nicht bedachte, die sich unweigerlich daraus

ergeben mussten, so oder so. Dass sie so ganz gegen ihre Art stillhielt, ja, zögerte sich aufzurichten, als fürchte sie, ich würde meine Hand wieder wegnehmen und so tun, als sei nichts gewesen, was durchaus möglich war – das hat mich eigentlich am meisten überrascht. Ich war in einem seltsamen Zustand, der Tag hat seine Spuren bei mir hinterlassen, die Begegnung mit Malgorne und die Seebestattung von Onkel Gregor, das alles hatte mich aufgewühlt, ja, ich wollte es mir nicht eingestehen, aber es hat etwas angerührt in mir, ich weiß nicht, was, ich werde wohl aufs Alter ein wenig sentimental.
Caroline seufzt leise im Schlaf.
Und jetzt? Was passiert jetzt? Was wird geschehen, wenn sie die Augen aufschlägt, mich anschaut, und auf einmal überfällt mich Panik, ich sollte schon längst nicht mehr hier sein, und jetzt weiß ich auch, warum ich mich immer davongeschlichen habe, mein Leben lang bis heute, weil ich diesem Moment aus dem Weg gehen wollte, diesem Augenblick des Erkennens und Erinnerns, die Leidenschaft verbraucht und vorbei, die Laken zerwühlt und feucht, unsere Leiber, die diesen säuerlichen Geruch nach allen möglichen Körpersäften ausdünsten – ich habe noch nie eine Frau am Morgen nach einer leidenschaftlichen Nacht gesehen, und ich stelle es mir schrecklich vor. Meine Erregung ist verflogen. Es war schön, doch jetzt ist es vorbei. Und ehe der Widerwillen kommt, beginne ich mich langsam, ganz sachte, aus Carolines Umarmung zu schälen, Millimeter um Millimeter, damit sie ja nicht aufwacht, alles andere, nur nicht das, nur keine fragenden Augen und verwirrten, womöglich vorwurfsvollen Blicke, und schon gar keine Liebesbeteuerungen oder Kommentare über das, was war. Endlich ist es mir gelungen. Jetzt noch ihren Kopf sanft aufs Kissen betten. Sie seufzt noch einmal tief auf und dreht sich um, mit dem Gesicht

von mir weg. Ich nütze diese Bewegung, meinen Körper ganz aus ihrer Nähe zu entfernen, gleite schlangengleich aus dem Bett, bemüht, der Matratze keine Geräusche zu entlocken, taste auf dem Boden nach meinen Kleidern, drücke leise wie ein Dieb die Klinke nieder, öffne die Tür – da liegt Karl May vor unserer Schwelle, als halte er Wache, den Kopf zwischen den Pfoten, ist er eingeschlafen. Jetzt aber stellt er die Ohren auf, schenkt mir aus seinen klugen Augen einen verständigen Blick, guter Hund, flüstere ich und kann ihn gerade noch daran hindern, in Carolines Zimmer zu schlüpfen, lotse ihn in meines, wo er es sich im Körbchen bequem macht.

Ich sinke in mein frisch gemachtes, noch unberührtes Bett. Genieße die Kühle der Laken. Doch dann, kurz vor dem Hinübergleiten in den Schlaf, fühle ich mich auf einmal einsam und verloren in diesem Bett, es ist mir, als schwimme ich in einem riesigen Meer, ganz allein, um mich die Kühle des Wassers, so gleite ich dahin, durch das Wasser hindurch sehe ich ein wenig verzerrt Malgornes Gesicht, ich bin der Leuchtturm, sagt er, aber du hast nicht achtgegeben, jetzt gibt es *proëlla* für dich, mein Sohn. Und dann legt jemand zwei weiße Laken zusammen, faltet sie zu großen Streifen, legt sie übereinander wie zu einem Kreuz, und darauf betten sie mich mit ausgebreiteten Armen, und obwohl ich bei vollem Bewusstsein bin, kann ich mich nicht bewegen, muss so liegen, mit ausgebreiteten Armen, und dann kommt Caroline, und sie ist nackt, legt sich zu mir, und da bin ich erlöst aus der Starre, ich schlinge meine Arme um sie, und dann leckt sie mir das Gesicht ab, immer und immer wieder, davon wache ich auf, und als ich die Augen öffne, ist es heller Tag, in meinem Arm liegt Karl May und leckt mir zufrieden das Gesicht.

Caroline sitzt bereits am Frühstückstisch, als ich hinunterkomme. Sie ist schon fertig, wer weiß, wie lange sie so auf mich wartet, in einer Zeitung lesend, die so interessant gar nicht sein kann, wie sie vorgibt.
Guten Morgen, sage ich. Und habe keine Ahnung, was ich sonst sagen soll.
Sie legt die Zeitung weg und sieht mich an. In ihren Augen blitzt es fröhlich. Himmel, sage ich mir erschrocken, sie ist wunderschön.
Hallo, sagt sie gutgelaunt. Ausgeschlafen?
Ich nicke.
Und du?
Ich beiße mir auf die Zunge. Zermartere mir das Gehirn nach ein paar unverfänglichen Sätzen. Auch dies ist ein Grund, warum ich immer nach Hause fahre, sonst, wenn ich mit einer Frau geschlafen habe. Diese Situation am Frühstückstisch überfordert mich einfach.
Caroline mustert mich. Sieht woandershin. Und dann passiert es. Sie nimmt meine Hand. Es ist eine ganz einfache Geste, als würde sie das jeden Morgen tun, und ich komme mir vollkommen hilflos vor, hölzern, so gerne ich sie gestern Abend berührt habe, so ist mir dieses Händchenhalten jetzt unangenehm. Ich drücke sie kurz und befreie meine Hand, und obwohl es die linke ist, greife ich mit ihr nach dem Croissant, das mir prompt wieder auf den Teller fällt, Caroline lacht fröhlich, doch dann wird sie still, schaut mich forschend an, nur einen kurzen Moment, aber mir ist es nicht entgangen, und dann kann ich zusehen, wie die Freude aus ihrem Gesicht verschwindet, ganz langsam, als würde ein Feuer verglimmen. Madame bringt mir den Milchkaffee, Caroline schaut zum Fenster hinaus, beißt sich kurz auf die Lippen, dann versucht sie, so zu tun, als sei nichts geschehen, und in mir ist ein großes Bedauern, gerne möchte ich

etwas Nettes sagen, es war sehr schön heute Nacht, das wäre vielleicht ein Satz …, aber ich verwerfe ihn sofort, denn wer weiß, wohin er führen wird, welche Pforten er öffnet, und vielleicht ist es besser, alles bleibt, wie es war, ja, mit Sicherheit, nur jetzt keine sentimentale Dummheit machen, ja, es war schön, wir haben es beide genossen, sie auch, nicht nur ich, und nun sollten wir uns wie zwei erwachsene Menschen verhalten, aus dem Teenageralter sind wir schließlich raus.
Doch dann sehe ich in Carolines Augen, es war wirklich sehr schön, beeile ich mich zu sagen, und mir ist klar, dass ich ungeschickt klinge, wie ein Pennäler, ich meine …, heute Nacht …, füge ich hinzu, und dann schaut sie mich an, ihre Augen werden noch größer und ganz dunkel, ja, sagt sie leise, und ihre Stimme klingt rauh, ja, das war es, und zu meinem Entsetzen kullern ihr ein paar große, schimmernde Tränen über die Wimpern und die Wangen hinunter, und dann bin ich es, der linkisch nach ihrer Hand greift, doch ich verpasse sie knapp, weil sie eine Papierserviette auffaltet, um sich die Nase zu putzen.

Nachmittags um fünf geht die Fähre, doch zuvor habe ich noch etwas zu erledigen. Caroline hat sich in ihr Zimmer geflüchtet, ja, anders kann man das nicht nennen, sie eilte die Treppe hinauf, als müsse sie etwas vor mir in Sicherheit bringen, etwas Kostbares, Zerbrechliches. Eine Weile stehe ich vor ihrer Tür, unsicher, was ich tun soll, doch dann komme ich zu dem Schluss, dass sie offensichtlich lieber allein sein will. So reiße ich einen Zettel von dem Block, der in meinem Zimmer liegt, starre auf das rosafarbene, quadratische Stück Papier, *Sehen wir uns um halb fünf an der Fähre?*, schreibe ich, dann zerreiße ich es wieder, so ein Unsinn, natürlich sehen wir uns um halb fünf an der Fähre, es ist die einzige, die überhaupt fährt. Ich kaue auf dem Bleistiftende herum, zerbreche mir den Kopf, *Ich habe noch etwas mit Jacques zu besprechen,* schreibe ich dann, doch wieder kommt mir das völlig überflüssig vor, was geht sie an, was ich tue, frage ich mich heftig, langsam werde ich ärgerlich, muss ich mich etwa rechtfertigen? Nein. Also breche ich auf, sage lediglich Madame Bescheid, sie kann es ja dann Caroline ausrichten oder auch nicht, sollen die Frauen das doch unter sich ausmachen.

Ein letztes Mal leihe ich mir Madames Fahrrad aus. In Lampaul ist heute Markt, ich schiebe mein Rad an Kisten voll silbern schimmernder Fischleiber und Muscheln vorbei, an bläulichem Gemüse, das ich nicht kenne, Karotten und Tomaten. Auf der Route du Créac'h kommen mir ein paar Touristen entgegen mit Rucksäcken und Trekkingschuhen, in brüchigem Französisch fragen sie nach dem Vogelzentrum, es sind Deutsche, doch selbst, als das geklärt ist, kann ich ihnen nicht helfen, um die Touristenattraktionen habe ich mich hier nicht gekümmert. Anderes ist wichtiger.

Als wir uns Malgornes Anwesen nähern, springt uns Brima entgegen. Karl May umtanzt sie, und schon jagen beide über die Wiese. Jacques ist drüben bei den Schafen, als er mich sieht, nimmt er zwei Eimer auf und kommt herüber.

Heut gibt es noch Regen, meint er und sieht zufrieden aus. Ich schaue zum Himmel auf. Der wirkt freundlich, nur über dem südlichen Horizont liegt ein beiges Wolkenband.

Der Himmel ist grün, sagt Malgorne mit Nachdruck, das heißt, der Wind wechselt von West auf Süd, das bringt den *mervent*.

Ich betrachte den Himmel erneut, Jacques hat recht, das helle Blau hat tatsächlich einen grünlichen Schimmer,

Regen aus dem Süden, überlege ich, was das wohl für die Fähre heißen mag?
Im Windschatten seines Hauses setzen wir uns auf eine steinerne Bank.
Nettes Mädchen, sagt Jacques nach einer Weile.
Ich ziehe es vor, dazu keinen Kommentar abzugeben.
Ihre Mutter hat hier eine Menge Unruhe gestiftet.
Woher weißt du …, entfährt es mir, doch Jacques lacht, man braucht sie nur anzusehen, sagt er, sie gleicht ihr wie ein Ei dem anderen.
Jacques kramt in seiner Jackentasche, befördert eine zerdrückte Schachtel Gitanes hervor. Bietet mir eine an, ich schüttle den Kopf.
Caroline. Wieder sehe ich ihren Körper vor mir, die perfekte Linie ihrer Silhouette, dort, wo die Taille in die Hüfte übergeht, die Form ihrer Brüste, die Geste, mit der sie ihr Bein über meine Hüfte legte, über mich glitt …
Hat mein Onkel nicht einen Brief für mich hiergelassen, frage ich, um die Bilder zu verscheuchen.
Ich sehe in Jacques' zerklüftetes Gesicht, in seine Augen, die belustigt glitzern, als habe er mich durchschaut, als könne er in mir lesen, doch seltsamerweise macht es mir bei ihm nichts aus.
Ja, sagt er. Das hat er. Und raucht weiter, als habe das alles viel, viel Zeit.
Du willst also nicht bleiben, sagt er nach einer Weile.
Ich schaue über die Weide, über die Brima und Karl May laufen, ein schwarzer und ein graubrauner Fleck, mehr nicht. Dahinter die Linie der Küste, rechts der Phare du Créac'h, weiter links der von Nividic. Unsichtbar, vom Schafstall verdeckt, La Jument.
Nein, sage ich. Du hast es doch selbst gesagt, ich bin noch lange nicht angekommen.
Und dann sehe ich, wie Karl May versucht, Brima zu be-

steigen, was schwierig ist, weil er viel kleiner ist als sie, und ich will ihn zu mir rufen, doch Jacques legt mir die Hand auf den Arm, lass sie doch, sagt er und lächelt, lass den beiden doch ihren Spaß. Und dann steht er auf, geht in das Haus, kommt nach einer Weile wieder mit einem Umschlag in der Hand.
Hier, sagt er. Der ist für dich.
Und lässt sich wieder neben mich fallen.
Da ist er also. »Für Gregor« steht auf dem Umschlag. Genau wie auf dem letzten.

Als ich das Fahrrad abgebe, ist Caroline nicht mehr da. Das Taxi bringt Karl May und mich zum Port du Stiff, dorthin, wo wir ankamen, vor zwei Tagen. Ist es möglich, dass es erst vor zwei Tagen war?
Karl May lässt die Ohren hängen. Der Abschied von Brima fiel ihm nicht leicht. Willst du hierbleiben, habe ich ihn gefragt, und er schien tatsächlich mit sich zu kämpfen, doch als ich mich aufs Fahrrad setzte, entschied er sich für mich.
Wer weiß, hab ich zum Abschied zu Jacques gesagt, vielleicht komm ich wieder. Und bleib eine Weile. Danke für das Angebot.
Er hob beide Arme. Wann immer du willst, schien die Geste zu sagen. Dann gab er meinem Fahrrad am Gepäckträger einen Schubs. Das Wolkenband im Süden war gewachsen, wie flüssige Sahne dehnte es sich gelblich über den Himmel.
Eine gute Überfahrt, rief mir Malgorne hinterher, und pass mir auf dein Mädchen auf.
Sie ist nicht mein Mädchen, schrie ich in den Wind, doch das hörte Jacques nicht mehr, sie ist nicht mein Mädchen, sagte ich zu Karl May, der seinen eigenen Liebeskummer hatte, traurig neben mir hertrottete, mehrmals stehen

blieb, um zu Brima zurückzuschauen, die wie angewurzelt an der Stelle stand, wo der Stein die Zufahrt zu Malgornes Anwesen markiert.
Das Taxi hält an. Bis zur Abfahrt der Fähre ist noch viel Zeit. Der Wind nimmt zu, er ist warm und riecht nach Feuchtigkeit. Die Farben verändern sich unmerklich, die Welt wird gelblich und fahl. Weiter draußen macht das Meer riesige Buckel, als würde es sich gegen etwas stemmen, ohne dass die Wellen sich bäumen und brechen.
Ich wandere hinauf zu dem doppelten Turm vom Phare du Stiff. Finde ein windgeschütztes Plätzchen, das nach Norden schaut. Hier setze ich mich auf eine Mauer, hole den Brief heraus.
Eine Weile halte ich ihn einfach nur in den Händen. Dann öffne ich ihn.
»Lieber Gregor«, lese ich, »der erste Teil ist vollbracht, und ich danke Dir von Herzen dafür. Jacques ist einer der wenigen Menschen, die mir wirklich nahestanden, und ich freue mich, dass Du ihn endlich kennengelernt hast. Ich habe viele Wochen auf der Insel verbracht, ich kenne sie wie meine Westentasche, und wenn ich auch weiß, dass Du noch viel zu rastlos bist, um zu verstehen, was sie mir bedeutete, so hast Du vielleicht doch schon erkannt, dass auf diesem Fleckchen Erde Dinge möglich werden, die man sich anderswo kaum vorstellen kann. Auf eine Weise zeigt sie uns, wer wir sind, und vielleicht auch, was wir uns im tiefsten Herzen wünschen zu sein. Wenn man wie ich sein halbes Leben auf See verbracht hat, dann scheint es, als habe man alles gesehen. Und tatsächlich: Die Erfahrung, überall auf der Welt zu Hause zu sein, möchte ich um keinen Preis missen. Aber es ist ein Trugschluss, nein, man ist nicht auf der ganzen Welt zu Hause, sondern nirgendwo. Man sagt, Seeleute hätten in jedem Hafen ein Liebchen, überall, wo sie anlegen,

warte auf sie ein warmes Heim, ein warmes Essen und ein warmer Körper. Das ist natürlich Unsinn. Glaube mir, keiner war je einsamer als ich in den langen Nächten meiner Wachen zwischen null und sechs Uhr in der Früh, die unzähligen Stunden, die ich in der Dunkelheit allein auf der Brücke verbrachte, über mir ein sturmschwarzer Himmel, unter mir die Tiefe des Wassers, um mich die Unendlichkeit der Meere. Schwärze, erhellt vom Radarsystem, auf dem ich ein kleiner weißer Pfeil bin, der sich zwischen virtuellen Schatten und Linien vorwärtsarbeitet. Einem GPS-System, das mir das Entgegenkommen eines anderen Schiffes schon Stunden vorher ankündigt. Und dann die Begegnungen, der kurze Funkaustausch, das schemenhafte Vorbeigleiten dieser anderen Riesenkiste aus Metall, auf deren Brücke einer sitzt wie ich, von irgendwoher auf dem Weg nach irgendwohin, und längst nicht mehr vom Entdeckergeist getrieben, sondern einzig und allein zu dem Zweck, dass auch in den entferntesten Weltgegenden ein Sony oder ein Volvo, ein Duschkopf von Grohe oder eine Ladung Schuhe zu kaufen sind. Die Dinge, für die Du, Gregor, Werbung machst, die transportierte ich über alle Weltmeere, in genormte Container verfrachtet, denen man beim besten Willen nicht ansieht, ob sie Feuerwerkskörper oder Bleistifte, Computer oder Toilettenschüsseln enthalten, Kuscheltiere oder Waffen.
Es ist erst ein paar Jahre her, dass das Containergeschäft die Seefahrt kaputt gemacht hat. Der Handel, der Kommerz. Seitdem scheint sich die Umlaufgeschwindigkeit der Erde zu beschleunigen, wir Seeleute werden immer mehr zu Gehetzten, die wie unstete Seelen die Meere durchpflügen. Lag ich früher mehrere Tage, ja, Wochen in einem Hafen, konnte den Fuß auf festen Boden setzen und etwas von Land und Leuten sehen, so dauert das Löschen der Container heute nur noch wenige Stunden.

Fahre ich in einen Hafen ein, so erwarten mich bereits die Krane, bereit, kaum sind die Taue festgemacht, ihre Klauen in die Ladung zu schlagen. Ist der letzte Container an Land und die neue Ladung befestigt, geht es wieder hinaus. Jede Minute ist bares Geld. Die Seefahrt haben die Computer übernommen, mir bleibt ein wachsender Wust an Papieren, Formalitäten, Genehmigungen, Listen. Glaub mir, ich bin kein rückwärtsgewandter Traditionalist, der bei jeder passenden Gelegenheit verkündet, früher sei alles besser gewesen. Aber ich ertappe mich immer häufiger dabei, wie ich an früher denke, früher, als ich selbst noch ein Leichtmatrose war und vom Heimweh geplagt, aber auch von dieser Begeisterung angesteckt, diesem Gefühl, dass sie mir gehört, die Welt, und jeder neue Hafen neue Wunder für mich bereithält. Bis zuletzt habe ich bestimmte Dinge herübergerettet, ließ an Weihnachten zwischen Sansibar und Kalkutta eine Girlande am Bugmast aufhängen und hatte für jeden an Bord ein kleines Geschenk, auch wenn mich meine philippinische oder russische Mannschaft ansah, als käme ich von einem anderen Stern. Und wieder dachte ich an früher, als tatsächlich noch einer ein Schifferklavier dabeihatte und ein paar Lieder spielte, als noch Zeit war zum Lachen und für so etwas wie echte Kameradschaft. So wie mit Jacques, der die Brücke irgendwann gegen seinen Leuchtturm eintauschte. Er hat viel eher erkannt als ich, wohin die neuen Zeiten uns führen.
Auch meine Zeit auf See liegt hinter mir. Und ich fühle eine Müdigkeit, die ausreichend Schlaf nicht vertreiben kann.

Aber sicherlich brennst Du darauf, etwas ganz anderes zu erfahren. Nämlich, wohin uns die Reise von hier aus führen wird. Nun, die nächste Station ist ein weiterer

Vorposten des europäischen Kontinents in Richtung Westen, eine Gegend, die mit der Bretagne mehr gemein hat, als man vielleicht glauben würde, denn sie ist weit von ihr entfernt.
Der Ort, an dem ich gerne das zweite Drittel meiner Asche verstreut wissen möchte, liegt im Norden Spaniens, in der Provinz Galizien. Fisterra, das Ende der Welt, ein weiteres. Die Erde ist voll von solchen Weltenden.
Es gibt dort in Galizien ein Kap, das Cabo Fisterra, und allgemein gilt es als der westlichste Punkt. Doch in Wirklichkeit liegt dieser ein paar Kilometer weiter im Norden, beim Cabo Touriñá, und dorthin soll die Reise gehen. Am besten übernachtest Du in einem kleinen Ort namens Muxía, denn beim dortigen Postamt hat der Schlüssel, den Du hoffentlich noch nicht verloren hast, seinen großen Auftritt. Im Schließfach mit der Nummer 333 findest Du einen weiteren Brief. Ich hoffe, Du hast inzwischen Freude an dem Spiel.
Gute Fahrt bis dahin wünscht Dir

Dein Onkel Gregor«

Der Wind treibt Sand über den Platz. Ich falte den Brief zusammen, stehe auf, gehe hinunter zum Schiffsanlegeplatz. Da liegt die Fähre. Ich zögere, halte Ausschau nach Caroline, gehe schließlich an Bord. Und jetzt entdecke ich sie, ganz hinten an der Reling steht sie, ihre Reisetasche zu ihren Füßen. Verloren sieht sie aus, zerbrechlich gegen den fahlen Himmel und die See. Sie schaut hinüber zum Leuchtturm von Kéréon.
Hallo, sage ich.
Sie wendet mir ihr Gesicht zu. Der Wind weht ihr ein paar Strähnen ins Gesicht.
Hallo.
Dann Schweigen.

Hast du eigentlich herausgefunden, wo deine Mutter wirklich wohnt?
Sie nickt.
Ja, sagt sie. In Portugal. In einem Ort im Süden. Vila do Bispo heißt er. Wo auch immer das liegt.
Und, frage ich weiter, fährst du hin?
Sie zuckt die Schultern. Schaut wieder hinüber zum Kéréon. Vielleicht, sagt sie nach einer Weile.
Und du, fragt sie dann unvermittelt. Fährst du jetzt wieder nach Hause?
Nein, sage ich. Das war erst der Anfang. Als Nächstes muss ich nach Spanien. Galizien.
Wo liegt denn das?
Im Nordwesten, sage ich, ich muss erst mal eine Karte kaufen. Nördlich von Portugal.
Und dann sehen wir uns in die Augen, und beide denken wir dasselbe, dann könnten wir doch zusammen fahren, zumindest ein Stück, ja, ich kann es lesen in ihren Augen, wie eine Bitte, wie ein Wunsch, oder bilde ich mir das ein? Ich zögere, sehe uns beide gemeinsam in einer nicht enden wollenden, verlockenden Folge von Tagen und Nächten, Caroline in meinen Armen, dahinschmelzend, mich zum Schmelzen bringend, ein Gefühl, wie ich es nicht kannte bis heute. Doch dann sehe ich uns beim Frühstück sitzen am Morgen danach, unbehaglich, nicht wissend, worüber wir reden sollen, fühle eine beängstigende, bedrängende Nähe, zerwühlte Betten, Verstimmung und Überdruss …, und dann ist der Moment vorüber, Caroline wendet den Blick ab, und selbst, wenn ich wollte, ich könnte sie jetzt nicht berühren, könnte ihr unmöglich meine Hand auf die Schulter legen oder die Strähnen aus der Stirn streichen, denn sie ist so weit von mir entfernt wie der Leuchtturm von Kéréon, mindestens.

Sechzehntes Kapitel

in dem Caroline krank wird und eine Chakra-Reinigung ablehnt

Und dann der Regen. Ich spüre ihn auf meinem Arm, im Gesicht. Und ich denke, jetzt brauch ich nicht mal mehr zu weinen, das übernimmt der Himmel für mich. In mir ist eine Leere, so unaussprechlich, eine Müdigkeit, so grenzenlos, dass ich mir einen Ruck geben muss, um mich von der Reling zu lösen und unter die Überdachung zu treten, die ich ganz für mich allein habe. Denn alle anderen sind unter Deck gegangen, jeder, der Verstand hat und ihn nicht auf dieser Insel verlor, so wie ich. Den Verstand und noch etwas, doch ich weiß nicht, wie ich es nennen soll, seit dem Frühstück, seit Gregor seine Hand aus meiner zog, seit ich endlich begriffen habe, warum er meinem Blick ausweicht, und nur der Himmel weiß, wie ein Mann es fertigbringt, sich nach einer solchen Nacht derart zu verhalten. Und dann kommen mir doch noch die Tränen, wenn ich daran denke, wie er mit einem einzigen Blick, einer Geste alles ausgelöscht hat, was uns wenige Stunden zuvor bis ins Innerste verband.

Aber er kann es nicht auslöschen, sagt eine Stimme in mir, ganz gegen meinen Willen, er kann nicht ungeschehen machen, was war, auch wenn er es noch so gerne möchte, aber was er tatsächlich kann, ist, mich zu verletzen, mir weh zu tun, dieses Scheusal, dieses Monster, wie oft wiederhole ich das in Gedanken, seit ich vom Frühstückstisch weggelaufen bin wie eine dumme Gans, und was mich am meisten ärgert, ist, wie leicht ich mich ver-

führen ließ, seine Hand auf meinem Rücken, und es war um mich geschehen, und mir kommt der Gedanke, dass er es gar nicht anders kennt, dass er überhaupt nicht auf die Idee kommt, eine Frau könnte sich ihm entziehen, und die Vorstellung, irgendeine zu sein in einer langen Folge von Geliebten, einer Serie von One-Night-Stands, lässt mich glühen vor Zorn. Aber merkt er denn nicht, was da war zwischen uns? Nämlich mehr als ein One-Night-Stand? Merkt er nicht, was er da zerstört? Merkt er es wirklich nicht? Will er es nicht?
Der Regen hüllt die Fähre in einen nassen Mantel. Von der Insel ist längst nichts mehr zu sehen. Das Meer verwandelt sich in eine grüngraue Landschaft, nein, das sind keine Wellen, sondern enorme Hügel, Buckel, wie die Rücken von Walen, und das Schiff hebt sich und sinkt hinab in ein Tal, versinkt zwischen zwei gigantischen Wasserbergen, wird erneut emporgehoben, und ich halte mich mit beiden Händen fest, kämpfe gegen die Übelkeit, doch dann lasse ich mich darauf ein wie in einer Achterbahn, schließe die Augen, gebe mich dieser Bewegung hin, lasse allen Widerstand fahren, und je wilder die Schaukelei, desto ruhiger werde ich, wenigstens für diesen kleinen Moment, mein Magen beruhigt sich, ich fühle keine Angst, nur diese Trostlosigkeit, die mich seit heute Morgen nicht mehr verlässt.
Gut, dass sich unsere Wege jetzt trennen. Gut, dass ich ihn nie mehr wiedersehen muss. Und wenn ich »nie« sage, dann meine ich nie, egal, was sich auch ergeben mag, ob sein Geld ankommt oder nicht, ich werde es gar nicht erst abwarten, werde mich in meinen Wagen setzen und davonfahren, mich nicht einmal umdrehen, denn etwas anderes hat er nicht verdient.
Doch wohin? Wohin soll ich fahren? Nach Portugal? Wenn ich nach Portugal will, muss ich wohl oder übel

warten, bis er sein Geld hat, um mir von ihm erstatten zu lassen, was ich für ihn ausgegeben habe, denn meine Reisekasse wurde durch die doppelten Ausgaben ziemlich beansprucht. Doch allein die Vorstellung, von ihm Geld anzunehmen, auch wenn ich es vorher für ihn ausgab, lässt meinen Magen verkrampfen, eher ernähre ich mich von Joghurt, als dass ich das tue, eher schlafe ich jede Nacht in meinem Lieferwagen, eher fahre ich wieder heim, bevor ich … aber was soll ich tun, zu Hause? Mir anhören, was mein Vater Kluges zu sagen hat? Siehst du, wird er sagen, ich habe es dir gleich gesagt, Angela ist nicht zu trauen, eine Karte aus der Bretagne hat noch längst nicht zu bedeuten, dass du sie dort findest, statt vor der Verantwortung zu fliehen, wie sie es offenbar immer noch tut, solltest du lieber …, nein, nach Hause, das geht nicht. Und dann überfällt mich die Erkenntnis, dass ich gar nichts mehr habe, keinen Vater, kein Zuhause, keine Arbeit, einen Berg voller Schulden, keine Zukunft, nicht die geringste Ahnung, wie es weitergehen soll, eine Mutter, die überall Ärger hinterlässt, wo immer sie auftaucht, eine Künstlerin von zweifelhaftem Ruf mit einem Prozess am Hals, der sie womöglich genauso ruinieren wird, wie ich, ihre Tochter, es schon bin. Das Einzige, was ich habe, ist ein Zettel mit ihrer Adresse.

Und ich starre hinaus in diese Wasserwelt, aus der die Dämmerung die letzten Farben tilgt, fühle den Regen nicht, der jetzt auch unter die überdachte Stelle peitscht, wo ich stehe, und in mir ist ein Jammer, eine Verlassenheit, eine Verzweiflung, grenzenlos, und ich wünsche mich zurück an das Grab mit dem Engel, damals war meine Mutter zwar tot, doch die Welt festgefügt und in Ordnung, auch wenn alles Lüge war, auch wenn niemals irgendetwas in meinem Leben in Ordnung war, so wie bei allen anderen Menschen, und ich es nur nicht wusste.

Als wir in Brest anlegen, ist es mir viel zu früh. In dieser Zwischenwelt verharren, für immer, wenn das möglich wäre, ich würde es tun, nichts lieber als das. Der Regen hat aufgehört. Die Sterne brechen durch die Wolken. Jetzt muss ich es hinter mich bringen. Als ich an Land gehe, springt mir Karl May entgegen. Leckt mir die Hand.

Was meinst du, fragt Gregor, sollen wir dasselbe Hotel nehmen wie neulich?

Ich sehe ihn nicht an.

Das ist deine Sache, ich fahre weiter.

Jetzt noch? Wohin denn?

Das geht dich nichts mehr an, denke ich, doch ich schweige. Kraule immer noch Karl May. Dann erinnere ich mich an seine Hand auf meinem Rücken und richte mich abrupt auf.

Mach's gut, sage ich und ärgere mich, weil meine Stimme zittert.

Moment mal, sagt er, lauf nicht so davon, ich schulde dir noch Geld …

Gar nichts schuldest du mir, sage ich heftig, weder Geld noch sonst etwas. Und dann drehe ich mich um, gehe hinüber zum Parkplatz, wo mein Wagen steht, mir ist schwindelig, und ich erwarte jeden Moment, dass ich stolpere, mein Herz klopft mir bis hinauf in den Hals, du Ungeheuer, denke ich, du Monster, und dann höre ich Schritte hinter mir, Caroline, ruft er, warte, lass uns nicht so auseinandergehen, doch ich höre nicht auf ihn, erreiche meinen Lieferwagen, als wäre er meine Rettung, meine Burg, fummle mit zitternden Fingern nach dem Autoschlüssel, und da wird mir klar, dass er mir nicht mehr folgt, ich kann fühlen, dass er stehen geblieben ist auf halber Strecke, du Feigling, denke ich, du erbärmlicher Feigling, und dann kommt Karl May angelaufen,

winselt, setzt sich neben mich auf den nassen Boden, legt den Kopf schief und stellt die Ohren auf, sieht mich herzerweichend an, doch da finde ich endlich den Schlüssel, leb wohl, Karl May, sage ich, mach's gut, alter Junge, pass auf dich auf, und dann steige ich ein und lasse den Motor an, alles wie im Traum, ich sehe noch, wie Karl May zurückläuft, und als ich auf die Straße hinausfahre, ist Gregor nichts weiter als ein Schatten, falls er es wirklich ist, vielleicht ist es auch jemand anderes, denn vor mir verschwimmt die Welt, und es hilft nichts, dass ich den Scheibenwischer einschalte, denn die Scheiben sind vollkommen trocken.
Ich wische mir die Augen. Bordeaux, lese ich auf einem Schild, Bordeaux und Bayonne, und Anna fällt mir ein, die am Fuß der Pyrenäen wohnt, Anna, sage ich vor mich hin, die ganze Fahrt Richtung Süden, Anna, während mir die Zähne aufeinanderschlagen, obwohl mir heiß ist, und ich Schüttelfrost bekomme, während mir der Schweiß auf der Stirn steht.
Wie geht es deiner Hüfte, frage ich sie, als ich endlich da bin. Anna verfrachtet mich sofort ins Bett.

Da liege ich, keine Ahnung, wie lange, ich träume, schrecke auf, falle wieder in tiefen Schlaf. Eines Morgens fühle ich mich besser.
Ich stehe auf, nehme eine Dusche. Stelle fest, Anna hat meine Kleider gewaschen. Langsam ziehe ich mich an und gehe in die Küche. Ein Junge sitzt vor einer Schale mit Müsli. Er hat Annas Augen.
Bist du Caroline?, fragt er.
Ja, sage ich. Und du musst Victor sein.
Er nickt. Mustert mich neugierig.
Bist du nicht mehr krank?
Nicht mehr so, sage ich.

Auf den Fensterbrettern stehen irdene Töpfe mit Kräutern. Salbei, Rosmarin, Lavendel, Majoran, Liebstöckel, der Basilikum kränkelt ein wenig, sicher bräuchte er ein bisschen Phosphorerde … Dahinter eröffnet sich ein weiter Blick hinab ins Tiefland.
Willst du auch Müsli?, fragt Victor.
Ich schüttle den Kopf.
Anna ist einkaufen, sagt er nach einer Weile. Willst du Tee?
Ja, sage ich, das wäre toll.
Der Junge macht sich am Herd zu schaffen. Holt einen Teebeutel aus einer Schachtel, gießt kochendes Wasser darüber.
Danke, sage ich.
Victor betrachtet mich.
Mama sagt, ihr seid Freundinnen, seit ihr so alt wart wie ich.
Wie alt bist du denn?
Sieben. Und du?
Sechsundzwanzig.
Victor schaut drein, als fände er das ziemlich alt. Dann rutscht er vom Küchenstuhl, stellt seine Müslischale ins Waschbecken.
Lucien ist auch nicht da, sagt er dann. Das ist Mamas Freund. Und ich muss jetzt zur Schule. Kommst du allein klar?
Sicher, sage ich.

Ich trinke meinen Tee, dann gehe ich unschlüssig in die Diele. Ein Spiegel wirft mir das Bild einer fremden Caroline zurück. Mein Gesicht ist schmal geworden. Ich streiche mir durchs Haar, das dringend in Form geschnitten werden müsste. Ich entdecke Fotos an den Wänden von Anna, Arm in Arm mit einem Mann, offenbar Lucien, andere zeigen sie gemeinsam mit Victor als Baby neben einem Känguru, mit Victor als Kleinkind inmitten von Pinguinen, mit Victor auf einer Düne am Meer. Ich gehe zurück ins Gästezimmer, schüttle das Bett auf, öffne das Fenster.

Und nun?

Von meinem Fenster aus überblicke ich einen Teil des Dorfes. Die Natursteinhäuser klammern sich an den Hang, unterhalb einer Kirche drängen sie sich wie die Schafe einer Herde aneinander. Die Dächer sind mit Schieferplatten belegt, die in der Sonne glänzen. An den Fenstern blühen Geranien in allen Rottönen. Sonst ist die Vegetation karg. Nordhang. Ich lehne mich aus dem Fenster, da ist ein verwilderter Garten hinter Annas Haus. In die Höhe geschossene Buchsbäume. Ein Apfelbaum mit abgestorbenen Ästen. Seit Jahren hat ihn niemand beschnitten. Die Überreste eines Brunnens, eine Natursteinbank davor. Daraus könnte man etwas machen, auch wenn es ein Schattengarten ist, Farne würden sich hier wohl fühlen. Ein kühler Wind weht von den Bergen. Mich schaudert, ich schließe das Fenster.

Eine Weile sitze ich da, schaue vor mich hin, in Gedanken verloren. Ich werde Annas Garten auf Vordermann bringen, wenn sie das freut. Im Geist suche ich schon die Pflanzen aus. Zuerst muss ich die Erde prüfen …

Und dann fällt mir etwas ein. Eine Weile suche ich vergeblich in meinen Sachen, befürchte schon, Anna habe den Zettel vor der Wäsche meiner Kleider weggeworfen, da erinnere ich mich, ihn in meinen Geldbeutel gesteckt zu haben. Hier ist er.

Angela Ritter
240, Rua del Cabo
Vila do Bispo, Portugal

Die Buchstaben verschwimmen, ich bin müde, unendlich müde, lege mich auf das Bett. Am Knarren der Treppe wache ich auf, ich muss gedöst haben.
Hey, sagt Anna durch die offene Tür, du bist ja angezogen! Geht es dir besser?
Ich stehe auf, wasche mir das Gesicht mit kaltem Wasser und folge Anna nach unten. Auf dem Küchentisch stehen Taschen, aus denen Baguettes herausschauen und Lauchstangen und andere leckere Dinge, und während Anna zu kochen beginnt, erzählt sie mir, was sie alles mit mir unternehmen will, dass ich unbedingt ihre Ballettschule in Pau besuchen muss und diese und jene Galerie von befreundeten Künstlern, dass morgen das Wetter ganz toll sein werde, was sich gut trifft, weil sie nachmittags freihat und wir entweder zu ihrem Lieblingsstrand an den Atlantik fahren können oder in die Berge, wozu ich auch immer Lust habe, doch ich kriege nur die Hälfte mit, denn ich hatte einen Traum, gerade eben, und das Einzige, woran ich mich noch erinnere, ist, dass Gregor darin vorkam. Und er zog seine Hand nicht zurück.
Und dann kommt Victor aus der Schule und Lucien, der mich auf beide Wangen küsst. Alle freuen sich, dass es mir bessergeht, nur auf meiner Brust liegt ein Felsbrocken.
Was ist los mit dir, fragt mich Anna, als wir allein sind. Es ist doch nicht nur die Erkältung. Ist es wegen deiner Gärtnerei?
Ich zucke mit den Schultern. Aber am anderen Tag, als wir tatsächlich zum Strand fahren, als Victor mit anderen Kindern in den Dünen spielt, da erzähl ich Anna alles.
Sie sieht mich an.
Aber warum bist du so unglücklich, fragt sie dann. Du sagst, du bist froh, dass du ihn los bist. Wo ist das Problem?

Und dann fang ich an zu heulen, wie kommt es, frage ich mich, dass immer Anna das abkriegt, neulich im Restaurant wegen Angela und jetzt wegen Gregor, aber ich kann nichts dagegen machen, es ist, als habe jemand eine Schleuse geöffnet und vergessen, sie wieder zu schließen, und wieder angelt Anna Papiertaschentücher aus ihrer Strandtasche, wieder schweigt sie und lässt mich in Ruhe, bis es endlich vorbei ist, dann aber sieht sie mich an und sagt: Du hast dich verliebt, das ist klar, es hat keinen Sinn, dass du dir etwas vormachst.
Und dann geht alles von vorne los, und ich frage mich, wie es möglich ist, dass ein Mensch so viele Tränen haben kann, rein physikalisch, denke ich, ist das doch schlichtweg unmöglich.

Ich arbeite im Garten, kaufe Pflanzen und Gartenerde ein, klaue mit Victor Sand vom Atlantikstrand für einen Dinosaurierpark, sammle mit ihm Steine im Gebirge oberhalb des Dorfes für die Einfassung der Wege. Dazwischen bestaune ich Annas Ballettschule, begleite sie zu Unterrichtsstunden, sehe zu, wie sie Mädchen in lachsfarbenen Trikots Arabesques und Pirouettes beibringt, und nehme selbst an einem Abend mit indischem Tempeltanz teil. Ich versetze Buchsbaumsprösslinge, die überall im Garten wuchern, lege für Annas Gartenecke ein Kräuterbeet an, baue für Lucien eine Sonnenuhr, die er sich in den Kopf gesetzt hat, auch wenn die Sonne so gut wie nie auf seinen Gartenanteil scheint. Ich mache für Victor Germknödel mit Vanillesauce, lerne alle seine Dinosaurier mit Namen kennen, lese ihm aus französischen Kinderbüchern vor und lerne dabei neue Wörter. Ich sammle auf meinen Spaziergängen rund um das Dorf Steine, die ich in den Garten integriere, lese in einem Buch vom Dalai Lama, das mir Anna geliehen hat, lerne ihre Freundin Isabelle kennen, und als die mich fragt, was es kostet, wenn ich auch ihren Garten gestalte, werden wir uns rasch einig.

Isabelle wohnt in einer Stadtvilla, ihr Garten ist fast ein kleiner Park, in der Mitte gammelt ein Teich vor sich hin, und einen Nachmittag lang schaufle ich Schlamm aus dem Loch. Als ich zu Hause unter der Dusche stehe, die dummerweise keinen Vorhang hat, platzt Lucien herein, entschuldigt sich, es gibt keinen Schlüssel an der Tür, lediglich ein Schild, auf einer Seite ist ein dickes rotes Kreuz aufgemalt, und ich bin mir sicher, es an die Klinke gehängt zu haben. Für meinen Geschmack bleibt er einen Moment zu lange, nachdem er seinen Irrtum erkannt hat, ich weiß nicht, ob ich es mir einbilde, aber er wirft mir einen gründlichen Blick durch die Dampfschwaden hindurch zu. Dann ist er verschwunden. In Zukunft werde ich den Hocker für die Kleider vor die Tür stellen, nehme ich mir vor, und später in der Küche fällt mir auf, dass er mich mehrmals mit seinem Körper streift, als sei der Raum für uns beide zu klein.

Trotz Isabelles Begeisterung über die Fortschritte in ihrem Garten, trotz Victors Liebenswürdigkeit und Annas Fürsorge bin ich niedergeschlagen. Aus dem Buch vom Dalai Lama lerne ich, dass das irdische Dasein aus einer Folge von Leiden besteht, dass alles, um was wir so viel Lärm machen, nichts ist als Illusion, dass der Weg zum wahren Glück darin besteht, das zu vermeiden, was wir schlechthin unter Glück verstehen. Oder so ähnlich. Ich bin nicht sicher, ob ich das richtig verstehe. Und ob ich es überhaupt verstehen will.

In meiner zweiten Woche, Isabelles Teich ist neu mit Seerosen, Binsen und Wasserlilien bepflanzt, ihre Rosensträucher beschnitten und gedüngt und die Beete vom Unkraut befreit, da kaufe ich mir eine Karte von Spanien und Portugal. Suche Vila do Bispo. Finde es schließlich. Ein Ort ganz im Süden, westlich der Algarve. Kurz bevor die Südküste Portugals einen Knick nach Norden macht.

Vielleicht sollte ich es sein lassen, sage ich zu Anna, als wir zusammen das Geschirr abspülen.

Anna sagt nichts. Ich kenne ihre Meinung. Sie findet, ich soll fahren. Nicht, dass sie mich loswerden möchte, du kannst bleiben, so lange du willst, hat sie gesagt. Das Zimmer steht ohnehin leer, wir freuen uns, dich hier zu haben, und Gärten gibt es genug, die nur auf dich warten.

Aber das mit meiner Mutter, findet sie, das solle ich durchziehen. Wenn du so weit bist, sagt sie. Und gibt mir noch mehr Bücher. Meditationstechniken. Entspannungsübungen. Ich rühr sie nicht an.

Wahrscheinlich ist sie eine Enttäuschung, sage ich und räume das Geschirr in den Schrank.

Wahrscheinlich, sagt Anna ungerührt. Aber dann weißt du es wenigstens.

Am nächsten Tag komme ich aus Isabelles Garten, und Lucien ist zu Hause. Er scheint auf mich gewartet zu haben. Ob ich eine Behandlung möchte. Was denn für eine Behandlung, frage ich zurück. Mir fällt plötzlich auf, ich war noch nie mit Lucien allein im Haus. Ohne mir dessen bewusst zu sein, habe ich das offenbar bislang immer vermieden.

Chakra-Clearing, sagt er. Du bist so verspannt. Anna hat angedeutet, dass du Probleme hast. Wenn du willst, können wir deine Chakren reinigen, Anna meint, das tut dir gut.

Anna meint …, denke ich, warum sagt sie mir das nicht selbst. Und obwohl ich eigentlich keine Lust habe, möchte ich nicht unfreundlich erscheinen, was muss ich tun,

frage ich, nichts, sagt er, dich einfach hinlegen, die Augen schließen, genießen.
Und so lege ich mich hin, widerstrebend, er hat schon alles vorbereitet, eine Yogamatte vor dem Kamin ausgerollt und Räucherstäbchen entzündet, ich schließe die Augen, und dann sind seine Hände auf meinem Körper, überall dort, wo ich sie am wenigsten haben möchte, entspanne dich, sagt er, und auf der Stelle verspanne ich mich noch mehr, am liebsten würde ich aufstehen und die Sache beenden, doch immer noch will ich ihn nicht brüskieren, als aber seine Hände auf meine Brüste wandern, ich hören kann, wie sein Atem schneller geht, da mache ich der Sache ein Ende.
Das mit den Chakren, sage ich und schüttle ihn ab, das ist wohl nichts für mich, und als ich in die Küche komme, sitzt da Victor, ich bin wütend, verlegen und aufgewühlt, alles auf einmal, was sollte denn das sein, frage ich mich und trinke ein Glas Wasser in einem Zug leer, was will der von mir, schließlich ist Lucien der Lebensgefährte meiner besten Freundin!
Unten fällt die Haustür ins Schloss. Und Victor sagt: Er ist nicht mein Papa, weißt du. Mein Papa ist ganz weit weg. Lucien ist nur Annas Freund. Mehr nicht.

Siebzehntes Kapitel

in dem Gregor seine Freiheit genießt und eine Verabredung trifft

Da ließ sie uns einfach so stehen. Karl May war untröstlich, erst Brima, dann Caroline, das schien zu viel für den armen Hund. Auch ich konnte es nicht glauben, blieb noch eine halbe Stunde in der Nähe des Parkplatzes, für den Fall, dass sie es sich anders überlegte, aber das tat sie nicht. Schließlich ging ich ins Hotel, und sosehr Karl May auch die Ohren hängen ließ und den Schwanz, einfach alles, was ein Hund so hängen lassen kann, ich fühlte mich befreit. Lag das also hinter mir. Und am nächsten Morgen wachte ich auf mit der Erleichterung, wieder allein zu sein, ja, ich fragte mich, wie ich das überhaupt aushalten konnte all die Tage, so abhängig zu sein von einem Menschen, den ich mir nicht ausgesucht hatte. Diese Liebesnacht am Ende, war sie nicht die logische Folge dieser aufgezwungenen Nähe, ein Auflösen all der Spannungen, die doch von Anfang an zwischen uns bestanden und uns das Leben schwergemacht hatten, die Transformation dieser Spannung in sexuelle Energie? Meine Welt war wieder in Ordnung. Und wie zur Bestätigung klappte alles wie am Schnürchen, genau wie mit Hilfe von Carolines Handy mit meinem Anwalt minutiös vereinbart: Bargeld, Kreditkarte, alles war da, und dann hatte ich genug zu tun für einen ganzen Tag. Ich fand einen passenden Mietwagen, erstand ein Handy, einen Koffer und suchte so lange, bis ich einen Herrenbekleider ausfindig gemacht hatte, der Armani führte. Dann brach ich auf gen Süden.

Ich ließ mir Zeit, fuhr täglich ein paar Stunden, übernachtete hier und da, wo es mir gerade gefiel und Karl May willkommen war, in der Nähe von Bordeaux fand ich ein zum Hotel umgebautes Schloss mit eigener Weinkellerei. Wir blieben länger als eine Woche, so gut gefiel es uns dort. Dann weiter über die spanische Grenze.

Das Städtchen Muxía, steht in meinem Führer, ist ein Fischerort mit einer Wallfahrtskirche direkt am Strand. Es gibt dort eine Steinplatte in Form eines Segels, von dem die Legende allerhand behauptet, zum Beispiel, dass es das Segel der Barke sei, mit der die Jungfrau Maria, von Engeln begleitet, exakt an dieser Stelle an Land kam. Bis vor kurzem war es das Höchste eines jeden Pilgers, sich auf diesen Felsen zu stellen und ihn zum Wackeln zu bringen, angeblich hatte dieses kindliche Vergnügen eine Krankheiten heilende Wirkung. Ein anderer Felsen vor der Kirche soll berühmt dafür sein, Rückenschmerzen zu kurieren, wenn es einem gelingt, unter ihm hindurchzukriechen.
Dies scheint das Land der Wunder zu sein, und zwar je absurder, desto glaubwürdiger. Ein Boden, durchtränkt von Aberglauben, und ich frage mich, ob das für Onkel Gregor irgendeine Bedeutung haben mag.
Als Erstes suche ich das Postamt und finde es schließlich in einem verwaschenen Betonbau im neuen Teil des Ortes. Der Schlüssel öffnet das Postfach mit der Nummer 333, darin ein Umschlag. Für Gregor. Wie immer. Und auf einmal taucht in mir ein Gedanke auf, und ich merke, dass ich ihn die ganze Zeit schon mit mir herumtrage: Was, wenn du gar nicht tot bist? Was, wenn du doch noch lebst?
Ungeduldig reiße ich den Umschlag auf, nur um einen weiteren darin zu finden, ebenfalls verschlossen, und

darauf steht: »Willkommen in Muxía! Bitte lies diesen Brief erst am Cabo Touriñá, bevor Du die Asche verstreust. Danke. Es grüßt Dich herzlich Dein Onkel Gregor.«

Während ich zur Wallfahrtskirche hinauswandere, die am Ende der Landspitze direkt an einem wilden Felsenstrand steht, denke ich daran, wie einseitig dieses Spiel doch ist. Aber ich habe mich darauf eingelassen, und nun kommt es auf eine Nacht nicht mehr an. Der Strand sieht aus, als haben Riesen ihre Spielzeuge hingewürfelt, Brocken wie halbe Häuser, und inmitten dieses steinernen Chaos die Kirche. Drinnen entdecke ich Schiffsmodelle unter der Holzdecke, von Engeln an geschwungenen Angeln gehalten. Votivgaben, als Dank für überstandene Seenot oder als Pfänder für eine gesunde Heimkehr. Sie rühren mich, diese buntbemalten Schiffe, feine Arbeiten sind darunter, und wieder wandern meine Gedanken zu Onkel Gregor, der in einer Zeit zur See fuhr, als die Sache zwar sicherer war, aber ein solcher Trost und Glaube den Seeleuten nicht mehr vergönnt.

Ein Mann sitzt in der Kirche, vorn, in der zweiten Bank. Er ist schmal und groß und hat dunkle Haare. Und wenn er das ist, fährt es mir durch den Kopf, wenn dort vorn Onkel Gregor sitzt? Was, wenn er mich die ganze Zeit heimlich begleitet, und ich merke es nicht? Jacques Malgornes Gesicht kommt mir in den Sinn, sein Lächeln, als er sagte, mein Onkel würde entscheiden, wann ich das Geheimnis erfahren würde? Hat er wirklich Geheimnis gesagt? Nein. Er sprach von einer Geschichte. In Zusammenhang mit Heinrichs Tod. Eine Weile verliere ich mich in Gedanken. Erinnerungen. Ohne Gesichter und Namen, ohne Worte. Der Mann steht auf und kommt den Gang entlang auf mich zu. Er geht an mir vorüber. Es ist nicht Onkel Gregor. Natürlich nicht.

Am anderen Morgen stehe ich früh auf, und als ich am Cabo Touriñá ankomme, liegt ein milchiges Morgenlicht über dem Leuchtturm. Ich suche mir einen Platz auf dem äußersten Ende der Landzunge, Karl May läuft geschäftig vor mir her, tief unter mir brechen sich die Wellen am Fels. Ein guter Platz, um die Asche auszustreuen, der Wind weht hinaus aufs Meer. Doch zuerst, wie mein Onkel es wollte, der Brief.

»Lieber Gregor«, lese ich, und ich muss mich zusammennehmen, um die Zeilen nicht hastig zu überfliegen, doch die charakteristische Handschrift meines Onkels, meiner nicht unähnlich, zwingt mich dazu, ein Wort nach dem anderen zu entziffern.

»Lieber Gregor, ich kann Dich direkt vor mir sehen, wie Du auf einer dieser Felsspitzen sitzt, Dir den Wind um die Ohren wehen lässt und diese Zeilen liest. Eine weite Reise liegt hinter Dir, und noch ist sie nicht zu Ende. Was Du unterwegs erlebt haben magst, kann ich nur vermuten.

Wie findest Du Galizien? Was mir an diesem Landstrich gefällt, ist, dass die Menschen herzlich sind, Dich aber in Ruhe lassen. Für jemanden wie mich ist dies eine Wohltat. Denn ich habe nie gelernt, die Menschen auf Abstand zu halten. Und da man so nicht leben kann, habe ich Mauern um mich gezogen, mich zur uneinnehmbaren Festung gemacht, bis ich selbst nicht mehr wusste, wo der Ausgang war. Ich musste ein alter Mann werden, um dies zu begreifen.

Einmal, ein einziges Mal in meinem Leben, habe ich mich geöffnet, habe einem Menschen erlaubt, mir nahezukommen. Und natürlich hat dieser eine Mensch, als er sah, was sich in der Festung verbirgt, das Weite gesucht. Nicht ohne vorher das Innere der Trutzburg zu verwüsten.

Sicherlich. Man wird nicht einfach so über Nacht zum

Menschenfreund, hat man erst einmal viele Jahre lang den Einsiedler geprobt. Das wirst Du auch schon bemerkt haben, und wenn nicht, dann wird es nicht mehr lange dauern, bis Du darauf kommst.

Wie dem auch sei, nach diesem Erlebnis wurden die Brücken wieder eingezogen, die Fallgitter herabgelassen, die Anker gelichtet, und so ging die Trutzburg auf See, immer unterwegs, meine Brücke der Burgfried, eine Aufgabe, ein Ziel. Kapstadt. Melbourne. Hongkong. Schanghai. São Paulo.

Hast Du Dich auf dieser Reise eigentlich schon einmal gefragt, warum ich Dich nicht zu solchen Zielen schicke, zu den großen Häfen der Kontinente, statt an diese altmodischen, der Seefahrt völlig abhandengekommenen, sentimentalen Orte, äußerste Enden einer längst vergangenen Zeit? Die Antwort lautet: nicht, weil sie für den Kapitän Gregor Beer eine Wichtigkeit besaßen, sondern für einen anderen, tief innen in der Festung Verborgenen, ja, auch heute noch, da ich diese Zeilen schreibe, aber nicht mehr in dem ›Heute‹, in dem Du diese Zeilen liest. In diesem Heute bin ich frei. Frei zu sagen, was ich auf dem Herzen habe. Befreit aus der Festung, in die ich mein Leben verwandelt habe.

Dieselbe Reise habe ich vor vielen Jahren mit einer Frau unternommen. Damals war es noch ein Abenteuer, hier unterwegs zu sein. Galizien ein Entwicklungsland. Diese Weltenden haben mich von klein auf fasziniert und vor allem auch Leuchttürme, und nichts lag für mich näher, als eines Tages zu den Punkten auf der Weltkarte zu reisen, in die ich Stecknadeln mit bunten Köpfen stach, seit ich lesen konnte. Frag Deinen Vater. Wir teilten zwar das Zimmer, doch nicht dieselben Leidenschaften, und wenn wir uns auch gut verstanden, wirklich verstanden haben wir einander nie. Ich las alles über Entdeckungen und Eroberungen, verschlang alle Reiseberichte, die ich in die Finger bekam. Ich wollte fort aus der Enge des nördlichen Schwarzwalds, wenn ich auch der Einzige war mit dieser Sehnsucht und von allen betrachtet wurde wie ein aus der Art geschlagenes Tier. Ich wollte fort, und zwar so schnell und so weit wie möglich. Und so geschah es auch.

Dann, auf einem meiner Besuche in der Heimat, lernte ich jene Frau kennen. Und öffnete mich. Ich versuchte, meine Leidenschaft für die Welt da draußen mit ihr zu teilen, nahm sie mit, zeigte ihr die Welt. Doch sie war anders als ich, die Welt war ihr zu groß, unser Heimatstädtchen, in dem auch Du groß geworden bist, war ihr genug. Eine Weile gaben wir uns Illusionen hin, ich dachte, auch sie müsse Freude an einem Leben voller Abenteuer und Überraschungen finden, und sie glaubte, eines Tages würde ich von meinen Hirngespinsten, wie sie es nannte, ablassen. Als wir beide merkten, dass weder das eine noch das andere eintreten würde, da war es vorbei mit der Liebe. Obwohl ich Dir heute etwas gestehe, was ich bis vor kurzem nicht einmal mir selbst eingestanden habe: Ich habe nie aufgehört, sie zu lieben. Und es gab nie mehr eine andere Frau in meinem Leben. Ich meine eine, die irgendeine Wichtigkeit für mich besaß.

Du magst Dich fragen, warum ich Dir das alles erzähle. Ein Grund ist, ich möchte, dass Du verstehst, warum ich zu dem wurde, der ich bin. Ich schätze, ein Pate hat die Aufgabe, seinem Patensohn ein wenig den Weg zu weisen. Ich war dazu nie in der Lage. Doch ich hoffe, dass Dich das, was ich Dir zu sagen habe, auch jetzt noch erreicht, dass es wenigstens dafür noch nicht zu spät ist. Wie soll ich es sagen. Wir sind uns ziemlich ähnlich. Auch Du hast feste Mauern um Dich gezogen. Die Frage ist, ob sie Dich beschützen. Oder ob sie, ohne dass Du es merkst,

zu Deinem Gefängnis werden. Aus dem es keinen Weg heraus gibt und keinen hinein.
Jetzt wirst Du den zweiten Teil der Asche in den Atlantik streuen. Hoffen wir, dass der Wind uns günstig ist, Dir und mir. Und dann geht es weiter, immer nach Süden, nach Portugal, und vielleicht hast Du es schon erraten, hast mein System bereits durchschaut, ich zweifle nicht daran, denn Du bist viel zu klug, um nicht schon längst dahintergekommen zu sein: Die nächste und letzte Station unserer Reise führt uns an den südwestlichsten Zipfel Europas, nach Sagres.

Lieber Gregor, ich habe in meinem Leben viele Fehler gemacht. Das macht doch jeder, wirst Du sagen. Und es stimmt. Doch die Fehler, die ich meine, haben mein Leben so entscheidend auf einen bestimmten Kurs gebracht, aus dem ich nicht wieder ausscheren konnte, ohne an Untiefen zu scheitern. Vielleicht habe ich auch damit unrecht, vielleicht war ich einfach nur feige oder zu bequem, um das Ruder herumzureißen, nachdem bestimmte Landmarken festgelegt waren. Ich weiß es nicht. Was ich mir für Dich wünsche, ist, dass Du es besser machst. Dass Du Dein Leben nicht an Dinge vergeudest, die Dir heute wichtig erscheinen, es aber in Wirklichkeit nicht sind. So wie ich es getan habe.
Wenn Du hinaus aufs Meer schaust, dann wirst Du, je nach Wetter und Tageszeit, ein anderes Licht haben. Jeden Tag andere Farben, was Du heute siehst, ist nicht dasselbe, was ich einst gesehen habe, und wäre ich auch noch so oft an dieser Küste gewesen. Und so schön es Dir auch erscheinen mag, so wenig kannst Du an der Oberfläche erkennen, welche Katastrophen hier vor kurzem erst geschehen sind. Du wirst Dich an die Nachrichten erinnern. Öltanker vor der galizischen Küste gesunken.

Milliarden von Tonnen Rohöl flossen ins Meer. Und weißt Du was? Auch wenn die Strände gesäubert sind und Du nichts mehr erkennen kannst von der Katastrophe, selbst, wenn Du danach suchst, so ist sie allgegenwärtig, die Ölpest, denn dort draußen liegt immer noch das Wrack, und jetzt, in diesem Augenblick, verliert es viele Tausend Liter Öl pro Stunde. Nichts ist, wie es scheint. Dieselben Geschichten vor der Bretagne und auch unten in Portugal. Die Menschen, die nicht hier leben, haben es längst vergessen. Wie vieles. Anderes ist wichtiger.

So ging es auch mir, all die Jahre. Ich habe gelernt, zu ignorieren, was unter der Oberfläche vor sich ging. Aber es kommt ein Zeitpunkt in jedem Menschenleben, da wird einem die Rechnung präsentiert. Du sitzt eines Tages in Deinem Büro und kannst es nicht mehr vor Dir verbergen, dass Du Dein Leben vergeudet hast. Und darum habe ich Dich auf diese Reise geschickt, damit es mit Dir so weit nicht kommt.

Für mich ist es zu spät. Und darum hältst Du jetzt meine Asche in Händen. Kein Grund, zu trauern. Du hattest von mir nicht viel, und darum ist mein Tod kein großer Verlust für Dich. Viel größer wäre Dein Verlust, wenn Du, wie ich, als alter Mann erkennen müsstest, welch ein Narr Du gewesen bist, Dein Leben lang.

Ich kann mir vorstellen, dass Dich dieser Brief nicht recht befriedigt. Da ergeht sich der Alte in Andeutungen und moralischen Vorhaltungen. Du hast recht. Sieh es mir nach. In Sagres wirst Du den Rest erfahren. Und dann ist unsere Reise zu Ende.

Meinen letzten Brief wird Dir Sofia Pereira übergeben, die Besitzerin des Hotels Miramar in Sagres, im Übrigen eine gute Adresse auch zum Übernachten. Und wenn Du dort auf der Terrasse über der Klippe mit Blick auf die

Ruinen Heinrich des Seefahrers und dem Leuchtturm des Cabo de São Vicente sitzt und Dir Sofias ausgezeichnete überbackene Austern schmecken lässt, dann trink auch ein Glas weißen Duoro auf das Wohl

Deines Onkels Gregor.«

Der Wind hat sich gelegt. Die Wolkenschlieren teilen sich, und die Sonne bricht durch. Das Meer leuchtet im dunkelsten Ultramarin, das ich je gesehen habe, auf. Und dort unten, weit draußen, liegt also immer noch dieser havarierte Tanker, und ich weiß, er ist nicht der einzige, lauter Wracks, denke ich, lauter Tote, und meine Brust fühlt sich an, als würde sie von einer Riesenhand zusammengedrückt, meine Kehle ist zugeschnürt, trocken wie meine Augen, die brennen, und auf einmal beginnt Karl May wie verrückt zu bellen.

Ich fahre herum. Da ist ein kratzendes Geräusch direkt unter mir am Felsen, dann erscheint eine Hand, eine zweite, der Kopf eines Mannes, triefend nass sein ganzer Körper, er trägt eine Art Taucheranzug aus feingestrickten Maschen, Knie- und Ellbogenschoner, einen Rucksack aus Netzmaterial, auch um seine Hüften hängen beutelartige Netze, in seitlichen Gurten stecken Werkzeuge, Pickel und Messer, er zieht an einem Seil, und erst jetzt erkenne ich, dass auch er sich abgeseilt hatte, er zieht und ruft etwas hinunter, Karl May hat aufgehört zu bellen, läuft am Klippenrand entlang, die Nase so weit über den Rand gereckt, wie es nur geht. Und dann erscheinen zwei weitere Männer, alle in derselben Kluft, und sie tragen einen leblosen Körper, legen ihn mir keuchend zu Füßen, es ist Heinrich, das Haar klebt um seinen Kopf, in seinem Gesicht ist Blut, Heinrich, blutend, sie bringen ihn, und er trägt meinen Taucheranzug, und dann habe ich flirrenden Schnee vor Augen, und in meinen Ohren ist ein Sirren und Klingen, ein Pfeifen, das alles andere übertönt, und in dieses sirrende Pfeifen mischt sich das Schluchzen meiner Mutter, ich halte mir die Ohren zu, doch es ist in mir, ja, jetzt begreife ich es. Das Flirren lässt nach, ich höre das Tosen des Meeres, die Stimmen der Männer, fühle, wie mir Karl May Genick und Wangen ableckt. Ist ja gut, sage ich zu ihm und tätschle ihm die Flanke, aber eigentlich sage ich das zu mir selbst.

Die Männer haben den Jungen auf die Seite gelegt, einer untersucht ihn vorsichtig, nein, es ist nicht Heinrich, natürlich nicht, es ist ein Fremder, er hat sich dort unten am Felsen verletzt, weiß der Teufel, was diese Männer da zu schaffen hatten.

Einer sagt etwas zu mir und weist auf den leblosen Körper. Natürlich helfe ich. Vorsichtig nehmen wir ihn auf und tragen ihn den Weg hinauf zum Leuchtturm. Mehrmals müssen wir rasten, der älteste der Männer, vermutlich sein Vater, hält den Kopf des Jungen in seinen Händen, schüttet Wasser über seine Wunde, eine Augenbraue ist aufgeplatzt, daher das viele Blut, ob er noch mehr Verletzungen hat, ich wage nicht daran zu denken. Während einer Verschnaufpause reißt einer der Männer ein paar Pflanzen vom Boden und reicht sie dem Alten. Der reibt sie zwischen seinen Fingern und drückt sie gegen die Wunde.

Endlich sind wir oben. Es stellt sich heraus, dass die Autos der Männer viel zu klein und vollgestopft sind mit Gerätschaften, um den Körper liegend zu transportieren. Ich öffne meinen Wagen, nehme das Hundegitter heraus, lege den Rücksitz um, wir betten den Verletzten auf die frei gewordene Fläche.

Die Männer lassen einen Moment lang die Arme hängen. Dann nickt der Älteste, drückt mir die Hand und zwängt

sich neben den Jungen. Karl May springt auf den Beifahrersitz, der Konvoi setzt sich in Bewegung.
Während der Fahrt spricht der Mann hinten mit seinem Sohn. Karl May hechelt. Hin und wieder stöhnt der Verletzte.
Lieber Gott, denke ich, lass ihn nicht sterben.
Endlich halten die Autos am Rand eines Ortes. *Centro de Salud*, lese ich quer über eine frisch verputzte Betonmauer geschrieben. Behutsam heben die Männer den Verletzten heraus, legen ihn auf die Trage. Der Ältere weicht keinen Schritt von ihr.
Als sich die Tür hinter ihnen schließt, geht ein Aufatmen durch die anderen. Sie schlüpfen aus ihrer eigenartigen Taucherkleidung, stehen unbekümmert in Badehosen auf dem Parkplatz, ziehen sich Jeans, Hemden und Pullover über. Dann tritt einer auf mich zu. Sagt etwas. Ich hebe die Schultern. You speak English, versucht es der Mann. Ich nicke. Er heißt José und sein Freund Xavier. Sie schlagen mir auf die Schultern und laden mich ein, mit ihnen ein Glas auf den Schreck zu trinken.
In der Bar zwei Straßen weiter bestellen sie hellen Wein, der in Porzellanschälchen serviert wird. Ribeiro, sagt José und stürzt ihn hinunter. Und dann erfahre ich, was diese Männer dazu bringt, sich an einer so gefährlichen Klippe abzuseilen: Es sind Percebeiros. Sie sammeln Percebes, die nur an den Klippen wachsen, gegen die die heftigste Brandung schlägt, knapp oberhalb des Wasserspiegels. Und da ich keine Ahnung habe, was das ist, bringt der Wirt einen Teller, und ich staune nicht schlecht, als ich die braunen Dinger sehe, die aussehen wie Stückchen verrotteten Gummischlauchs mit winzigen Entenschnäbeln am Ende.
Die Männer lachen über mein Gesicht und zeigen mir, wie man sie isst, diese Percebes. Man bricht den Schnabel

mit einem Ruck vom Schlauch, und siehe da, ein rosafarbenes Würmchen kommt zum Vorschein.
Ein Geschmack von Meer und Tiefe erfüllt meine Gaumenhöhle, wild und süß und unglaublich verführerisch.
Wir Percebeiros, sagt José, sind die mutigsten Männer an der Küste Galiziens, denn wir riskieren dafür unser Leben.
Ein paar Ribeiros später weiß ich, dass der Junge Antonio heißt und zum ersten Mal dabei war. Er ist sechzehn, sagt José, und in diesem Alter haben wir alle angefangen. Eine Welle hat ihn gegen einen Felsen geschlagen, nichts Besonderes. Xavier zieht sein Hemd aus der Hose, um mir eine Narbe auf seinem Rücken zu zeigen. Sein Freund lacht und winkt ab. Jeder hat solche Erinnerungen. Antonio muss seine Erfahrungen sammeln. Die Percebes haben ihren Preis.
Ihr denkt also, frage ich, der Junge kommt durch?
Claro que sì, sagt José. Seine Verletzungen sind nicht so schlimm.
Woher er das wissen will?, frage ich nach. Ist er etwa Arzt?
Er hätte den Weg bis zum Auto nicht überlebt, sagt José ernst. Entweder sie sterben gleich, oder sie leben weiter und werden alt. So einfach ist das. Es war schon immer so.

Entweder sie sterben gleich …, echot es in meinem Kopf, als ich mich auf den Rückweg mache … oder sie werden alt. Aber manche werden alt, und es ist dennoch zu spät. Ich war nicht dazu gekommen, Onkel Gregors Asche in das Meer zu streuen, das Antonio gegen einen Felsen geworfen hat. Und so fahre ich heute ein zweites Mal diesen sich schlängelnden Weg entlang hinaus zum Turm.
Als ich den Weg hinuntergehe, den wir erst vor wenigen

Stunden unter der Last des verletzten Körpers heraufkeuchten, kommt es mir vor, als kennte ich jeden Stein. Hier haben wir gerastet. Und dort hat José die Zweige abgerissen. Hier liegen sie noch im Gras, blutgetränkt. Selbst ich kann erkennen, dass es Farne sind. Das Blut ist getrocknet, und ich muss wieder an Heinrich denken. Damals konnte ich nichts für ihn tun. Und dennoch fühle ich bis heute eine Schuld auf mir lasten, als hätte ich ihn retten können, es aber bewusst unterlassen. Als hätte ich ihn sehenden Auges ertrinken lassen. Doch wie ich hier zwischen all diesen kargen Pflanzen knie, rosa, dunkelblaue und gelbe Blüten entdecke, die ich vorher nicht wahrgenommen habe, da ist dieser Druck nicht mehr da, nur noch eine Erinnerung an dieses Gefühl der Schuld. Nein, denke ich. Ich konnte nichts dafür. Heinrich ist gestorben, und dieser junge Percebeiro wird überleben. Es liegt nicht in meiner Hand.
Dort vorne ist die Stelle, wo ich am Morgen den Brief meines Onkels gelesen habe. Mein Onkel ist tot, es hat lange gedauert, bis ich es wirklich begriffen habe, noch gestern habe ich gehofft, es wäre nur ein Scherz, Onkel Gregor und Heinrich sind tot, aber Antonio wird leben, entweder sie sterben gleich, oder sie überleben und werden alt, so war es schon immer.
Ich reibe mir die Augen. Sie sind so trocken, dass sie brennen. Wenn andere feuchte Augen bekommen, dann trocknen meine aus. Ich kann mich nicht erinnern, jemals geweint zu haben, versteinert war ich auch damals, als sie meinen Bruder brachten, als sie ihn aufbahrten und in der Erde begruben, keinen Ton der Klage, kein Zeichen der Trauer, meine Augen blieben trocken und brannten wie jetzt, trockene Augen, immer, seit Jahren nehme ich Tropfen dagegen, Tränenflüssigkeit, weil ich selber keine habe. Ich bin der Mann, der nicht weinen kann, sage ich

zu Karl May, normalerweise trage ich ein Fläschchen mit Tränen mit mir herum, weißt du, falls man sie mal braucht. Und dann muss ich lachen. Der Kloß in meiner Kehle löst sich auf.

Als ich Onkel Gregors Asche verstreue, ist eine Ruhe in mir, die ich bislang nicht kannte. Adios, sage ich und sehe zu, wie sie vom Wind ins Meer hinausgetragen wird. Ein paar Möwen stürzen herbei, doch sie kommen zu spät, die Asche ist schon zerstäubt.

Wenn Caroline die Farne sehen könnte! Was reizt dich eigentlich an diesem Grünzeug, habe ich sie eines Abends beim Essen gefragt, eigentlich mehr, um das Gespräch in Gang zu halten, als dass es mich wirklich interessiert hätte.

Sie brauchen nichts und niemanden, hat sie gesagt.

Na ja, aber sie brauchen dich, habe ich geantwortet. Sonst gehen sie ein.

Nur die richtige Temperatur und Feuchtigkeit. Sonst nichts. Farne findest du überall auf der Welt, sie passen sich an alles an. Und zu ihrer Vermehrung brauchen sie nicht einmal die Befruchtung durch eine andere Pflanze. Farne und Moose sind die einzigen Pflanzen, die das ganz allein können.

Was für eine Frau, die so etwas für erstrebenswert hält, dachte ich damals süffisant, doch ich schwieg. Und heute, wie ich da auf dem Rücken des Cabo Touriñá knie, ein paar Farnwedel in der Hand, zäh wie Leder und den hiesigen Bedingungen perfekt angepasst, da wird mir klar, wie ähnlich wir uns doch sind, Caroline und ich. Wie schön wäre es, sie jetzt hier zu haben. Sie ist anders als die anderen Frauen, sage ich zu Karl May, der neben mir im Gestrüpp sitzt und mich mit hängender Zunge beobachtet. Du hast sie auch gemocht.

Und ehe ich es mir anders überlegen kann, greife ich zum Handy, ihre Nummer weiß ich auswendig, oft genug habe ich sie meinem Anwalt diktiert, es läutet lange, ehe sie sich meldet, ich sage, hallo, ich bin's, Gregor, schade, dass du nicht bei mir bist, denn hier gibt es einen Farn, den du sicherlich noch nie gesehen hast. Und dann lausche ich in die Muschel, und dort ist ein Schweigen, in dem ihr Staunen schwingt. Und eine Menge anderes auch.

Achtzehntes Kapitel

in dem Caroline nach Süden fährt und im Westen ankommt

Einen Moment setzt mein Herz aus, dann rast es, als hätte ich einen Sprint hingelegt. Gregors Stimme, nach so langer Zeit. Und dann ärgere ich mich, ja, richtig wütend werde ich, was bildet sich der Kerl eigentlich ein, dass ich hier sitze und warte, bis er endlich anruft, scher dich zum Teufel, denke ich, aber stattdessen frage ich, wo bist du?

In Galizien. Und du? Hast du deine Mutter gefunden?

Das geht dich überhaupt nichts an, denke ich, aber ich sage, nein, ich bin in Südfrankreich.

Na so was, sagt er, da bin ich ja schon weiter als du.

Du Scheusal, denke ich. Du Monster. Doch meine Wut hat sich verbraucht. Es sind nur noch Worte. Ich meine sie nicht mehr.

Du fehlst mir, sagt Gregors Stimme am anderen Ende der Welt, ich sitze hier am Cabo Touriñá, hier sind lauter Farne, und ich wollte dich fragen …

Wieso fehle ich dir, frage ich, hat man dir vielleicht wieder deine Kreditkarte gesperrt?

Auf der anderen Seite ist es still. Da ist ein Rauschen in der Leitung, der Wind vielleicht oder das Meer.

Caroline, sagt Gregors Stimme, ich hab mich vielleicht nicht besonders nett verhalten, aber …, ja …, ich …, na ja, Tatsache ist, wir vermissen dich, Karl May und ich, hier ist er …, und dann höre ich das Hecheln eines Hundes, hörst du das?, fragt Gregor. Das ist Karl May, der dir sagt, dass er dich auch vermisst.

Und ich stehe da wie eine Idiotin, starre auf die Pflanzen, die ich eben erst in die Erde gesetzt habe, brauche eine Weile, um zu erkennen, wo ich mich befinde, im Garten von Isabelles Bruder, romantische Hanglage auf mehreren Terrassen, hier stehe ich und presse das Telefon ans Ohr und bringe kein Wort heraus.
Ich habe eine Idee, sagt Gregor. Wie wäre es, wenn wir uns treffen würden? In Santiago de Compostela, sagen wir, in drei Tagen? Reicht dir das? Und dann fahren wir gemeinsam weiter nach Portugal.
Nach Portugal, frage ich verwirrt. Was willst du denn dort?
Na, da wohnt doch deine Mutter. Und mich schickt mein Onkel dorthin. Aller guten Dinge sind drei.
Nein, sage ich. Ich fahre nicht nach Portugal. Ich hab's mir anders überlegt. Und nach Santiago fahre ich auch nicht.
Gregor antwortet nicht gleich.
Also ich finde, sagt er dann, du vergeudest deine Zeit dort in Südfrankreich. Was machst du da überhaupt? Buddelst du wieder Pflanzen hin und her? Du musst deine Mutter finden, das hast du doch selbst gesagt. Willst du dich jetzt drücken, jetzt, wo du weißt, wo sie wohnt?
Und dann werde ich doch wieder wütend, ich kann es nun mal nicht leiden, wenn mir jemand sagt, was ich tun soll, schon gar nicht Gregor, hör zu, sage ich, es kann schon sein, dass ich mein Leben vergeude, schon möglich, dass ich mich drücke, und wenn, dann geht dich das nichts an, hörst du? Streu deinen Onkel in den Wind, wo immer du willst, das ist deine Sache, und das mit meiner Mutter, das ist meine Sache, und mehr gibt es dazu nicht zu sagen.
Na gut, sagt Gregor nach einer Weile. Wie du willst. Also ich bin in drei Tagen an der Kathedrale von Santiago,

wäre schön, wenn du auch da wärst, mittags um drei am Hauptportal.
Soll das ein Witz sein?
Nein, sagt Gregor. Eine Verabredung. Also dann, bis Samstag.
Ich bin bestimmt nicht da.
Bis Samstag, Caroline.
Vergiss es.
Ich freu mich auf dich. Und Karl May auch.
Und dann ist die Leitung unterbrochen. Ich starre das Telefon an.
Hallo, sagt jemand hinter mir, ich fahre herum, habe niemanden kommen hören, es ist Lucien, der mir irgendetwas erzählt, ich kann ihn nicht hören, denn in meinen Ohren rauscht es, ich sehe lediglich, wie er seinen Mund bewegt, immer näher kommt. Ich habe Anna nichts erzählt, weder die missglückte »Behandlung« noch von seinen Versuchen, an mir vorbeizustreifen, wann immer ich in seine Nähe komme, was sollte ich auch sagen, dein Freund betatscht mich, während er vorgibt, meine Chakren zu reinigen, und reibt sich an mir, wann immer es geht? Nein, stattdessen bin ich ihm aus dem Weg gegangen.
Lass mich in Frieden, sage ich zu Lucien, packe meine Werkzeuge zusammen, da umarmt er mich von hinten, ich fühle seinen Atem an meinem Ohr, in das er gurrende Worte flüstert, er presst seine Hände auf meine Brüste, drängt mich gegen einen Steintisch und sich von hinten an mich, dass ich seine Erektion fühle, ich stoße ihn von mir, wende mich um und gebe ihm dabei eine so kräftige Ohrfeige, die mich selbst erstaunt. Der Ausdruck auf seinem Gesicht wechselt von Überraschung zu Wut, du kleines Biest, sagt er und drängt sich wieder drohend an mich, dass ich mich rückwärts auf dem Steintisch abstüt-

zen muss, er greift mit einer Hand in mein Haar, packt es und zieht meinen Kopf zu sich heran, drückt mir einen ekelerregenden Kuss auf die Lippen, versucht, mit der Zunge meinen Mund zu öffnen, mit der anderen nestelt er doch tatsächlich an seiner Hose herum, und da ertastet meine Hand auf der Steinplatte die Gartenschere, ich packe sie und halte sie ihm geöffnet an die Kehle, wenn du mich nicht auf der Stelle in Ruhe lässt …, sage ich drohend, und mehr ist nicht nötig, er lässt mein Haar los, schaut mich verächtlich an, blöde Zicke, spuckt er auf den Boden, und damit dreht er sich um, steigt in sein Auto und fährt davon.
Ich schleudere ihm die Gartenschere hinterher. Brülle ihm irgendwelche Schimpfworte hinterdrein. Dann muss ich mich auf die Erde setzen, mitten zwischen die neuen Pflanzungen, reibe mir Lippen und Kopfhaut, so ein verdammtes Arschloch! Und dann habe ich mich einigermaßen im Griff. Werfe meine Sachen in den Lieferwagen. Und mir wird klar, ich muss so schnell wie möglich von hier verschwinden. Nie mehr kann ich mit diesem Kerl unter einem Dach schlafen, und dann fällt mir Annas Blick ein, als sie mich neulich fragte, was ich von Lucien halte, nein, denke ich, das muss ein Ende haben.
Am liebsten würde ich mich sofort auf den Weg nach Süden machen.
Aber das geht nicht. Ich muss mit Anna reden. Das bin ich ihr schuldig.
Im Dorf kommen mir Zweifel. Ich werde ihr Glück zerstören, ihr die Illusionen rauben, ihre Existenz, die sie sich hier so mühsam aufgebaut hat, wird sie nicht ebenso in Scherben gehen wie meine?
Nein. Ich werde ihr nichts erzählen. Und während ich rasch dusche, hastig frische Kleider anziehe, meine Sachen in die Reisetasche werfe, zermartere ich mir den

Kopf, was ich ihr auf den Zettel schreiben soll, den ich ihr hinterlassen werde.
Liebe Anna, ich muss leider weiter, tut mir leid, es war keine Zeit, sich zu verabschieden …
Nein. Schließlich entscheide ich mich für:
»Liebe Anna, ich werde Dir später alles erklären. Ich muss weiterfahren, meine Mutter suchen. Ich danke Dir von Herzen für alles, was Du für mich getan hast, Deine Caroline.«
Gerade als ich losfahren will, biegt Anna in ihrer Diane um die Ecke.
Sie steigt aus. Sieht die Reisetasche. Begreift.
Du willst einfach so gehen?, sagt sie.
Ich muss an den Abend denken, als die Fähre in Brest anlegte. Lass uns nicht so auseinandergehen, hat Gregor gesagt. Vielleicht hatte er recht. Ich kann nicht immer davonlaufen. Nicht vor Anna.
Was ist los, fragt Anna frostig, als wir an ihrem Küchentisch sitzen.
Und dann erzähl ich es ihr. Erzähl ihr alles. Ich wage nicht, ihr ins Gesicht zu sehen. Sie sitzt steif am Tisch, rührt sich nicht. Wäre ich nur nie, niemals hier aufgetaucht, denke ich verzweifelt. Und dann ist mir, als klebe Unglück an mir, als sei es meine Schuld, aber was kann ich denn dafür, denke ich verzweifelt, was kann ich für die Lebenslügen anderer, und wenn ich es ihr nicht sage, dann erfährt sie es irgendwann von jemand anderem, besser, sie sieht der Wahrheit ins Auge.
Wie kannst du mir das antun, sagt Anna. Ihre Stimme klingt gepresst. Du kommst halbtot hier an, ich öffne dir mein Haus, und das ist dein Dank?
Ich begreife nicht, was sie meint.
Ja, tu nicht so überrascht, fährt sie fort. Lucien hat mir schon lange erzählt, dass du ihm schöne Augen machst.

Ich will etwas sagen, doch mein Hals ist ausgetrocknet.
Dass du absichtlich die Tür offen stehen lässt, wenn du duschst. Und alles andere auch.
Anna, sage ich, das ist nicht wahr.
Ach so, sagt sie bitter, das ist also nicht wahr. Dann ist wohl auch nicht wahr, dass du ihn um eine Behandlung gebeten hast und vor dem Kamin verführen wolltest?
Natürlich nicht! Ich will nichts von Lucien! Er kann mir gestohlen bleiben!
Nein, sagt Anna heftig, du willst von keinem etwas. Du musst nur allen beweisen, dass die Welt schlecht ist, nur weil du einen solchen Männerhass entwickelt hast, musst du auch bei anderen kaputt machen, was du nicht haben kannst. Weil du nämlich nicht fähig bist, zu lieben, das ist es, Caroline, weil du dich nicht einlassen kannst auf einen anderen Menschen. Nur weil dein Vater ein Schwein ist, der dich die ganze Zeit belogen hat, müssen alle Männer so sein, und darum läufst du davon, wie du das auch jetzt machen wirst, und einen Scherbenhaufen hinterlassen, aber hier gelingt dir das nicht, ich weiß genau, was ich an Lucien habe, und das kannst du mir nicht kaputt machen.
Es ist, als habe sie mir einen Schlag versetzt. Nein, gleich mehrere. Dass ich so perfide sein könnte, und ihren Partner …, aber das ist doch absurd, sage ich laut, Anna, du weißt genau, dass ich das nie tun würde …
So, fragt sie zurück, weiß ich das, woher soll ich das wissen? Ihre grünen Augen funkeln vor Zorn.
Du bringst Ärger ins Haus, platzt es dann aus ihr heraus. Seit du da bist, hört Victor nicht mehr auf zu fragen, wann wir endlich seinen richtigen Papa suchen gehen. Wir waren eine Familie, bevor du kamst, verstehst du? Und du sorgst dafür, dass nach und nach alles auseinanderbricht.

Nein, sage ich, und ich weiß, dass es sinnlos ist, nein, Anna, das ist doch völlig an den Haaren herbeigezogen, und dann begreife ich, warum sie mich gefragt hat, was ich von ihrem Freund halte, weil sie die ganze Zeit gemerkt hat, dass da etwas im Gange war, aber sie hat die Schuld auf die Falsche geschoben, und dann verstehe ich auch, warum. Es ist einfacher, es ist praktischer, mich kann sie aus ihrem Leben jagen und vergessen, das ist ihr schließlich schon einmal gelungen, aber es wird ihr nichts nützen, hör zu, Anna, sage ich, ich kann verstehen, dass du gerne die Schuld für das, was bei euch nicht klappt, auf mich schieben willst, und wenn es dir damit bessergeht, dann nur zu, aber ich will, dass du dir eines merkst, falls du irgendwann einmal dahinterkommst, dass du dich heute täuschst …

Ach geh fort mit deinem Gerede, schreit Anna. Es war ein Fehler, die Freundschaft wieder aufzuwärmen. Was kann ich dafür, dass du zwischen Mumien und Särgen aufgewachsen bist. Aber deswegen musst du nicht gleich alles in einen Friedhof verwandeln, wenn dir irgendwo mal ein bisschen Leben begegnet.

Meine Kiefergelenke knacken, so fest beiße ich die Zähne zusammen. Unwillkürlich richte ich mich auf. Ich muss mich nicht beleidigen lassen, denke ich, aber es nützt mir nichts, der Schlag sitzt, ganz fest fixiere ich einen Gegenstand, der auf dem Tisch steht, es ist der Wasserkrug aus blauem Glas, den ich Anna geschenkt habe, gemeinsam haben wir ihn in einem Schaufenster entdeckt, und Anna hat sich sofort in ihn verliebt, doch er war ihr zu teuer …

Am tiefsten verletzen können dich nur die Menschen, die dir am nächsten stehen, denke ich, aber sie hilft mir nicht, diese Erkenntnis, es tut so weh, mein Gesicht brennt wie Feuer, meine Augen, einfach alles …

Schau dich an, fährt Anna fort, nicht einmal jetzt kannst

du Emotionen zeigen, und ich hebe die Hand, als müsste ich sie abwehren, als könnte ich sie aufhalten, die Worte, und da kommt zu allem Überfluss auch noch Lucien nach Hause, sieht mich verächtlich an, legt wie zufällig den Arm um Anna, na, sagt er, ein kleiner Streit unter Freundinnen, und dann brandet in mir eine solche Woge der Wut gegen diesen Kerl auf, der mich vor einer halben Stunde noch an den Haaren gezerrt hat, dass mir der Kopf jetzt noch weh tut, und dann passiert alles auf einmal, ich springe auf, packe den Wasserkrug und schleudere mit einer einzigen Bewegung seinen Inhalt diesem verhassten Gesicht entgegen, Anna kreischt, mit einem Knall zerspringt der Krug auf den Steinfliesen, blauglitzernde Scherben tanzen durch die ganze Küche. Scherben bringen Glück, sagt eine Stimme, es ist meine, na dann viel Glück euch beiden, und dann gehe ich ohne ein weiteres Wort davon, wie betäubt, wie eine ferngesteuerte Gliederpuppe, gehe an Anna vorbei, die sich die Hand gegen den Mund presst, vorbei an Lucien, dem das Wasser über das Gesicht läuft, den Gang entlang, vorbei an Annas lächelnden Fotogesichtern, eingefrorene Momente des Glücks oder was man so nennt, und die Treppe hinunter, zur Tür hinaus, die Sonne scheint, der Himmel ist blau, es ist mir einerlei, alles ist mir vollkommen einerlei, so einerlei.

Gut, dass ich die Kurven auswendig kenne. Gut, dass ich heute Morgen meinen Wagen vollgetankt habe. Gut, dass Claudes Gartenprojekt fertig geworden ist. Und dann schlage ich auf das Lenkrad ein, wundere mich, dass ich nicht das kleinste bisschen an Schmerzen fühle, es ist, als seien alle Schmerzen in mir drin, und mein Gesicht verzieht sich zu einer Grimasse, gut, dass ich mich so beherrschen kann, und wieder sehe ich die Scherben tanzen, höre den Knall wie von einer Explosion, höre Annas

Stimme, deswegen musst du nicht gleich alles in einen Friedhof verwandeln, wenn dir irgendwo mal ein bisschen Leben begegnet, und dann bin ich wieder zehn oder elf, kaure in einer Ecke des Pausenhofs, ein Bündel Elend, was ist los, fragt mich unsere Klassenlehrerin, Caroline, was ist passiert, aber ich kann nicht sprechen, mein Mund, mein Gesicht, mein ganzer Körper ein einziger Krampf, sie ist nicht mehr meine Freundin, denn sie hat den anderen Kindern das Geheimnis verraten, so dass sie ein Spottlied gesungen haben, sobald ich irgendwo auftauchte, *Carolines Mutter liegt als Mumie unter Glas*, ja, war es nicht Anna, die diesen gemeinen Text erfunden hatte?
Aber jetzt sind wir erwachsen, sage ich vor mich hin. Und dann fällt mir auch das wieder ein. Dass ich mir als Kind nichts sehnlicher gewünscht habe, als erwachsen zu werden. Weil ich dann nämlich niemanden mehr brauchen würde, weder meinen Vater noch Anna, auch nicht Omi, meine Mutter schon gar nicht, einfach niemanden, denn wer erwachsen ist, der ist sich selbst genug.

An diesem Abend steuere ich kurz vor der spanischen Grenze einen Campingplatz an. Auf einem einsamen Rastplatz, das weiß ich genau, mache ich in dieser Nacht kein Auge zu.
Ich suche mir ein abseitiges Plätzchen, habe keinen Hunger und keine Lust, mich anderen Leuten anzuschließen. Lange betrachte ich die Karte der Iberischen Halbinsel. Nein, sage ich laut und deutlich vor mich hin. Santiago de Compostela liegt wirklich nicht auf meiner Route.
Um neun liege ich in meinem Schlafsack und starre an die Decke meines Lieferwagens. Draußen die Sommergeräusche von Zeltenden, das Klappern von Campinggeschirr, das Weinen von Kindern, die keine Lust haben, zu Bett zu gehen, das aufflackernde Gelächter von Erwachsenen,

alle paarweise, das Zischen von Gaslampen, das Knallen von Korken, Geräusche der Liebe. Ich fühle mich einsamer denn je. Ein Campingplatz ist ein Ort der Gemeinschaft, morgen suche ich mir ein Plätzchen für mich allein.

Aber warum? Warum wie eine einsame Wölfin durch die Gegend ziehen? Warum nicht nach Santiago fahren, am Samstag zur Kathedrale gehen, was hindert dich daran?

Kommt nicht in Frage, sage ich laut. Und drehe mich zur anderen Seite.

Ich liege noch lange wach, auch als sich der Schlaf über die ausdauerndsten Urlauber legt und nur noch die Zikaden den Zeltplatz mit ihren vibrierenden Klängen erfüllen. Meine Gedanken wandern zurück zu Anna, wie kann sie so schlecht von mir denken, und ich kann mir noch so oft sagen, dass es einfacher ist, eine Freundin zu verstoßen, als einzusehen, dass die eigene Welt in die Brüche geht, es ist leichter, eine Freundin der Lüge zu bezichtigen, als zu erkennen, dass der geliebte Mann ein übles Spiel treibt – was heute geschehen ist, dürfte einfach nicht sein.

Was, wenn sie recht hat? Es ist spät in der Nacht, als sich dieser Gedanke endlich durchsetzt. Bin ich verbittert und erwarte nur Schlechtes von Männern? Bin ich eine, die im Grunde nur anderer Leute Glück zerstören will? Doch ich bin mir sicher, auch Anna macht in dieser Nacht kein Auge zu, sie lauscht auf Luciens gleichmäßigen Atem und fragt sich, ob sie ihm vertrauen kann, ob er die Wahrheit sagt, die Zweifel sind gesät und werden Früchte tragen, irgendwann wird auch sie erkennen …, ach was, Caroline, was geht dich das an, es war ein Fehler, zu Anna zu fahren, das ist alles. Man sollte alte Freundschaften ruhen lassen. Es kommt nichts dabei heraus.

Und dann wandern meine Gedanken zu Gregor, der

sicherlich schläft, so wie es nur Männer fertigbringen. Fred jedenfalls, der schlief immer, auch wenn ich grübelnd neben ihm lag, sollte Gregor anders sein? Und dann gleiten meine Gedanken zu meinem Vater, seit langem denke ich wieder einmal an ihn und sehe ihn in seinem Ledersessel, zusammengesunken, das Whiskyglas auf der Lehne, er denkt an mich, vielleicht sogar in diesem Augenblick, wahrscheinlich vergeht kaum ein Abend, an dem er nicht an mich denkt, außer jene, die er mit irgendwelchen Studentinnen verbringt, falls das heute noch der Fall ist. Mir wird klar, dass ich nichts über ihn weiß. Mein Vater hat sein Leben so sorgfältig vor mir verborgen, dass ich keine Ahnung habe, was in ihm vorgeht, womit er sich beschäftigt, was, außer seiner Tochter, die seit kurzem rebellisch geworden ist, ihn bewegt. Und dann, während ich nun doch in einen hellen Schlaf hinübersinke, höre ich Omis Stimme, das Leben ist nun mal kein Spaziergang, sagt sie, aber stell dir vor, wie langweilig das wäre, ein lebenslanger Spaziergang, und dann höre ich ihr Lachen, und es klingt durch meine Träume, wenn du nicht weißt, was du tun sollst, sagt sie, dann frag deine große Zehe, die sagt dir immer, wo du hinwillst, und im Halbschlaf muss ich lachen, das ist nun wieder so ein typischer Omi-Satz, die große Zehe fragen, wie soll das denn gehen.

Am nächsten Morgen überquere ich die Grenze. San Sebastian, Burgos, Madrid, so lautet meine Route. Spanien überrascht mich, hier, in der Weite der kantabrischen Berge, in der Kargheit der Landschaft fällt die Anspannung von mir ab. Ereignisse und Gesichter der vergangenen Wochen ziehen an mir vorbei, wie konnte ich so lange in fremden Gärten herumwühlen, wo die Welt groß ist und weit und ich noch so wenig gesehen habe? Schau-

dernd denke ich an das Haus am Nordhang der Pyrenäen, an das Bergdorf, in dem ich festsaß, wie der Mann in dem Märchen, der in den Elfenberg gelangt und nicht merkt, wie die Zeit vergeht.
Einen Nachmittag lang wandere ich einen Berg hinauf. Betrachte verwundert die wilden Gärten, die die Natur selbst angelegt hat, präge mir Proportionen ein, das Verhältnis von Stein, Wasser und Pflanzen. Eine Nacht verbringe ich in einem Tal, bezwinge meine Furcht. Du kannst das, denke ich kurz vor dem Einschlafen. Du brauchst niemanden. Und durch meine Träume streift eine Wölfin, die auf dem Felsen über dem Tal Wache hält, ich sehe in ihre Augen, die so alt sind wie die Welt. Am nächsten Morgen bin ich fast erstaunt, als ich sie nirgendwo entdecke.
Und dann bin ich wieder unterwegs. Zweimal mache ich Rast, gehe ein paar Schritte, treffe Wanderer, die mir zuwinken. Und erst am Abend, als die Sonne direkt vor mir in einem kupferfarbenen Wolkengebilde verschwindet, als rechter Hand das Meer sichtbar wird, fange ich an mich zu wundern. Von der Küste glaubte ich mich schon Hunderte von Kilometern entfernt! Ich war sicher, nach Süden zu fahren. Stattdessen bewege ich mich offenbar seit Stunden immer weiter Richtung Westen.
Ich halte an und studiere die Karte. Vergleiche sie mit den Namen der Ausfahrten. Ich bin an der Abzweigung nach Madrid vorbeigefahren. Und zwar schon lange. Auch Santander liegt schon ein Stück hinter mir. Ich befinde mich auf dem besten Weg nach Santiago de Compostela.

In einem Fischerdorf in der Nähe von Gijón gönne ich mir ein Abendessen. Während ich die Platte mit gegrilltem Fisch vertilge, überlege ich, was ich tun soll. Aber ich kann mich nicht entscheiden, auch nach dem Nachtisch nicht. Beim Bezahlen beschließe ich, eine Münze zu werfen. Kommt die Zahl nach oben, fahre ich zurück und dann direkt nach Portugal, wie geplant. Erscheint das Bild, dann geht es nach Santiago. Beim ersten Mal rollt die Münze vom Tisch und bleibt auf dem Fliesenboden mit der Zahl nach oben liegen. Das gilt nicht, denke ich, und werfe sie ein zweites Mal. Das Profil des Königs. Doch ich werde das Gefühl nicht los, dass das Schicksal mir die Entscheidung nicht abnehmen will.

Beim Spaziergang am Strand weht es heftig von Westen. Es ist mühsam, auf dem Sand zu gehen, meine Turnschuhe sinken mit jedem Schritt tiefer ein. Ein Geruch nach Algen und Tang, nach verfaultem Fisch und ins Meer geleiteter Kanalisation steigt mir in die Nase. Ein fetter Mond kriecht über den Horizont.

Im Windschatten eines Felsens setze ich mich auf einen Stein. Versuche in mich hineinzuhorchen. Was will ich, frage ich mich. Und höre Gregors Stimme, wie ein Echo: Du fehlst mir. Ja. Er fehlt mir auch. Seit wir uns in Brest getrennt haben, fehlt er mir, nein, eigentlich schon seit unserem letzten Morgen in der Pension, seit jenem Frühstück, und wieder taucht sein reserviertes Gesicht vor mir auf, seine Augen, die vermeiden, mich anzuschauen, als würde er bereuen, worauf er sich eingelassen hat, seine Hand, die sich zurückzieht, Tausende Male habe ich diesen Moment durchlebt, habe mir selbst den Stachel immer tiefer ins Herz gebohrt, ich habe diese Wunde gepflegt und kultiviert mit einer selbstquälerischen Freude. Aber jetzt fällt eine andere Erinnerung über mich her, die Erinnerung an unsere Liebesnacht, seine Hände, seinen Atem, die Berührung seines Körpers. Nein, Anna hat nicht recht. Ich bin nicht von Männerhass zerfressen, das ist der größte Unsinn, den ich je gehört habe. Wenn ich will, kann ich mich auf einen Menschen einlassen, alles, was ich mir wünsche, ist es doch gerade, jemanden zu finden, der mich genauso liebt, jemanden, auf den ich mich verlassen kann, jemanden, der mich nicht belügt, der es ehrlich meint, wer weiß, ob Gregor da der Richtige ist, aber um das herauszufinden, muss ich ihm eine Chance geben, und dann ist die Entscheidung eigentlich gefallen, eigentlich ist sie schon lange gefallen, sie fiel, als ich an der Ausfahrt nach Madrid vorüberfuhr, ohne es zu merken, nein, schon früher, als ich Annas Haus verließ, oder noch früher, als ich Gregors Stimme am Telefon hörte, da war es eigentlich schon beschlossene Sache. Nur mein verdammter Stolz hat die ganze Zeit so getan, als käme das auf keinen Fall in Frage. Und jetzt ist Freitagabend, ich sollte schlafen und mich ausruhen, morgen habe ich noch ein Stück zu fahren, denn ich habe eine Verabredung, mittags um drei am Haupteingang der Kathedrale.

Und dann ist alles leicht. Der Westwind stört mich nicht mehr. Der Sand fühlt sich weich und schmiegsam unter meinen Sohlen an. Und das Meer riecht nach Abenteuer und Leben. In dieser Nacht ist mein Schlaf tief und ohne Träume.

Neunzehntes Kapitel

in dem Gregor einen Pilger trifft und selbst zu einem wird

Sie hat gesagt, sie kommt nicht.

Karl May sieht mich an, als wüsste er es besser. Es ist nicht weit bis zum Kap, genannt das Ende der Welt. In der zum Hotel umgebauten Wetterstation beim Leuchtturm erhalten wir das letzte freie Zimmer. Es hat ein Fenster nach Osten, eines nach Norden, ein drittes nach Süden.

Ich gönne mir ein Bad, dann sehe ich mir die Anlage an. Eine Menge Leute haben sich rund um die Wetterstation versammelt. Alle warten auf den Sonnenuntergang, wie die Blüten eines Sonnenblumenfeldes halten alle ihre Gesichter der sinkenden Sonne entgegen. Auf den Klippen unterhalb des Leuchtturms lodert zu Füßen eines Steinkreuzes ein Lagerfeuer, der Wind weht Gitarrenakkorde und Gesänge zu mir herauf. Wanderer mit geschnitzten Stäben, Jakobsmuscheln als Anhänger um den Hals oder an den Rucksäcken, andere tragen sie an ihren Hüten. Viele haben ihre Schuhe ausgezogen und strecken verpflasterte Füße in den Wind, manche wechseln sich gegenseitig die Verbände. Der Weg eines Pilgers, denke ich, ist nicht mit Rosen gesät.

Einer kauert barfuß vor dem Feuer, fast wäre ich über seine Wanderschuhe gestolpert. Er spricht mich an. Ich antworte nicht, gehe weiter, sie sind mir unheimlich, diese Menschen, die Lieder singen und sich ein primitives Nachtlager einrichten, keine hundert Meter von meinem Hotelzimmer entfernt. Dann geht ein Ahhh und Ohhh durch die Menge, die Sonne ist verschwunden, tauchte hinter eine Wolkenschicht, ohne ihren Bewunderern ein farbenprächtiges Schauspiel zu gönnen. Den Pilgern verdirbt das nicht die Laune, sie singen weiter, lachen, manche beginnen einen Tanz um das Feuer, vergessen ihre Leiden, sie sind den Weg zu Ende gegangen, und während ich zur Wetterstation hinaufgehe, kann ich nicht umhin, sie ein klein wenig zu beneiden.

In diesem Moment erwacht das Auge des Leuchtturms. Zunächst unbemerkt, denn in der Dämmerung hebt sich der Strahl, den er in die Runde schickt, nicht vom Zwielicht ab. Doch je tiefer sich die Dunkelheit über Land und Meer legt, desto heller scheint die Laterne zu leuchten. Ich zähle sieben Sekunden, dann hat der Lichtstrahl den Kreis vollzogen.

Fährst du nach Santiago, fragt mich der Mann vom Lagerfeuer zwei Stunden später in der Bar des Restaurants. Ich habe zu Abend gegessen, und jetzt trinke ich an der Bar noch ein Bier. Ich sehe ihn an. Er hat ein wettergebräuntes Gesicht, aus dem wache Augen blicken. Zwischen seinen Brauen trägt er ein Tattoo, nicht größer als das Auge eines Vogels, ineinander verschlungene Linien, die ein Knäuel bilden. Er könnte so alt sein wie ich, um die dreißig.

Vielleicht, sage ich.

Nimmst du mich mit?

Nein.

Er lacht. Setzt sich auf den Barhocker neben mich.

Das ist gut, sagt er schließlich. Seit drei Monaten bin ich jetzt unterwegs, zweieinhalbtausend Kilometer zu Fuß, und der Erste, den ich frage, ob er mich mit dem Wagen mitnimmt, sagt tatsächlich nein.

Karl May fängt an zu knurren. Ich beruhige ihn, trinke mein Glas aus, stelle es in aller Ruhe ab. Sehe mir den

Burschen an. Zweieinhalbtausend Kilometer, sage ich zweifelnd.
Zweitausendsechshundertundzwölf, sagt er. Wenn du es genau wissen willst. Hier, sagt er und knallt seine Wanderschuhe, die er in der Hand hält, auf die Bar. Die waren neu, als ich zu Hause losging.
Von den Sohlen ist nicht mehr viel übrig. An zwei Stellen ist das Gummi vollständig durchgelaufen.
Zu Hause, frage ich, wo ist denn das?
Freiburg im Breisgau, sagt er.
Du bist von Freiburg bis hierher zu Fuß gewandert?
Er nickt. Und sieht plötzlich müde aus. Als sei alle Energie auf einmal aus ihm gewichen.
Ich lade dich zu einem Bier ein, sage ich zu ihm. Und wenn du Hunger hast, auch zu einem Abendessen. Aber ich nehm dich nicht mit nach Santiago, ich bin nun mal lieber allein unterwegs. Hier findest du eine Menge Leute, die auch nach Santiago fahren, irgendeiner nimmt dich sicher mit.
Und dann bestelle ich ihm Bier und ein halbes Hähnchen, und er isst gierig und dankbar, ich ziehe mich nach einer Weile zurück, und später im Bett denke ich, wie kommt einer bloß auf den Gedanken, von Freiburg im Breisgau bis nach Galizien zu wandern, das hätte ich ihn noch fragen sollen, und dann bin ich eingeschlafen, wandere im Traum durch unendliche Landschaften immer auf das Licht eines Leuchtturms zu, das mich blendet, und dann werde ich wach, weil der Leuchtturm mich tatsächlich blendet, alle sieben Sekunden schickt er seinen Lichtstrahl direkt durch mein Zimmer und über mein Gesicht, und als ich aufstehe, um die Fensterläden zu schließen, klemme ich mir den Finger ein und bin hellwach.
Obwohl der Leuchtturm mich nun nicht mehr stört, kann ich nicht wieder einschlafen. In drei Tagen werde

ich Caroline treffen, ich fühle ihre Wärme, als wäre sie schon bei mir. Ich werfe mich eine Weile im Bett herum, schließlich mache ich Licht und blättere im Reiseführer. Noch drei Tage. Was fang ich an mit der Zeit? Warum hab ich nicht Freitag gesagt? Oder Donnerstag?
Nur die Ruhe, sage ich laut zu mir selbst. Und mache einen Plan für die nächsten drei Tage.

Am Morgen will ich eben ins Auto steigen, da steht der Pilger aus Freiburg neben mir.
Keiner ist nach Santiago gefahren, sagt er.
Ich seufze.
Na gut, sage ich, steig ein. Aber ich fahre nicht direkt nach Santiago. Ich mache einen Abstecher zur Barbanza-Halbinsel, zur Düne von Corrubedo.
Auch recht, sagt der Mann und wirft seinen Rucksack in den Kofferraum.
Wie heißt du überhaupt, frage ich ihn, als wir das Kap hinter uns lassen.
Paolo. Eigentlich Paul, aber du kannst mich Paolo nennen.
Ich muss mir ein Grinsen verkneifen.
Am besten, sagt Paolo und macht es sich auf dem Beifahrersitz bequem, wir fahren die Küstenstraße entlang. Richtung Muros.
Das fängt ja gut an, denke ich, jetzt sagt er mir schon, wo es langgeht.
Wir umfahren die Bucht von Corbución, gelangen an das südliche Ufer, über die Wasser der Bucht hinweg erkenne ich zu unserer Rechten, schlank wie ein Mädchenfinger, das Cabo Fisterra, an seiner Spitze den Leuchtturm. Wir fahren schweigend, Paolo hat begriffen, dass ich keine Lust auf eine Unterhaltung habe. Erst als wir in einem Fischerstädtchen eine Pilgergruppe über die Straße lassen

und Paolo ihnen hinterherblickt, da frage ich: Wie kommt jemand aus Freiburg auf die Idee, bis in den hintersten Winkel Spaniens zu wandern?
Nach unserem Schweigen klingt dieser Satz übermäßig bedeutungsvoll. Paolo sieht mich überrascht an. Dann schaut er zu, wie eine Nachhut von fünf Wanderern versucht, zur Gruppe aufzuschließen.
Ich bin nun mal gern zu Fuß unterwegs, sagt er nach einer Weile.
Ich auch, sage ich, aber das ist doch kein Grund, auf den Jakobsweg zu gehen.
Paolo zuckt mit den Schultern. Er sieht aus dem Fenster, über die Bucht zum Leuchtturm von Fisterra, jetzt nur noch so groß wie der Kopf einer Stecknadel auf einem Nadelkissen. Wie ich darauf kam, sagt er schließlich. Keine Ahnung. Mir ist weder die Freundin weggelaufen, noch hab ich einen Job verloren, ich habe auch keine Krankheit überwunden, falls du so etwas hören willst.
Schon gut, sage ich. Ist deine Sache.
Gut, sagt er, sehr gut.
Warum ärgere ich mich? Ist es der Ton, den Paolo anschlägt? Oder habe ich tatsächlich geglaubt, ein Recht auf eine Geschichte zu haben, wenn ich ihn mitnehme? Nein, sage ich mir, ich brauche keine Geschichten. Ich weiß ohnehin Bescheid, ich kenne diese Art Menschen, die sich treiben lassen, die selbstverständlich auf die Hilfe anderer bauen, die erwarten, dass ihnen jemand ein Abendessen bezahlt und sie in ihrem Auto mitnimmt, ohne dafür eine Gegenleistung zu erbringen, ich habe mich in letzter Zeit erfolgreich von diesen Menschen ferngehalten, und diesen hier bin ich auch bald wieder los.
Und dann schweigen wir bis Muros, wo ich haltmache, um eine Kleinigkeit zu Mittag zu essen. Paolo nimmt seinen Rucksack aus dem Wagen.

Ich schau mal, sagt er, ob ich hier jemanden finde, der direkt nach Santiago fährt. Wenn nicht, dann warte ich hier auf dich.
Ich nicke. Und atme auf. Zweifellos wird er hier jemanden finden.
Ich esse in aller Ruhe unter Arkaden, die auf einen Platz hinausgehen. Es gibt gebratene und mit grobem Salz bestreute Paprikaschoten. Venusmuscheln, die so frisch sind, dass sie auf der Zunge schmelzen. Fisch vom Grill mit Knoblauchsauce. Auf dem Platz jagen Kinder um einen Brunnen herum, den ein steinernes Ungeheuer bekrönt.
Ich bin zufrieden wie schon lange nicht mehr.
Nach dem Essen mache ich einen Gang durch die Stadt. Gelange zu einer Kirche, auf dem Platz vor ihr erhebt sich, wie in Fisterra, ein steinernes Kreuz auf einer Säule. Hinter dem Portal bin ich zunächst von der Dunkelheit wie geblendet, erkenne ein Weihwasserbecken, tauche meine Hand hinein. Eine Zeitlang waren Heinrich und ich Messministranten, aber als meine Mutter einmal einer Bekannten erzählte, es gäbe Leute, die nur zur Messe kämen, um ihre Zwillinge beim Ausüben des heiligen Amtes zu sehen, habe ich mich geweigert, nur Heinrich, dieser Opportunist, versah weiterhin den Dienst, was ihm die besondere Gunst meiner Mutter einbrachte …
Erschrocken ziehe ich meine Hand zurück. Meine Finger haben den Kopf einer Schlange berührt. Ja. Dort im Weihwasserbecken liegt zusammengerollt eine Schlange, und sie wartet dort seit Jahrhunderten, der Steinmetz hat sie zusammen mit dem Becken geschaffen, was soll das, frage ich mich, ist denn die Schlange nicht seit alters her ein Symbol der Verführung zum Bösen?
Draußen lockt mich ein würziger Duft eine Gasse entlang. Er entströmt einer Bäckerei.

Empanadas, sagt die Bäckersfrau und reicht mir ein Eckchen zum Probieren. Ich lasse ein großes Stück von der Fischpastete einpacken. Dann mache ich mich auf den Weg zum Parkplatz.
Neben meinem Wagen wartet Paolo.
Na, frage ich, niemanden gefunden?
Dass ich nicht begeistert bin, ist nicht zu überhören. Paolos grünliche Augen glitzern in der Sonne.
Ich habe es mir überlegt, sagt er. Es ist eine gute Gelegenheit, die Düne zu besuchen. Wer weiß, wann ich wieder hierherkomme.
Wortlos schließe ich den Wagen auf. Und schweige, während wir Muros verlassen und entlang der Ria nach Westen fahren.
Paolo zieht geräuschvoll den Duft ein, der dem Päckchen aus der Bäckerei entströmt.
Was ist das?, fragt er.
Er ist hungrig, kein Zweifel.
Empanada, sage ich. Hast du nichts gegessen?
Paolo schüttelt den Kopf.
Kein Geld mehr, sagt er freimütig. Ich werfe ihm einen Blick zu. Er scheint kein bisschen beunruhigt.
Na los, sage ich, bedien dich.
Einen Augenblick später ist das Riesenstück verschwunden. Im Rückspiegel beobachte ich, wie Paolo sich mit der Zunge die Essensreste aus den Zähnen holt. Ich kann nur schwer meinen Widerwillen bezwingen. Er hätte sich bedanken können, denke ich, und dann muss ich über mich lachen, das hätte meine Mutter sagen können, ist doch wahr, höre ich sie im Geist antworten, da fütterst du diesen Knaben durch, und er bringt nicht mal ein Dankeschön hervor.
Deine eigene Schuld, sage ich mir. Du hättest ihn stehenlassen sollen. Wenn nicht in Fisterra, dann vorhin in Mu-

ros. Solche Fehler hast du früher nicht gemacht, Gregor Beer, ich frage mich, was mit dir los ist.

Über die Dünen von Corrubedo führen lange Stege. Paolo läuft voraus. Im Auto hat er die Schuhe ausgezogen. Ich habe seine Füße gesehen. Keine Spur von einer Blase oder verkrusteten Wunden, nicht einmal Druckstellen. Das sind nicht die Füße eines Pilgers, der zweieinhalbtausend Kilometer zu Fuß gegangen ist. Nein. Etwas ist hier faul. Als ich die letzte Erhebung erreicht habe und der Atlantik vor mir liegt, sehe ich ihn mit Karl May vorn am Meeressaum. Paolo steht still und blickt über das Wasser, während Karl May am Strand entlangläuft und die Wellen verbellt.

Da reißt sich Paolo die Kleider vom Leib und stürzt sich splitternackt in die Wogen. Er jauchzt, hüpft im Wasser herum, wirft die Arme hoch. Karl May bellt wie verrückt, und ich kann ihm ansehen, dass er sich ernsthaft überlegt, Paolo hinterherzuspringen, um ihn zu retten.

Ich pfeife zwischen den Fingern. Karl May spitzt die Ohren, kommt zu mir gelaufen, schaut besorgt zurück zu Paolo. Ist schon gut, beruhige ich ihn, der ertrinkt schon nicht, dieser falsche Pilger. Und wenn, dann ist es seine Sache.

Eine Familie kommt den Strand herauf. Alle paar Schritte bücken sich die Kinder, heben etwas auf, betrachten es, werfen es wieder weg oder geben es dem Vater, der eine Plastiktasche trägt, die bereits schwer von Fundstücken ist. Ein Wunder, dass überhaupt noch Steine und Muscheln an Stränden zu finden sind, keiner geht vorbei, ohne diesen suchenden Blick zu bekommen nach dem einen Stein oder der Zaubermuschel, die das Meer für ihn und nur für ihn vorgesehen hat.

Auch hier wirft das Meer an einer bestimmten Stelle mit

jeder Welle eine Handvoll neues Spielzeug für die Menschen an Land, ich kann das prasselnde Geräusch bis hierher hören, mit dem das Meer die Steine und Muscheln durcheinanderrührt.

Ein einziges Mal sind wir alle miteinander, die Eltern, Heinrich und ich, nach Italien gefahren, zwei Wochen wohnten wir in einer Pension an der Riviera. Die meiste Zeit verbrachten Heinrich und ich mit Burgenbauen, ich konstruierte hochkomplexe Anlagen, Heinrich schleppte eimerweise Wasser herbei oder sammelte Muscheln, um sie nach meinen Anweisungen zu verzieren. Zum ersten Mal in meinem Leben kommt mir in den Sinn, dass Heinrich unter mir gelitten haben könnte. Voller Scham erinnere ich mich, dass ich ihm einmal so erbittert die Schaufel aus der Hand geschlagen habe, als er sich erdreisten wollte, selbständig mitzubauen, dass sein Unterarm später von blauen Malen übersät war. Dass meine Mutter mit mir schimpfte, war mir egal. Aber ich erinnere mich noch deutlich an die Tränen in Heinrichs Augen, an die kleinen weißen Handknöchel, die mit äußerster Kraft den Schaufelgriff umklammert hielten, als ginge es um sein Leben …

Paolo kommt aus dem Wasser, wirft sich, nackt, wie er ist, neben seinen Sachen auf den Strand. Er wird mir eine Menge Sand ins Auto schleppen und erst recht Karl May, aber was macht das schon, lange werde ich den Wagen sowieso nicht mehr behalten. Vorausgesetzt, sie kommt. Ja. Vorausgesetzt. Mit Frauen kenne ich mich insofern aus, als ich weiß, wie unberechenbar sie sein können.

Ich setze mich auf einen Stein, und vom Meer ist nur noch ein schmaler dunkelblauer Streifen über dem Beige der Düne zu sehen, darüber strahlt der Himmel. Ich ziehe mir Schuhe und Strümpfe aus. Eine weiße Feder

schwebt heran, legt sich vor meinen linken Schuh, ein Windstoß hebt sie an und trägt sie weiter.
Das wäre eine gute Gelegenheit, diesen Schwindler loszuwerden. Ich lege seinen Rucksack auf den Parkplatz, und bis er etwas mitbekommt, bin ich schon auf und davon. Doch ich bleibe sitzen. Das ist nicht meine Art.
Ein Schatten fällt über mich. Es ist Paolo. Vor mir sehe ich seine makellosen Füße im Sand.
Ich habe es mir überlegt, sage ich, ohne aufzusehen. Du wirst dir hier jemand anderes suchen. Unsere Wege trennen sich hier.
Die beiden Füße bleiben ruhig. Standbein, Spielbein, nicht eine Zehe zuckt.
Warum, fragt er.
Ich bin dir keine Rechenschaft schuldig, denke ich, doch ich sage, weil du ein Betrüger bist, Paolo. Du bist den Pilgerweg gar nicht gewandert.
Eine Weile höre ich nur das mahlende Geräusch des Meeres, wie es Steine und Muscheln durcheinanderwühlt.
Wie kommst du denn auf so etwas, will Paolo wissen.
Deine Füße, sage ich. Der Jakobsweg ist nicht mit Rosen gesäumt. Aber du hast nicht die allerkleinste Blase.
Paolo schweigt. Keinerlei Reaktion.
Na gut, sagt er dann, du hast recht. Es ist besser, wenn sich unsere Wege trennen.
Und schlägt den Weg zum Parkplatz ein. Unbekümmert springt und spielt er mit Karl May, als hätte ich ihn nicht eben einen Betrüger genannt, und ich denke, na also, diesen Clown bist du los. Man muss den Menschen zeigen, dass man sich nicht für dumm verkaufen lässt.
Auf dem Parkplatz steigt die Familie in einen Minivan und fährt davon. Mein Wagen steht einsam auf der riesigen Fläche. Ich entriegle den Wagen und öffne den Kofferraum, damit Paolo sich seinen Rucksack nehmen kann,

stelle meine Schuhe samt Strümpfe vor den Fahrersitz, lege mein Sakko ordentlich nach hinten. Paolo macht keine Anstalten, zu verschwinden.
Worauf wartest du, frage ich.
Du hast mich missverstanden, sagt er. Seine Augen glitzern. Und dann geht alles ganz schnell. Paolo reißt an dem Autoschlüssel in meiner Hand, schlägt gegen meinen Unterarm, dass ich aufschreie. Der Schlüssel blitzt in Paolos Hand, ich bin so überrascht, dass ich nicht einmal seinen Trick abwehren kann, einen Judo- oder Karategriff, keine Ahnung, jedenfalls liege ich im nächsten Augenblick wie ein Käfer auf dem Rücken, Karl May tanzt um uns herum, als sei es ein Spiel, so, höre ich Paolo sagen, jetzt kannst du selbst herausfinden, was ein echter Pilger ist, irgendetwas Hartes fliegt mir um die Ohren, und noch ehe ich mich aufrappeln kann, sitzt Paolo im Wagen, und mit jaulendem Motor, eine Staubwolke aufwirbelnd, braust er davon.
He, schreie ich und laufe barfuß hinterher. Komm sofort zurück!
Karl May fängt an zu bellen wie noch nie, jagt wild hinter dem Auto her und wieder zu mir zurück, und dann ist da ein feuriger Schmerz in meinem linken Fuß, ich tanze auf dem anderen herum und verliere das Gleichgewicht, und während ich auf den Hintern plumpse, biegt mein Mietwagen um eine Kurve und ist verschwunden.
Ich sehe mich um. Niemand. Ein überdimensionierter Parkplatz für einen Touristenansturm, der heute nicht mehr kommt. Alle Flüche, die ich je in meinem Leben gehört habe, kommen mir geläufig über die Lippen. Ich sehe mir die Fußsohle genauer an. Es ist eine Scherbe. Ich habe sie mir in den Ballen getreten, und dann bin ich wieder elf, am Nachmittag ist die Abschlussprüfung des Tauchlehrgangs, doch ich kann nicht dabei sein, denn ich

habe mir eine Scherbe in den Fuß getreten, so tief, dass selbst meine Mutter sie mit Pinzette und Vergrößerungsglas nicht entfernen kann, das war's nun also, aus der Traum, und zum Baggersee fahren die anderen ohne mich, ich aber muss ins Krankenhaus …

Ich muss nach Santiago, keuche ich. Und brülle: Komm sofort zurüüüüück! Ein paar Möwen fliegen auf, kreisen über mir und stimmen ihr Gekreische an, das so menschlich klingt wie ein hämisches Lachen.

Die Scherbe sitzt nicht tief. Ich ziehe sie heraus und hoffe, dass keine Splitter in der Wunde bleiben. Blutstropfen perlen aus dem Schnitt. Dort, wo eben noch mein Wagen stand, liegen zwei Gegenstände auf dem Asphalt. Ich humple zurück. Es sind Paolos Wanderschuhe. Die mit den abgelaufenen Sohlen. Ich packe die alten Treter und schleudere sie, so weit ich kann, in die Dünen. Dann besinne ich mich.

Das kann nicht sein, sage ich zu Karl May. Der macht einen Scherz. Einen ziemlich üblen Scherz. In einer halben Stunde ist er wieder da und erwartet, dass ich darüber lache. Aber das kann er vergessen.

Ich setze mich auf einen Sandhaufen am Rand des Parkplatzes. Karl May legt sich neben mich, schaut mich verunsichert an. Du bist mir vielleicht einer, sage ich. Da trickst mich dieser Halunke aus, und was tust du?

Doch woher soll der Hund das wissen. Wie soll er ahnen, dass aus dem Spiel Ernst wurde. Eben versteht man sich noch. Dann ist man sein Auto los.

Das Auto? Ich fasse in die Taschen meiner Hose. Ein paar Münzen. Zwei Euro fünfundsechzig. Das Wechselgeld beim Bäcker. Alles andere ist im Auto. Alles. Handy. Kreditkarte. Nicht schon wieder, stöhne ich und verberge das Gesicht in den Händen. Karl May, sage ich, wenn dieser Schuft nicht zurückkommt, sind wir erledigt.

Aber er kommt nicht zurück. Nach zweiundvierzig Minuten ist es Gewissheit. Nach vierundneunzig Minuten wird mir klar, ich muss etwas unternehmen, will ich nicht in der Düne übernachten. Der Schnitt in meiner Fußsohle brennt. Die Sonne steht tief, von allen Seiten stürzen sich Stechmücken auf uns.
Wir müssen hier weg, sage ich zu Karl May. Es ist zehn vor sieben. Aber barfuß komme ich nicht weit. Reumütig klettere ich in der Düne herum und suche nach Paolos Schuhen. Als ich sie endlich finde, ist die Sonne untergegangen. Widerwillig stecke ich meine Füße hinein. Die Vorstellung, mit Paolos Schweiß in Berührung zu kommen, erfüllt mich mit Brechreiz. Ich gehe ein paar Schritte, sie passen, und ein grenzenloser Zorn steigt in mir auf, jetzt kannst du selbst herausfinden, was ein echter Pilger ist, klingt mir Paolos verhasste Stimme in den Ohren, und da fühle ich weder Müdigkeit noch den Schmerz in meiner Fußsohle, dich krieg ich, presse ich zwischen den Zähnen hervor, dir werde ich es zeigen, was es heißt …, und so überquere ich den Parkplatz, schlage den einsamen Weg durch das Hinterland der Düne ein, ein paar Kilometer entfernt muss ein Dorf sein, erinnere ich mich, da besorge ich mir einen Wagen, und dann werden wir schon sehen. Aber ein paar Kilometer sind nichts, wenn man mit dem Auto unterwegs ist, doch zu Fuß zieht es sich hin. Unversehens bricht die Dunkelheit herein. Ich gehe die Landstraße entlang, Karl May trottet hinter mir her, da kommt mir ein Auto entgegen, ich denke schon, das ist er, Paolo, der reumütig zurückkommt, und ich balle die Fäuste. Aber nein, natürlich ist er es nicht. Ich reiße den Arm hoch, stelle mich dem Auto in den Weg, doch statt zu halten und mir zu helfen, hupt der Fahrer, schert aus, macht einen Bogen um mich, dass die Reifen quietschen, Karl May kann sich gerade noch retten, zwei

schwarzhaarige Köpfe erscheinen in den Fenstern, fluchen mir hinterher, und als ich die ersten Häuser des Ortes vor mir auftauchen sehe, bin ich mir nicht mehr sicher, ob mir hier Hilfe zuteilwird.
Hinter allen Zäunen fletschen Hunde ihre Zähne. Die Menschen sind bereits in den Häusern, zögernd bleibe ich vor diesem und vor jenem Grundstück stehen, ich habe keine Übung in solchen Dingen. Karl May drückt sich an meine Beine, ich gehe weiter. Endlich sehe ich eine Gestalt auf einem Hof. Ich rufe.
Die Gestalt bleibt stehen. Ich trete näher. Es ist eine ältere Frau.
Señora, beeile ich mich zu sagen, por favor …, derubar …, stammle ich, da schießt aus dem Dunkel ein Knäuel hervor, stürzt sich auf Karl May, es ist ein winziger schwarzweiß gefleckter Hund, und ehe ich etwas unternehmen kann, hängt er Karl May an der Kehle. Der ist so überrascht wie ich selbst, doch dann wird er wütend, schüttelt den kleinen Giftzwerg ab und zieht gefährlich die Lefzen hoch, wie ich es noch nie an ihm gesehen habe, ein dunkles Grollen steigt aus seiner Kehle auf, und die Frau schreit und fuchtelt mit einem Stock herum, kommt beherzt auf mich zu, und ehe ich in die Schatten der Dorfstraße zurückweiche, erkenne ich an dem entschlossenen Ausdruck in ihrem Gesicht, sie hätte mich tatsächlich geschlagen.
Rasch treten wir den Rückzug an, Karl May und ich. Der Köter verfolgt uns ein paar hundert Meter mit seinem Gekläffe, offensichtlich zufrieden mit seinem Erfolg. Als das Dorf hinter uns liegt und unser Verfolger endlich kehrtmacht, atmen wir auf.
Karl May, sage ich erschöpft, so wird das nichts. Unschlüssig sehe ich auf die spärlich beleuchteten Häuser des Dorfes zurück. Die Meute der Wachhunde bellt noch

immer. Sie wird keine Ruhe geben, bis sie uns Eindringlinge in sicherer Entfernung weiß. Dazwischen höre ich das Rufen von Menschen. Die Gemeinschaft wird über unsere Anwesenheit informiert. Es hat keinen Sinn, zurückzukehren.

Niedergeschlagen trotten wir weiter. Was tun? Inzwischen ist die Nacht so finster, dass ich kaum noch erkennen kann, wo die Straße endet und das Feld daneben beginnt. Und so gehen wir, immer wieder schüttelt mich die Wut, und erst nach einer Weile merke ich, wie kühl es geworden ist, viel zu kühl für eine Armanihose und ein Sommerhemd. Aber da ich nichts Besseres weiß, setze ich einen Fuß vor den anderen, bis ich an eine Wegkreuzung komme, rechts oder links, frage ich Karl May, versuche mich zu orientieren, einmal wieder wünsche ich mir Onkel Gregors Kompass …, und dann bleibe ich abrupt stehen. Onkel Gregor. Daran habe ich noch gar nicht gedacht. Die Asche, auch sie ist verloren, und dann muss ich mich an den Straßenrand setzen, so schwach wird mir auf einmal, und jetzt erst wird mir klar, dass seit heute Abend diese Reise noch fragwürdiger geworden ist, als sie es von Anfang an war.

Wie lange ich so sitze, ich weiß es nicht. Irgendwann wird mir so kalt, dass ich aufstehe. Scheiß Reise, sage ich, scheiß Onkel Gregor, der schuld ist an allem, doch meine Wut hat kein Feuer mehr, in mir ist alles kalt und wüst und leer, wie diese Felder hier, ein paar Kilometer hinter der Düne, sandiger Boden, auf dem irgendein Lupinenkraut wächst, und dann ergießt sich das Licht des Mondes über die Landschaft, die Sterne treten hervor, ein Wind kommt auf, der mich erschauern lässt, und gerade, als ich denke, jetzt weiß ich wirklich nicht mehr weiter, erkenne ich in der Ferne ein paar Gebäude, die aussehen wie Hütten für Heu.

Ich schleppe mich quer über die Felder darauf zu. Mein Fuß brennt sich mit seiner Wunde in mein Bewusstsein, füllt es vollständig aus. Ja, es sind Hütten. Aber es ist kein Heu in ihnen, ein paar Maschinen, sonst nichts. Eine Tür gibt es nicht, der Boden gestampfte Erde, ich setze mich in die hinterste Ecke, lehne mich an die Bretterwand, schlage die Arme um meine Schultern. Durch die Ritzen zieht der Wind. Die Landmaschinen werfen im Mondlicht unheimliche Schatten. Ein Rascheln und Quieken, wahrscheinlich von Mäusen.

Endlich findet sich auch Karl May damit ab, dass wir hier bleiben werden. Er legt sich neben mich, wärmt mich auf einer Seite, wir werden unmöglich schlafen können, denke ich, wie soll man denn an einem solchen Ort schlafen, in meinem Kopf läuft ein Film ab, immer wieder, Paolo, der mir den Autoschlüssel entreißt, der mich zu Boden gehen lässt, ich schäme mich, und dann verschwimmt die Szene, und ich male mir aus, wie ich mich wehren würde, erfolgreich natürlich, könnte ich die Szene zurückdrehen. Und dann verändern sich die Bilder, ich sehe Heinrich an meiner Stelle, sehe ihn zusammengekauert auf dem Pausenhof unserer Schule, ein Junge aus einer höheren Klasse ist dabei, ihn zu vermöbeln, es ist nicht das erste Mal, dass er Kinder verhaut, damit sie ihm ihr Taschengeld geben, und statt meinem Bruder zu helfen, laufe ich zurück in die Schule und hole einen Lehrer, damit er den Kerl auf frischer Tat erwischt, doch Heinrich hat ein blutunterlaufenes Auge und Prellungen an den Rippen, und wenn ich ihm gleich geholfen hätte, statt wegzulaufen, um Hilfe zu holen, dann wäre das alles gar nicht passiert.

Er hat es mir nicht vorgeworfen. Wie er mir nie etwas vorgeworfen hat. Er hat es niemandem erzählt. Ich wurde öffentlich dafür gelobt. Aber ich kannte auch die andere Wahrheit, und so lange, bis Heinrichs Blutergüsse und Schrammen endlich verheilt waren, so lange hatte ich sie vor Augen. Und wenn ich mir auch selbst entgegnete, dass es doch besser war, einen Lehrer zu holen, weil von nun an der Junge nie wieder einen anderen erpressen und bedrohen würde, so hörte ich nicht auf, diese Schuld zu fühlen.

Ja, wenn Heinrich etwas konnte, dann Widrigkeiten ertragen. Seine Augen waren voller Tränen, er schluckte sie hinunter. Nicht ein einziges Mal lief er zu unseren Eltern, um zu petzen, wenn ich ihm wieder einmal gezeigt hatte, wer das Sagen hatte. Und heute in diesem Schuppen, Karl Mays Atem an meinem linken Knie, da fühle ich auch auf ihn einen abgrundtiefen Zorn, auf Heinrich, der in Würde leiden konnte, alles ertrug und nur ein einziges Mal etwas tat, was keiner von ihm erwartete. Damals, an dem Tag, als er starb.

Ich schrecke auf, etwas lief mir über das Gesicht. Es ist hell, und ich höre Stimmen. Als ich unter der Pflugmaschine hervorkrieche, stehen sie schon in der Tür. Es sind zwei Männer, einer hält einen Stock in der Hand.

Karl May knurrt, und ehe ich etwas sagen kann, hebt der jüngere einen Stein vom Boden auf. Ich stelle mich vor Karl May, versuche ihn zu beruhigen. Der andere Mann zeigt mit dem Stock hinaus aufs Feld. Freies Geleit, denke ich, während ich Karl May an seinem Nackenfell fasse und an den Männern vorbeibugsiere. In den Augen der beiden kann ich Abscheu erkennen. Dann sind wir wieder auf der Straße, die heute Morgen nicht einladender wirkt als in der Nacht.

Heute ist Donnerstag, sage ich zu Karl May. Wir haben zweieinhalb Tage. Am Samstag müssen wir in Santiago sein, komme, was wolle. Ich versuche mich zu erinnern, wie weit es von der Düne nach Santiago sein mag. Sechzig, siebzig Kilometer?

Der Hunger überfällt mich wie ein böses Tier, gefolgt von einem Gefühl der Schwäche. Da. Motorengeräusche. Ich stelle mich in Position. Der Wagen fährt an mir vorbei. Mein linker Ballen brennt wie Feuer. Vor meinen Augen explodieren kleine weiße Sonnen. Wieder ein Auto, ich stelle mich ihm fast in den Weg, der Fahrer bremst ab, sieht mich an, dann gibt er Gas und fährt weiter. Ich trete einen Stein von der Straße. Setze Fuß vor Fuß, der Himmel ist blau, es wird ein heißer Tag werden, meine Uhr zeigt Viertel nach acht.

Um halb zehn passiere ich das Ortsschild von Ribeira. Doch vom Ort selbst ist noch nichts zu sehen. Eine brandneue, breite Asphaltstraße mit imposanten Kreuzungen wie vor einer großen Stadt zermürbt mich. Ich gelange zu einer elektronischen Tankstelle mit einem Getränkeautomaten, ich gönne mir einen Kaffee für fünfzig Cent. Er schmeckt scheußlich. Karl May sieht mir zu.

Du bist auch hungrig, ich weiß, sage ich.

Da fährt ein Wagen heran, eine Frau steigt aus und öffnet den Tank, schiebt einen Schein in den Schlitz an der Zapfsäule, auf der Rückbank sitzen zwei Mädchen, die blonden Locken zu Rattenschwänzen gebunden.

Entschuldigen Sie, sage ich, sprechen Sie Deutsch?

Die Frau fährt herum.

Ja, sagt sie, was wollen Sie?

Ich bin in einer Notlage, sage ich. Gestern Abend bin ich ausgeraubt worden, an der Düne von Corrubedo. Und ich muss dringend nach Santiago. Hier, sage ich und zeige ihr meine verbliebenen Münzen, das ist alles, was ich noch habe. Bitte, können Sie mir helfen? Vielleicht ein Stück mitnehmen? Wo fahren Sie denn hin?

Die Frau zögert. Das Benzin surrt in den Tank ihres

Wagens. Die Mädchen drücken sich die Nasen an den Seitenfenstern platt.
Zum Flughafen, sagt die Frau. Nach Santiago. Mein Mann kommt heute an.
Schweigen. Jetzt nicht zu sehr drängen, ermahne ich mich. Ihr keine Angst machen. Sie zögert.
Sie würden mir sehr helfen, wenn Sie mich mitnehmen könnten …, sage ich leise.
Die Frau wendet mir ihr Gesicht zu. Sie inspiziert meine Kleidung. Dann fixiert sie Karl May.
Nein, sagt sie entschlossen. Ich kann Sie nicht mitnehmen. Es tut mir leid.
Wie ein Echo klingt darin mein eigenes Nein in Fisterra nach, als Paolo mich fragte, nein, habe ich gesagt, ich bin nun mal lieber allein unterwegs …, hören Sie, sage ich, ich kann mir vorstellen, was Sie denken, vermutlich würde ich mich an Ihrer Stelle auch nicht mitnehmen, aber seit heute weiß ich, dass das jedem passieren kann, stellen Sie sich vor, Ihr Mann wird ausgeraubt und braucht Hilfe …
Es geht wirklich nicht, sagt sie. Es tut mir leid.
Sie sieht sich um, als halte sie nach Hilfe Ausschau. Aber hier ist niemand außer uns.
Ich mache einen Schritt auf sie zu, was sie falsch versteht, sie wirft einen nervösen Blick auf die Tankanzeige, noch immer zehn Euro, noch neun.
Bitte lassen Sie mich in Ruhe, sagt sie unnötig pampig.
Sie trägt ein Marken-T-Shirt. Eine Perlenkette liegt um ihren Hals. Und auf einmal denke ich, wenn ich ihr jetzt den Hals umdrehe, wenn ich mir einfach ihren Wagen nehme, so wie Paolo sich meinen nahm, die Gören würde ich aus dem Wagen zerren, und nichts wie fort von hier …, da sieht sie mir in die Augen, und ich bin sicher, sie hat den Gedanken aufblitzen sehen, aus ihrer Miene

spricht Panik, mit einem Klack steht die Tanksäule still, hastig vollzieht sie die nötigen Griffe, ihre Hände zittern, als sie den Tank verschließt, und während sie einsteigt, kann ich die Stimmen der Kinder hören, Mama, was will der Mann von dir, Mama, warum ist er so dreckig, Mama, ist das ein Räuber …
Und dann ist sie fort.
Ich starre auf meine Hände. Unter meinen Nägeln steckt Schmutz. So wenig also braucht es. Eine Nacht im Freien und einen leeren Magen.

In einer Bäckerei kaufe ich Brot. Teile es mit Karl May. An einem Brunnen gebe ich ihm aus der hohlen Hand zu trinken. Seine Zunge kitzelt meine Handflächen, ich muss viele Male schöpfen, ehe er genug bekommt.
Dann weiß ich nicht mehr weiter. Ich streiche durch eine Touristeneinkaufsstraße, als hätte ich eine ansteckende Krankheit. Schließlich komme ich zu einer Kirche. Ich setze mich in die hinterste Bank.
Die Kirche in Muros kommt mir in den Sinn, die mit der Schlange. Damals war alles anders. Mein Magen gefüllt, mein Auto sicher auf einem Parkplatz, der Rest der Reise eine Spazierfahrt. Das war gestern, sage ich mir und muss lachen, weil es mir so unwahrscheinlich vorkommt, ich kann gar nicht aufhören zu lachen, es ist wie ein Krampf, wird zum Schluchzen, vorhin habe ich allen Ernstes daran gedacht, eine Frau zu würgen, weil sie sich nicht vorstellen konnte, was auch ich mich gestern noch weigerte zur Kenntnis zu nehmen. Dass meine Welt vom Abgrund nur durch eine dünne Linie getrennt ist.
Unsinn, sage ich laut. Ich darf mich jetzt nicht irremachen lassen. Ich muss zielorientiert denken. Es gibt immer eine Lösung … Doch statt mich zu konzentrieren, wandern meine Gedanken zu Caroline. Damals auf dem

Parkplatz in Frankreich, als man mir meinen Jaguar zerstörte, da hat sie einfach gehandelt, hat nicht lange gefragt, sie hat getan, wozu ich selbst nicht bereit gewesen wäre, was zum Teufel hinderte mich daran, Paolo mit nach Santiago zu nehmen, sei er nun ein Schwindler oder nicht …?

Also, rufe ich mich zur Ordnung. Machen wir Bestandsaufnahme. Dir bleiben noch ein Euro zwanzig. Zwei Tage Zeit. Wenn du niemanden findest, der dich mitnimmt, dann musst du eben zu Fuß gehen. Du darfst deine Kraft nicht vergeuden. Okay. Ich überschlage, wie viel Brot ich für eins zwanzig bekomme. Oder sollte ich das Geld anders investieren?

Ich denke nach. Nun kannst du selbst herausfinden, was einen Pilger ausmacht. Ein Zeichen, sage ich vor mich hin. Etwas, das mich zum Pilger macht. Damit ich die Herbergen benutzen kann. Und mit Würde ein Almosen annehmen. Mit einem Pilger hat man mehr Verständnis als mit einem Herumstreuner in schmutzigen Armanihosen.

Ich erhebe mich und gehe vor zum Altar. Was soll ich tun, frage ich den Christus am Kreuz, was ist das richtige Zeichen? Natürlich gibt es keine Antwort. Ich zucke mit den Schultern, wende mich zum Ausgang. Und da sehe ich ihn. In einer Nische direkt neben dem Portal. Den heiligen Jakobus. Er trägt einen Mantel, einen Wanderstab, einen Hut. An seiner Hüfte baumelt die Muschel. Das ist es. Ich brauche eine Muschel, die ich mir um den Hals hängen kann, so wie die Pilger. Auch Paolo hatte eine an seinem Gürtel.

In der Fußgängerzone gibt es viele solcher Läden. Stöcke. Hüte. Und die Muschel. In allen Ausführungen. Mit Aufdruck und Heiligenbild. Sie sind alle zu teuer. Schließlich entdecke ich eine schlichte Muschel an einem Lederband. Ich drehe sie um und sehe den Preis. Ein Euro und zwanzig Cent.

Bei der Touristeninformation frage ich nach dem Camino und erhalte eine Karte samt Herbergsverzeichnis. Bis zur nächsten Pilgerherberge sind es zweiundzwanzig Kilometer.

Die Sonne brennt erbarmungslos auf mich nieder. Eine Weile muss ich suchen, dann finde ich den Einstieg in den Weg. Er führt in die Berge, die im Inneren der Halbinsel aufragen.

Ich komme gut voran so ganz ohne Gepäck. Vor meiner Brust baumelt die Muschel, ein ungewohntes Gefühl für mich, der ich noch nie in meinem Leben Schmuck getragen habe. Und seltsam. Seit ich die Muschel trage, fühle ich mich nicht mehr so desolat. Der Weg folgt der Höhenlinie über der Bucht von Arousa, ich kann das gegenüberliegende Ufer sehen, vielleicht ist es auch die Insel, von der diese Bucht ihren Namen hat. Die Stunden vergehen, es gelingt mir, den Schmerz in meinem Fuß auszublenden, mich ganz auf die Zukunft zu fokussieren. Karl May findet Bäche, die zu Tal fließen, zunächst wage ich nicht, das Wasser zu trinken, doch nach ein paar Stunden frage ich nicht mehr nach Düngemitteln und Abwassersystemen, sondern knie mich neben ihn und tue es ihm gleich.

Um fünf Uhr nachmittags erreiche ich die Pilgerherberge. Ich läute, zeige meine Muschel, sage gleich, dass ich kein Geld habe.

Wenn du die acht Euro für ein Bett nicht bezahlen kannst, sagt der Mann, musst du im Wald schlafen.

Die Tür schließt sich wieder.

Auch gut, sage ich zu Karl May. Gehen wir noch ein Stück. Und während ich weiterwandere, frage ich mich, wo Caroline ist, ob sie sich in diesem Moment von der anderen Seite her Santiago nähert, sicherlich nicht zu Fuß. Ich stelle mir ihr Gesicht vor, wenn ich ihr von meinem Abenteuer berichte, dies hält mich eine Weile aufrecht, ich sehe uns in Santiago bei einem Abendessen, ich male mir jeden Gang aus, überlege lange, welchen Wein wir trinken werden, dann fällt mir ein, dass ich die Konten sperren muss, dass das Handy angeschaltet war und Paolo auf meine Kosten in der Welt herumtelefonieren kann, und erneut steigt die Wut in mir auf. Doch ich merke, dass sie mich auslaugt, diese Wut, sie raubt mir meine Kraft, und so gebe ich mir Mühe, Paolo aus meinen Gedanken zu verbannen und stattdessen Carolines Gesicht heraufzubeschwören, ihre widerspenstigen Haare, den markanten Schnitt ihrer Augen, ihre Wirbelsäule, die sich unter dem T-Shirt abzeichnet, das Stückchen Haut, dort, wo es endet und ehe die Jeans beginnt, wenn sie sich bückt …, ja, wenn ich erst Caroline wiedertreffe, dann bin ich gerettet, und erst, als die Dämmerung hereinbricht, merke ich, wie mir die Knie wegsacken, so erschöpft bin ich.

Es ist lange her, dass ich im Wald übernachtet habe. Damals haben Heinrich und ich aus Tannenästen eine Hütte gebaut. Unschlüssig sehe ich die Böschung hinauf, über der der Wald beginnt. Tannen gibt es hier nicht, dafür Eukalyptusbäume und Kiefern. Ich suche lange nach einer passenden Stelle. Sie sollte eben sein, vom Weg her nicht einsehbar, doch nicht zu weit von ihm entfernt. Ich entscheide mich für eine Kuhle unter einem vertrauenerweckenden Eukalyptus. Ich sammle einen Haufen seiner sichelförmigen Blätter und baue daraus ein Lager. Als ich mich hinlege und mein Bett zurechtscharre, bemerke ich meinen Geruch. Ich stinke. Und sehne mich nach einer Dusche. Eine Weile verliere ich mich in der

Erinnerung an das Bad in Fisterra. Dann übermannt mich der Hunger, und mein letztes Mahl in Muros zieht an mir vorbei. Was gäbe ich jetzt für ein kühles Bier. Aber die Müdigkeit ist stärker. Ich blinzle. Karl May sitzt aufmerksam neben mir und blickt hinunter zum Weg. Aus dem Innern des Waldes höre ich es knistern und knacken, fremde Laute, vermutlich von Tieren. Ein Bilderstrudel wirbelt durch meinen Kopf. Über mir im Baum rauscht etwas auf, ich bin zu müde, um die Augen zu öffnen. Dann habe ich das Gefühl, zu fallen, tief und immer tiefer, in ein wattiges, weiches Loch.

Ich werde davon wach, dass etwas auf mein Gesicht tropft. Als ich die Augen öffne, weiß ich nicht, wo ich bin. Es tropft von der Decke, ich taste nach einem Lichtschalter, doch ich fühle nur weiches Fell, das ist Karl May, der neben mir, ja, fast auf mir liegt. Ich atme einen scharfen Geruch ein und weiß nicht, ist es meiner oder seiner. Es regnet. Ich höre es rauschen, noch liege ich im Trockenen, weil der Baum mich beschirmt, aber nicht mehr lange. Die ersten Tropfen dringen schon durch.
Ich setze mich auf und bereue es sofort. Im Schlaf habe ich mich tief unter die Eukalyptusblätter gewühlt, die haben vorzüglich meine Wärme gespeichert, jetzt klappern meine Zähne vor Kälte. Ich lehne mich an den Baumstamm, ziehe Karl May zu mir heran, er schmiegt sich an mich, schläft weiter. Doch ich bin hellwach. Die Leuchtziffern meiner Armbanduhr stehen auf halb vier. Der Regen nimmt zu, ich höre, wie der Wald aufseufzt unter der Wucht der Tropfen, fühle einen feuchten Schleier, der mir ins Gesicht schlägt. Und dann ist es so weit. Die Krone über mir erzittert, der Regen durchbricht das Blätterdach, es rieselt in Rinnsalen auf uns nieder, dort, wo sich das Laub unter der Last des Wassers beugen. Im Nu bin

ich durchnässt. Dann kann ich auch weitergehen, denke ich und rapple mich auf, taste mich von Stamm zu Stamm hinunter zum Weg. Die ersten Schimmer des Tages verwandeln die Schwärze um mich in ein vielgestaltiges Grau, zeichnen die Konturen des Weges, und dann bin ich wieder unterwegs, nass, kalt, mit schmerzenden Gliedern, doch es ist mir egal, ich fühle den Weg mehr, als dass ich ihn sehe, mein Körper ertastet ihn, die Wanderschuhe scheuern, auch wenn sie in der Größe passen, als hätten sie nicht einem Dahergelaufenen gehört, sondern meinem zweiten Ich.

Etwas huscht vor mir über den Weg. Karl May spitzt die Ohren. Es ist ihm nicht geheuer in dieser Stunde der Morgendämmerung, wir sind nicht die einzigen Lebewesen, der Wald um uns scheint in Bewegung. Ich bin auf dem Land aufgewachsen und war in den Wäldern so gut wie zu Hause. Wann hat das aufgehört? Natürlich, es endete mit Heinrichs Tod, danach erlaubte mir meine Mutter nichts mehr, weder die Freizeiten und Camps der Pfadfinder noch die mehrtägigen Wanderungen des Sportvereins. Stattdessen saß ich im Kinderzimmer, das ich nun für mich allein hatte, vor dem Computer, den ich früher besaß als jeder andere Jugendliche im Städtchen, es war das Einzige, was meine Mutter nicht misstrauisch betrachtete, während sie mir alles andere verbot. Das Tauchen, natürlich. Das Klettern. Das Kajakfahren. Das Drachenfliegen. Nur Wandern, das war erlaubt. Allerdings unter den Fittichen der Eltern, und über Nacht war ich seither nie wieder draußen.

Der Regen wird stärker. Statt mich zu ärgern, ziehe ich meine Kleider, die mir am Körper kleben, einfach aus. Splitternackt stelle ich mich in den Regen, da habe ich meine Dusche, denke ich und bin auf einmal ausgelassen, ich strecke meine Arme gen Himmel und lasse mir den

Schweiß vom Körper waschen. Und dann sehe ich wieder Paolo, wie er nackt in den Wellen herumhüpft, und mich am Ufer, der ich nichts verstand, natürlich kam auch er seit Tagen nicht mehr in den Genuss einer Dusche, er hat sich im Meer gewaschen. Ich schlüpfe wieder in meine Hose, so klitschig und kalt sie auch ist, das Hemd binde ich mir um die Hüfte, steige in die Wanderschuhe, beiße die Zähne zusammen und gehe weiter.
Mit einem Mal kehren die Farben zurück in die Welt. Der Regen hört auf. In der aufgehenden Sonne ist die Welt ein frisch gewaschener Juwel, schimmernd und funkelnd. Von der Bucht ist nichts mehr zu sehen. Unter mir liegt eine Stadt, Nebelschwaden schweben über einem Flusslauf. Die Türme einer Kathedrale reflektieren die Morgenstrahlen.

Bald darauf erreichen wir eine Wegkreuzung mit einem Brunnen. Karl May stellt sich auf die Hinterbeine und trinkt. Padrón 4 km, Santiago 24 km lese ich auf dem Wegweiser.
Heute ist Freitag, vierundzwanzig Kilometer schaffen wir leicht, heute Abend, sage ich zu Karl May, sind wir in Santiago. Neben der Wegkreuzung steht eine Schutzhütte mit Bänken davor. Ich setze mich einen Moment. Und habe das Gefühl, nie wieder aufstehen zu können. Meine Glieder werden schwer wie Blei, mir wird schwarz vor Augen. Als ich nach einer Weile die Augen öffne, wird mir klar, ich muss geschlafen haben. Karl May beschnüffelt eine Plastiktüte. Mühsam erhebe ich mich, bücke mich und öffne sie. Eine leere Provianttüte, zerknülltes Butterbrotpapier, ein angeknabberter, braun angelaufener Apfel. Gerade will ich hineinbeißen, als mir bewusst wird, was ich tue. Angeekelt werfe ich den Apfel weit weg. Karl May steckt seine Nase zwischen das leere

Papier. Wühlt darin herum und findet tatsächlich eine Brotkante. Mit einem Happs ist sie verschwunden.
In meinem Bauch tobt ein beißender Schmerz. Mein Herz klopft heftig. Ich bin erschöpft. All meine Energie von vorhin unter dem Regen ist erloschen. Mir ist heiß und kalt gleichzeitig. So weit bin ich also schon, denke ich, während ich die Augen schließe. Zwei Nächte im Freien und vierundzwanzig Stunden nichts zu essen, und ich bin bereit, im Müll herumzuwühlen wie ein Hund. Ich lege mich auf die Bank und fühle ihre Härte. Alles tut mir weh.
Und dann habe ich plötzlich Carolines Stimme im Ohr, als ich mit ihr telefonierte. Wieso, hat sie gesagt, hat man dir vielleicht deine Kreditkarte gesperrt? Da schwang ein hässlicher Unterton mit, und auf einmal wird mir klar, sie wird überhaupt nicht begeistert sein, schon wieder die Lebensretterin zu spielen, vielleicht wird sie mir gar nicht glauben, dass das alles erst nach dem Anruf passiert ist, und dann denke ich, vielleicht ist es aber auch nur deshalb geschehen, weil sie diesen Satz gesagt hat, vielleicht steckt sie mit Paolo unter einer Decke, wahrscheinlich kommt sie gar nicht, sie hat doch gesagt, dass sie nicht kommt, und dann sehe ich mich gehen und gehen, die Wanderschuhe an meinen Füßen werden größer und größer, während ich schrumpfe und schrumpfe, die Muschel um meinen Hals wird schwerer und schwerer, zieht mich nach unten und immer weiter nach unten, bis sich die monströsen Wanderschuhe tief in die Erde graben, mich mit hinunterziehen, ich bekomme keine Luft mehr, diese Muschel erwürgt mich, und während ich nach Luft schnappe, höre ich wie aus der Ferne Karl May knurren, ist ja schon gut, sagt eine Stimme, ich tu deinem Herrchen nichts, tu du mir auch nichts, ja?
Ich schlage die Augen auf. Noch immer liege ich auf der

Bank, jeder Zentimeter schmerzt, vor mir steht eine Gestalt im Gegenlicht und sieht mich an.
Hallo, will ich sagen, doch nur ein Krächzen kommt aus meinem Mund.
Die Gestalt rührt sich nicht.
Beißt dein Hund?, fragt sie.
Ich schüttle den Kopf.
Es ist eine junge Frau. Sie trägt eine Sonnenbrille, wie sie Fahrradfahrer tragen, schräg geschnittene gelbe Gläser, mit einem Gummiband um den Hinterkopf. Vor ihrer Brust baumelt die Muschel.
Bist du krank?
Ich richte mich auf.
Keine Ahnung, murmle ich. Meine Finger umklammern etwas Hartes, es ist die Muschel, ich habe sie mir im Schlaf vom Hals gerissen.
Du bist auch ein Pilger, stellt das Mädchen fest und setzt ihren Rucksack ab.
Ja, sage ich, wahrscheinlich.
Sie betrachtet Karl May.
Hast du kein Gepäck?, fragt sie dann.
Mein Gott, denke ich, kann sie mich nicht in Ruhe lassen.
Siehst du welches?, frage ich.
Es klingt unfreundlich. Aber ich fühle mich miserabel. Mein Kopf tut weh. Und alles Übrige auch.
Hier, sagt das Mädchen und reicht mir einen Becher. Ich kann es nicht glauben. Normalerweise würde ich das niemals annehmen. Ich teile mir keine Trinkgefäße mit fremden Menschen. Man kann sich den Tod holen. Doch jetzt greifen meine zitternden Hände so gierig nach dem Becher einer Thermoskanne, dass ich achtgeben muss, nichts zu verschütten. Es ist Tee. Warmer Tee. Köstlicher, warmer Tee. Leider viel zu schnell leer.

Danke, sage ich.
Ich heiße Almut, sagt das Mädchen, und du?
Meine Antwort ist eher ein Krächzen.
Mensch, sagt das Mädchen, was ist denn mit dir passiert?
Ich bin bestohlen worden, sage ich und schiele nach der Thermoskanne. Auto. Geld. Alles. An der Düne.
Was?
Das Mädchen kriegt den Mund nicht mehr zu.
Und wieso bist du nicht zur Polizei gegangen?
Ich zucke die Schultern. Ja, warum eigentlich nicht.
Ich muss nach Santiago, sage ich, und jedes Wort strengt mich an, morgen muss ich dort sein. Um drei.
Das Mädchen mit dem Namen Almut mustert jeden Zentimeter an mir. Schließlich kramt sie in ihrem Rucksack. Sie zieht ein Päckchen heraus, das in Papier eingewickelt ist.
Hier, sagt sie.
Als sie sieht, wie meine Finger zittern, hilft sie mir beim Auspacken.
Es ist ein belegtes Brötchen. Ich starre es an, als wüsste ich nicht, was es ist.
Na los, sagt sie, iss schon.
Sie sieht den Weg hinunter, der nach Patrón führt, und ich schlage meine Zähne in das Brötchen, Käse mit Tomatenscheiben und Salatblätter, noch nie in meinem Leben habe ich etwas Köstlicheres gegessen, und nach ein paar Bissen legt sich mir eine Pfote aufs Knie, Karl May, dich hätte ich fast vergessen, und dann teile ich den Rest mit ihm, das Mädchen sagt, eigentlich mag ich keine Hunde, doch dann öffnet sie wieder ihren Rucksack und zieht ein Päckchen Salamiwürste heraus, reißt es auf und verfüttert sie an Karl May.
Ein anderer Wanderer kommt den Weg von Patrón herauf.

Das ist Ina, sagt das Mädchen. Wir haben einfach nicht dasselbe Tempo.
Ich atme tief durch. Mit dem Essen im Bauch geht es mir schon besser. Doch noch immer klopft und pocht es in meinen Schläfen. Alle Glieder schmerzen. Ina läuft der Schweiß über die Stirn. Ihre Freundin berichtet ihr, was es über mich zu wissen gibt. Ausgeraubt. Muss nach Santiago. Völlig ausgehungert. Blaue Augen betrachten mich besorgt.
Habt ihr vielleicht ein Pflaster, frage ich und ziehe meinen linken Schuh aus.
Lass mal sehen, sagt Ina und stößt einen leisen Schrei aus, als sie die Fußsohle begutachtet. Ein paarmal sticht es und brennt. Blutblasen, sagt Ina. Der Schnitt von der Scherbe eitert. Das muss man säubern.
Ich lehne mich auf der Bank zurück und schließe die Augen.
Schließlich recke ich meine verbundenen Füße in die Sonne, wie die Pilger am Kap von Fisterra.

Sie geben mir Medizin, frisches Pflaster zum Wechseln, ein Paar Socken, zwei Müsliriegel und eine Wasserflasche, die ich mir immer wieder auffüllen kann. Schließlich kramt Ina noch ein T-Shirt aus ihrem Rucksack. Es ist hellblau verwaschen, und quer über der Brust steht der Satz: Der Weg ist das Ziel.
Probier mal, sagt sie. Vielleicht passt das ja.
Der Weg ist das Ziel. Nein, denke ich, das kommt nicht in Frage. Ratlos betrachte ich mein einstmals so prächtiges Hemd. Es ist schäbig. Kein Zweifel. Seufzend ziehe ich das hellblaue Ding über den Kopf. Es passt. Und dann stecken die Mädchen noch ihre Köpfe zusammen und geben mir zwanzig Euro. Für die Herberge in Santiago, sagen sie, und etwas zu essen. Ich dränge die beiden, mir

ihre Adressen aufzuschreiben, damit ich ihnen alles wiedererstatten kann. Doch sie winken ab. Pilger helfen sich untereinander, sagen sie.

Und dann verabschieden wir uns. Trotz meiner wehen Füße haben wir nicht dasselbe Tempo. Ich habe nicht umsonst jahrelang am Blauen Tötz trainiert.

Am späten Nachmittag haben wir es geschafft. Von einem Hügel aus sehe ich es vor mir liegen, das Ziel meiner Wanderschaft, Santiago de Compostela. Die Kathedrale überragt ein Gewirr von Häusern, eingerahmt von einem Straßenring. Die letzten Kilometer sind mühseliger, als der ganze Tag es war. Endlose Einfallstraßen, die sich in nichts von denen anderer Städte unterscheiden, Supermärkte, Baustoffzentren, Autohändler …, ich schließe die Augen und gehe, versuche an gar nichts zu denken, vor allem nicht an meine Schmerzen, vor allem nicht an das, was vor mir liegt. Endstation Santiago, ohne Onkel Gregors Asche ist meine Reise ohne Sinn, ich habe versagt, nie werde ich erfahren, was er mir in seinem letzten Brief sagen wollte.

Ich trotte hinter anderen Pilgern her, und irgendwann trete ich wie alle durch ein Tor und befinde mich mitten im Gassengewirr der Altstadt, Asphalt weicht Pflaster, auf einem Platz hebe ich meinen Blick, und der fällt auf ein Gebäude, auf dem steht »Comisaría de Policía«. Die Stunde der Abrechnung ist gekommen.

Hunde sind nicht willkommen. Das macht mir der Wachmann am Eingang klar. Die Treppen zur Staatsgewalt sind aus Marmor, auch hier scheint das Prinzip zu gelten, die Menschen erst einmal einzuschüchtern.

Warte hier auf mich, sage ich zu Karl May. Ich bin gleich wieder da.

Karl May zögert. Er will hier nicht sitzen bleiben, voller Angst sieht er mich an. Ich komme wieder, das versprech ich dir, mein Freund, sage ich und streichle ihn, bis er sich entspannt und folgsam neben eine Säule setzt. Er sieht mir nach, solange er kann.

In der Eingangshalle frage ich mich hartnäckig durch. Hinter einem Schalter sitzt ein Mädchen am Computer. Ich will eine Anzeige machen, sage ich. Sie telefoniert. Heißt mich warten. Schließlich kommt eine Beamtin. Flottes Uniformkostüm, rotblondes Haar, Sommersprossen, blitzende Augen, die mich von oben bis unten mustern. Ich schätze sie auf Anfang fünfzig.

Worum geht es, fragt sie in gutem Deutsch.

Ich erkläre es ihr. Mein Auto wurde gestohlen, vorgestern Abend, ein Mietwagen, ich nenne die Marke, das Nummernschild, den Ort. Braune Augen mit grünen Sprengseln betrachten mich hellwach.

Augenblick, sagt sie, können Sie das noch mal wiederholen, welches Kennzeichen hat Ihr Auto, am besten schreiben Sie es mir auf, und dann bittet sie mich in ein Büro, winkt das Mädchen vom Computer fort, uns zu begleiten.

Hier, sagt sie dann und legt mir einen Stapel Formblätter hin, füllen Sie das aus.

Ich seufze. Und beiße die Zähne zusammen, ergreife den hingehaltenen Kugelschreiber und mache mich an die Arbeit. Zwanzig Minuten später bin ich fertig. Die Frau ist verschwunden. Ein Wachtmeister trägt die Formulare weg. Ein anderer nimmt unauffällig vor der Tür Aufstellung. Ich warte. Fünfzehn Minuten. Zwanzig Minuten. Eine halbe Stunde. In mir beginnt es zu kochen.

Was ist denn nun, frage ich das Mädchen hinter dem Computer, obwohl ich weiß, dass sie mich nicht versteht.

Sie schaut auf und nickt. Sagt nur ein Wort. Ich verstehe es nicht. Natürlich nicht. Ich spreche kein Spanisch.
In der Ecke steht eine Grünpflanze. Mir wird bewusst, dass ich mich kaum zurückhalten kann, sie in Stücke zu reißen. Stattdessen studiere ich das Muster des Fußbodens. Marmorplatten, im Fischgrätenmuster verlegt.
Nach einer Stunde kommt die rotblonde Frau zurück.
Bitte schreiben Sie auf, was sich in Ihrem Wagen befunden hat?
Langsam werde ich böse.
Sie lassen mich eine Stunde warten, um mich zu fragen, was im Wagen war?
Ihre Augen werden eine Spur schmaler.
Also?
Dampfend vor Wut setze ich mich wieder hin. Schreibe auf, woran ich mich erinnere. Mein Koffer mit Kleidung. Mein Jackett mit Portemonnaie, Mobiltelefon, einem Bündel mit Briefen.
Was ist in der Brieftasche?, fragt die Frau.
Ich versuche mich zu konzentrieren.
Rund dreihundert Euro in bar. Personalausweis. Führerschein. Kreditkarte. Ein paar Rechnungen. Vom Hotel in Fisterra zum Beispiel.
Ihr Blick ruht eine Weile auf mir. Dann legt sie etwas auf den Tisch, und ich traue meinen Augen nicht. Meine Brieftasche.
Gehört das Ihnen?
Wo haben Sie das her?
Sehen Sie nach, ob alles drin ist.
Ich fühle die vertraute Glattheit des Rindsleders. Es ist alles da. Das Geld. Die Kreditkarte. Sogar das kleine Stückchen Farn, das ich für Caroline aufgehoben habe.
Wo haben Sie das her, will ich wissen.
Aus Ihrem Auto, sagt die Frau kühl.

Sie … Sie haben das Auto gefunden?
Das war nicht schwierig, sagt die Beamtin. Es war kaum zu übersehen.
Ich habe nicht die geringste Ahnung, wovon sie spricht.
Einen Augenblick, sagt die Frau und wendet sich wieder zum Gehen.
Hören Sie, rufe ich ihr hinterher, ich habe nicht alle Zeit der Welt. Vor der Tür wartet jemand auf mich, können Sie mir bitte erklären …
Wer immer auf Sie wartet, sagt die Frau, wird Geduld brauchen. Und dann ist sie weg.
Geduld. Nach all dem, was hinter mir liegt, habe ich keine Geduld mehr. Doch als ich aufstehe und zur Tür gehe, versperrt mir der Polizist den Weg. Sagt etwas zu mir. Und ausnahmsweise verstehe ich Spanisch, er sagt, dass ich nicht gehen kann. Und dann kommt die Beamtin zurück in Begleitung zweier weiterer Uniformierter, bullige Typen, wir sind leider gezwungen, sagt die mit den rotblonden Haaren, Sie vorläufig festzunehmen, was, schreie ich, ja sind Sie denn verrückt geworden, mir wurde mein Auto geklaut, verstehen Sie überhaupt Deutsch, MEIN AUTO WURDE MIR GESTOHLEN, die beiden Riesenkerle nehmen mich in ihre Mitte, eine solche Wut erfasst mich, dass ich den Halt unter den Füßen verliere, wie wild um mich schlage, krachend fallen Gegenstände zu Boden, irgendjemand brüllt bestialisch, das bin ich, und dann reißen sie mir das T-Shirt über den Kopf, dass ich nichts mehr sehen kann und fast keine Luft bekomme, meine Arme werden verdreht, dass ich vor Schmerzen brülle, mit den Füßen strample, einem Beamten Paolos Vermächtnis in die Weichteile trete, doch es nützt mir nichts, sie schleppen mich davon, während ich mich immer noch heiser schreie, lasst mich los, verdammt noch mal, und werde tatsächlich losgelassen, verliere das

Gleichgewicht und stürze hart zu Boden, eine Tür fällt ins Schloss, ich keuche und wische mir den Schweiß vom Gesicht – und auf einmal ist sie weg, die Wut, spurlos verschwunden. Ich stehe auf. Sehe mich um. Eine Pritsche, ein Tisch, ein Stuhl. In der Ecke ein Waschbecken und eine Toilettenschüssel. Ich streiche mir mit der Hand über das Gesicht. Als ich die Augen wieder öffne, ist alles noch da. Es gibt keinen Zweifel. Ich befinde mich in einer Zelle.

Zwanzigstes Kapitel

in dem Caroline nach Santiago kommt und beschließt, dass alles anders wird

In dieser Nacht schlafe ich so fest und tief wie schon lange nicht mehr. Noch vor Sonnenaufgang werde ich wach, klettere aus dem Wagen, betrachte die Sterne, die einer nach dem anderen verlöschen. Eine Weile studiere ich die Karte, und dann fahre ich los, über Luarca nach Ribadeiro und weiter nach Mondonedo, wo ich frühstücke und dabei zusehe, wie Marktfrauen ihre Stände aufbauen, dann weiter nach Villalba und Richtung A Coruña, bei Betanzos biege ich nach Süden ab, und eine halbe Stunde später bin ich in Santiago.

Bitte, sage ich mir, das war doch ganz einfach. Ich fahre so weit in die Altstadt hinein, wie es nur geht. Dann nehme ich die Einfahrt zu einer Tiefgarage. Als ich die Treppen hinaufsteige und ans Tageslicht trete, stehe ich genau vor der Polizeihauptwache. Prima, denke ich, einen sichereren Platz für meinen Wagen gibt es nicht.

In dem Hotel schräg über dem Platz nehme ich mir ein Zimmer. Es ist Viertel nach zwölf. Noch drei Stunden.

Ich dusche, ziehe mich um, döse eine Viertelstunde auf dem Bett, dann halte ich es nicht mehr länger aus. Ich bürste mein Haar, bis es glänzt, tusche mir die Wimpern, verteile sogar Lidschatten über den Augen. Eine Weile betrachte ich mich im Spiegel. Dann mache ich mich auf. Unten am Empfang frage ich nach dem Weg zur Kathedrale.

Sie haben also keine Angst, fragt mich der Portier in gutem Englisch.

Angst? Wovor denn?
Sagen Sie bloß, Sie haben noch nichts von dem Anschlag gehört, fragt er.
Ich schüttle den Kopf. Und mir ist klar, ich werde gleich alles erfahren, was es darüber zu wissen gibt. Der Portier fährt sich mit der Zunge über die Lippen.
Vor zwei Tagen, sagt er, gab es hier Bombenalarm. Stellen Sie sich vor, direkt vor dem Hauptportal der Kathedrale stand plötzlich ein Wagen, ausgerechnet auf der Praza del Obra d'Oro, wo man nur mit tausend Sondererlaubnissen hinfahren kann, nicht einmal die Touristenbusse dürfen das, und auf einmal steht da ein Wagen. Mitten auf dem Platz. Sofort ist die Polizei da, seit Monaten redet man von einem möglichen Anschlag auf Santiago. Außerdem wollte an diesem Tag der spanische Staatspräsident dem Elfuhrgottesdienst die Ehre geben, jawohl. Und eine Stunde vorher, keiner weiß, wie es geschehen kann, taucht dieses Auto auf.
Worauf will der Mann hinaus, frage ich mich ungeduldig.
Na und, sage ich, man wird es wohl abgeschleppt haben, oder?
Der Mann ist entsetzt über das Ausmaß meiner Naivität.
Wir befinden uns in Spanien, Señorita, sagt er mit Grabesstimme, und da sind meistens Bomben in Autos, die da stehen, wo sie nicht hingehören, vor allem kurz vor Besuchen eines Staatsoberhaupts, das ist doch klar.
Ich nicke. Natürlich. Die Eta. Und was sonst noch alles.
Sie können sich nicht vorstellen, was los war. Der Platz wird geräumt. Und nicht nur der Platz, die Kathedrale. Der Parador de Los Reyes Catolicos direkt daneben, das teuerste Hotel Spaniens, wo alles schon für den Empfang des Präsidenten vorbereitet ist. Die halbe Altstadt. Aus

Madrid fliegen sie Sprengstoffspezialisten ein. Die hiesige Polizei, bahhh, was soll ich sagen, seit dem Frühjahr reden sie von einem möglichen Anschlag, aber kaum ist er da, sind sie hilflos wie Kinder. Machen einen Fehler nach dem anderen. Ein Freund von mir ist bei denen, er hat es mir erzählt, die Kollegen haben im Auto überall Spuren hinterlassen, keine Fingerabdrücke mehr zu identifizieren, diese Stümper. Aber die hätten sie auch so nicht gefunden, weil diese Terroristen nämlich Profis sind.

Und, frage ich, war eine Bombe drin?

Der Mann lacht.

Sie behaupten natürlich, ja. Hier, Sie können alles in der Zeitung lesen. Jetzt streiten sie darüber, ob es die Eta war oder die Moslems. Aber mein Freund sagt, es ist alles Unsinn. Keine Spur von einer Bombe. Kein Sprengstoff, nichts. Und den armen Irren, der das Auto dort hingestellt hat, den haben sie jetzt auch geschnappt. Wollen kein Aufhebens drum machen. Haben sich ohnehin genug blamiert.

Der Portier lacht glucksend.

So ein Clown, sagt er, kommt nach Santiago und parkt sein Auto direkt vor der Kathedrale. Und dann marschiert er zur Polizei und beschwert sich, dass es weg ist. Leute gibt's!

Dann verfinstert sich mit einem Mal seine Miene.

Aber für den Tourismus, was glauben Sie, welchen Schaden das anrichtet! Vorgestern waren wir noch ausgebucht. Heute können Sie sich das Zimmer aussuchen. Überstürzte Abreisen. Stornierungen. Die Leidtragenden, das sind wir …

Ich habe genug gehört. Eine Weile lache ich mit dem redseligen Portier über Menschen, die keinen Schritt zu Fuß gehen und ihr Auto überall stehenlassen, dann ziehe ich meiner Wege. In wenigen Stunden treffe ich Gregor, für mich ist das aufregend genug.

Zehn Minuten später stehe ich selbst auf der Praza del Obra d'Oro, eingerahmt von altehrwürdigen Gebäuden, über denen, so prächtig sie auch sind, die Kathedrale wie eine Königin thront.

Hier bin ich also, zwei Stunden vor der Zeit. Ich sehe mich um. Überall stehen Polizisten herum oder stolzieren nervös auf und ab, nehmen junge Leute in Wanderkleidung ins Visier, die sich auf den Boden setzen und ihre Rucksäcke ablegen wollen, treiben sie weiter, hier ist kein Platz zum Verweilen, auch wenn die ankommenden Pilger noch so enttäuscht sind, sich hier und da sogar zu einem Wortgefecht hinreißen lassen, doch es ist klar, die Polizisten verstehen heute keinen Spaß. Besonders vor dem Gebäude linker Hand ist ein enormes Aufgebot, ich kann sogar Soldaten erkennen, das muss das berühmte Hotel sein, in dem der Präsident untergebracht ist, ich habe vergessen zu fragen, wie lange dieser Besuch noch dauert.

Ehe mich ein Polizist anspricht, gehe ich weiter, alles, was sich nicht bewegt, scheint ihnen verdächtig, ich erklimme die Treppe hinauf zum Portal, finde es verschlossen.

Weil Gottesdienst ist, gibt die Frau in dem Souvenirladen auf halber Treppe mürrisch zur Auskunft. Ich umrunde die Kathedrale und erreiche den südlichen Seiteneingang.

Was für ein Rummel. Aus allen Richtungen quellen Pilger auf den Kirchenbau zu, in ihn hinein, ich lasse mich mit ihnen ins Innere treiben, stolpere über eine Falte im Läufer, hoch streben die Pfeiler auf, golden wölbt sich ein Baldachin über dem Altar, nachdrängende Pilger und

Ordnungskräfte, Beamte und Priester schieben uns weiter, alle nervös darauf bedacht, niemanden einen Augenblick stillstehen zu lassen. Wie sollen wir uns finden in diesen Menschenmassen, ob das eine gute Idee war, samstags um drei an der Kathedrale von Santiago, warum ausgerechnet Santiago, warum samstags, warum dann, wenn der Staatspräsident hier ist? Schließlich hat mich die Menschenwoge bis ganz ins hinterste Kirchenschiff geschoben, wo die Pilger an einer Säule Schlange stehen, um einen Stein zu küssen. Als ich näher komme, sehe ich, sie legen ihre Finger in eine Mulde, die offenbar unzählige Berührungen vor ihnen in der Säule hinterlassen haben, lehnen ihre Stirn gegen den Stein an der Basis, es ist ein Gesicht, vermutlich das Antlitz des heiligen Jakobus. Lange stehe ich dort, vergesse die Zeit, beobachte die Gesichter der Menschen, manchen laufen Tränen über die Wangen. Was ist das für ein Gefühl, wenn man ankommt nach so langer Wanderung?
Angela kommt mir in den Sinn, mein Weg auf sie zu, wenn ich will, stehe ich in ein paar Tagen schon vor ihr, und bei diesem Gedanken beginnt mein Herz wie wild zu schlagen.
Ich wende mich ab. Und wie auf ein Zeichen kommen Priester gelaufen und treiben uns von der Säule weg, zur Enttäuschung der Wartenden spannen sie Kordeln, die den Zugang zum Heiligtum verwehren, wieder einmal beginnt eine Messe, und offenbar darf man sich währenddessen der Säule nicht nähern. Ich beobachte die unterschiedlichen Arten von Pilgern, sehe in euphorische Gesichter, die sich mit den Krähenpriestern anlegen wollen, sie sind davon überzeugt, dass dies ihre Kirche ist und nicht die der Vorschriften, entdecke einen Mann, der auf dem Steinboden sitzt und sich an einen der Pfeiler lehnt, müde drückt er die Tasten seines Handys, verschickt eine

Nachricht, bin gut in Santiago angekommen, stelle ich mir vor. Dann entdecke ich ein älteres Paar in Kniebundhosen, karierten Hemden und grauen Filzhüten, die sich den Gang entlangschleppen. Ich präge mir den Gesichtsausdruck der Frau ein, in ihm lese ich Schmerzen und ein Nichtglaubenkönnen, endlich angekommen zu sein, in ihren Augen erkenne ich auch Verstörtheit angesichts der Menschenmassen, Hilflosigkeit, wohin sie sich wenden sollen, bis sie endlich in einer der hinteren Kirchenbänke Platz finden, Seite an Seite, sich an den Händen haltend, fassungslos zum goldenen Altar dort vorne blicken.
Ich beobachte lange Reihen von Menschen, die vor den zahllosen Beichtstühlen warten, eine Durchsage verkündet, dass Beichten in allen europäischen Sprachen abgelegt werden können, dass in wenigen Minuten die Dreiuhrmesse beginnt, man möge die Plätze einnehmen und auf keinen Fall in den Durchgängen stehen bleiben.
Drei Uhr. Ich schrecke auf. Mache mich auf den Weg zum Seiteneingang, und ich bin der einzige Mensch, der in diesem Moment hinauswill, alle wollen herein, denn gleich beginnt die Messe, und als ich den Ausgang erreiche, ist es zwei Minuten nach drei. Auf der steinernen Bank, die an der Außenfassade entlang verläuft, sitzen Pilger und essen ihre Brote, ich stelle mich auf ein freies Eckchen und suche den Platz nach Gregors Gestalt ab, Karl May an seiner Seite. Fehlanzeige.
Das gibt es nicht, denke ich, er kann mich doch nicht hierherbestellen und dann nicht kommen, und dann fällt mir ein, dass er unten am Haupteingang wartet, auf diesem prächtigen Platz, und schon springe ich von der Bank, die Treppen hinunter, quetsche mich durch die Menge, Gott, was für ein Geschiebe und Gedrücke, auf dem Platz vor dem Hauptportal liegen nun doch die Rucksäcke bergeweise, Pilger stehen oder knien oder

sitzen, ja, sie lagern sogar auf dem Pflaster, die Polizisten haben es aufgegeben, sich mit ihnen anzulegen, ein paar Japaner stellen sich vor einer regungslosen Figur in Gestalt des Heiligen auf, es ist ein Mime auf einer goldenen Kiste, im braunen Mantel, mit Hut und Stab, an seinem Gürtel baumelt die Jakobsmuschel, das erstarrte Gesicht ist golden geschminkt, und wären nicht seine Augen, die sich hin und wieder kullernd bewegen, man könnte tatsächlich glauben, er sei eine Statue. Einer der Japaner zupft mich am Ärmel und zeigt auf die Kamera, Foto, Foto, bitte, bitte, doch ich reiße mich los, eine im Kreis tanzende Gruppe zwingt mich zu einem weiten Umweg um den halben Platz, und als ich endlich die Freitreppe erreiche, kann ich weit und breit keinen Gregor entdecken.

Ich gehe die Stufen hinauf, obwohl ich sehen kann, dass er nicht da ist. Es ist zwanzig nach drei. Ich stampfe mit dem Fuß auf. Was für eine Idee, sich hier zu verabreden! Ich drehe mich einmal im Kreis. Blicke angestrengt die Treppe hinunter, und auf einmal weiß ich nicht mehr, wie Gregor aussieht, habe vergessen, was er anhaben könnte, als wir uns in Brest trennten, trug er meinen Pullover und die Supermarkt-Jeans.

Mich fröstelt, mitten in der Nachmittagssonne. Er wird nicht kommen. Wer zum Teufel hat mir diesen Floh ins Ohr gesetzt, dass ich nur nach Santiago zu fahren brauche, und schon wartet hier eine Liebesgeschichte auf mich, und alles tritt ein, woran ich im Ernst gar nicht glaube, ausgerechnet von jemandem wie Gregor Beer erwarte ich, dass er mich nicht enttäuscht?

Das kann nicht sein, sage ich laut. Er kann nicht sagen, er will mich hier treffen, und dann nicht kommen. Ich zwinge mich, nicht schon wieder auf die Uhr zu sehen. Es ist mir, als hinge alles davon ab, dass ich jetzt nicht auf die

Uhr starre, sondern ihm noch eine Frist gebe, eine Chance, wer weiß, was ihn aufhalten könnte, ein klein wenig kann man ja aufeinander warten, oder nicht?
Du hast gesagt, dass du nicht kommst, denke ich. Du hast gesagt, er kann es vergessen, wieso glaubst du, macht er sich die Mühe, nachzusehen, ob du Wort hältst? Warum sollte er sich das antun? Du bist selbst schuld, er kann ja nicht wissen, dass du deine Meinung ändern würdest.
Und dann kommen Menschen die Treppe herauf, ich sehe jedem Einzelnen ins Gesicht, als könnte er sich durch meinen bloßen Wunsch in Gregor verwandeln, einer erwidert meinen Blick, es ist ein Mann in Gregors Alter, aber er ist es nicht, er trägt indische Leinenhosen in einem verblichenen Lilaton, ein zerrissenes T-Shirt, so etwas würde Gregor nicht einmal anfassen. Ich wende meinen Blick ab. Sehe, ohne es zu wollen, auf die Uhr. Es ist kurz vor vier. Ich will es nicht glauben. Betrachte eine Weile, wie der Sekundenzeiger über das Zifferblatt kreist. Einmal. Zweimal. Dreimal. Ein Schatten fällt auf mich. Das muss er sein. Ich warte drei Rucker des Sekundenzeigers ab, dann sehe ich auf. Es ist nicht Gregor. Es ist der Typ in den lilafarbenen Hosen.
Wartest du auf jemanden?, fragt er.
Was geht dich das an, sage ich. Der Mann verzieht keine Miene. Ich schaue an ihm vorbei die Treppe hinunter. So viele Menschen, und keiner davon ist Gregor. Der tanzende Kreis ist noch größer geworden. In der Mitte sitzen zwei Männer, einer mit einer Gitarre, ein zweiter mit einer Handtrommel. Ich will hinunterlaufen und sie ihm aus der Hand reißen. Ich will dem anderen die Gitarre über den Schädel schlagen und die wie in Trance Tanzenden auseinandertreiben. Jedem einzelnen Polizist möchte ich die Mütze vom Kopf schlagen, sie am Revers packen und schütteln, ja, die Japaner über den Platz scheuchen

wie eine Schar Hühner, sie mit ihren Fotoapparaten erwürgen, die ihnen um die Hälse hängen. Ich möchte einen riesigen Hammer nehmen und diese bescheuerte Treppe zertrümmern, Stein für Stein, ach was, Hammer, eine Bombe, denke ich, am liebsten hätte ich eine Bombe, damit würde ich diesen Steinhaufen von einer Kathedrale in Schutt und Asche legen, samt Parador, samt Präsident, samt Altstadt und ganz Galizien, ganz Spanien, die ganze Welt.

Kannst du aufhören, mich anzustarren, fahre ich den Mann in den lila Hosen an, der immer noch dasteht und mich nicht aus den Augen lässt. Er lächelt. Was mich noch wütender macht.

Du siehst aus wie jemand, der am liebsten eine Bombe werfen möchte, sagt er.

Und wenn, sage ich, was geht dich das an?

Er lacht wieder.

Das hast du schon mal gesagt.

Ich stehe auf und gehe ein Stück die Treppe hinunter. Auf halber Höhe bleibe ich stehen. Als ich klein war, habe ich versucht, dem Schicksal einen Handel anzubieten, ihm ein Schnippchen zu schlagen, nach dem Motto: Wenn du jetzt die Treppe ganz hinuntergehst, dann kommt er nicht. Wenn du noch wartest, sagen wir, eine halbe Stunde, wenn es dir gelingt, so lange nicht auf die Uhr zu sehen, dann … Was dann?

Es fühlt sich an, als würde alle Freude aus mir herausrieseln, ganz langsam, wie der Inhalt einer Sanduhr, ich bin acht Jahre, es ist mein Geburtstag, mein Vater hat versprochen, zu kommen, und dann tat er es doch nicht. Wo war er damals? Ich habe es vergessen. Nicht vergessen habe ich, dass ich mich weigerte, schlafen zu gehen, ehe er nicht zur Tür hereinkam, irgendwann war ich am Gabentisch eingeschlafen, Omi brachte mich ins Bett,

und am nächsten Morgen war alles wie immer, doch in mir hatte sich etwas verändert. Ich habe meinem Vater nie mehr geglaubt, wenn er sagte, dann und dann bin ich zu Hause. Und gewartet habe ich auch nicht mehr auf ihn.
Entschlossen gehe ich die Treppe hinunter. Es ist halb sechs. Das ist wirklich das Letzte, sage ich laut. Da mache ich einen Umweg von sechshundert Kilometern, und er ist nicht da. Vor dem letzten Treppenabsatz fällt mir etwas ein. Ich krame mein Mobiltelefon hervor und suche nach seinem Anruf. Wähle die Nummer. Presse die Lippen aufeinander, während die Verbindung hergestellt wird. »Ihr Gesprächspartner ist im Augenblick nicht zu erreichen«, sagt eine weibliche Computerstimme, »bitte versuchen Sie es später noch einmal.«
Mit einem Schlag wird mir die Peinlichkeit meiner Situation bewusst. Anna fällt mir ein und die ganze Schmach, Luciens Gesicht verschwimmt mit Gregors, das ich nun in allen Einzelheiten vor mir sehe, und dann höre ich sie lachen, seht sie euch an, sagt Gregor, sie hat tatsächlich geglaubt, ich warte auf sie, dabei hab ich ihr doch in Brest schon klargemacht, dass sie mir nichts bedeutet, ja, sagt Anna, sie hat ein Problem mit Männern, das liegt auf der Hand, siehst du, sagt mein Vater, ich hab dir doch gesagt, es kommt nichts dabei heraus.
Bist du mit dem Auto da?
Ich fahre herum. Schon wieder dieser Typ. Eben stand er noch oben, jetzt lehnt er sich an die Balustrade über dem letzten Treppenabsatz.
Vielleicht kannst du mich mitnehmen? Wohin fährst du denn?
Ich wende mich ab. Es sind immer die falschen Männer, die an mir kleben, immer die lästigen, hartnäckig wie die Schmeißfliegen, und dann legt der mir die Hand auf die

Schulter, was ich auf den Tod nicht leiden kann, warte doch mal, sagt er. Warten? Ich habe genug gewartet.

Vergiss es, sage ich, ich bin nun mal lieber allein unterwegs, und er lacht, dieser Kerl, ich sehe ihm einen Moment lang in die Augen, da ist etwas Irritierendes in seinem Gesicht, bis ich erkenne, er hat ein Tattoo zwischen den Augenbrauen, ein verschlungenes Knäuel von Linien, nicht größer als ein Vogelauge.

Er ist schuld an allem, denke ich, er ganz allein, und obwohl ich weiß, dass das Blödsinn ist, frisst sich dieser Gedanke in mir fest, wäre er nicht aufgetaucht, dann wäre Gregor jetzt hier, und er sagt, das hat neulich schon einer zu mir gesagt, das sagen sie zuerst mal alle …, und jetzt reicht es mir, meine Hand fährt nach vorn, nein, nicht meine Hand, meine Faust, und sie trifft ihn mitten im Gesicht, direkt auf dieses blöde Tattoo, er taumelt und stürzt, fällt die Treppe hinunter in eine Gruppe junger Mädchen, mit einem Riesengeschrei reißt er sie mit hinab. Im Nu bin ich umringt von Menschen. Händen, die nach mir greifen, weißen Uniformen, denen ich nun tatsächlich die Mützen vom Kopf schlage, bis sie mich zu Boden drücken, weiße Bügelfaltenhosen, schwarzglänzende Schuhe, harte Mienen, darüber der Himmel, so blau …, komisch, dass es ihn immer noch gibt, diesen Himmel, dass er so unschuldig leuchten kann, dass er sich nicht verfinstert, erlischt, verschwindet mitsamt diesem verdammten Tag, samstags um drei an der Kathedrale, das vergess ich ihm ein Leben lang nicht, und mir selbst verzeih ich das erst recht nicht, dass ich so bescheuert bin und tatsächlich herkomme, tatsächlich glaube, dass er anders ist, tatsächlich denke, auf ihn ist Verlass, dass ich diesen weiten Weg gemacht habe nur wegen ihm, er hat gepfiffen, wie man einem Hund pfeift …, und dann zerren sie mich auf die Beine, drehen mir die Arme auf den Rücken, schleppen mich davon, und im Vorbeigehen kann ich sehen, wie dem Kerl das Blut auf seine schmutzigen Baumwollhosen tropft, doch die Genugtuung währt kurz, denn in mir ist alles Scham und Schande, nicht, weil mich Hunderte von frommen Pilgern anstarren, als sei ich der Leibhaftige persönlich, nein, weil ich nichts Besseres wusste, als angelaufen zu kommen, in der Tat, sage ich mir, du wusstest tatsächlich nichts Besseres, wo solltest du auch hin, nach Hause kannst du nicht, mit Anna hast du es dir verdorben, du hast keinen Menschen auf dieser verdammten Welt, das Einzige, was dir noch bleibt, ist, dich auf die Suche nach deiner Rabenmutter zu machen, ansonsten kannst du dich gleich von der nächsten Klippe stürzen, davon soll es in Südportugal ja ein paar geeignete geben.

Auf der Polizeiwache gleich gegenüber von meinem Hotel fällt mir mein Auto ein, das unter mir in der Tiefgarage steht, eine rotblonde Frau mit Sommersprossen schüttelt den Kopf, was ist bloß los mit euch Deutschen, sagt sie, dreht ihr jetzt alle durch?

Ich betrachte eine kränkelnde Grünpflanze in der Ecke.

Wenn Sie der nicht bald einen größeren Topf mit mehr Erde geben, sage ich, dann geht sie ein.

Die Frau hebt die Augenbrauen.

Ist Ihnen bewusst, sagt sie, dass Sie jemandem das Nasenbein gebrochen haben und zwei weitere Menschen mit Prellungen ins Krankenhaus gebracht werden mussten?

Ich studiere das Muster des Fußbodens. Marmorplatten, im Fischgrätenmuster verlegt.

Dieser Kerl hat mich belästigt, sage ich. Darf man das hier in Spanien? Im heiligen Santiago de Compostela? Da sehen alle weg, auch Ihre tüchtigen Polizisten!

Sie legt mir ein Formular hin, das ich ausfüllen soll, doch mir reicht es, ich zerreiße es in kleine Stücke, ich soll meine Personalien einer Computermaus diktieren, doch ich denke nicht daran, hier liegt mein Pass, fahre ich sie an, was wollen Sie von mir, warum lassen Sie mich nicht in Ruhe!

Schade, sagt die rothaarige Beamtin. Ich wollte Ihnen eben einen Vorschlag machen. Sie bezahlen einhundertfünfzig Euro Strafe, die dem Pilgerbüro zugutekommen, oder Sie verbringen diese Nacht hier in einer Zelle.

Prima, sage ich, da fällt mir die Wahl nicht schwer.

Die Beamtin lächelt.

Wusste ich es doch, sagt sie. Am Ende knicken sie alle ein.

Sie schreibt einen Bußgeldbescheid aus. Schiebt ihn mir hin.

Sie haben mich falsch verstanden, sage ich. Diese verlogenen Pilger bekommen keinen Cent von mir. Ist mir doch egal, wo ich heute Nacht schlafe.

Anfangs finde ich das Ganze hochinteressant. Bett, Tisch und Hocker sind am Boden festgeschraubt. In der Ecke ein Waschbecken, eine Toilette.

Kein Fenster. Eine Sekunde lang ergreift mich Panik. Wie soll ich schlafen ohne Fenster. Dann bemerke ich den feinen Windhauch, durch einen vergitterten Schacht an der Decke wird Luft hereingeblasen. Eine Zelle mit Aircondition, nicht übel.

Schade nur um das teure Hotelzimmer, denke ich und wickle mich in die kratzige Wolldecke. Ein würdiger Abschluss für einen beschissenen Tag. Ich rolle mich klein zusammen. Stelle mir vor, ich liege im Bauch meiner Mutter. Doch der Gedanke tröstet mich nicht mehr, wie er es früher getan hat, als ich noch ein Kind und meine Mutter bei den Engeln war. Ich versuche, Angela aus meinen Gedanken zu drängen. Und Gregor auch. Und

Anna. Und Lucien. Doch kaum habe ich einen von ihnen tatsächlich aus meinem Kopf verbannt, taucht der Nächste von der anderen Seite wieder auf. Gregor ist besonders hartnäckig. Er lässt nicht locker, gaukelt mir Bilder vor, lauter Möglichkeiten, was er im Augenblick gerade tun könnte, ich sehe ihn durch irgendeine Altstadt schlendern, die Asche seines Onkels verstreuen, mit einer anderen Frau zu Abend essen. Ich stöhne auf. Kaum habe ich diese Bilder verjagt, taucht Anna vor mir auf, Anna, die sich die Hand vor den Mund presst, Anna, die mich voller Abscheu anschaut, Anna, die sich an Lucien schmiegt. Ich werfe mich auf die andere Seite. Genauso gut könnte ich versuchen, einen Schwarm Stechmücken zu verjagen. Dann beginne ich, die Zaubernamen meiner einzigen Freunde herunterzubeten, das hat noch immer geholfen, *Botrychium Lunaria, Mondraute, Ophioglossum vulgatum, Gemeine Natternzunge, Pteridium aguilinum, Adlerfarn, Polypodium vulgare, Engelsüß, Dryopteri filixmas, Wurmfarn*, und dann die Familie des *Adiantum, Japanischer Pfauenradfarn, Schwarzbraune Steinfeder*, ich schrecke auf, da ist ein fernes Rufen, verzweifelte Schreie, es geht mir durch und durch, ich halte mir die Ohren zu, *Hahnenkammfrauenfarn, Wendeltreppenfrauenfarn*, und nicht zuletzt der *Himalaja Venushaarfarn*, und nun fällt mir Fred ein, ja, auf Fred war Verlass, er war pünktlich wie die Stechuhr im Institut und ließ mich nicht warten, er hat nie sein Wort gebrochen, niemals mehr versprochen, als er halten konnte, und genau deshalb habe ich mich von ihm getrennt, weil mich das auf die Palme brachte, weil er mir zu langweilig war, weil ich meine Zukunft mit ihm bis an unser Lebensende voraussehen konnte, und vor allem, weil ich ihn nicht liebte.
Du bist ja sowieso nicht fähig, jemanden zu lieben, hat Anna gesagt. Und da krümme ich mich noch kleiner

zusammen, *Dryopteris affinis vallichiana, Osmunda cinnamonea, Woodsia polystichoides*, und die riesengroße *Dicksonia antarctica*, die bis zu fünf Meter hoch werden kann, drei Meter zwanzig maß das Exemplar, das ich kurz vor Ostern aus Australien bekommen hatte, es ist schwer, wenn nicht unmöglich, Farne aus Australien zu importieren, es hat mich fast drei Monate gekostet, um die ganzen Genehmigungen einzuholen, aber auch die Dicksonia hat den Hagelschlag an Pfingsten nicht überlebt.

Sie spenden keinen Trost mehr, die magischen Namen. Stattdessen wandere ich durch die Gärten, die ich in Südfrankreich angelegt habe, doch da ist der Dinosaurierpark von Victor, von dem ich mich nicht verabschiedet habe, Annas Plätzchen hinter der wilden Rose mit den Lavendelbüschen und diese sinnlose Sonnenuhr, die Lucien unbedingt haben wollte, da balle ich wieder die Fäuste, beiße auf meine Fingerknöchel, um nicht loszuheulen, und es nützt auch nichts, an Isabelles Seerosenteich zu denken oder an Claudes Terrassengarten, nie mehr kann ich an den denken, ohne Luciens Hand in meinem Haar zu fühlen, seinen Atem zu riechen, seine Erektion zu spüren.

Was für ein vergeudetes Leben, denke ich. Eine Kindheit voller Lügen, eine gescheiterte Karriere, zerbrochene Freundschaften, aussichtslose Lieben.

Ich bin am Ausgangspunkt angelangt, meine Gedanken drehen sich im Kreis, da ist wieder dieses Rufen, es muss jemand sein wie ich, der in einer Zelle sitzt, wie ein Mantra wiederhole ich laut die Zaubernamen, murmle sie in die Wolldecke, und gerade, als ich in so etwas wie einen Schlaf versinke, geht die Deckenbeleuchtung aus.

Schwärze.

Ich reiße die Augen auf, doch die Dunkelheit ist vollkommen, nirgendwo auch nur der kleinste Schein von einem Licht, kein Lichtspalt, nichts. Das Rufen hat aufgehört. Wattige Nacht, wie eine Höhle, deren Wände auseinanderwachsen, vor mir davongleiten, und ich orientierungslos, verschollen im All. Ja wirklich, die Pritsche löst sich auf, ich bin ein Stern, ein Komet, der schwerelos durch diese Allnacht schwebt, ganz allein, ohne Grund, ohne Halt. Ich fange an zu weinen, aber nicht ich bin es, die weint, etwas weint in mir, etwas, das ich immer schon in mir trug, doch gut verborgen hielt, das weint jetzt ohne Halt, ohne Grund, ganz allein in diesem Universum, etwas, das Caroline heißt, trostlos und unaufhaltsam.

Ich weine die ganze Nacht. Auch im Schlaf, der mich irgendwann umfängt. Auch im Traum, der mich durch Tränenräume führt, durch Grotten und Brunnenschächte, Quellräume und stille unterirdische Seen.

Irgendwann wache ich auf, weil eine kalte Sonne auf mich niederknallt.

Die Neonröhren leuchten wieder. Es ist acht Uhr in der Früh.

Ich wasche mir das Gesicht. Über dem Waschbecken ist kein Spiegel. Jemand hat eine Grimasse an seiner Stelle in die Wand geritzt, eine Teufelsfratze, die mir die Zunge herausstreckt. Hallo du, sage ich. Nett siehst du heute Morgen aus.

Was werde ich tun, wenn sie kommen und mich rauslassen. Wie geht es weiter? Ich will fort aus dieser Stadt. Aber wohin?

Es wird Zeit, dass ich mich auf das Eigentliche besinne. Weswegen ich aufgebrochen bin. Nicht, um einen Idioten, dem sein Auto um die Ohren fliegt, durch halb Europa zu schleppen und dann mit ihm ins Bett zu gehen. Nicht, um in einem Bergdorf an der Nordseite der Pyrenäen Gärten anzulegen. Nicht, um in einer Pilgerstadt

eine Nacht im Knast herumzusitzen. Ich bin aufgebrochen, um meine Mutter zu suchen.
Angela. Ich werde sie zur Rede stellen. Man setzt nicht einfach Caroline in die Welt und tut so, als ginge einen das nichts an.
Und an diesem Gedanken halte ich mich fest, bis sie kommen und die Tür aufschließen, ich gehe die Gänge entlang und Treppen hinauf, und es kommt mir vor, als wäre ich einem Grab entronnen, das mich für eine Nacht verschluckt hat, aber jetzt geht die Reise weiter, und an das, was war, das verspreche ich mir, als ich auf den Platz hinaustrete, es ist Sonntagmorgen um zehn, Menschen strömen in Richtung Kathedrale, die Sonne kriecht über die Häuserdächer, trifft mich mitten im Gesicht – das, was war, verspreche ich mir, das liegt hinter mir und geht mich nichts mehr an.
Ein Hund huscht um die Ecke. Karl May, denke ich. Doch das kann nicht sein. Sehe ich Gespenster? Ich folge ihm ein Stück, sehe in ein paar Hauseingänge, in eine Gasse hinein. Nichts. Kein Hund. Dennoch. Ich könnte schwören, er war es. Karl May, rufe ich. Nichts. Ich muss mich getäuscht haben. Sicher gibt es eine Menge Hunde, die aussehen wie Karl May.
Im Hotel mustert mich der Portier anzüglich. Weiß der Himmel, was er denkt, wo ich die Nacht verbracht habe. Dein Kumpel wird es dir ohnehin bald erzählen, denke ich, während ich auf den Zimmerschlüssel warte, den er umständlich heraussucht.
Es war nicht Karl May, sage ich im Aufzug laut zu mir selbst.
Und doch. Während ich unter der Dusche stehe, werde ich das Gefühl nicht los, dass etwas nicht in Ordnung ist. Aber was? Karl May kann nicht in der Stadt sein. Sonst wäre Gregor gestern gekommen. Und wenn ihm etwas

zugestoßen ist? Aber da werde ich wütend. Ist das nicht typisch, statt die Botschaft zu verstehen und den Kerl ein für alle Mal aus meinem Kopf zu verbannen, mache ich mir Sorgen?
Nein, sage ich mir und schalte den Regler auf kalt. Das ist Unsinn. Du willst nur nicht einsehen, dass er dich versetzt hat. Ja. Versetzt. Und jetzt ist Schluss damit, aus und vorbei.
Und während ich mich abrubble, mir frische Kleider anziehe, nehme ich mir selbst den heiligen Eid ab, dass, egal, was auch geschehen mag, ich mich nie wieder auf jemanden wie Gregor Beer einlassen werde, nie mehr, auf gar keinen Fall, mag er anrufen, vor der Tür stehen, buchstäblich im letzten Hemd daherkommen, Gregor Beer ist für mich gestorben, in alle Ewigkeit, Amen.
Ich packe meine Sachen zusammen. Nichts wie fort aus der Stadt.
Haben Sie schon gelesen, fragt mich der Portier, als ich bezahle, und reicht mir eine Sonntagsausgabe, angeblich ist es jetzt erwiesen. Es waren dieselben Terroristen wie damals in Madrid am Bahnhof Atocha.
Ach ja, sage ich ohne Interesse. Wenn man mich weiterhin so behandelt, werde auch ich zur Terroristin. Aber das denke ich nur.
Es ist traurig, fährt der Mann fort, wie hierzulande Politik gemacht wird. Sogar der Präsident hat in seiner Rede nur noch über das falsch geparkte Auto gesprochen. Dabei sollte es bei seinem Besuch um ganz anderes gehen. Die Autonomie. Die Folgen der Ölpest. Die Situation der galizischen Fischer. Aber nein, nur noch dieser Wagen. In welcher Zeit leben wir eigentlich.
Er hat recht. Doch es ist mir egal. Was hat das mit meinem Kummer zu tun? Nichts. Da fällt mir etwas ein.
Sagen Sie mal, frage ich ihn, Sie haben hier auf dem Platz

nicht zufällig einen Hund gesehen, ungefähr so groß, mit hellbraunem, struppigen Fell?
Der Mann sieht mich an.
Einen Hund? Nein, Señorita. Wir sind stolz darauf, dass es in Santiago keine streunenden Hunde gibt. Und sollte ich je einen sehen, das können Sie mir glauben, dann lege ich sofort Gift aus. Das hätte mir gerade noch gefehlt. Hier, sagt er und blättert in seiner Sonntagszeitung, hier steht es schwarz auf weiß, wozu solche Tiere fähig sind. In Saragoza haben streunende Hunde eine alte Frau angefallen und getötet, sehen Sie sich das Foto an, ist das nicht eine Schande? Hier, was halten Sie davon?
Nur schwer widerstehe ich dem Impuls, ihm die Zeitung wegzunehmen und sie zu einem kompakten Ball zusammenzuknüllen. Stattdessen lasse ich ihn einfach stehen und gehe hinaus in den Morgen. Entschlossen überquere ich den Platz. War da nicht eine Bewegung hinter den Mülltonnen?
Karl May, rufe ich lockend. Gehe hinüber zu den Tonnen, rufe wieder. Komm her, Karl May, der Kerl legt Gift aus, wenn er dich sieht!
Doch da ist kein Hund. Ich fange an zu spinnen. Wird Zeit, dass ich hier wegkomme.
Kurze Zeit später verlasse ich die Stadt in Richtung portugiesische Grenze. Ab jetzt wird alles anders, sage ich laut. Ab jetzt verlasse ich mich nur noch auf mich selbst. Ab jetzt bin ich es, die die Spielregeln aufstellt. Und Kompromisse werden keine mehr gemacht.

Dritter Teil

Die Eroberung des Himmels

Einundzwanzigstes Kapitel

in dem Caroline eine Kröte rettet und eine andere schluckt

Mit einem Aufleuchten verabschiedet sich der Tag. In den Dünen erwacht die Klangkulisse des Abends, ein Sägen und Zirpen, Gratschen und Tirilieren von wer weiß welchen Tieren. Dazwischen das Knirschen von Schritten auf den Kieswegen, Satzfetzen und Rufe in verschiedenen Sprachen.

In der Kabine neben mir beginnt ein übermüdetes Kleinkind gegen die beruhigende Stimme seiner Mutter anzuheulen. An der sich steigernden Lautstärke kann ich den Fortschritt der Kindswaschung verfolgen, und als sich die Frequenz um zwei Oktaven erhöht, steht fest: Heute ist Haarwäsche dran.

Regarde ça, sagt die Mutter, *tout ce sable.*

Sie hat recht, auch ich bin voller Sand, erst ein paar Stunden bin ich hier, und schon knirscht er mir zwischen den Zähnen.

Ingrina, sage ich vor mich hin, während ich mich abtrockne, das Kunststück vollbringe, mich in dem Kabuff anzuziehen, ohne ein Kleidungsstück in das zögerlich abfließende Wasser fallen zu lassen, Ingrina, als sei das meine Rettung. Rettung wovor? Schließlich fuhr ich drei Tage mit einer Entschlossenheit im Bauch, die mich kaum rasten ließ, Kilometer um Kilometer nach Süden, vorbei an Porto und vorbei auch an Coimbra, auch der Versuchung, in Lissabon abzubiegen, widerstand ich, nein, sagte ich mir, schon zu viel Zeit verplempert, schließlich bin ich nicht zu meinem Vergnügen unterwegs.

Und so drückte mein rechter Fuß das Gaspedal durch, bremste lediglich zum Einkaufen, Essen oder Schlafen, mein Kopf versuchte nicht mehr an das zu denken, was hinter mir lag, und am dritten Tag, nachdem ich Santiago verlassen hatte, passierte ich das Ortsschild von Vila do Bispo. Ehe ich michs versah, war ich auch schon durch und vorbei. Doch statt anzuhalten und zu wenden, gab ich Gas. Erleichtert. Schließlich konnte ich Angela immer noch entgegentreten. Sie hat sechsundzwanzig Jahre lang gewartet, um lebendig zu werden, es kommt auf einen Tag oder zwei nicht an.

Da sah ich das Schild mit der Aufschrift »Camping Ingrina, 2,5 km«. Und hier bin ich, direkt hinter den Dünen des Atlantiks.

Ich ziehe den BH an, nehme das T-Shirt vom Haken, wie immer ist es auf links gedreht, da höre ich vor meiner Kabinentür einen Schrei, gleich darauf etwas entfernter einen zweiten. Getrappel von Füßen, Wortkaskaden in einer fremden Sprache, noch mehr Geschrei und Gelächter, die herrische Stimme eines Mannes. Ich reiße die Tür auf, um nachzusehen, was los ist, es hat nichts Gutes zu bedeuten, wenn Frauen in Hysterie verfallen und Männer diesen militanten Ton anschlagen.

Am Eingang zum Frauenwaschbereich rotten sie sich zusammen. Kinder dreschen mit Stöcken auf etwas ein, das ich nicht sehen kann.

Ich schiebe ein paar Frauen zur Seite, versuche zu erkennen, worauf die Kinder mit dieser Erbitterung einschlagen, da kreischen sie erneut auf, und etwas Erdfarbenes springt zwischen ihren Beinen hindurch – es ist ein Ungetüm von einer Kröte, ich hatte keine Ahnung, dass Kröten so groß sein können. In ihrer Todesangst wagt sie einen direkten Ausfall durch die Reihen der Feinde. Fasziniert betrachte ich ihren schlammbraunen Rücken, den

Kopf voller Warzen und Höcker, die Augen, die angstvoll in den Höhlen rollen.
Was tun? Ich reiße den Deckel von einem Plastikmülleimer und schütte den Inhalt irgendwohin. Schluss jetzt, rufe ich den Kindern zu, die ihre Stöcke schwingen, und als sie nicht hören wollen, reiße ich dem größten Jungen, der im Begriff ist, den Feind zu harpunieren, die Waffe aus der Hand, hört auf damit, fahre ich sie an. Die Kröte bläht ihre Kehle auf, sieht mich an, und als spürte sie, dass von mir keine Gefahr ausgeht, macht das Tier einen verzweifelten Satz auf mich zu, ich gehe mit dem Eimer in Stellung, und im zweiten Sprung schnappe ich sie mir. Flugs den Deckel drauf, fertig.
Das war's, sage ich in die Runde. Die Jagd ist zu Ende. Und denke, warum starren mich alle so an? Und zwar nicht ins Gesicht, sondern tiefer? Alle glotzen sie mir auf die Brust! Als ich an mir hinuntersehe, stelle ich fest, dass das T-Shirt wohl noch in der Duschkabine sein muss.
Was ist, herrsche ich einen Familienvater an, dem die Augen aus den Höhlen zu fallen drohen, noch nie eine Frau im BH gesehen? Und marschiere erhobenen Hauptes, den Mülleimer mit der Kröte unter dem Arm, davon.

Wir nennen sie nach dir, sagt Mariza, Carolina, das ist ein guter Name für eine Kröte. Willst du mitkommen, wenn ich sie morgen früh aussetze?
Natürlich will ich. Den Sumpf muss ich sehen, in dem diese Biester hausen.
Es ist toll, dass du sie eingefangen hast, sagt Mariza und gießt ein wenig Wasser in den Eimer. Um diese Jahreszeit tauchen sie hin und wieder in den Waschanlagen auf. Meistens rufen mich die Leute. Aber manchmal bringen sie die Kröten einfach um. Dabei schau sie dir an, sind sie nicht wunderschön?

Mariza ist klein und drahtig, ich schätze sie in meinem Alter, und wenn Raffaelo nicht da ist, leitet sie den Campingplatz. Sie spricht gut Englisch, sogar ein paar Brocken Deutsch, das hat sie von den Touristen gelernt.
Hier, sagt sie und hält mir etwas entgegen, das schenke ich dir. Dafür, dass du Carolina gerettet hast.
Es ist ein abgerundeter, poröser Stein mit zwei Löchern, durch die ich meinen kleinen Finger stecken kann.
Das ist ein Glücksstein, sagt Mariza, manchmal findet man sie am Strand. Du musst hindurchsehen und dir etwas wünschen.
Ich wiege den Stein in der Hand. Mir etwas wünschen?
Darüber muss ich nachdenken, sage ich zu Mariza. Die lacht.
Tu das, sagt sie, und denke gründlich nach. Denn es wird sich erfüllen.

Am anderen Morgen trinken wir im Empfangsbüro Kaffee, schwarz wie Teer, und warten, dass Raffaelo kommt, um Mariza abzulösen. Sieben Jahre arbeitet sie schon hier. Aber nicht mehr lange. Sie legt ihre Hand auf einen Stapel Bücher auf dem Schreibtisch.
Morgen fahre ich nach Lissabon.
Ihre Augen strahlen, und sie senkt die Stimme, als verrate sie ein Geheimnis. Da mache ich die Aufnahmeprüfung. An der Uni. Ich werde Meeresbiologin.
Schade, denke ich, schon morgen. Ich mag Mariza. Und ist das nicht typisch, kaum freunde ich mich mit jemandem an, geht er weg.
Und du, fragt Mariza, du siehst nicht aus wie eine, die Strandurlaub machen will.
Doch, sage ich halbherzig, Strandurlaub, was denkst du denn?
Mariza grinst.

Du musst es mir nicht sagen, meint sie, aber das seh ich gleich, dass du wegen etwas anderem hier bist.
Und dann erzähle ich es ihr. Dass meine Mutter hier lebt, wobei ich so lange glaubte, sie sei tot. Mariza hört sich alles an, als kenne sie solche Geschichten. Auch die Sache mit der Postkarte scheint sie nicht zu überraschen.
Meine Schwester ist auch abgehauen, sagt sie schließlich. Hat das Baby unserer Mutter dagelassen. Keiner weiß, was aus ihr geworden ist. Vielleicht schreibt sie auch einmal eine Postkarte? Es ist schwer, von hier wegzukommen. Ich kann davon ein Lied singen. Aber morgen, morgen ist es auch für mich so weit.
Doch dann kommt Raffaelo und bringt schlechte Nachrichten. Marizas Miene wird finster, während er auf sie einredet. Als wir den Kröteneimer in ihren Wagen hieven, ist ihre Fröhlichkeit dahin.
Es sieht so aus, sagt sie, als wir einen Weg entlangholpern, als könnte ich doch nicht fahren.
Ihre Stimme zittert.
Dabei war alles abgemacht. Manoel sollte mich ablösen. Und jetzt hat er sich das Bein gebrochen.
Mariza schweigt. Ich kann hören, wie Carolina in ihrem Eimer rumort. Hoffentlich löst sich nicht der Deckel.
Gibt es denn außer Manoel niemanden, der das machen kann?, frage ich.
Mariza zuckt mit den Schultern. Das ist das dritte Mal, sagt sie. Das erste Mal wurde meine Mutter krank. Ich habe drei jüngere Geschwister, die musste ich versorgen. Das letzte Mal hatte Raffaelo einen Unfall mit dem Motorrad. Lag drei Monate im Gips. Und jetzt Manoel.
Mariza wischt sich mit dem Arm über die Augen.
Das kann doch nicht wahr sein, denke ich. Irgendjemand wird schließlich eine Woche lang auf diesen Campingplatz aufpassen können …

Hier, sagt Mariza, da sind wir.
In einer Senke wachsen Binsen und Schilfpflanzen. Mariza wuchtet den Eimer aus dem Wagen und klettert die Böschung hinab. Unten öffnet sie den Deckel und legt den Eimer seitlich auf die Erde. Erst geschieht nichts. Doch als sich Mariza ein Stück entfernt, wagt sich Carolina vorsichtig heraus. Zunächst streckt sie den Kopf aus dem Eimer, rollt ihre Augen. Dann, mit einem Satz, ist sie draußen und verschwindet zwischen dem Grün der Pflanzen.
Leb wohl, Carolina, ruft Mariza ihr hinterher. Und erzähl den anderen, sie sollen lieber hierbleiben.

Wie lange müsstest du denn weg sein, erkundige ich mich.
Eine Woche.
Mariza ist nicht gerade gesprächig auf der Rückfahrt.
Und warum schickst du Raffaelo nicht einfach zum Teufel? Soll er seinen Campingplatz eben allein führen.
Mariza wirft mir einen raschen Blick zu.
Er ist mein Onkel, sagt sie. Den jagt man nicht einfach so zum Teufel. Und überhaupt. Wer weiß, ob ich die Prüfung bestehe? Wenn nicht, ist das hier eine gute Stelle. Und wenn ich studiere, dann muss ich mir hier in den Ferien mein Geld verdienen, wovon soll ich leben, ich habe keine reiche Familie wie andere.
Und dann schaut sie mich an, und in ihren Augen blitzt etwas auf, mitten auf dem Feldweg steigt sie auf die Bremse und bringt den Wagen zum Stehen.
Was ist mit dir, sagt sie, könntest du mich nicht vertreten?
Ich?, frage ich überrascht.
Eine Woche, sagt Mariza, du hast dich für eine Woche angemeldet, in einer Woche bin ich zurück.

Nein, denke ich, keine Kompromisse, das hab ich mir geschworen. Ich habe anderes zu tun, als auf einem Campingplatz zu jobben.
Du kennst mich doch gar nicht, weiche ich aus, und dein Onkel auch nicht. Woher will er wissen, dass ich nicht mit der Kasse durchbrenne? Außerdem … ich habe keine Ahnung, wie man so etwas macht.
Oh, sagt Mariza, das ist einfach. Das kannst du. Und Raffaelo wird einverstanden sein. Er MUSS einverstanden sein. Jemand, der einer Kröte das Leben rettet, auf den kann man sich verlassen.
Und dann legt sie den Gang ein und braust weiter, von einem Schlagloch zum nächsten.

Soll ich Mariza hängenlassen? Als Raffaelo mir herzlich die Hand schüttelt, kann ich nicht anders und sage zu.
Immer im Wechsel mit ihm, erklärt Mariza. Einen Tag von neun bis eins, den nächsten Tag von vier bis acht.
Ich nicke.
Da ist noch eine Kleinigkeit, fügt Mariza kleinlaut hinzu. Zweimal die Woche musst du in der Bar aushelfen. Heute machen wir es zusammen, da zeig ich dir alles. Keine Angst, das schaffst du schon.
Ich ziehe eine Grimasse. Sonst noch etwas, frage ich, nicht dass du eine Kleinigkeit vergisst?
Mariza schüttelt den Kopf. Und dann fällt sie mir um den Hals.
Tu mir bloß einen Gefallen, sage ich, während sie mir fast die Luft abdrückt, sieh zu, dass du diese verdammte Prüfung bestehst!

Später durchstreife ich das Gelände. Die meisten Gäste sind noch am Strand oder auf Ausflugsfahrt, und ihre Zelte ducken sich unter die Bäume. Oben auf den Dünen,

die den Zeltplatz vom Meer trennen, entdecke ich einen Camper, er sieht aus, als sei er dort gestrandet, und ich frage mich, ob er noch fahrtüchtig ist. Auf meinem Rückweg nehme ich einen anderen Trampelpfad, der in Richtung Bar führt.
Zwanzig Kilometer durch Naturschutzgebiet, höre ich auf einmal und fahre zusammen. Lange habe ich kein Deutsch mehr gehört. Auf einem verrosteten Stuhl sitzt ein Mann in sandfarbenen Kleidern, Gesicht und Haare von derselben Farbe, hätte er nicht gesprochen, ich hätte ihn übersehen.
Eine Autobahn, sagt er, eine Autobahn bis zum Strand. Dann streicht er sich fahrig eine Strähne aus dem Gesicht, blickt auf und fasst mich ins Auge.
Hallo, sage ich.
Bist wohl auch von Lagos herübergekommen? War dir dort zu überlaufen, was?
Nein, sage ich, in Lagos war ich nicht.
Da hast du auch nichts verpasst, fährt er fort, außer, du willst auf einer Autobahn direkt bis zum Strand fahren. Zwanzig Jahre, sagt er und fährt sich mit der Hand über die Augen, zwanzig Jahre kämpfen wir jetzt, um das Schlimmste abzuwenden, und dann bauen sie diese Autobahn. Von den Hotels will ich gar nicht reden. Costa Brava an der Algarve. Bald graben die Bagger auch hier. Wirst es sehen. Raffaelo wird alles verscherbeln und sich zur Ruhe setzen. Und dann kommt die Autobahn auch hierher. Hier, sagt er und zeigt über die Düne hinweg zum Strand.
Ich weiß nicht, was ich sagen soll. Aber das muss ich auch nicht.
Das liegt an diesem verdammten Wind, sagt der Mann und verzieht das Gesicht. Der macht alle verrückt. Tatsächlich, sage ich, obwohl ich weiß, dass es sinnlos ist,

mit diesem Mann zu reden. Aber im Moment weht doch kein Wind.
Kein Wind, fragt er, du spürst keinen Wind? Na dann wart es mal ab. In genau drei Stunden kommt er wieder, du wirst es sehen, die Uhr kannst du nach ihm stellen, und dann bleibt er drei verdammte Wochen, und er geht dir durch Mark und Bein. Damals, als wir herkamen, das war vor mehr als dreißig Jahren, da waren wir die Ersten. Verfallene Fincas haben wir wieder aufgebaut und Gemüse gepflanzt und Ziegen gehalten. Tja. Damals gab es nichts. Keinen Flughafen, kaum Hotels und schon gar keine Autobahn. Der Tourismus, der macht alles kaputt.
Warum fährst du dann nicht woandershin, frage ich.
Woanders?, fragt er, als habe er nicht richtig gehört. Du fragst, warum ich nicht woanders hinfahre? Weil die verdammte Karre nirgendwo mehr hinfährt, die steckt fest, und um sie flottzumachen, da bräuchte ich ein paar tausend Euro, und die habe ich nicht, und wenn ich sie hätte, sag mir eines, wohin sollte ich fahren, he? Zurück, wie die anderen Feiglinge? Einen Krawattenjob annehmen und heija hinein ins Globalisierungsspiel? Nicht mit mir. Man muss abends noch in den Spiegel sehen können. Nein, Hajo Scheske geht nicht zurück. Ich hab mir dieses Fleckchen Erde ausgesucht, und hier bleibe ich. Auch wenn ich der Letzte bin. Und ich sage dir, eines Tages werde ich mich hier vor die Bagger legen, einer muss es ja tun.
Ich trete von einem Fuß auf den anderen.
Also gut dann, sage ich und wende mich zum Weitergehen, man sieht sich.
Gut, sagst du, murrt mir Hajo Scheske hinterher, nichts ist gut, man sieht sich, man sieht sich, klar sieht man sich, hier sieht man sich immer, denn wer hier strandet, den sieht man wieder, so viel steht fest.
Gott, denke ich, was für eine Type, doch mir ist eng ums

Herz geworden, bin nicht auch ich hierhergekommen aus einem bestimmten Grund, und aus einem anderen, der nichts mit mir zu tun hat, sitze ich jetzt eine Woche fest?
Rasch nehme ich die Stufen hinauf zum Restaurant. Raffaelo baut mit einem Jungen namens Nuno zwei Tischgrills auf der Terrasse auf. Girlanden hängen über der Eingangstür. Er versucht mir etwas zu erklären, das ich nicht verstehe, lieber Himmel, wie soll das eine Woche lang gutgehen, Portugiesisch ist anders als alle Sprachen, die ich kenne.
Big party, sagt er, every month, Raffaelos famous chicken party, everybody coming, und ich muss lachen, hier am Ende der Welt eine chicken party zu feiern, das ist doch wirklich ein Spaß.

Alle kommen auf einmal, und jeder ist hungrig und durstig. Solange es nichts zum Abräumen gibt, schenke ich Cola aus und Wein, öffne Flaschenbier und Limonade, und dann erfüllt der Duft von gegrilltem Hühnerfleisch die Luft und lockt noch mehr Gäste an. Die Terrasse ist überfüllt, und mit einem Mal geht ein Rauschen darüber hinweg, die Girlanden flattern gefährlich, und schon drängen die Ersten herein, der Wind ist da, genau wie Hajo es sagte. Bis jeder seinen Platz gefunden hat, herrscht Chaos, der Raum ist zum Bersten voll, und Mariza flitzt zwischen den Tischen hindurch, um jedem zu bringen, was er möchte, und das so schnell wie möglich.
Ich weiß nicht, wo mir der Kopf steht. Nuno tut hinter der Theke sein Bestes, um die Getränke, die Mariza ihm zuruft, bereitzustellen, und ich räume die Spülmaschine ein und schalte sie an, sammle das schmutzige Geschirr ein, werfe die Hühnerbeine in den Müll, versenke meine Arme bis zu den Ellbogen im Waschbecken und spüle die Gläser, die Nuno, kaum ziehe ich sie aus dem Wasser,

nimmt und füllt und Mariza hinstellt. Im Raum herrscht ein Höllenlärm. Die Fenster und Türen zur Terrasse schlagen im Wind, also werden sie geschlossen, im Nu ist die Luft zum Schneiden. Ich tauche die Hände in das Spülwasser, reihe ganze Armeen von sauberen Gläsern neben mir auf, die Nuno wieder füllt, zwischendrin schnappe ich mir die Teller mit den Hühnerknochen, räume die Spülmaschine aus, fülle sie wieder und so weiter und so fort. Dann, irgendwann, bewegt sich Mariza langsamer im Raum. Die meisten Gäste sind satt. Ich räume die letzten Tische ab, an einem ganz hinten entdecke ich Hajo Scheske, siehst du, ruft er mir zu, als ich seinen Teller nehme, hab ich es dir nicht gesagt, der Wind, der Wind macht alles kaputt.
Eine Frau sitzt mit ihm am Tisch. Sie lacht schallend und legt ihm die Hand auf die Schulter. Ich versuche, auf diesem Tisch Ordnung zu schaffen. Zwei leere Flaschen Wein, einen überquellenden Aschenbecher, ich werde ein Tablett brauchen. Und dann spüre ich, wie die Frau mich anstarrt, und ich schau ihr ins Gesicht, schwarze Augen mit Schatten darunter, dunkles Haar mit silbernen Fäden, ein rotgeschminkter Mund mit Falten darum. Sie zieht an ihrer Zigarette, bläst den Rauch aus und sieht mich unverwandt an. Es ist ein ausdrucksstarkes Gesicht mit zahlreichen Spuren, die Landkarte eines kämpferischen Lebens, fährt es mir durch den Kopf, sie ist nicht mehr die Jüngste, vielleicht um die fünfzig, warum zum Teufel starrt sie mich so an?
Ich wende den Blick ab und mache meine Arbeit. Seltsame Leute hier, denke ich, merkwürdige Typen.
Raffaelo kommt mit zwei Tellern Hühnchen. Eines für Mariza und eines für mich.
Komm, sagt sie, jetzt wird gegessen.
Das Fleisch schmeckt köstlich.

Ja, sagt Mariza, Raffaelos Hähnchen sind berühmt. Er legt sie zwei Tage lang ein, und niemand hat je erfahren, worin. Das bleibt sein Geheimnis, nicht wahr, Raffaelo.
Der grinst. Dann geht er, die Grills zu säubern, und kaum ist er aus der Tür, erhebt sich Lärm an Hajos Tisch. Geklirr, Geschrei und Gelächter.
Mariza seufzt. Immer das Gleiche, sagt sie. Dann steht sie auf, denn die Frau ruft nach ihr, lauthals skandiert sie Befehle, der sandfarbene Mann an ihrer Seite lacht und johlt, klatscht in die Hände. Mariza fegt Scherben zusammen, spricht auf beide ein, versucht sie zu beruhigen, doch sie erreicht das Gegenteil, schon drehen sich andere Gäste nach diesem Tisch um, schauen genervt und angewidert. Café, schreit die Frau und etwas, das sich anhört wie »medronjo«.
Mariza verzieht das Gesicht und gibt Nuno an der Bar einen Wink. Der betätigt die Espressomaschine und nimmt zwei Gläser aus dem Regal, schenkt aus einer Flasche eine klare Flüssigkeit ein, nooooo, ertönt es vom Tisch der Frau, und was sie sonst noch sagt, verstehe ich nicht, Mariza versucht erneut, sie zu beruhigen, doch die Frau steht auf, geht zur Theke und nimmt Nuno die Flasche aus der Hand. Einige Gäste lachen. Andere sehen sich vielsagend an.
Als die Frau zu ihrem Tisch zurückkommt, setzt sie sich nicht. Nein, sie hält die Flasche empor wie eine Beute und hält so etwas wie eine Rede. Sie ist betrunken, kein Zweifel. Und obwohl ich nichts verstehe, ist klar, dass sie nichts Nettes durch die Gegend schreit, und als ein Mann am Tisch nebenan etwas zu ihr sagt, schlägt sie ihm mit der flachen Hand auf den Kopf.
Gelächter, Gejohle, Gekreische.
Da geht die Tür auf. Raffaelo steht da wie ein Fels. Im Raum wird es still.

Angela, sagt er, und mir bleibt das Herz stehen. Und was er sonst noch sagt, davon verstehe ich kein Wort, mein Blick klebt an dieser Frau, die sich so widerwärtig aufführt, Angela, das ist nicht möglich, es gibt noch mehr Angelas auf dieser Welt, Hunderttausende von Angelas, das ist ein Zufall, weiter nichts, doch im Grunde meines Herzens weiß ich genau, wen ich vor mir habe, siehst du nicht die Ähnlichkeit, sie sieht aus wie du, hat mein Vater gesagt, und im Moment wirst du ihr von Tag zu Tag ähnlicher. Mir wird schlecht.

Die Frau, die Angela heißt, gibt sich nicht geschlagen. Mit blitzenden Augen schreit sie Raffaelo etwas ins Gesicht. Der nickt, gutmütig und bestimmt. Nimmt Hajo die Flasche aus der Hand, die ist ohnehin leer. Nimmt Angela am Arm, hängt ihr die Handtasche um und schiebt sie zur Tür. Sie schreit und wehrt sich. Da richtet sich Raffaelo zu seiner vollen Größe auf, wird streng wie zu einem unfolgsamen Kind. Eine letzte Beschimpfung in den Saal, dann ist sie draußen.

Ihr könnt ihr doch alle nicht das Wasser reichen, schreit Hajo Scheske mit überschlagender Stimme, kein Einziger von euch! Dann verschwindet auch er.

Gott, sagt Mariza. Raffaelo hat ihr schon so oft Hausverbot erteilt, aber jeden Monat kommt sie wieder.

Sie schaut mich an.

Was ist los mit dir, fragt sie, du bist ganz weiß im Gesicht.

Wie heißt sie, frage ich völlig überflüssigerweise.

Angela. Sie ist Deutsche. Eine Künstlerin. Macht so komische Dinger. Skulpturen oder so.

Ich stürze hinaus. Laufe und laufe und laufe den Sandweg in Richtung Dünen. Hinter einem Busch übergebe ich mich. Spucke die Galle aus und laufe weiter. Es ist Nacht, doch der Mond ist fast voll, und ich kann sehen, dass sich der Weg vor mir gabelt. Auf gut Glück nehme ich eine Abzweigung.

Angela.

Das habe ich mir anders vorgestellt.

Nein.

Ich habe es mir gar nicht vorgestellt, aber wenn, dann bestimmt nicht so. Sie ist nicht meine Mutter. Nicht dieses verlebte, betrunkene, randalierende Weibsstück. Nicht die Freundin dieses halbverrückten Kerls. Ich fange an zu rennen. Angelas Gelächter schallt mir im Ohr. Vor mir in der Dunkelheit steht sie und macht obszöne Gesten in Raffaelos Richtung. Nein, sage ich beschwörend vor mich hin, als könnte ich alles ändern, wenn ich es nur wollte. Nein, nein, nein. Aber ich bin nicht mehr das kleine Mädchen, das sich abends vor dem Einschlafen Lügen anhört und Märchen ausdenkt, in denen ihre Mutter ein Engel ist oder eine gute Fee. Manchmal ist es besser, die Wahrheit nicht zu kennen, war es das, was Sebastian sagte, damals, bevor ich fuhr?

Du hättest es wissen müssen, denke ich, eine Frau, die ihr Baby verlässt, ist ein Monster. Du hast ein Monster angetroffen, was hast du erwartet?

Ich bleibe abrupt stehen. Der Weg ist zu Ende. Ich stehe an der Kante einer Steilküste, unter mir liegt ausgebreitet im Mondlicht das Meer. Einige hundert Meter tiefer. Zwei Schritte weiter, und ich müsste mir keine Sorgen mehr machen, über nichts mehr, auch nicht darüber, welch eine Schlampe meine Mutter ist.

Ich setze mich auf einen Felsbrocken. Meine Knie zittern. Die Kehle brennt vom Gallensaft. Ich habe den Geschmack von erbrochenem Hühnchen im Mund.

Was nun?

Der Wind weht mit steter Heftigkeit und treibt mir Tränen in die Augen. Der Wind macht alles kaputt, hat Hajo

gesagt. Ich schüttle mich. Fremde Sätze und Erinnerungsfetzen hallen in meinem Kopf wider.
Was nun?
Ich fahre nach Hause. Die Sache hat sich erledigt. Ich weiß, was ich wissen musste. Aber was musste ich denn so dringend wissen? Was?
Ich habe keine Ahnung.
Das Gesicht meines Vaters. Ich habe es dir ja gesagt. Du wolltest es nicht hören. Es tut mir leid für dich. Aber jetzt weißt du, warum du ohne deine Mutter groß geworden bist.
Mich friert. Ich schaue hinunter auf das Meer. Es ist von einem tiefen Schwarz, das Mondlicht wirft Reflexe wie eine eisige Lanze zu mir herüber. Es sieht schön aus, doch ich sehe es wie aus weiter Entfernung.
Das bin nicht ich, die hier sitzt. Das sind nicht meine Wangen, über die die Tränen laufen, die mir der Wind aus den Augen treibt. Das ist nicht mein Körper, der vor Kälte zittert.
Hinter mir sind Schritte. Ich fahre herum. Es ist Mariza. Sie zögert, setzt sich zu mir.
Hier bist du, sagt sie.
Dann sagt keiner von uns etwas, eine lange Zeit.
Schließlich reiße ich mich zusammen.
Ich hab es mir überlegt, sage ich, ohne Mariza anzusehen, morgen fahre ich weiter. Tut mir leid, ich kann nicht bleiben.
Meine Worte klingen hässlich, meine Stimme ist rauh. Hat das etwas mit dieser Angela zu tun?, fragt Mariza.
Ich will etwas sagen, doch meine Kehle ist vereist. Ich nicke.
Ist sie …?, fragt Mariza weiter, ich nicke wieder. Dann Schweigen. Was sollte sie auch sagen? Herzlichen Glückwunsch? Schön, dass du sie endlich gefunden hast?

Eigentlich hat sie mich gefunden, denke ich, nicht ich sie. Dieser Gedanke beschäftigt mich eine Weile.
Hör mal, beginnt Mariza wieder, findest du nicht, du solltest ihr noch eine Chance geben?
Ich starre sie an. Hier draußen im Mondlicht sieht sie aus wie ein magerer kleiner Junge. Ich habe keine Ahnung, wovon sie spricht.
Jeder Mensch hat ein Recht auf eine zweite Chance, fährt sie fort. Sie war betrunken heute Abend. Na und. Ich kenne sie nicht, aber vielleicht ist sie in Wirklichkeit ganz nett …
In Wirklichkeit, äffe ich sie nach. Und was war das heute? Kino? Oder schlechtes Theater?
Du kannst einen Menschen nicht nach einem Abend verurteilen …
Ach halt doch den Mund, fahre ich sie an. Spar dir diesen Quatsch.
Na gut, sagt sie, und ihre Stimme klingt ganz anders, was du mit deiner Mutter machst, ist deine Sache. Aber du hast mir ein Versprechen gegeben. Du hast gesagt, du bleibst hier, du kannst jetzt nicht kommen und sagen, du fährst morgen weiter. Willst du mich jetzt so hängenlassen?
Weißt du was, fahre ich auf, es ist mir egal. Hörst du? Was geht mich deine Prüfung an? Wie komme ich dazu, immer für andere da zu sein? Was erlaubst du dir, dich in mein Leben einzumischen? Ich fahre, hörst du, gleich morgen früh.
Und dann stehe ich auf und stapfe den ganzen Weg zurück, und erst, als ich bei meinem Wagen ankomme, mich auf die Matratze werfe, frage ich mich, warum ich eigentlich ausgerechnet auf Mariza wütend bin.

Zweiundzwanzigstes Kapitel

in dem sich Gregor häutet und weiter nach Süden fährt

Ich lese Onkel Gregors Briefe durch, einen nach dem anderen, während sich meine Füße häuten wie Schlangen im Frühjahr.

Ich esse die Hausmannskost meiner Pensionswirtin und trinke den Wein, den ihr Schwager anbaut. Im Ort kaufe ich eine drei Tage alte deutsche Zeitung und erfahre alles über den versuchten Bombenanschlag in Santiago, in dem mein Wagen eine tragende Rolle spielte.

Viel lieber möchte ich wissen, wo Caroline steckt. Meine Mobilbox teilt mir mit, dass mir ein Anruf entgangen ist am vergangenen Samstag kurz nach fünf. Es ist ihre Nummer. Einen ganzen Tag lang denke ich darüber nach, ob ich sie anrufen soll.

Nein, sage ich zu Karl May. Besser, ich rede persönlich mit ihr.

Als sie mich aus der Zelle holten, war es Montag. Stundenlange Verhöre, die ich klaglos über mich ergehen ließ. Meine Wut hatte sich verbraucht, in diesem konturlosen Tunnel aus Zeit, die mir irgendwann Spiegel wurde, und was ich in ihm sah, gefiel mir nicht. Und schließlich habe ich etwas begriffen. Das, was Caroline mir von Anfang an erklären wollte. Ja. Schon damals, als sie mir in der Basilika die Nase einschlug. Dass es Dinge gibt, die man mit Geld nicht kaufen kann. Und dass es ausgerechnet auf die am meisten ankommt.

Als ich das Polizeigebäude verließ, kam etwas auf mich

zugeschossen, warf mich beinahe um. Karl May! Er sprang an mir hoch, als gebe es keine Schwerkraft, leckte mir im Sprung das Gesicht. Über seiner Nase hatte er eine blutverkrustete Schramme, er war abgemagert, an den Seiten konnte ich die Rippen fühlen.

Wir verließen die Stadt und fuhren nach Süden. In meinem Wagen fand ich alles so vor, wie ich es an der Düne verloren hatte. Da war Onkel Gregors Urne, meine Schuhe samt Socken vor dem Fahrersitz. Jenseits der portugiesischen Grenze suchten wir uns ein Plätzchen und fanden es in einer Familienpension. Karl May bekommt die Küchenreste von unserer Wirtin, Gemüse mit Fleisch und Fisch, Reis und Kartoffeln, er macht keinen Unterschied, schlingt alles gleichermaßen hingebungsvoll in sich hinein. Ich kämme ihn stundenlang mit der Hundebürste, die Caroline für ihn kaufte, bis sein Fell wieder zu glänzen beginnt.

Unsere Wirtin nimmt sich meiner Füße an.

Peregrino, sagte sie ehrfürchtig und bekreuzigte sich, als sie die Wunden sah, nun bringt sie mir jeden Abend eine Schüssel mit heißem Wasser und einem Spritzer Pinienöl für ein Fußbad.

Ja, ich muss mit Caroline reden, Auge in Auge. Und ich versuche mich zu erinnern, wo ihre Mutter wohnt. Sie hat die Stadt erwähnt, dort auf der Fähre, Portugal, hat sie gesagt, und dann einen Namen genannt, wo auch immer das liegt, das waren ihre Worte.

Auf mein Gedächtnis bin ich stolz, auch die kleinsten Details erinnere ich normalerweise genau, so wie Carolines Handynummer, Zahlen, einmal gehört, prägen sich mir ein und bleiben haften.

Aber dieser Ort …

Ich kaufe mir eine Karte von Portugal. Studiere sie ausgiebig, als könnte sie mir verraten, wo Caroline sich auf-

hält. Womöglich ist sie nach Hause gefahren? Sie hat gesagt, sie will nicht nach Portugal.
Aber ich weiß, dass das nicht stimmt. Sie ist nach Santiago gekommen. Hätte sie sonst versucht mich anzurufen, an jenem Samstag? Sie wird auch nach Portugal gefahren sein.
Wir werden sie suchen, sage ich zu Karl May. Und wenn wir dieses ganze Land durchkämmen müssen, du und ich, wir werden sie finden.

Ich sortiere meine Kleider und inspiziere sie, als gehörten sie einem Fremden, finde Carolines Pullover und suche vergeblich einen Rest ihres Duftes in der dunkelblauen Wolle. Alles Übrige gebe ich meiner Wirtin zum Waschen. Ich mache mit Karl May lange Spaziergänge, lerne ein paar Brocken Portugiesisch und finde diese Sprache dem Schwäbischen gar nicht so unähnlich. In diesem Land würde ich Gregorio heißen, und wieder, wie vor langer Zeit, als ich vom Tod meines Onkels erfuhr, geht mir durch den Kopf, was wäre, wenn ich Gregor Beer sterben ließe und hier eine neue Existenz begänne. Als Weinbauer. Oder als Fischer. Oder wie viele andere Männer hier meine Tage auf dem Dorfplatz verbringend. Eine Zigarre rauchend. Schweigend. Hin und wieder mit dem Kopf nickend und schönen Mädchen nachsehend.
Aber schöne Mädchen interessieren mich nicht. Auch nicht die Nichte meiner Wirtin, die seit neuestem jeden Nachmittag kommt, um mir Kaffee und Gebäck auf das Zimmer zu bringen. Dabei ist sie hübsch, und in meinem früheren Leben wäre ich auf ihre unmissverständlichen Angebote sicher eingegangen.
Um mich hernach, wann immer es mir in den Sinn gekommen wäre, ohne Umstände zu verabschieden.
Aber heute habe ich dazu einfach keine Lust. Wenn sie an

meine Tür klopft, denke ich an Caroline. Die ganze Zeit denke ich an Caroline. Und eines Morgens wache ich auf und habe das Gefühl, dass ich mich beeilen sollte. Dass ich nicht länger herumsitzen darf, sondern sie suchen muss.

Und so werden die gewaschenen und gebügelten Hemden wieder im Koffer verstaut, das Auto beladen, Abschied genommen. Ein paar Flaschen Wein muss ich mitnehmen. Und jede Menge Gebäck. Wirtin und Nichte lassen mich ungern ziehen. Und beim Losfahren frage ich mich, wie oft ich in meinem Leben Menschen hinter mir zurückließ, ohne einen Gedanken daran zu verschwenden, ich könnte eine Lücke hinterlassen.

Eine Lücke?, denke ich. Was denn für eine Lücke! Du wirst sentimental, Gregor Beer. Hier hinterlässt du bestimmt keine Lücke.

Das Gefühl, mich beeilen zu sollen, hält an und zieht mich südwärts. Ich übernachte in der Nähe von Porto und stelle mir vor, wie wir eines Tages gemeinsam hierherkommen werden, Caroline, Karl May und ich. Doch dann frage ich mich, woher ich diese Zuversicht nehme, woher willst du wissen, ob du sie findest, und wenn ja, wird sie dir nicht den Laufpass geben oder womöglich ein zweites Mal die Nase polieren?

Da muss ich lachen. Karl May schaut mich an und grinst.

Ein Stück südlich von Lissabon rasten wir in einem Ort namens Milfontes, ich esse Meerestiere in Reis, trinke danach zum Kaffee einen Schnaps namens Medronho, der aus den Früchten des Erdbeerbaums gebraut wird und eine Spezialität der Algarve ist, wenn ich den Kellner richtig verstehe.

Am nächsten Morgen bin ich schon bei Sonnenaufgang am Strand. Auch hier sehe ich uns gemeinsam gehen, Ca-

roline und mich, Karl May wird uns umtanzen, so wie jetzt mich. Die ersten Sonnenstrahlen tasten sich über die Kämme des Hinterlands, verwandeln den Strand in einen goldgefleckten Teppich aus Licht und Schatten.
Beim Frühstück entfalte ich einmal wieder die Karte. Es ist nicht mehr weit nach Sagres, gegen Mittag sind wir da. Und da fällt mein Blick auf den Ort direkt davor, eine Art Knotenpunkt von Nord nach Süd und auch nach Osten in Richtung der Algarve, Vila do Bispo, und da höre ich wieder Carolines Stimme, irgendwo in Portugal, Vila do Bispo, wo auch immer das liegt.

Die jetzt entscheidende Stelle aus Onkel Gregors Brief kenne ich auswendig: »Meine letzte Nachricht wird Dir Sofia übergeben, die Wirtin des Hotels Miramar in Sagres, im Übrigen eine gute Adresse auch zum Übernachten.«
Ich habe Glück und erhalte ein Zimmer mit Meerblick.
Als ich nach Dona Sofia frage, erhält mein Schwung einen Dämpfer. Sie ist zu Verwandten gefahren, höre ich. Wann sie zurückkommt? Niemand weiß das.
Der Appetit auf Austern ist mir vergangen. Meine Gelassenheit ebenfalls. Von einer Sekunde auf die andere bin ich ungehalten, so wie ich es aus meinem wirklichen Leben kenne, habe ich es eine Weile lang tatsächlich »mein früheres Leben« genannt?
Aber ich muss sie sprechen, sage ich zu dem Mädchen vom Empfang. Und zwar dringend. Was, schlagen Sie vor, können wir tun?
Sie sieht mich freundlich an.
Wir alle müssen sie sprechen, sagt sie. Dringend. Was Sie meiner Meinung nach machen sollen? Urlaub!
Grollend ziehe ich mich auf mein Zimmer mit der Aussicht zurück. Nehme eine Dusche. Räume meinen Koffer

aus. Setze mich auf den Balkon in die Nachmittagssonne. Blättere in einem Tourismusprospekt, der das Papier nicht wert ist, auf das er gedruckt wurde. »Auf der Spuren Heinrich dem Seefahrer«, lese ich. Und dann ist es wieder da, das Gefühl. Dass ich mich beeilen sollte. Caroline. Onkel Gregor ist schließlich tot und kann warten. Was bin ich nur für ein Trottel!

An der Rezeption blättert ein junger Mann in einem Tauchermagazin. Nein, sagt er, er kennt keine deutsche Künstlerin, die Windskulpturen macht. Angela Ritter, den Namen hat er noch nie gehört. Die falsche Zielgruppe, denke ich und frage nach dem Telefonbuch. Darin ist sie nicht verzeichnet. Also mache ich mich auf den Weg. Zurück nach Vila do Bispo, und unterwegs frage ich mich, wie es hier wohl zu Zeiten Heinrich des Seefahrers ausgesehen haben mag, sowohl Sagres wie auch Vila do Bispo scheinen mir erst in den letzten fünfzig Jahren entstanden, billig hochgezogen, nicht für Jahrhunderte bestimmt. Ich kurve ein wenig durch das Städtchen, bis ich so etwas wie einen Ortskern finde. Parke den Wagen. Nehme Karl May vorsichtshalber an die Leine. Betrete eine Bar. Erinnere mich an die Erlebnisse im Herzen Frankreichs.

Ich frage nach Angela Ritter, und jeder, der das hört, dreht sich nach mir um und mustert mich von oben bis unten. Dann schütteln sie den Kopf. Nein. Keiner kennt sie. Warum nur werde ich das Gefühl nicht los, dass jeder genau weiß, von wem ich spreche?

Dann entdecke ich ein Internetcafé. Ein Mädchen mit Ringen in Nase und Lippen weist mir einen Platz an einem monströsen Steinzeit-Computer zu. Es dauert endlos, bis die Verbindung hergestellt ist. Ich rufe meine E-Mails ab, überfliege die Liste und schließe den Ordner wieder. Nichts, was mich interessiert.

Dann gebe ich »Angela Ritter« in die Suchmaschine ein. Ich hole mir einen Becher Kaffee und warte ungeduldig, bis das Gerät die Seite geladen hat. Nach einigen Versuchen habe ich sie. Angela Ritter, Sculptures. Ich betrachte ein Foto, von dem mich Caroline in älterer Version anzuschauen scheint. Derselbe direkte, ja, herausfordernde Blick. Auf einem anderen sehe ich sie bei der Arbeit. Sie ist fülliger als ihre Tochter, eine gutaussehende Frau um die fünfzig. Dann klicke ich mich durch die Vita, gehe die Werkliste durch. Ende der Achtziger begann ihre Karriere mit bunten Maschinen in der Art von Tinguely. Eine solche Installation steht im Hof einer Bibliothek in Amsterdam, eine andere in einem Kulturzentrum an der Costa Brava. Ein paar Jahre später entsteht die erste Windskulptur im Rahmen eines Stipendiums in Connecticut, USA. Im Jahr 2000 erhält sie einen Preis für eine ähnliche Arbeit in Norwegen und Einladungen zu internationalen Symposien. 2002 kreiert sie fünf windmühlenähnliche Gebilde für einen Sammler in Cornwall. 2003 trifft sie César Manrique auf Lanzarote und hält einen Workshop in Kalifornien, wo sie drei weitere Skulpturen aufstellt. Eine Einladung nach Paris, Vorträge. Einen letzten Auftrag in der Nähe von Cannes. Das war's. Kein Eintrag seit drei Jahren. Von »Das Gesetz der Bewegung« auf der Île d'Ouessant kein Wort. Was ist passiert, Angela?
Ich klicke mich durch die Fotogalerie und muss sagen, mir gefällt, was ich sehe. Natürlich nicht die verspielten Tinguely-Imitate, nein, ihre jüngsten Werke sind am interessantesten, silbern und schlank, auf das Wesentlichste reduziert, und immer mit einem überraschenden Detail. Man müsste die Skulpturen im Original sehen, in der Bewegung. Erst dann kann man sagen, ob sie etwas taugen. Ich lasse mir die Liste der Referenzen ausdrucken. Dann habe ich eine Idee. Die ist so überraschend, dass ich gar

nicht bemerke, wie ich den schrecklichen Kaffee austrinke bis auf den letzten Tropfen. Und dann gehe ich auf »contact me« und schreibe an Frau Ritter eine Nachricht.

Keine Stunde später klingelt mein Telefon. Wir verabreden uns für den nächsten Vormittag. Am liebsten würde ich sie auf der Stelle nach ihrer Tochter fragen. Aber plötzlich überkommen mich Zweifel. Was, wenn Caroline noch gar nicht bei ihrer Mutter war? Wenn sie es sich anders überlegt hat? Was, wenn die beiden miteinander in Streit gerieten, durchaus denkbar bei Carolines Charakter?

Morgen, denke ich. Wenn ich sie treffe. Da wird mir schon das Richtige einfallen.

Und inzwischen? Urlaub, hat das Mädchen vom Empfang gesagt. Ich beschließe, zum Kap hinauszufahren.

Die letzten hundert Meter der schnurgeraden Straße hinaus zum Leuchtturm sind mit Andenken- und Süßigkeitenständen gesäumt.

Ich kaufe eine Packung mit kreuzförmig eingeschnittenen Feigen, in die vier geschälte Mandeln gedrückt sind. *A cruz o príncipe*, sagt das Mädchen, the cross of the prince. Ich probiere ein Feigenkreuz und kaufe sofort eine weitere Packung, sie sind weich und köstlich, mit Marzipan gefüllt.

Dann stehe ich zusammen mit anderen Touristen ratlos auf der sogenannten Windrose. Ein Deutscher, der aussieht wie ein Lehrer, versichert seiner Frau, dass selbst die Wissenschaftler keine Ahnung haben, was dieser große rund gepflasterte Platz mit den unterschiedlichen Einteilungen wie ungerechte Kuchenstückchen zu bedeuten hat. Irgendwie sollen Heinrichs Seefahrer damit die Himmelsrichtungen bestimmt haben, was lächerlich ist, jeder Mensch kann mit eigenen Augen erkennen, wo im

Westen die Sonne untergeht, dazu braucht es keine aufwendige Berechnung.
Vielleicht, sagt ein Junge, stand hier in der Mitte ein Fahnenmast, und je nachdem, wohin die Fahne zeigte, konnten sie den Wind bestimmen.
Die Erwachsenen lachen, doch ich finde diesen Gedanken gar nicht so übel, ein schlaues Kerlchen, denke ich, und das Bild von der Fahne im Wind bringt mich wieder zu Angela Ritters Arbeiten und meiner Idee.
Über der brüte ich den gesamten Abend. Eine Skulptur. Für Onkel Gregor. Statt eines Grabsteins. Etwas, das in Bewegung bleibt, so wie er immer in Bewegung war. Ein Perpetuum mobile. Woher der Antrieb? Wind? Wasser? Doch wohin damit? Muss ich erst ein Grundstück dafür kaufen? Einen Park anlegen? Aber damit wäre das Objekt trotz seiner Beweglichkeit fixiert, und der Gedanke gefällt mir nicht. Besser wäre eine Skulptur, die sich wie ein Boot allein übers Meer bewegt. Wie wäre das? Oder unter Wasser? In der Luft? Ein Kunstwerk als Satellit, der die Erde umkreist? Ein neuer Mond, eine Rakete, die das All durchstreift?
Wo gehen die Toten hin? Wo befindet sich der, der mich auf diese Reise schickte, heute? Ist er immer noch unterwegs, in einer anderen Dimension? Oder ist das Leben wie eine Flamme, die erlischt, und dann ist nichts mehr von ihr übrig? Oder leben sie fort in uns?
Lange sitze ich auf der Terrasse, sehe und höre nichts von den Gästen um mich. Eine Flasche Duoro steht vor mir, und es ist mehr als ein Glas, das ich in Gedanken an Onkel Gregor leere.

Dreiundzwanzigstes Kapitel

in dem Caroline jemandem nochmals eine Chance gibt und jemand anderem nicht

Ich trage die Namen der ankommenden Gäste in Raffaelos Buch ein und beantworte tausend Fragen. Ich nehme Bestellungen für den Brötchenservice auf und erkläre den Weg nach Lagos, Albufeira und Sagres, ohne selbst je dort gewesen zu sein.

Hin und wieder rette ich eine Kröte und bringe sie in den Sumpf. Einmal holt mich ein zwölfjähriger Junge und hilft mir beim Einfangen.

Wie heißt du?, frage ich ihn.

Daniel, sagt er.

Wir nennen sie nach dir, was meinst du? Daniel ist ein guter Name für eine Kröte. Willst du mitkommen, wenn ich sie dorthin bringe, wo sie herkommt?

Daniel nickt begeistert.

Und so fahren wir gemeinsam den Feldweg hinaus, ich denke sehnsüchtig an Mariza, die Woche ist bald um, und ich wüsste gerne, wie es mit der Prüfung lief.

Fünf Tage, bleiben noch zwei. Immer noch weht der Wind, der sich an jenem Abend, als ich Angela zum ersten Mal sah, erhob. Er bleibt drei verdammte Wochen, hat Hajo gesagt. Dem gehe ich aus dem Weg, bis ich bemerke, dass auch er mich meidet.

Am Strand buddeln die Urlauber Löcher in den Sand und häufen Wälle darum, dort liegen sie eine halbe Stunde geschützt in der Sonne, dann beginnt der Wind, sie unter dem Sand zu begraben, und die Männer greifen erneut nach den Schaufeln. In meiner freien Zeit mache ich lange

Spaziergänge zu benachbarten Stränden, meide die Klippe, zu der ich in jener Nacht lief, als sei sie ein verbotener Ort. Meine Wanderungen und die Regelmäßigkeit der Dienste helfen mir, ruhiger zu werden.
Langsam wächst ein Entschluss in mir heran. Erst ist es eine Möglichkeit, weit entfernt, am Horizont meiner Gedanken. Dann nimmt er Gestalt an. Die Sache in die Hand zu nehmen und Angela noch einmal zu sehen. Vielleicht steckt eher das Bedürfnis dahinter, ihr meine Meinung zu sagen, als ihr eine zweite Chance zu geben, wie Mariza es nannte. Ich bin zu dem Schluss gekommen, dass ich Angela nicht unbedingt mögen muss. Sie ist, wie sie ist. Aber so einfach soll sie nicht davonkommen. Ich werde ihr sagen, was ich zu sagen habe.
Aber was ist das genau? Solange ich das nicht weiß, hat es keinen Sinn, sie zu sehen.
An diesem Abend habe ich Dienst in der Bar. Mir graut davor, dass Angela wieder auftauchen und sich die Szene vom letzten Mal wiederholen könnte. Immer wieder wandert mein Blick zur Tür. Doch weder sie noch Hajo Scheske kommen. Heute sind überhaupt wenig Gäste da, um elf Uhr ist alles vorbei. Während ich mit Nuno die Theke aufräume, wird mir klar, jetzt ist es so weit. Morgen früh besuche ich sie.
Bevor ich es mir anders überlege, frage ich Raffaelo, ob er weiß, wo ich sie finden kann. Dreimal fragt er, bis er mir glaubt, dass ich wirklich *diese* Angela meine. Dann nimmt er einen Zettel und zeichnet mir eine Skizze. Ein kompliziertes Geschlängel von sich kreuzenden Linien. Am Ende malt er ein Quadrat mit einem Dreieck darauf. Angela, schreibt er schräg daneben.

Klar, dass ich in dieser Nacht stundenlang wach liege. Klar, dass ich am nächsten Morgen verschlafe. Als ich

aufschrecke, ist es schon kurz vor zehn. Das Gute daran ist, dass ich keine Zeit habe, mir die Sache zu überlegen.
Den Weg zu Angelas Haus hätte ich ohne Raffaelos Zeichnung niemals gefunden. Es liegt abseits und versteckt in einem verwilderten Zitrushain. Vor dem Haus steht ein Auto.
So ein Mist, denke ich, womöglich hat sie Besuch. Ich parke ein Stück entfernt, so dass mein Wagen vom Haus nicht zu sehen ist, und gehe die letzten Schritte zu Fuß. Eine Katze springt auf, macht einen Buckel und faucht mich an, ehe sie in Richtung des fremden Wagens verschwindet.
Das Haus muss in mehreren Phasen erweitert worden sein. An ein Gebäude aus Natursteinmauern schmiegen sich seitlich zwei Anbauten. Hinter den Fenstern des rechten Flügels bewegen sich Schemen. Ich trete in den Schatten eines Baumes und überlege, was ich tun soll.
Die Katze stolziert mit erhobenem Schwanz an mir vorbei und verschwindet hinter einer Ligusterhecke. Ich folge ihr und gelange zu einem weiteren Gebäude mit hohen Fenstern und teilweise milchverglastem Dach. Metallene Gebilde säumen den Weg. Wie stolz ich doch war, als ich in Dodants Büro Angelas Skizzen und das Modell bewunderte. Neben dem Eingang entdecke ich eine mit Wein überrankte Sitzecke. Gemauerte Bänke auf drei Seiten um einen Natursteintisch, darauf Segeltuchkissen. Es sieht einladend aus, ein Päckchen Zigaretten liegt neben einem Aschenbecher, darauf ein Feuerzeug. Die Polster sind eingedrückt, als hätte eben noch jemand hier gesessen.
Die Tür zur Werkstatt steht offen. Also gehe ich hinein. Dieser Raum voller gedämpften Lichts erinnert mich an mein Gewächshaus. Statt der Farbe Grün dominieren hier Weiß und Silber. Von der Decke hängen zwei Gebil-

de, die sich langsam und beständig umeinander drehen. Ich kann nicht erkennen, wie sie befestigt sind, schwerelos scheinen sie über mir zu schweben.
Auf Tischen liegen Pläne und Skizzen, sie alle tragen dieselbe großzügige Schrift, die ich von der Postkarte in- und auswendig kenne. Schwungvolle Tuschzeichnungen sind an die Stirnwand gepinnt, sie zeigen ein Ensemble aus lanzenförmigen Zungen, die sich offenbar fast frei umeinander bewegen können, jedes Blatt eine andere Konstellation. Auf einem Zeichenbrett, wie Architekten sie benutzen, finde ich Konstruktionspläne. Und auf den Arbeitsflächen in der Mitte des Raumes liegen Teile aus Metall, geschnitten, gebogen, einzeln und zusammengefügt.
Ich öffne eine Tür. Maschinen und Apparate. Sägen, Schweißgeräte, Bohrer, ich betrete eine vollständig ausgestattete Metallwerkstatt. Meine Finger gleiten über eine Arbeitsfläche, sie hinterlassen eine deutliche Spur. Staub. Hier wurde schon eine ganze Weile nicht mehr gearbeitet. Auch an den anderen Geräten nicht. Als ich mich umdrehe, bekomme ich einen Schreck. Ich sehe in die verwirrten Augen einer Frau. Es sind meine eigenen. Verspiegelte Metallplatten in unterschiedlichen Stärken lehnen hier sauber aufgereiht an der Wand.
Lange stehe ich einfach da und schaue. Versuche das, was ich sehe, mit der Frau zu verbinden, die sich auf Ingrina jenen Auftritt erlaubte. Das Licht tanzt auf den rotierenden Elementen unter der Decke. Man kann einen Menschen nicht nach dem ersten Eindruck beurteilen, hat Mariza gesagt. Langsam gehe ich an den Zeichnungen entlang, mein Blick fällt auf das Datum, sie sind mehr als drei Jahre alt. Von »Das Gesetz der Bewegung« nirgendwo eine Spur.
Verwirrt gehe ich nach draußen, setze mich an den Tisch,

betrachte die Zigarettenschachtel, den Aschenbecher mit den Kippen.
Mein Blick fällt auf eine Pflanze, ein winziges Töpfchen in der Mitte des Tisches. Ein grünes Wuschelgewächs, das ich sehr gut kenne. Selaginella. Es ist eines der Töpfchen, das ich in den ersten Wochen nach meiner Eröffnung an Kunden verschenkte. Ich schließe die Augen. Das ist nicht möglich. Ein Zufall, etwas anderes kann es nicht sein. Doch dann nehme ich das Blumentöpfchen in die Hand. Zwischen dem Grün steckt noch der Sticker. »Die Welt der Farne«. Das ist unmöglich, wiederholen meine Gedanken, unmöglich. Und doch. Es gibt nur eine Erklärung. Angela muss in meinem Laden gewesen sein. Aber wann?

Na, da bist du ja, sagt eine Stimme.
Ich schaue auf. Dort steht Angela und betrachtet mich amüsiert. Sie tritt an den Tisch, nimmt eine Zigarette aus der Packung und zündet sie an. Ich erkenne sie kaum wieder. Ihr Haar ist feucht nach hinten gekämmt, an den Schläfen kann ich noch die Spuren des Kammes sehen. Ihr Gesicht ist geschminkt, die dunkelroten Lippen wirken entspannt. Sie trägt helles Leinen, eine schmale Hose und ein Hemd, das fast bis zu den Knien reicht. Mit dem zugeknöpften Stehkragen sieht sie aus wie eine indische Maharani.
Gut, dass du es dir bequem gemacht hast, sagt sie. Gleich habe ich Zeit für dich. Ich zeige eben noch einem Kunden die Werkstatt.
Und dann wird mir schwindelig. Denn um die Ecke biegt Gregor, niemand anderes als Gregor, er ist der Letzte, den ich hier erwartet habe, da springt Karl May heran, stutzt, zögert, dann jagt er mit wehenden Ohren auf mich zu.

Caroline!, sagt Gregor.
Ich versenke mein Gesicht in Karl Mays Fell.
Gut, dich zu sehen!
Ich werfe ihm einen Blick zu. Unwillkürlich weicht er einen Schritt zurück. Mein Herz klopft, dass es mir in den Ohren dröhnt.
Ich muss mit dir reden, höre ich Gregor durch dieses Getöse hindurch sagen.
Jetzt wird er gleich sagen, er könne mir alles erklären.
Gib mir ein bisschen Zeit, fängt er an, ich kann dir …
… alles erklären?, frage ich, und meine Stimme klingt wie Sandpapier.
Angela ist zwei Schritte beiseitegetreten, zieht an ihrer Zigarette und betrachtet uns interessiert.
Ich wende mich ab. Kraule Karl May hinter den Ohren, der schließt genießerisch die Augen. Da ist eine Narbe über seiner Nase. Die hatte er nicht, als ich ihn das letzte Mal sah.
Gregor zieht etwas aus der Tasche und reicht es mir. Als ich nicht reagiere, legt er es vor mir auf den Tisch. Es ist eine Visitenkarte. Von einem Hotel.
Hier kannst du mich finden, sagt er, und da treten heiße Zornestränen in meine Augen, ich dich finden, sage ich, wieso sollte ich dich finden wollen, und rascher, als ich denken kann, haben meine Finger die Karte in kleine Schnipsel zerrissen und in den Aschenbecher gestreut.
Caroline, sagt er leise, was glaubst du wohl, warum ich hier bin …
Ich habe nicht die geringste Ahnung, sage ich, und ich will es auch nicht wissen.
Ich stehe auf und gehe. Die Ligusterhecke entlang und weiter zu meinem Wagen. Doch ehe ich einsteige, überlege ich es mir anders. Ich will mit Angela sprechen, das lasse ich mir von Gregor nicht verderben. Karl May ist

mir gefolgt. Er sieht zu mir hoch, als wollte er sagen: So ist er nun mal. Sei doch nicht so streng mit ihm.
Ich bin eben kein Hund, Karl May, sage ich, und er senkt den Kopf.
Neben dem Anbau entdecke ich einen Weg. Er führt den Hügel hinauf. Eine Weile trottet Karl May hinter mir her, dann bleibt er zurück, kehrt schließlich um.
Ich gehe rasch. Mein Herz klopft noch immer, als wollte es mir eine Botschaft in die Ohren hämmern. Was zum Teufel sucht ausgerechnet Gregor hier? Wie kommt er dazu, Angela zu besuchen? Was glaubst du, warum ich hier bin, hat er gesagt. Ich finde keine Antwort auf diese absurde Frage. Das sieht ihm ähnlich, denke ich, in Santiago lässt er mich sitzen, und hier, nachdem ich ihn endlich fast vergessen habe, taucht er auf. Bei meiner Mutter. Und kommt mir auch noch zuvor.
Zuvor wobei, frage ich mich verwirrt. Außer Atem bleibe ich stehen und sehe mich um. Angelas Haus liegt weit unter mir, zwischen Bäumen verborgen. Dafür breitet sich die Ebene vor mir aus, dahinter das Meer. Dort, vor dem tiefblauen Streifen, muss irgendwo Ingrina sein. Und weiter im Westen zeichnet sich das Kap mit dem Leuchtturm ab.
Unter einem Mispelbaum setze ich mich ins Gras. Nach einer Weile höre ich Motorengeräusch, und kurz darauf kann ich Gregors Auto sehen, das langsam zwischen den Zitrusbäumen hinunter in die Ebene fährt. Und mein dummes Herz krampft sich zusammen, als hätte es mit diesem Menschen noch irgendetwas zu schaffen, als bedeute sein Wegfahren etwa einen neuen Verlust.

Er will eine Skulptur in Auftrag geben, sagt Angela und schenkt mir ein Glas Weißwein ein.
Dazu habe ich nichts zu sagen.

Woher kennst du ihn?
Auch darauf ziehe ich es vor, zu schweigen. Stattdessen sehe ich mich in Angelas Zuhause um. Ein Durcheinander von Pflanzen und Steinen, roh und behauen, Figuren aus Holz und Keramik, Büchern und allen möglichen Fundstücken. Der krasse Gegensatz zu der Atmosphäre des Ateliers. Dort scheinen klare Gedanken Gestalt anzunehmen, hier dagegen herrscht das Chaos der Gefühle. Ein Abbild meiner eigenen Gefühle, berichtige ich mich, während zwei Katzen aus einem Sessel springen, die ich in dem buntgewürfelten Stoff- und Kisseneinerlei nicht einmal bemerkt hatte. Überquellende Aschenbecher, verwelkende Blumen in einer Vase, Zeitschriften, Briefe, geöffnet, ungeöffnet, ein vergessener Teller mit vertrockneten Orangenschalen in einem Bücherregal, eine Schneekugel zwischen zwei Stapeln mit Kunstbänden, Muscheln und Schneckenhäuser in einem Korb zwischen Obst.
Küche und Wohnraum gehen ineinander über. Angela stellt die Flasche Weißwein zurück in den Kühlschrank.
Setz dich, sagt sie, oder willst du gleich wieder gehen?
Ich setze mich in einen Korbsessel, der bedenklich unter mir knarrt.
Du warst in München, sage ich.
Angela nimmt in einem abgewetzten Ledersessel Platz, stellt das Glas auf der Armlehne ab, ohne es loszulassen. Und auf einmal sehe ich Sebastian in seinem ewigen Ledersessel, das Whiskyglas genauso auf der Lehne balancierend.
Ja, sagt sie.
Wann?
Vor ein paar Wochen. Ich war bei dir im Laden.
Wie geht es dir, was macht die Kleine, Pfingsten bin ich in Deutschland, vielleicht schau ich mal vorbei, echot es in meinem Kopf.

Warum hast du nichts gesagt?
Du warst so beschäftigt.
Stille.
Beschäftigt. Natürlich. Ich war immer beschäftigt. Aber ich habe ihr das Töpfchen mit Selaginella persönlich gegeben. Und dabei nichts bemerkt.
Wieso hast du nicht hallo gesagt. Warum hast du nicht gesagt, wer du bist?
Angela sieht in ihr Glas. Zuckt mit den Schultern, als sei das eine ziemlich unwichtige Frage.
Ich habe gesehen, was ich sehen wollte.
Was, was wolltest du sehen?
Mit einem Mal bin ich furchtbar zornig.
Dass es dir gutgeht. Und dass …
Sie zögert, schiebt die Unterlippe ein wenig vor.
Ach, was weiß ich.
In meinen Schläfen pocht es. Deine Mutter war da, und du hast sie nicht erkannt. Natürlich nicht! Wie sollte ich sie erkennen, schließlich habe ich sie nie zuvor gesehen. Und dennoch. In der romantischen Welt meiner Kindheit hätte ich meine Mutter immer erkannt. Unter Millionen von Menschen. Und dann steht sie in meinem Laden, ich unterhalte mich mit ihr, schenke ihr eines dieser blöden Töpfchen, lasse sie wieder gehen.
Du wolltest sehen, ob es mir gutgeht? Nach sechsundzwanzig Jahren?
Angelas Augen werden schmal. Wie eine Katze sitzt sie in ihrem Sessel und lauert. Dann bricht sie unvermittelt in schallendes Gelächter aus. Ich zucke zusammen. Wenn sie so lacht, ist sie wieder die Frau, die ich in der Bar gesehen habe.
Du bist genau wie ich. Mein Gott, wie kann ein fremder Mensch so viel Ähnlichkeit mit mir haben? Und weißt du was, sagt sie und wird ernst, genau davor habe ich mich

immer gefürchtet. Dass du, ohne zu fragen, ein Stück von mir als das deine beanspruchen würdest. Meine Augen. Meine Haare. Meine Gesichtszüge. Sogar die Art, wie du dir die Haare aus dem Gesicht streichst. Wie du gehst. Und deine Art, zornig zu sein. Na los, wann überschüttest du mich endlich mit Vorwürfen? Worauf wartest du?
In diesem Moment hasse ich sie tief und und voller Abscheu, und am liebsten möchte ich aufstehen und für immer verschwinden, denn sie und ich, wir beide haben nichts, rein gar nichts miteinander zu schaffen.
Doch ich bleibe sitzen. Jetzt erst recht. Bleibe sitzen und sehe sie mir an. Betrachte die grauen Strähnen in ihrem Haar, die Falten, die sich wieder durch ihr Make-up hindurcharbeiten, betrachte ihre kräftigen Hände, denen man ihr Alter am ehesten ansieht, den Hals, den drei tiefe Querfurchen unterteilen. Die Kanten um die Mundwinkel. Was hatte ich neulich gedacht? Die Landkarte eines kämpferischen Lebens? Ich bin jung, denke ich, und du bist alt, das ist es, was dir zu schaffen macht, und tatsächlich, bilde ich es mir ein oder schmilzt ihre Selbstsicherheit unter meinem Blick? Die Hand, die ihr Weinglas zum Mund führt, zittert.
Ich kann nichts dafür, sage ich schließlich und wundere mich über die Ruhe in meiner Stimme, dass du dich in einem One-Night-Stand, betrunken oder bekifft wie du warst, von meinem Vater hast schwängern lassen.
Es ist wie ein Schlag in ihr Gesicht. Ihre Augen werden tief und röten sich, als hätte sie geweint. Doch gleich ist es wieder vorbei.
Hat er das gesagt, fragt sie schneidend. One-Night-Stand? Ich werde nach München fahren und ihn dafür verprügeln!
Da muss ich fast lachen, denn ich stelle mir vor, wie Sebastian von dieser Frau Prügel bezieht, und dann sehe

ich Gregor, der unter meinem Schlag zusammenknickt, und all das Blut in seinem Gesicht. Vielleicht haben Angela und ich doch mehr gemeinsam, als mir lieb ist.
War es nicht so?, frage ich.
Hat er das wirklich gesagt?
Ich nicke.
Sie steht auf und nimmt eine Flasche aus dem Regal. Schenkt sich reichlich ein.
Willst du auch einen Cognac?, fragt sie. Nein? Bist du sicher?
Ich sehe zu, wie Angela trinkt. Nach zwei Schluck kehrt die Farbe zurück in ihr Gesicht. Wie war es dann, will ich fragen. Doch etwas hält mich zurück.
Wie hast du mich eigentlich gefunden, will Angela wissen.
Deine Karte, sage ich. Ich war bei Dodant.
Angelas Gesichtsausdruck erhärtet sich.
Ich habe deine Skulptur gesehen. Oder das, was davon übrig ist.
Ich muss zugeben, es bereitet mir eine gewisse Genugtuung, sie zu quälen. Doch über ihre Reaktion bin ich dann doch überrascht.
Hat er dich geschickt, fragt sie scharf. Bist du gekommen, um mich auszuspionieren? Stehst du mit Dodant in Kontakt?
Sie ist aufgesprungen. Breitbeinig steht sie über mir, als wolle sie mich im nächsten Moment aus dem Korbsessel zerren. Dann besinnt sie sich. Macht ein paar große Schritte durch den Raum. Die Katzen springen in verschiedenen Richtungen davon.
Der Kerl will mich fertigmachen, sagt sie und zündet sich eine neue Zigarette an, obwohl im Aschenbecher noch eine vor sich hin glüht. Dabei war das seine Schuld. Er hat am Material gespart. Schlechte Qualität. Und die Hand-

werker, die er mir zugeteilt hat, alles Stümper. Inzestuöse Idioten, diese Insulaner, alle miteinander. Ich habe es ihm gesagt. Wenn Sie daran sparen, garantiere ich für nichts. Und jetzt droht mir sein Anwalt. Will mich ruinieren. Dabei hat er das schon.

Sie lässt sich wieder in den Sessel fallen. Sieht mich an, als habe sie vergessen, dass ich da bin.

Was hat er dir erzählt?

Ich zucke mit den Schultern.

Nichts, was du nicht schon weißt, nehme ich an.

Angela bläst verächtlich den Rauch aus.

Da baut man sich über Jahre eine Karriere auf, sagt sie. Einmal Pech gehabt, und es geht rum in der Szene wie ein Lauffeuer. Ja. Natürlich. Ich hätte das nie zulassen dürfen. Zwei Aufträge wurden zurückgezogen. Von meinen Erfolgen spricht keiner mehr. »Ritter's sculptures blowing in the wind«, stand in einer internationalen Kunstzeitschrift. Davon erholst du dich nie.

Angela brütet vor sich hin. Dann greift sie nach dem Cognacglas, stellt fest, dass es leer ist.

Dieser Beer, sagt sie plötzlich. Den kennst du doch. Was ist das für einer? Er will eine Skulptur. Meint er es ernst?

Woher soll ich das wissen, denke ich. Weiß der Teufel, was er mit einer Skulptur anfangen will.

Keine Ahnung, sage ich und weiche ihrem Blick aus.

Du hattest etwas mit ihm, sagt sie. Stimmt's?

Kümmere dich um deine eigenen Liebschaften, gebe ich scharf zurück.

Angela zieht spöttisch die Augenbrauen hoch. Ich beiße mir auf die Lippen. Gregor. Mein Herz fängt augenblicklich wieder an wie wild zu hämmern. Verdammt, denke ich. Verdammt, verdammt, verdammt.

Wirst du dich mit ihm treffen?

Angela lässt nicht locker.

Können wir vielleicht von etwas anderem reden?
Meine Stimme klingt schrill. Ich hasse mich dafür.
Ich will nur wissen, ob du noch an ihm interessiert bist, fährt Angela ungerührt fort. Mir gefällt er nämlich. Er hat mich zum Essen eingeladen für morgen Abend. Und dann, wer weiß …
Ich glaube meinen Ohren nicht zu trauen. Zum Essen? Gregor und Angela? Ein Gefühl überflutet mich wie geschmolzenes Metall, dringt in meine Eingeweide, schießt durch meine Adern.
Das ist nicht dein Ernst, höre ich mich sagen. Er könnte dein Sohn sein.
Angela wirft ihren Kopf zurück und lacht dröhnend. Ich hasse dich, möchte ich schreien, ich werde dich umbringen, wenn du nicht die Finger von Gregor lässt.
Du bist eifersüchtig, sagt sie schließlich, das ist gut.
Und du, sage ich, glühend vor Zorn, du bist einfach nur lächerlich. Eine Frau in deinem Alter. Merkst du nicht, wie sich die Leute den Mund über dich zerreißen?
Sie lächelt nicht mehr. Ich sehe ihr in die Augen. Sie betrachten mich, distanziert, ich kann nicht erkennen, ob sie verletzt ist, und dann ist meine Wut verraucht, es tut mir leid, was ich gesagt habe. Könnten wir nicht einfach Freundinnen sein? Doch mir wird klar, das ist unmöglich. Freundinnen? Nach allem, was war? Und allem, was nicht war? Darüber sollten wir reden, denke ich. Nicht über Gregor. Wie absurd, mich mit Angela ausgerechnet um ihn zu streiten.
Hör zu, sage ich schließlich, ich habe eine weite Reise hinter mir. Und die habe ich nicht gemacht, damit wir uns gegenseitig Beleidigungen an den Kopf werfen. Ich möchte wissen, wie das damals war. Warum du fortgegangen bist. Warum du dich nie gemeldet hast. Warum man mir erzählt hat, dass du tot bist.

Angela schweigt. Raucht. Schaut an mir vorbei. Sie wirkt müde. Und alt. Viel älter, als sie tatsächlich ist.
Ich finde, füge ich überflüssigerweise hinzu, ich habe ein Recht darauf.
Sie sieht auf und verzieht spöttisch die Mundwinkel.
So? Findest du das?
Ich halte ihrem Blick stand. Sie ist stark. Doch ich bin es auch.
Was ist damals passiert?

Vierundzwanzigstes Kapitel

in dem Gregor Bekanntschaft mit Sofia und einer überraschenden Wahrheit macht

Sie war nicht begeistert, mich zu sehen, sage ich zu Karl May. Der hat den Kopf auf die gekreuzten Pfoten gelegt und sieht bekümmert aus.

Du hast recht, denke ich, es war ein Fiasko. Der Blick, mit dem sie mich bedachte! Was habe ich gesagt? Gut, dich zu sehen? War wohl nicht der richtige Einstieg. Ich habe nun mal keine Übung darin, Frauen zu versöhnen. Wenn sie schmollten, ließ ich es gut sein und suchte mir eine andere. In meinem früheren Leben.

Aber heute will ich keine andere. Ich will Caroline.

Am besten, ich lasse ihr Zeit. Im Moment hat sie mit ihrer Mutter genug zu besprechen.

Danach werden wir sehen.

Immerhin habe ich Angela entlocken können, dass sie auf einem Campingplatz arbeitet. Wie heißt der noch gleich? »Ingrina«. Das ist doch schon etwas.

Darauf kann man aufbauen, was, Karl May?

Aber ich bin besorgt. Genau das ist es, was ich niemals wollte. Dieses Hin und Her und Vor und Zurück. Warum muss es so kompliziert sein?

Aber ich bin selbst schuld daran. Es hätte gar nicht kompliziert werden müssen. Hätte ich nicht meine Hand weggezogen, dort am Frühstückstisch auf der Insel, dann wäre alles ganz einfach gewesen. Einfach! Als ob so etwas einfach wäre.

Weißt du, sage ich zu Karl May, das ging mir einfach zu schnell.

Aber Karl May hört nicht zu. Er schaut interessiert aus dem Fenster. Am Straßenrand spielen ein paar Köter, die heftig bellen, als sie ihn hinter der Scheibe entdecken. Einer läuft sogar eine Weile kläffend neben dem Auto her, Karl May knurrt drohend, dann wendet er sich verächtlich ab, als wäre das alles unter seiner Würde.

Im Hotel strahlt das Mädchen am Empfang, als sie mich sieht. Sie bittet mich, einen Augenblick zu warten. Vielleicht draußen auf der Terrasse?, schlägt sie vor.

Ich setze mich an meinen Lieblingstisch ganz außen, nahe der Mauer. Von hier aus hat man den schönsten Blick und sitzt dennoch geschützt vor dem allgegenwärtigen Wind. Der war schon da, bevor ich ankam, und scheint hierherzugehören, wie das Meer und der Himmel.

Eine Frau tritt auf die Terrasse, schaut sich um, lächelt, als sie mich entdeckt. Sie ist nicht mehr so jung, wie ich im ersten Augenblick glaubte, im tiefschwarzen Haar schimmern silberne Strähnen.

Willkommen, sagt sie. Ich bin Sofia. Es tut mir leid, dass Sie auf mich warten mussten.

Sie spricht einwandfreies Deutsch.

Wir geben uns die Hand. Mandelförmige Augen blicken mich an. Dann bückt sie sich und tätschelt Karl May. Der wedelt freudig mit dem Schwanz.

Trinken Sie ein Glas Wein mit mir?

Sie nimmt Platz. Betrachtet mich.

Das ist wirklich schade, sagt sie, und ich weiß nicht, was sie meint. Dass wir uns erst heute begegnen oder Onkel Gregors Ableben oder den steten Wind?

Ihr Onkel bat mich, Ihnen ein bestimmtes Zimmer zu geben. Meine Tochter Ana hat das nicht gewusst. Wenn es Ihnen recht ist, werden wir Ihre Sachen dorthin bringen.

Danke, sage ich verwirrt. Eigentlich bin ich ganz zufrieden mit meinem Zimmer.

Sofia lächelt.
Das freut mich, sagt sie, aber Ihrem Onkel war das sehr wichtig. Er hat selbst in diesem Zimmer gewohnt, von Anfang an.
Von Anfang an. Wann war das, möchte ich fragen, doch dann fällt mir ein, was in seinem letzten Brief steht. Dass er diese Reise vor vielen Jahren schon machte, und zwar nicht allein.
Sie werden damit keine Umstände haben, sagt Sofia, meine Tochter wird Ihre Sachen persönlich in das neue Zimmer bringen.
Na gut, sage ich. Wenn Sie meinen.
Doch in mir wächst ein Unbehagen. Ich habe immer versucht, einen gewissen Abstand zu meiner Familie zu wahren. Und jetzt kommt es mir vor, als stünde ich im Begriff, mir mit meinem Onkel ein Zimmer zu teilen.
Der Kellner bringt den Wein.
Trinken wir auf sein Wohl, sagt Sofia heiter. Er war ein wunderbarer Mensch. Er würde nicht wollen, dass wir trauern. Und es ist schön, fügt sie hinzu, dass Sie nun sein Erbe antreten können.
Sie trinkt. Ich aber bin verwirrt.
Sein Erbe?, frage ich.
Ja, sagt sie. Er hat oft davon gesprochen.
Ich weiß nicht, was sie meint. All seine materiellen Güter, schrieb er mir, hat er verschenkt. Geld ist das, was du am wenigsten brauchst. Und damit hatte er mehr als recht.
Der Wein ist köstlich. Kühl und erfrischend. Sofia zählt mir die Spezialitäten des Tages auf, es ist Mittag, und ich bemerke, dass ich hungrig bin. Ich entscheide mich für Seeteufel, eine Wahl, die ich nicht bereue. Leise Musik dringt aus dem Speisesaal. Die dunkle Stimme einer Sängerin über Klavierakkorden. Es ist eine Melodie, die mich hinhören lässt, in mich eindringt, sich in mir ausbreitet,

in mir widerhallt. Ich kann nicht entscheiden, ob sie traurig ist oder ein Liebeslied oder beides. Ein trauriges Liebeslied.

Den Kaffee bringt mir die Hotelchefin selbst. Sie stellt ein Tablett vor mir auf den Tisch, darauf die Moccatasse, ein Glas Wasser, das in der Sonne glänzt wie ein Juwel, ein Schälchen mit Zucker. Daneben mein neuer Zimmerschlüssel. Und ein Brief. »Für Gregor Beer jun.« steht darauf.

Seit wann haben Sie diesen Brief, frage ich Sofia.

Oh, sagt sie, erst seit ein paar Wochen. Ihr Onkel ließ ihn hier für Sie.

Hier? Er war hier?

Sofia sieht mich an. Dann wendet sie sich rasch ab und schaut über das Meer.

Ja, sagt sie. Er war hier, im Frühjahr. Aber ich will Sie nicht länger stören. Und damit geht sie mit raschen Schritten davon.

Ich trinke den Kaffee. Ich nehme einen Schluck Wasser. Ich sehe über das Meer zu der Halbinsel mit dem Leuchtturm und den Ruinen, der Windrose, von der keiner mehr weiß, wozu sie einst gut war. Ich lausche den Kantilenen der Sängerin. Ich denke an Caroline. An diese ganze, seltsame Reise.

Schließlich nehme ich den Brief in die Hand. Ich weiß, es ist der letzte. Meine Augen fangen wieder an zu brennen. Das ist der Wind, sage ich mir. Dieser ewige Wind.

Auch dieser Schlüssel trägt die Nummer 333. Ich trete in eine weitläufige Suite, die ich mehr ahne als sehe, denn überall sind die Vorhänge zugezogen. Rasch öffne ich sie, einen nach dem anderen, und bin geblendet von der Aussicht. Es ist ein Eckzimmer mit Fenstern nach Süden und Westen, unter mir liegt ausgebreitet das Kap. Hier also hat Onkel Gregor gewohnt, noch vor wenigen Wochen. Ein riesiges Bett. Ein erst kürzlich renoviertes Bad mit einem Jacuzzi. Meine Sachen sind genauso eingeräumt, wie ich es selbst machen würde. Vom Schreibtisch aus hat man den Leuchtturm im Blick. Ich lege den Brief darauf. Dann strecke ich mich auf dem Bett aus, will nur einen Augenblick die Augen schließen. Mit einem Satz ist Karl May neben mir.

Nein, protestiere ich und versuche, ihn vom Bett zu schieben, das kommt nicht in Frage, hörst du, doch Karl May ignoriert mein Schubsen und Drücken, dreht sich mehrmals im Kreis und lässt sich schließlich neben mich fallen.

Ich bin zu benommen, um etwas dagegen zu unternehmen. Wenigstens seine Hundedecke sollte ich über das Bett ausbreiten, denke ich noch, dann bin ich eingeschlafen.

Nach einer Weile, ich weiß nicht, waren es Minuten oder eine ganze Stunde, schrecke ich hoch. Neben mir schnarcht Karl May. Ich stehe auf und ziehe Hemd und Hose aus. Trotz der dicken Fensterscheiben kann ich hören, wie der Wind um die Ecke pfeift. In der Dusche lasse ich mir den kräftigsten Wasserstrahl, den die Düse hergibt, direkt auf den Kopf prasseln. Versuche, die Benommenheit von mir abzuschütteln. Ich bin nicht daran gewöhnt, mittags zu schlafen.

Ich ziehe frische Kleider an und sehe auf die Uhr. Kurz nach vier. Ob ich heute Abend schon nach Caroline sehen soll? Am liebsten würde ich sofort den Campingplatz suchen gehen. Unschlüssig stehe ich in diesem Zimmer mit der schwindelerregenden Aussicht. Mein Blick fällt auf das Kuvert auf dem Schreibtisch. Ich setze mich, wiege den Brief in der Hand. Dann öffne ich ihn mit dem silbernen Messer, das bereitliegt. Die inzwischen vertraute Handschrift auf dicht beschriebenem Papier.

»Lieber Gregor,
willkommen an der letzten Station unserer Reise. Ja, Du bist am Ziel angelangt – oder doch fast.
Ich nehme an, Du hast Dich an den Schreibtisch gesetzt, um diesen letzten Brief zu lesen. So schließt sich der Kreis. Denn hier habe ich all die Briefe an Dich geschrieben. Und sag, gibt es einen schöneren Arbeitsplatz? Mit einem solchen Ausblick? Ja, es gibt einen. Die Brücke eines Schiffes ist durch nichts zu übertreffen. Aber das ist vorbei. Vieles ist vorbei. Und es ist gut so, denn etwas anderes soll beginnen.
Vor ein paar Tagen hatte ich ein seltsames Erlebnis. Du musst wissen, dass ich hier vor vielen Jahren das Tauchen lernte, und seither ist das eine meiner größten Leidenschaften. Ich kenne jeden Tauchgrund an dieser Küste, alles ist mir vertraut, und so suchte ich einen meiner Lieblingsplätze auf.
Dort unten hatte ich ein merkwürdiges Erlebnis: Ich wurde überwältigt von dem Bedürfnis, dort zu bleiben. Für immer. Nicht mehr aufzusteigen, niemals mehr. Es war wie ein Ruf, und ich bin ihm gefolgt, immer tiefer, zu einer Unterwasserhöhle. Dort hinein zog es mich, und es schien mir der rechte Abschluss für mein Leben voller verpasster Möglichkeiten. Einfach nicht mehr aufzutauchen. Schon hatte ich die Pressluftflasche abgelegt, hielt die Atemmaske mit beiden Händen, betrachtete den Schlauch, der mich mit dem Leben verband, horchte auf das Geräusch meines Ein- und Ausatmens. Aber gerade, als ich die Maske abnehmen wollte, ganz im Frieden mit mir selbst, da standst Du mir vor Augen, Gregor, Dein

Gesicht. Und mir wurde klar, dass ich so nicht gehen kann. Nicht, ehe ich Dir die Wahrheit gesagt habe.
Die Wahrheit.
Es ist ein großes Wort. Und doch, die Wahrheit, die ich Dir zu sagen habe, hat Gewicht. Ich habe Deiner Mutter schwören müssen, Dir in meinem ganzen Leben dieses Geheimnis nicht zu verraten. Doch dort unten, als ich gerade im Begriff war, mich vom Leben zu verabschieden, da fiel es mir wie Schuppen von den Augen. Die Lösung. Oder besser, meine letzte Aufgabe. Ich würde mein Wort halten. Im Leben nicht. Aber im Tod bin ich frei, zu sagen, was ich zu sagen habe.
Ich lauschte auf das gurgelnde Geräusch meines Atems, dort, an der Schwelle zum Tod, und mit einem Mal lag alles klar vor mir. Die Reise, auf die ich Dich schicken würde. Die Stationen, an die ich Dich führen wollte. Die Briefe, die Du bekommen solltest. Und so schulterte ich die Flasche mit Atemluft und machte mich auf den Weg zurück ins Leben.
Seither sitze ich hier, wenn ich nicht mit Sofia auf der Terrasse sitze und mir den Fisch oder die Austern schmecken lasse, eine Flasche Weißwein mit ihr trinke. Zeile um Zeile schrieb ich und machte im Geist diese Reise mit Dir. Stellte mir vor, wie Du aufbrechen würdest, oh ja, ich wusste genau, dass das eine Weile dauern würde. Ich sah Dich durch Frankreich fahren und bei Malgorne ankommen, am Cabo Touriñá. Und jetzt bist Du hier.
Dies ist der fünfte und letzte Brief. Und morgen fahre ich nach Hause, um auf meinen Tod zu warten. Eine Verabredung, die er pünktlich einhalten wird.«

Meine Kehle ist staubtrocken. Ich lasse den Brief sinken und suche nach der Minibar. Stürze den Inhalt einer Mineralwasserflasche hinunter und öffne gleich eine zweite.

Im Raum bewegen sich Schatten. Sie stammen von Möwen, die scharf an den Fenstern entlangsegeln. Karl May hat sich mitten auf dem Bett ausgestreckt und winselt im Schlaf. Seine Pfoten zucken. Er träumt.
Irgendetwas hält mich zurück weiterzulesen. Wer bist du, Onkel Gregor, dass du die Stunde deines Todes kennst, eine Verabredung mit ihm hast? Schließlich siegt die Neugier, und ich lese weiter.

»Ich habe es keinem gesagt, auch nicht Sofia. In meiner Leber wächst ein Ding heran, das mich töten wird, früher oder später. Die Ärzte geben mir noch vier bis sechs Wochen. Eine Zeitlang habe ich mit dem Gedanken gespielt, meinem Leben ein Ende zu setzen. Ich bin nicht der Mensch, der gerne darauf wartet, dass verrückt gewordene Zellen seine Leber verwüsten. Doch da unten habe ich mich anders entschlossen. Ich werde meinem Tod mit Würde entgegentreten. Und Dir Dein Erbe übergeben.
Erinnerst Du Dich an die Frau, von der ich Dir in meinem letzten Brief erzählt habe? Diese Frau ist Deine Mutter. Wir liebten uns, obwohl wir unterschiedlicher nicht hätten sein können. Ich, der ewig Rastlose, und sie, die sich nichts mehr wünschte als ein Haus und Kinder und einen Mann, auf den Verlass ist, wie sie zu sagen pflegte. Ja, trotz alledem liebten wir uns, und mit ihr kam ich zum ersten Mal hierher, vor ziemlich genau vierunddreißig Jahren. Wir fanden das Hotel Miramar, bewohnten dieses Zimmer, auch wenn es noch nicht so aussah wie heute. Sofia war damals ein junges Mädchen, und wir freundeten uns rasch an. Selbstverständlich war Deine Mutter eifersüchtig. Selbstverständlich wurde ihr schwindelig von der Aussicht. Selbstverständlich war ihr der Wein zu sauer, und der Fisch schmeckte zu sehr nach Meer. Und zum Tauchen ging sie schon gar nicht mit.

Es machte mir damals nichts aus. Ich war verliebt. Wenn wir uns nicht stritten, hatten wir eine herrliche Zeit. Als die Reise zu Ende war, fuhr ich wieder zur See. Während dieser vier Monate auf dem Weg nach Australien dachte ich darüber nach, die Seefahrt an den Nagel zu hängen. Deiner Mutter den Gefallen zu tun. Sesshaft zu werden. Ich dachte darüber nach, doch besonders ernst war es mir damit nicht. Wir waren jung. Das Leben lag vor uns.

Nach sechs Wochen erhielt ich ein Telegramm. Sie war schwanger. Wann ich bei ihr sein könnte, wollte sie wissen. Das war ein Schock, den ich erst einmal verdauen musste. Zunächst wusste ich nicht, was ich antworten sollte. Also antwortete ich gar nicht. Kurz darauf kam ein zweites Telegramm, Du kennst Deine Mutter. Sie gab mir drei Tage Zeit, mich zu äußern. Also telegrafierte ich, dass das nicht genügte, dass ich mehr Zeit bräuchte. Dass wir alles besprechen würden, wenn ich von meiner Fahrt zurück sei.

Als ich acht Wochen später nach Hause kam, war Deine Mutter bereits verheiratet. Mit meinem eigenen Bruder. Und ich? War schockiert und erleichtert zugleich. Rasend vor Eifersucht und unendlich befreit. Voller Zorn und Schuldgefühle.

Damals trotzte sie mir das Versprechen ab, für immer zu schweigen. Es war mein Bruder, der wollte, dass ich die Patenschaft übernehme.

Aber in Wirklichkeit bin ich Dein Vater. Du kannst Dir vorstellen, welche Szenen Deine Mutter mir machte. Heute habe ich mehr Verständnis für sie als damals. Heute denke ich, es war ihr eigenes schlechtes Gewissen, das sie dazu trieb, mich derart zu beleidigen. Man reißt sich nicht selbst eine Liebe aus dem Herzen aufgrund von Konventionen und gesellschaftlichen Regeln, ohne gegen sich selbst bitter zu werden. Warum konnte sie nicht warten? Mir die Zeit einräumen, die ich brauchte? War es so wichtig, was ›die Leute‹ sagten, musste man dem sein Lebensglück opfern? Die Konstellation, die sie durch die Heirat mit meinem Bruder geschaffen hatte, war grotesk, und sie ist es bis heute. Sie konnte sich nicht entscheiden, ob sie mich aus ihrem Leben drängen wollte, oder eher immer fester an sich binden, und das gelang ihr durchaus, vor allem über meine Schuldgefühle. So tat sie beides. Nahm mich in die Pflicht und stieß mich zurück. Bis zu Heinrichs Tod, der ebenfalls auf mein Schuldenkonto geht.

Denn ich war es, der euch damals die Tauchausrüstung schenkte und den Kurs bezahlte. Ich freute mich darauf, euch mitzunehmen, hierher nach Sagres zum Beispiel oder zu anderen Tauchgründen, um euch alles zu zeigen. Ja, ich malte mir damals eine Menge Dinge aus, die ich mit euch unternehmen wollte. Mein Bruder bestärkte mich darin, er ist ein großartiger Mensch, der nicht viel Aufhebens darum macht. Auch er liebt Deine Mutter, und das hat es mir erleichtert, die Situation zu akzeptieren. Ja, ich wollte euch kennenlernen, Anteil an eurem Leben haben. Aber stattdessen habe ich einen meiner Söhne umgebracht. Nicht nur Deine Mutter, auch ich habe mir das niemals verziehen.

So, Gregor, jetzt weißt Du es also. Ist es nicht seltsam, wie das Schicksal einer ganzen Familie sich wenden kann, nur weil der eine zu viel Zeit braucht, um eine Entscheidung zu treffen, und die andere nicht warten kann? Was wäre wohl geschehen, wenn ich damals, ohne zu zögern, meine Freude über ihre Schwangerschaft telegrafiert und, wie es ihr Wunsch war, ganz altmodisch um ihre Hand angehalten hätte? Wären wir heute glücklich und zufrieden, oder hätten wir uns inzwischen zerfleischt und zerrüttet aufgrund unserer unterschiedlichen Auffassungen

von Glück? Wer kann das sagen? Wäre Heinrich noch am Leben? Oder hätte er, wie Deine Mutter behauptet, mit einem Vater wie mich schon viel früher den Tod gefunden, und Du womöglich auch?
Es ist, wie es ist. Ich denke, es ist an der Zeit, Groll und Schuldgefühle zu begraben. Was geschehen ist, ist geschehen.
Bleibt nur noch eines. Meine allerletzte Bitte. Ich wünsche mir, dass Du die Urne mit der verbliebenen Asche dort hinunterbringst, wo ich vor ein paar Tagen fast geblieben wäre. In die Unterwassergrotte. Wozu habe ich Dir vor ein paar Jahren einen Tauchkurs bezahlt? Jetzt schließt sich der Kreis, meiner, Deiner, unserer.
Ich danke Dir für Deine Geduld. Und wünsche Dir das Beste.
Von Herzen

Dein Vater«

Wie lange ich auf die letzten Zeilen starre, ich weiß es nicht. Dann habe ich das Gefühl, keine Luft mehr zu bekommen. Ich muss raus aus dem Zimmer mit den Schatten, dem Wind, der Vergangenheit, die in jeder Ecke lauert. Karl May schreckt auf. Mit einem Satz ist er neben mir. Die Tür fällt hinter uns ins Schloss. Für den Aufzug habe ich keine Geduld, ich laufe die Feuertreppe hinunter, renne durch das Vestibül, bin draußen. Ich fühle den Autoschlüssel in meiner Tasche, doch ich habe keine Lust zum Fahren. Finde einen Pfad, der neben dem Hotel die Klippen hinaufführt.
Der Weg ist steil, ich sehe nicht rechts, nicht links, in Serpentinen führt er auf ein höhergelegenes Plateau. Unter mir das Hotel. Dahinter das Kap.
Ich habe genug von Leuchttürmen und Kaps. Der Wind bläst mir ins Gesicht, meine Augen brennen. Der Pfad

zieht sich an der Felsenkante entlang. Kniehohe, stachelige Büsche kratzen an meiner teuren Hose. Es ist mir egal.
Mechanisch gehe ich, in mir ist alles dumpf und leer, keine Regung, nichts, nur meine Augen, die brennen, so wie meine Waden, in die die Dornen feine Zeichnungen ritzen. Und dann werde ich wütend. Was für ein Durcheinander! Kann da vielleicht jemand mal für Ordnung sorgen? Also ist mein Vater mein Onkel und mein Onkel mein Vater, und an allem ist meine Mutter schuld? Na und, was macht es für einen Unterschied? Jetzt, wo er tot ist, jetzt, wo er sich vor der Verantwortung davongestohlen hat, jetzt, wo er für sich den theatralischsten Abgang erfunden hat, den ein Hirn sich je ausgeklügelt hat? Versprechen, pah, und ich kicke einen Stein aus dem Weg, nicht in diesem Leben konnte er darüber reden, Gott, was für ein Feigling.
Du Feigling, schreie ich in den Wind.
Karl May, der durch das Gestrüpp streicht, die Nase in diesen und jenen Strauch versenkt, richtet sich auf, schaut mich an mit gespitzten Ohren.
Du erbärmlicher Feigling, schreie ich noch einmal, stürme weiter, hast du nicht zu mir kommen können, dich vor mich hinstellen, Auge in Auge, und mir die Wahrheit sagen? Was fange ich jetzt an mit dem Wissen? Was soll ich mit deiner Wahrheit? Zu erfahren, wer mein Vater ist, um ihn gleich darauf zu beerdigen?
Ich bleibe stehen. Meine Fäuste sind geballt. Diese ganze Inszenierung, zum Teufel damit.
Wenn nur meine Augen nicht so brennen würden. Die Sträucher zu beiden Seiten des Pfades werden höher. Manche stehen in voller Blüte, ein Geruch nach Fäulnis umfängt mich. Einige der tiefgrünen Blätter sind klebrig und hinterlassen rote Flecken auf der Haut, wo sie meine

Arme streifen. Diese Pflanzen wollen mich packen, doch ich gehe weiter, achte nicht auf sie. Ich setze einen Fuß vor den anderen, zügig, immer weiter, bis mein Zorn verfliegt. Die Sonne brennt auf mich herab, wirft meinen Schatten voraus. Hin und wieder pfeife ich nach Karl May. Ihm gefällt es hier, in seinem Fell hängen Blätter und Blüten, als sei er für ein dionysisches Fest geschmückt.

Das Gehen tut gut. Doch in mir lauert diese altvertraute Leere, das Wissen um einen unersetzbaren Verlust. Mir graut vor dieser Leere, ich bin ihr in der Basilika entkommen, doch hier, an diesem Weltenende, holt sie mich ein. Was nun? Die Reise ist zu Ende. Was fange ich an mit mir und meinem Leben? Wie zurechtkommen mit diesem Durcheinander aus vermurksten Beziehungen, Schuldgestrüppen, Erinnerungslabyrinthen?

Warum hat er nie ein Wort gesagt? Einsam wie ein alter Wolf zu sterben … Und doch, ich hätte es nicht anders gemacht. Es ist, als hörte ich seine Stimme. Du bist aus demselben Holz.

Ich bleibe abrupt stehen. Ich stehe an der Kante einer Steilküste, einige hundert Meter tiefer schlägt das Meer gegen die Klippen. Zwei Schritte weiter, und ich müsste mir keine Sorgen mehr machen, über nichts mehr, weder darüber, wer mein Vater oder mein Onkel ist, noch, was ich mit meinem Leben anfangen soll.

Ich setze mich auf einen Felsen. Karl May kommt angelaufen und betrachtet mich mit hechelnder Zunge. Dann nimmt er neben mir Platz und schaut in dieselbe Richtung wie ich, hinaus aufs Meer.

Ich knie mich neben ihn und beginne, ihm das Grünzeug aus dem Fell zu zupfen. Er hält ganz still. Sieht mich unverwandt an. Gleich haben wir es, sage ich, und versuche, ein paar hartnäckige Stengel herauszuziehen. Ich weiß, sage ich, das tut weh, aber wir haben es gleich geschafft. Einfach kurz die Zähne zusammenbeißen, dann ist es auch schon vorbei. Er sieht mich aufmerksam an, dann, ganz plötzlich, leckt er mir mit seiner riesigen rosaroten Zunge hingebungsvoll über das Gesicht. Ich fahre zurück, doch er betrachtet mich so voll unverhohlener Liebe, dass ich nicht anders kann. Ich lege die Arme um Karl Mays Hals und vergrabe mein Gesicht in seinem Fell, so, wie es Caroline oft tat.

Es ist warm und riecht nach Wildnis und Geborgenheit, beides gleichzeitig, und dann bebt etwas tief in mir, meine Kehle wird eng, meine Augen glühen, als bohrte jemand mit heißen Eisen in ihnen, etwas bricht auf, strömt über, fließt aus mir hinaus und über mein Gesicht, das Brennen lässt nach, was für eine Erleichterung, nass tropft es auf meine Hand, in Karl Mays Fell, der leckt mir sanft die Hand und hin und wieder das Gesicht.

Fünfundzwanzigstes Kapitel

in dem Caroline die Macht des Schweigens kennenlernt und einen Gin Tonic trinkt

Was willst du von mir wissen, sagt Angela. Dein Vater hat dir doch alles erzählt.
Ich will es aber von dir hören, denke ich und betrachte Angelas Hände, die ein Eigenleben führen. Ständig sind sie in Bewegung. Halten sie nicht eine Zigarette oder ein Glas, dann verflechten sich ihre Finger ineinander, streben auseinander.
Was hat er denn noch gesagt?
Ist doch egal. Jetzt bin ich hier und möchte von dir wissen, wie es war. Aber das denke ich nur. Warum etwas sagen? Ich entdecke, welche Macht ein Schweigen haben kann, und wieder bekommt ihr Gesicht diese durchscheinende Blässe, an den Schläfen kann ich ihre Adern durch die Haut schimmern sehen. Sie lehnt den Kopf zurück und schließt die Augen.
Ich warte. Und kann spüren, dass in meinem Schweigen etwas ist, was sie mehr beunruhigt als alles, was ich sagen könnte.
Das ist so lange her, sagt sie.
Ich habe Zeit. Du hast gewusst, dass ich eines Tages kommen würde, denke ich, und dir diese Fragen stellen. Du hast es erwartet.
Angela öffnet die Augen. Scheint erstaunt, mich immer noch zu sehen.
Also gut, sagt sie. Aber mach dir keine Hoffnungen, dass dadurch irgendetwas klarer wird. Wir waren noch nie einer Meinung, Sebastian und ich. Noch nie.

Sie lacht auf. Es ist ein bitteres Lachen.
Weißt du, ich suche mir immer Männer aus, die überhaupt nicht zu mir passen.
Hajo vom Campingplatz. Und Gregor. Sie soll die Finger von ihm lassen, sonst bekommt sie es mit mir zu tun.
Und Sebastian, fährt Angela fort, war die größte Enttäuschung meines Lebens.
Erstaunt blicke ich auf. Die größte Enttäuschung ihres Lebens?
Angela zündet sich eine neue Zigarette an. Zieht gierig an ihr. Ihr Blick geht an mir vorbei, in die Vergangenheit.
Was willst du wissen, fragt sie, warum ich weggegangen bin? Schau mich an. Kannst du dir diese Frau mit einem Kind vorstellen?
Warum nicht, denke ich. Es gibt schlimmere Mütter auf dieser Welt als Angela.
Nein, sagt sie schlicht. Niemals. Für mich stand das von Anfang an fest.
Ihr Mund ist wie ein roter Querstrich in ihrem Gesicht, abweisend, verwehrend. Vielleicht sollte ich nicht weiterbohren. Aber die Frage schwebt im Raum, aufgeladen durch mein Schweigen, ein eigenes Wesen, nicht mehr zurückzunehmen.
Mit Kindern kann ich nichts anfangen, sagt Angela. Noch nie. Schon als ich klein war, habe ich die Puppen im Garten begraben, falls einer auf die Idee kam, mir eine zu schenken. Vielleicht kommt es daher, dass ich eine schreckliche Mutter habe, die mir auch heute das Leben noch zur Hölle macht, alt, wie sie ist. Aber ich will nicht alles ihr in die Schuhe schieben. Nein. Die Vorstellung einer Schwangerschaft, zu gebären, Mutter zu sein, hat mich immer mit Brechreiz erfüllt.
Warum hast du dann nicht aufgepasst, du dumme Kuh, will ich fragen. Aber ich kann nicht. In meinem Hals

wächst ein Kloß heran, an dem ich irgendwann ersticken könnte.
Angela steht auf, um sich mehr Cognac einzuschenken. Diesmal fragt sie nicht, ob ich auch einen möchte. Plötzlich habe ich Angst vor dem, was ich hören werde.
Ich vermute, fährt sie fort, als spräche sie über eine fremde Frau, Sebastian hat dir erzählt, dass ich davongelaufen bin. Das ist die Wahrheit. Ansonsten ist er ein Lügner. Es war kein One-Night-Stand, wir hatten eine Beziehung, wenn auch eine etwas ungewöhnliche. Aber was spielt das schon für eine Rolle. Eine Nacht oder mehrere, macht das einen Unterschied?
Ja, denke ich. Für mich schon. Für mich ist das ein Unterschied. Doch ich sage es nicht.
Jeder von uns hat seine eigene Geschichte daraus gemacht, fährt sie fort, in einem Ton, als ginge sie das alles gar nichts an, jeder hat etwas anderes verdrängt. Jeder hat seine Leiche im Keller. Es ist lange her. Und vermutlich hat Sebastian recht behalten. Es war besser so für dich.
Angela sieht mich an. Ist doch alles Quatsch, denke ich, und ich spüre, wie ihr Blick wankt. Das soll besser für mich gewesen sein? Besser als was?
Ich habe doch mein Leben nicht im Griff, bricht es auf einmal aus ihr heraus. Wie soll ich denn für jemand anderen Verantwortung übernehmen! Meine eigene Mutter hat mir mein Leben lang zum Vorwurf gemacht, dass ich auf der Welt bin. Hätten wir das wiederholen sollen?
Hastig streift sie die Asche von ihrer Zigarette. Nimmt ein paar rasche Züge. Inhaliert tief.
Es ist schwierig, sagt sie dann ruhiger, mit mir auszukommen. Ich habe Seiten an mir, die du gar nicht kennenlernen möchtest. Natürlich könnte ich es mir einfach machen und sagen, ich bin Künstlerin. Aber das ist keine

Erklärung. Ich habe nicht diesen schlechten Charakter, weil ich Künstlerin bin, sondern ich bin Künstlerin, weil es die einzige Rettung ist für eine wie mich. Keine Ahnung, ob das für andere zutrifft, bei mir ist es so.

Sie drückt die Zigarette aus und springt auf.

Willst du mein Atelier sehen?

Mir schwirrt der Kopf.

Ja, sage ich und fühle, wie mir die Kontrolle über die Situation entgleitet, ich habe mein Schweigen gebrochen, jetzt stehe ich sogar auf, erleichtert, diesem knarrenden Korbsessel zu entrinnen.

Angela ist wieder in ihrem Element. Mit raschen Schritten geht sie mir voraus, auf einmal sind beide Katzen hinter ihr, eine rechts, eine links, und so schreitet sie die Ligusterhecke entlang wie eine archaische Königin, geleitet von ihren Totemtieren.

Die Ateliertür ist geschlossen. Sie weiß nicht, dass ich mich schon heimlich dort umgesehen habe. Und doch werde ich das Gefühl nicht los, dass sie alles weiß, mich beobachtet hat, vorhin, vielleicht durch die Augen einer ihrer Katzen.

Mitten im Raum bleibt sie stehen und dreht sich zu mir um.

Das war ein Auftrag für einen japanischen Energiekonzern, sagt sie und zeigt auf ein Modell von gut eineinhalb Metern Höhe auf einem Podest. Eins zu zehn, sagt sie, fünfzehn Meter hoch im Original.

Ich erkenne die Arbeit von den Skizzen und Plänen wieder. Vorhin stand das Modell noch nicht da. Offenbar hat Angela es Gregor gezeigt. Sie legt ein paar Schalter um, ein Ventilator bläst Luft gegen das Modell, die lanzenförmigen Elemente geraten in Bewegung.

Ich trete ein paar Schritte näher, da beginnt sich das Podest zu drehen. In der Rotation verändern die Elemente

ihre Position zueinander in immer neuen Konstellationen.
Unglaublich, höre ich mich sagen.
Warte, sagt Angela, das ist noch nicht alles.
Ein Scheinwerfer strahlt auf, und wo sein Licht die Oberflächen trifft, verändert sich die Farbe des Metalls.
Rot, über Violett nach Blau, über Grün nach Gelb.
Ein Regenbogen, sage ich.
Angela strahlt.
Die Segmente in Originalgröße werden bei einer bestimmten Windstärke in Schwingung geraten und einen Klang erzeugen, jedes einen anderen. Und bei Regen wird es durch die fallenden Tropfen bewegt und zum Percussionsinstrument, das kann ich dir leider nicht zeigen, lediglich in einer Computersimulation.
Ich betrachte fasziniert das Spiel der Formen im Licht.
Dann merke ich, dass Angela mich beobachtet.
Deine Pflanzen, sagt sie, diese langen, schmalen Blätter, die haben mich dazu inspiriert.
Und auf einmal ist der Kloß wieder da, unerträglich, drückt gegen meine Kehle, lastet auf meiner Brust.
Aber es wird nicht realisiert, höre ich Angela sagen, die Japaner haben den Auftrag storniert. Offenbar ist es ihnen lieber, das Ausfallhonorar zu zahlen, als zu riskieren, dass ihnen das Ding um die Ohren fliegt.
Das Licht erlischt. Das Modell bleibt stehen, die Bewegung der Elemente verebbt.
Es ist Zeit zu gehen. Mehr werde ich heute nicht erfahren.
Wenn Sebastian, sagt Angela in die Stille hinein, wenn er damals …, ich wäre wahrscheinlich geblieben.
Ihre Stimme klingt dünn und zerbrechlich. Die Sonne steht tief, die ersten Strahlen fallen zur offenen Tür herein. Ich muss gehen. Dringend. Raffaelo wartet. Doch ich

bleibe stehen, wie angewachsen. Und langsam, ganz allmählich, löst sich der Kloß in mir.

Es wird Abend, und ich bin immer noch da. Auf dem Steintisch steht die Selaginella, um sie herum hat Angela Teller mit Käse, Oliven und eingelegtem Gemüse verteilt. In jedem Orangenbaum scheint ein Zikadenorchester versammelt, der Garten um uns vibriert.

Eine der Katzen springt Angela auf den Schoß, macht einen Buckel, miaut und schmiegt sich an ihren Bauch. Angela legt ihr die Hand auf ihren Rücken, und augenblicklich beginnt das Tier zu schnurren wie eine Nähmaschine. Du warst damals ganz hinreißend als Pilz.

Der Satz passt in diese Umgebung wie eine Schneeflocke in die Wüste. Zuerst weiß ich nicht, was sie meint. Du warst damals. Ganz hinreißend. Als Pilz. Und dann ist alles wieder da, die Schulaufführung, das Kostüm aus beigem Flanell mit dem großen Hut, rot mit weißen Punkten, ich war der Fliegenpilz und Anna – natürlich – eine Elfe, als Pilz musste ich nur dastehen, und darüber war ich froh, ich konnte nicht so schweben und mit den Flügeln schlagen wie Anna, das brauchte ich auch nicht, denn ein Pilz hat keine Flügel, er steht wie angewurzelt da, hat mir die Lehrerin erklärt, und sagt seinen Text auf, aber warum …, davon kann Angela nichts wissen, denn sie war damals tot oder zumindest abwesend, sie, die keine Kinder wollte und ihre Puppen begrub, du warst damals ganz hinreißend als Pilz, das ist zwanzig Jahre her, mindestens, und Sebastian war wieder nicht gekommen, war in Ägypten oder Mesopotamien oder China oder in der Mongolei, was kümmert es einen aufstrebenden Doktor für Anthropologie, spezialisiert auf Totenkulte, auf dem Sprung zur Habilitation, ob seine kleine Tochter als Pilz auf der Schulbühne steht, doch

woher um alles in der Welt weiß Angela davon, was weißt du davon, will ich fragen, doch meine Kehle ist so trocken, dass ich nicht einmal schlucken kann.
Angela sitzt unbeweglich in der Dämmerung. Ihr Gesicht liegt im Schatten. Mir ist, als bereue sie bereits, was sie gesagt hat.
Ich war da, sagt sie schließlich.
Wie, denke ich, du warst da, und wieder stehe ich auf dieser Bühne, verwirrt und aufgeregt, geblendet von all dem Licht, das auf mich und nur auf mich gerichtet scheint, *Die Elfen tanzen in der Nacht*, geht mir durch den Kopf, nein, das ist nicht möglich, das habe ich alles vergessen, *verzaubert durch des Mondes Macht*, was für ein bescheuerter Text, und dann steht Angela auf und geht hinüber zum Haus, sie war da, und ich habe es nicht gewusst, und hinter dem gleißenden Licht verborgen die dunkle Masse der Eltern, Gesicht an Gesicht, darunter auch Omi, aber nicht das Gesicht meines Vaters, und niemals hätte ich an die Möglichkeit gedacht, dass hinter dieser Schranke aus Licht Angela sein könnte, denn sie war bei den Engeln …, und da kommt sie zurück, Angela kommt zurück und legt etwas auf den Tisch zwischen uns, schiebt die Oliven beiseite, schafft Platz für ein Buch, das sie aufschlägt an einer bestimmten Stelle, und da sehe ich mich als Pilz und Anna als Elfe, die anderen Kinder als Bäume und Zwerge, als Fuchs und Hase, du warst da, flüstere ich, wie kann das sein, und dann blättert Angela um, und ich sehe mich mit ein paar Schulkameradinnen an der Isar, in meinem orangefarbenen Badeanzug, wie alt bin ich da, elf oder zwölf, und wieder schlägt sie eine Seite um, und ich stehe vor Annas Ballettschule herum, sehe dumm drein, denn sie lässt mich wie so oft warten, langsam steigt eine Hitze in mir auf, die Seite wendet sich, und ich sehe mich mit Anna in einer Eisdiele, die

widerspenstigen Haare schulterlang, ich habe sie hinter die Ohren geschoben, neige mich über den Eisbecher Anna entgegen, die mir irgendetwas höchst Sensationelles erzählt, mit blitzenden Augen – und ich die geduldige Zuhörerin, wie immer.
Du hast mich ausspioniert, höre ich mich sagen und blättere selbst die nächste Seite um, ich stehe in einem Blumengeschäft und betrachte einen Farn, du bist mir nachgeschlichen, und ich dachte, du bist …, und dann schlage ich das Album zu, das ist das Letzte, wirklich, das Allerletzte …, aber da bricht meine Stimme, bleibt einfach weg, und eigentlich gibt es nichts mehr zu sagen, es gibt schon lange nichts mehr zu sagen, und darum stehe ich auf und gehe zu meinem Wagen, steige ein und fahre davon.

Als ich zum Campingplatz komme, ist das Büro längst geschlossen. Ich habe keine Lust, schlafen zu gehen. Auf dem Weg zum Restaurant treffe ich Raffaelo.
Mariza is back, strahlt er, ehe ich mich dafür entschuldigen kann, dass ich nicht gekommen bin am Nachmittag, and there is somebody waiting for you, fährt er fort und macht mit dem Kopf ein Zeichen in Richtung Bar. Mariza, denke ich, das wird sie sein, und gehe rascher.
Vor der verglasten Eingangstür bleibe ich stehen. Nein, es ist nicht Mariza. An einem Tisch in der Mitte des Raumes sitzt Gregor vor einem fast leeren Glas Wein. Er trägt meinen Wollpullover, zu seinen Füßen liegt Karl May, schlafend. Sie sind die einzigen Gäste, Nuno steht hinter dem Tresen, poliert Gläser. Gregor hält seinen Kopf in eine Hand gestützt, die andere liegt neben dem Glas. Er scheint in Gedanken versunken. Oder müde. Durch die geschlossene Glastür sieht er aus wie ein Teil eines Gemäldes, einer Szene aus einem Film.

Soll ich hineingehen?
Meine Hand liegt auf der Klinke. Noch kann ich zurück, mich im Wagen verkriechen, so tun, als hätte ich nichts gesehen.
Da hebt Karl May den Kopf. Auch Gregor schaut auf. Er sieht verändert aus, übermüdet. Seine Hosen sind zerknittert, seine Schuhe sandig. Ich öffne die Tür.
Er sieht mich an, und seine Augen strahlen.
Caroline, sagt er wie zu sich selbst.
Ich setze mich ihm gegenüber. Irgendetwas muss geschehen sein seit heute Mittag, seine Augen sind gerötet, als habe er geweint.
Auch mir ist zum Heulen zumute. Die Fotos. Sie war da. Und doch nicht da. Was ist das für eine Mutter, die so etwas tut. Kommt. Macht Fotos. Verschwindet wieder. Unerkannt.
Ich weiß, sagt Gregor und räuspert sich, du bist sauer auf mich. Weil ich nicht da war, dort, in Santiago. Lass dir erzählen, warum ich nicht kommen konnte.
Ich warte. Betrachte sein Gesicht. Sein Mund hat die Form einer Frucht, fährt es mir durch den Kopf, und ich überlege, welche.
Dann erzähl, sage ich kühl.
Sollen wir zusammen essen gehen …
Nein, unterbreche ich ihn, ich habe keinen Hunger.
Gregor fährt sich mit den Fingern durchs Haar. Eine Beere, denke ich, sein Mund ist eine Beere …
Es ist eine längere Geschichte …
Dann fass dich kurz.
Ich kann nun mal nicht anders. Schließlich saß ich seinetwegen eine Nacht in der Zelle.
Gregor sieht mich an, von einem Auge ins andere und wieder zurück.
Wie viel Zeit gibst du mir, fragt er.

Lade mich auf einen Gin Tonic ein, schlage ich vor. Die Zeit, bis ich ihn getrunken habe, die gehört dir.
Er atmet tief ein und wieder aus.
Na schön, sagt er und gibt Nuno ein Zeichen. Wie wäre es mit einem besonders großen Glas?

Sechsundzwanzigstes Kapitel

in dem Gregor eine Präsentation vermasselt und über ein Liebespaar stolpert

Gut, dass ich gelernt habe, was ein erfolgreiches *pitching* ist. In fünf Minuten musst du deine Idee verkauft haben, sonst hast du verloren. Ich weiß zwar nicht, wie durstig Caroline ist, aber ein paar Minuten wird sie schon brauchen, um ihren Gin Tonic zu trinken.

Dass ich hierhergefunden habe – früher hätte ich es Zufall genannt. Keine Ahnung, wie lange ich dort auf der Klippe saß und heulte. Und was mich am meisten erstaunte: Mir war es egal. Ich saß zwischen Gestrüpp und Felsen auf der bloßen Erde und heulte. Und Karl May, ein geduldiger Gefährte, mit weisem Blick, in dem kein Urteil lag, kein Vorwurf, kein Spott, seine Pfote wie zufällig auf mein Knie gelegt, fuhr mir hin und wieder mit der Zunge übers Ohr, den Nacken oder was er sonst erreichen konnte.

Irgendwann war der Tank leer. Ich stand auf und bemerkte, es dämmerte schon. Zu dunkel, um dem Pfad zurück nach Sagres zu folgen. Wenn du nicht diese Klippen hinunterstürzen willst, sagte ich mir, dann lässt du es bleiben. Also nahm ich den Weg, der ins Landesinnere führt. Sah Lichter. Irgendwo wird man mir ein Taxi rufen können, dachte ich. Und dann entdeckte ich das Schild. Camping Ingrina. Ich hatte den Weg zu Caroline gefunden.

Sie war nicht da, also wartete ich. Sicherlich, ich hätte ein andermal wiederkommen können. Vielleicht hat sie keine Lust, mit mir zu reden, wenn sie von ihrer Mutter zurückkommt, dachte ich. Aber dieser Abend ist so gut

oder so schlecht wie jeder andere Zeitpunkt. Wichtig ist, so bald wie möglich mit ihr zu sprechen. Und jetzt habe ich einen Gin Tonic lang Zeit – das ist besser als nichts.
Also beginne ich. Erzähle ihr von meiner Vorfreude auf unser Treffen. Caroline nimmt einen großen Schluck. Von Fisterra und wie ich Paolo treffe, ihn in meinem Wagen mitnehme. Caroline trinkt, und das Glas ist halb leer. Ich sollte mich besser beeilen. Die Düne. Paolo, der mit meinem Auto davonfährt, und ich bleibe mit Karl May zurück, ohne Geld, ohne alles, die Nacht in der Scheune, die unerfreulichen Begegnungen. Caroline zieht die Augenbrauen hoch, bekommt große Augen. Du hast dir das Auto klauen lassen? Doch sie vergisst zu trinken, und das ist gut.
Ich schildere meinen Entschluss, zu Fuß nach Santiago zu pilgern, nicht, um die Messe zu hören, sage ich, nein, sondern ganz allein, um auf keinen Fall zu spät zu unserem Treffen zu kommen. Denn ich wollte dich sehen, koste es, was es wolle.
Caroline zieht eine Schnute, nimmt einen großen Zug aus ihrem Glas. Was daran war falsch, überlege ich fieberhaft, während ich weiterspreche. Oh Gott, noch nie in meinem Leben war ich so nervös, nicht, als es um Etats in Millionenhöhe ging. Und noch nie war ich so schlecht.
So wanderte ich von der Spitze der Brabanza-Halbinsel hinauf bis nach Santiago, fahre ich fort, und mir ist, als rede ich um mein Leben, und wenn nicht das, so doch um mein Glück, barfuß in fremden Wanderstiefeln, fiebrig und erschöpft.
Caroline scheint wenig beeindruckt.
Du hast es nicht geschafft, sagt sie kalt. Du kamst zu spät.
Nein, sage ich und mir wird klar, meine Präsentation geht in die Hose, das Glas ist nur noch einen Fingerbreit gefüllt, ich reiße mich zusammen und gebe, was ich kann.

Am Freitagabend durchschreitet Pilger Gregor das Westtor von Santiago. Müde, krank, am Ende seiner Kräfte. Aber er ist am Ziel.
Caroline nimmt das Glas in die Hand. Wenn sie jetzt trinkt, habe ich verloren.
Da sieht er eine Polizeiwache und begeht den Fehler seines Lebens.
Eine Polizeiwache, fragt Caroline.
Er erstattet Anzeige gegen den Autodieb. Doch statt ihm zu helfen, wird er festgenommen. Eingesperrt. In eine Zelle verfrachtet. Und da sitzt er fest. Das ganze Wochenende. Er schreit den ganzen Laden zusammen. Er muss hinaus. Caroline wartet vor der Kathedrale, wenn er jetzt nicht kommt, wird sie es ihm niemals verzeihen. Aber keiner hört ihn.
Aus, vorbei, denke ich. Das hast du vermasselt. Du solltest dich einmal hören, Gregor Beer, du klingst wie ein Werbestudent im ersten Semester. Doch Caroline hält immer noch das Glas in der Hand und hat vergessen zu trinken.
Du bist in einer Zelle festgehalten worden?, fragt sie. Das ganze Wochenende? Warum?
Und dann bin ich wieder im Spiel. Erzähle ihr von dem vermeintlichen Bombenanschlag, meinem vor der Kathedrale abgestellten Auto, und sie fängt an zu lachen, wie nur sie lachen kann, wirft den Kopf in den Nacken und kann sich gar nicht beruhigen.
Das Glas ist vergessen. Auch wenn ich ihr nicht ganz folgen kann, was zum Teufel so lustig ist, so bin ich doch froh. Besser, sie lacht, als dass sie mir weiterhin diese Blicke zuwirft.
Das warst also du, sagt sie und fängt von neuem an zu lachen, dein Wagen?
Ja, sage ich, du sitzt mit einem mutmaßlichen Terroristen

an einem Tisch, und dann muss auch ich lachen, tief in mir breitet sich ein Gefühl von so etwas wie Glück aus, einfach nur, weil ich hier mit Caroline zusammensitzen, ihr Lachen hören, ihr in die Augen schauen darf.
Jetzt will sie alles ganz genau wissen. Wann und wie lange ich in dieser Zelle saß, ob es die Comisaria de Policia war, ob die Beamtin rötliche Haare hatte, wie der Platz aussah davor, und dann lacht sie wieder, schüttelt den Kopf, kann es nicht glauben, armer Karl May, sagt sie, habe ich es doch gewusst, warum bist du nicht zu mir gekommen?
Und dann bin ich es, der nichts versteht.
Du hast mir Angst gemacht, sagt sie, mit deinem Geschrei, mitten in der Nacht.
Ich weiß nicht, wovon sie redet.
Sieht so aus, als waren wir Zellennachbarn.
Noch immer verstehe ich kein Wort.
Was waren wir?
Ich saß da auch eine Nacht lang ein, sagt sie, das war, warte mal, von Samstag auf Sonntag. Ich hatte keine Lust, die Strafe zu zahlen. Lieber eine Nacht im Knast.
Ich klappe den Mund zu. Schlucke ein paarmal.
Die Strafe, frage ich, was für eine Strafe?
Na ja, sagt sie verlegen. Da war so ein Typ vor der Kathedrale. Der ging mir auf die Nerven. Am Ende hatte er eine gebrochene Nase. Das ist nicht lustig, sagt sie und lacht doch selbst, das war eine ernste Angelegenheit, und dann hatte ich die Wahl zwischen einer Geldstrafe und einer Nacht im Knast.
Und da hast du …
Diese falschen Pilger sehen von mir keinen Cent.
Wahrscheinlich habe ich an diesem einen Tag mehr geweint und gelacht als in meinem bisherigen Leben zusammen.

Warum hast du dem armen Mann aufs Maul geschlagen, will ich wissen, was hat er getan?
Dasselbe wie du damals, sagt Caroline unverblümt. Er hat das Falsche gesagt.
Und was?
Er wollte mitgenommen werden. Ich sage nein, aber er hängt wie eine Klette an mir. Ich bin nun mal lieber allein unterwegs, sage ich, aber er lacht mich aus! Das sagen sie anfangs alle ...
Irgendwie kommt mir das bekannt vor.
Wie sah er denn aus?, will ich wissen. Hatte er malvenfarbene Leinenhosen an und ein Holzkreuz um den Hals.
Ja, sagt sie, woher weißt du das?
Und zwischen den Augen ein kleines Tattoo?
Sie nickt.
Caroline, sage ich, du hast mich gerächt.
Was hab ich?
Und dann nehme ich ihre rechte Hand, führe sie an meine Lippen, küsse jede einzelne Fingerspitze, eine feine Röte steigt ihr ins Gesicht, ich kann fühlen, wie sie sich entspannt bis in die Fingerspitzen, ich kann sehen, wie ihre Züge weich werden, ihre Augen groß, ihre Lippen sich leicht öffnen.
Diese Finger, sage ich, haben mich gerächt. Das war Paolo. Du hast meinen Autodieb verprügelt.

Es ist spät. Der Kellner will die Bar schließen.
Wo steht dein Auto, will Caroline wissen. Die Schranke ist unten, da kommst du heute nicht mehr hinaus.
Ich hab kein Auto dabei, gestehe ich. Und erzähle ihr von dem Pfad die Klippen entlang, den ich von Sagres gekommen bin.
Der Wind hat aufgehört, sagt Caroline.
Sie hat recht. Ohne Wind ist es eine milde Nacht. Wenn

ich ihr auch nur ein bisschen etwas bedeute, denke ich, dann lässt sie mich jetzt nicht gehen.
Komm mit, sagt sie, zum Strand.
Sie nimmt meine Hand. Auch wenn ich fast nichts sehen kann, ich folge ihr durch die Nacht, fühle den Sand unter meinen Füßen, spüre Carolines Händedruck, eine Woge ungekannter Gefühle wallt in mir auf, wie ein Schwindel, ein Taumel. Als der Weg ansteigt, berühren sich unsere Schultern, ich lege meinen Arm um sie, sacht, sie wendet sich um, ich sehe ihr Gesicht dicht vor meinem, und dann küsse ich sie, lange, innig, selbstvergessen, bis sie sich löst und mich weiterzieht, komm, sagt sie, und es klingt wie ein Versprechen.
Dann liegt das Meer vor uns. Wir stehen auf einer Düne, unter uns ausgebreitet der Strand. Übermütig wie ein Kind läuft Caroline den Sandberg hinunter, und ich folge ihrer Silhouette im aufleuchtenden und hinter Wolken wieder schwindenden Mondlicht. Es ist wie ein Traum, ich fange sie auf im Laufen, fühle ihren Körper, ihren Atem, ihre Hitze. Wir machen ein paar Schritte hinein in eine grasbewachsene Mulde, wir haben denselben Gedanken, falls man so etwas überhaupt denken nennen kann – da stolpern wir über etwas, Caroline verliert das Gleichgewicht und stürzt, Karl May, den ich ganz vergessen hatte, bellt wie verrückt, der Zauber zerbricht, eine nackte Gestalt erhebt sich leise fluchend aus dem Sand, während sich eine zweite ein Kleidungsstück überstreift – wir sind über ein Liebesnest gestolpert, die Mulde, die so einladend lockte, war schon besetzt.
Ich helfe Caroline auf. Sie wirkt verstört.
Lass uns gehen, sagt sie.
Und ehe ich antworten kann, läuft sie den ganzen Weg wieder zurück.

Unter der ersten Lampe des Campingplatzes wartet sie auf mich. Ihr Gesicht ist verschlossen. Ich wage nicht, sie in meine Arme zu nehmen, will stattdessen etwas Witziges sagen, doch mir fällt nichts ein. Stattdessen sage ich: Es war ein langer Tag für dich.
Sie nickt. Legt mir ihre Hand auf die Brust, eigentlich nur die Fingerspitzen, es ist eine zärtliche Geste, oder will sie damit sagen: bis hierher und nicht weiter?
Und auf einmal ist die Angst da, sie erneut zu verlieren.
Ich fahr dich am besten, sagt Caroline. Ihre Stimme klingt brüchig. Habe ich womöglich schon wieder etwas Falsches getan?
Sie sieht mich an. Zumindest glaube ich das. Ich kann ihre Augen nicht sehen, ihr Gesicht liegt im Schatten.
Ich liebe dich, will ich sagen und erschrecke vor mir selbst, diese Worte habe ich noch nie ausgesprochen, und darauf war ich lange stolz.
Das wäre nett von dir, sage ich und beiße mir auf die Lippen. Du Idiot, denke ich, du Vollidiot.
Denn ich will nicht ins Hotel. Ich will bei Caroline bleiben, mit ihr die Nacht verbringen, will sie lieben bis zum Umfallen, mit ihr einschlafen und aufwachen und den Morgen begrüßen, und beim Frühstück werde ich ihr sagen, dass sie die wunderbarste Frau auf der ganzen Welt ist.
Doch sie hat sich schon abgewandt. Geht mir voraus. Und während sie im Büro den Schlüssel holt, die Schranke öffnet, mich einsteigen lässt, während der ganzen Fahrt nach Sagres denke ich: Ich will nicht zurück in dieses verdammte Zimmer, in dem mein Onkel seine posthumen Briefe an mich schrieb, nein, nicht mein Onkel, mein Vater, und das ganze Elend vom Nachmittag fällt wieder über mich her.
Dann sind wir da.

Caroline stellt den Motor aus. Ich könnte sie fragen, ob sie mitkommen möchte, hoch, in mein Zimmer.
Ich lege einen Arm um ihre Schulter. Sie sieht mich an. Erwartungsvoll. Oder täusche ich mich?
Aber dort, genau in diesem Zimmer, wurde ich gezeugt. Nein. Es ist unmöglich. Wie kann ich mit Caroline in diesem Bett ...?
Kann ich dich morgen sehen?, frage ich.
Ihre Schulter verspannt sich ganz leicht.
Klar, sagt sie in einem Ton, als hätte ich gefragt, ob ich mir morgen ihr Fahrrad ausleihen kann. Und lässt den Motor wieder an.
Wie hätte ich es ihr erklären können? Hätte ich sagen sollen, tut mir leid, in diesem Zimmer, da hat es mein Onkel mit meiner Mutter getrieben, und das Ergebnis bin ich?
Die ganze Nacht mache ich kein Auge zu, denke an Caroline, mein ganzer Körper denkt an Caroline, sehnt sich nach ihr, jede Sekunde unseres Zusammenseins gehe ich durch, jeden ihrer Blicke und jedes unserer Worte, und am Morgen bin ich überzeugt, einmal mehr alles falsch gemacht zu haben.

Siebenundzwanzigstes Kapitel

in dem Caroline in ein fremdes Haus einbricht und ein Stück Wahrheit versteht

Es war Angela.
Auch wenn sie sich sofort abwandte und ein Kleidungsstück über sich zog, auch wenn ich im Grunde gar nichts sehen konnte als ihren Rücken, so bin ich mir sicher, sie war es. Da hat sie zum ersten Mal in ihrem Leben mit ihrer Tochter gesprochen und wälzt sich keine zwei Stunden später mit diesem Kerl in den Dünen. Ein Wagen kommt mir entgegen, blendet auf und rast knapp an mir vorbei.
Bist du verrückt, schreie ich ihm hinterher, und meine Stimme überschlägt sich. Ich bin so wütend, dass ich am liebsten kehrtmachen und diesen Idioten in den Straßengraben drängen würde.
Gregor.
Auch diese Begegnung stand mal wieder unter einem ungünstigen Stern. Warum hast du nicht gefragt, ob ich mit ins Hotel kommen möchte? Warum habe ich dich nicht zum Abschied geküsst? Kann ich dich morgen sehen, natürlich kannst du mich morgen sehen, morgen, übermorgen und immer, wenn du nur willst, warum bis morgen warten, du kannst mich jetzt haben, jetzt …, und genau deshalb habe ich ihn nicht geküsst, weil ich mir nicht sicher war, ob ich ihm nicht die Kleider vom Leib reißen würde, dort, im Wagen auf dem Parkplatz, und mich auf ihn stürzen, Herrgott, warum ist das so kompliziert, wieso muss alles auf einmal geschehen, sechsundzwanzig Jahre geschieht nichts und dann alles auf einmal.

Bei der Abzweigung zum Zeltplatz halte ich an. Ein Gedanke macht sich in mir breit. An Schlaf ist nicht zu denken. Also fahre ich an der Kreuzung vorbei und schlage den Weg zu Angelas Haus ein.

Ich habe keine Ahnung, was ich ihr sagen werde. In Grund und Boden möchte ich sie brüllen, ihr alles an den Kopf werfen, was sich ein Leben lang aufgestaut hat. Meine Enttäuschung und Wut, meine Sehnsucht und Einsamkeit, ja, einsam war ich, trotz Omi, das war auf Angelas Fotos deutlich zu sehen, diesen Schlaglichtern auf meine Kindheit, nicht die geschönten Bilder, die Sebastian und Omi machten und ihre Alben damit füllten, sondern zufällige Momentaufnahmen, das unglückliche Mädchen vor der Ballettschule, das noch nicht begriffen hat, dass sein Warten auf die Freundin einem Prinzip gehorcht, der Backfisch im Badeanzug, der davon überzeugt ist, unansehnlich zu sein, der kleine Fliegenpilz auf der Schulbühne, der unter dem Flanellkostüm seine Tränen hinunterschluckt …

In Angelas Haus brennen keine Lichter. Eine Lampe beleuchtet die Auffahrt und den Hof.

Sie ist nicht da. Oder sie schläft schon. Nein, ihr Wagen steht nicht an seinem Platz. Wahrscheinlich haben sie ihr Liebesspiel wieder aufgenommen nach der kurzen Unterbrechung.

Ich zögere keinen Augenblick, gehe auf die Haustür zu, drücke die Klinke nieder. Sie gibt nach. Ich trete ein, mache Licht. Auf dem Tisch stehen noch unsere Gläser. Die Teller mit Oliven und Käse auf der Küchenablage.

Noch nie bin ich bei einem anderen Menschen eingedrungen. Doch ich habe kein schlechtes Gewissen, nicht im Geringsten. Angela hat meine Kindheit ausspioniert. Und jetzt ist sie dran.

Auf dem Tisch der Stapel mit Briefen. Rechnungen.

Schreiben von einem französischen Rechtsanwaltsbüro. Eine Einladung nach New York. Angela könnte bei einer Gruppenausstellung teilnehmen. Eine handschriftliche Notiz unter dem Maschinengeschriebenen. *We really would appreciate your participation.* Eine unleserliche Unterschrift. Der Brief sieht aus, als sei er unzählige Male auf- und zugefaltet worden.

Wo ist das Album?

In den Regalen Bücher und Ausstellungskataloge. Wo würde ich so etwas Persönliches aufbewahren? Bestimmt nicht in der Küche. Ich öffne eine Tür, gelange in einen Flur. Ein Badezimmer auf der einen Seite. Neugierig mustere ich ihre Kosmetika, schnuppere an Cremedöschen. Der Spiegel ist mit einem Chiffontuch verhängt.

Auf der anderen Seite des Flurs eine weitere Tür, nur angelehnt. Ich drücke sie auf, und mir wird klar, ich dringe in Angelas Allerheiligstes ein.

Dies ist das eigentliche Herz des Hauses. Alles beherrschend ein Bett mit einem blutroten Überwurf aus bestickter Seide und einem Berg von Kissen. Daneben ein Sessel und ein Tischchen mit einer Vielzahl an antiken silbernen Dosen. Ich öffne eine, zwei, dann schraube ich alle auf. Sie enthalten Pillen in bunten Farben.

Ich setze mich auf das Bett, zunächst vorsichtig und wie probehalber, dann streife ich die Schuhe ab und lehne mich in die Kissen. Atme tief durch. Ich bin ihre Tochter, ich darf das. Von klein auf hätte dies mein Vorrecht sein müssen, und so, wie sie mich heimlich beobachtet hat, beobachte ich sie jetzt in ihrer Abwesenheit. Greife nach dem nächstliegenden Buch. Die Geschichte des Mahabharata, kostbar bebildert. Einige handsignierte Künstlerdrucke, eine Mappe ist besonders prächtig, ein Original mit obszönen Darstellungen von Menschen und Tieren im Liebesakt, *For Angela*, lese ich, *my eternal goddess.*

Ich hätte gute Lust, das sinnliche Büttenpapier zu zerreißen, ein Blatt nach dem anderen. Aber ich lege die Mappe sorgfältig an ihren Platz zurück. Was noch?
Am Fußende des Bettes entdecke ich es. Das Album. Ich werfe mich auf den Bauch und angle es mir. Meine Finger fahren bedächtig über den Einband aus Rindsleder. Schließlich schlage ich die erste Seite auf.
Klein-Caroline auf dem Spielplatz. Omi schubst die Schaukel an, die Locken fliegen. Bis hinauf in die Wolken wollte ich schaukeln, den Himmel erobern, es war mir nie hoch genug. Caroline im Sandkasten. Unter jedem Bild in Angelas Handschrift das Datum. Ein Zeitsprung bis zum Fliegenpilz. Offenbar suchte Angela nur alle paar Jahre meine Nähe. Die Wartende. Die Badende. Die verständnisvolle Eisesserin, die Farnkäuferin. An diesen Tag erinnere ich mich plötzlich ganz genau. 21. Oktober 1996, sagt Angelas Schrift. Ich war sechzehn. Verliebt in einen Jungen aus der Klasse über uns. An diesem Tag erzählte mir Anna, dass er sie ins Kino eingeladen hatte. Dafür ließ sie eine Verabredung mit mir sausen. Dass ich dafür Verständnis haben würde, stand außer Zweifel. An diesem Tag, an dem meine beste und einzige Freundin mit dem Jungen ins Kino ging, der meinen Herzschlag in Trommelwirbel verwandelte, wann immer ich ihn sah, kaufte ich mir ein teures Exemplar, mit dem ich schon lange geliebäugelt hatte. Einen brasilianischen Natterfarn.
Sie muss selbst im Laden gewesen sein. Wieso habe ich sie nie bemerkt? Da macht eine fremde Frau Fotos von dir, und du merkst es nicht!
Ich wende die Seite um. Der Friedhof. Vor drei Jahren. Vor dem Grab knie ich und arrangiere Rosen in einer Vase. Ich betrachte die Blumen und meine erstarrten Hände, blättere weiter. Die Nahaufnahme des Grabes,

ohne mich. Ein weiteres Foto von dem Grabstein, dem Engel, der den Palmwedel hält. Und noch eines, das ganz und gar von dem Namenszug eingenommen wird.
Angela.
Die restlichen Seiten des Albums sind leer. Vor drei Jahren hat sie aufgehört, mich zu verfolgen.
Und doch.
Sie hat die Postkarte geschrieben. Drei Jahre hat sie gewartet, dann diese Postkarte geschrieben. Der Motor eines Wagens. Das Knallen der Autotür. Schritte im Kies. Wie dort auf dem Friedhof. Warum habe ich ihre Schritte im Kies nicht gehört? Das Klicken des Auslösers?
Aus welchem Grund hast du diese Postkarte geschrieben, frage ich, ohne aufzusehen. Sie steht in der Tür. Ich fühle ihre Gegenwart. Warum damals nicht, frage ich mich, warum habe ich nie gefühlt, dass sie da ist?
Aber ich fühlte es. Schob es auf die Allgegenwärtigkeit des Engels. Hatte ich nicht immer wieder das Gefühl, dass meine Mutter zwar nicht greifbar, aber gegenwärtig war? Bin ich nicht darum so gern zum Friedhof gegangen? Weil ich dachte, dort bin ich ihr näher? Ich blicke auf und in ihre Augen. Erkenne ihre Angst. Und die Scham. Sie schämt sich, denke ich verwundert. Sie schämt sich tatsächlich.
Sie lässt sich schwer in den Sessel fallen. Ihr Blick flattert hinüber zu den geöffneten Pillendöschen. Sie wagt nicht, sich zu bedienen. Sie begreift, dass ich begriffen habe. Meine Mutter ist tablettensüchtig. Und trinkt zu viel.
Die Postkarte, sage ich, warum hast du sie geschrieben? Und warum gerade jetzt?
Ihr Blick irrt durch das Zimmer, als suchte sie Halt. Auf der dem Bett gegenüberliegenden Wand hängt ein riesiges Gemälde. Es ist, als öffne es die Mauern und gebe den Blick frei auf einen Strudel aus Farben und Formen, ein

anderes Universum. Zwei hohe Skulpturen aus schwarzpoliertem Holz flankieren das Bild, wie zwei Gottheiten, die eine weiblich, die andere männlich, bei aller Abstraktion. Vater und Mutter. Diese Dinge sind so schön und so fremd, dass es mir die Tränen in die Augen treibt. Sie gehören zu Angelas Welt, nicht zu meiner.

Ich habe auf dich gewartet, sagt sie, unten, auf Ingrina. Ich wollte mit dir reden.

Prima, sage ich. Das trifft sich gut. Erzähl mir, was ich wissen will.

Sie hätte das alles mit mir teilen sollen, denke ich. Es könnte auch meine Welt sein. Aber sie hat es für sich behalten. Mich hat sie ab und zu belauert, doch von sich hat sie nichts preisgegeben. Bis heute nicht. Alles muss ich ihr aus der Nase ziehen.

Was willst du wissen?

Alles natürlich, denke ich. Und hole tief Luft. Alles. Eins nach dem anderen.

Warum hast du diese Fotos heimlich gemacht? Wieso hast du mich nie besucht?

Sebastian hat es nicht zugelassen.

Sebastian?

Er hat gesagt … Ich hatte Angst vor ihm.

Angst? Wieso Angst?

Es gab eine Vereinbarung. Dass ich keine Ansprüche stelle und mich dir niemals nähere.

Warum? Warum wollte er das?

Angela presst die Lippen aufeinander. Zerrt am Kragen ihres Baumwollhemds, als würde sie keine Luft bekommen.

Warum fragst du nicht ihn?

Weil ich es von dir hören will, sage ich. Und weil er mir ohnehin nicht die Wahrheit sagt, denke ich. Mein Vater ist ein Lügner, und ich kann nur hoffen, dass Angela ehr-

licher ist. Aber warum sollte sie? Warum ausgerechnet sie?
Ich habe mir das so oft ausgemalt, sagt sie leise. Wie ich dir eines Tages alles erzähle. Aber schon in meiner Vorstellung kam ich über die ersten Sätze nicht hinaus. Weißt du, vieles begreife ich selbst nicht. Und meine Gedanken …, sie verheddern sich. Ich bin dann nicht mehr sicher, ob es tatsächlich so war oder ob ich es mir so zurechtgelegt habe. Verstehst du?
Ich betrachte das Gemälde. Es ist, als verändere es ständig seine Gestalt. Vorhin sah ich ein wirbelndes Universum darin. Jetzt erkenne ich Gesichter, eine Gruppe von Menschen, einander abgewandt, jeder in eine andere Richtung blickend.
Versuch es, sage ich. Fang irgendwo an. Erzähl mir, wie du Sebastian kennengelernt hast.
Ich war mit seinem Freund Tim zusammen, beginnt sie. Eines Tages trafen wir uns mit Sebastian in der Mensa. Es hat sofort gefunkt zwischen uns, und schon bei der Suppe presste er sein Knie gegen meines. Keiner bekam mit, dass wir eine Liebschaft miteinander hatten, schon gar nicht Tim. Sebastian und ich, wir waren wie Feuer und Wasser, wir stritten uns und stellten einander bloß, sobald andere dabei waren. Wenn wir allein waren, liebten wir uns. Überall. Sebastian war sehr erfinderisch darin, Gelegenheiten zu arrangieren. Irgendwann hab ich mit Tim Schluss gemacht. Aber Sebastian schien das gar nichts zu bedeuten.
Ihre Stimme verliert sich. Einen Moment lang denke ich, sie ist eingeschlafen.
Wir gingen acht Monate und zehn Tage miteinander, dein Vater und ich. Später sagte er, für ihn sei es keine feste Beziehung gewesen. Ich hab viel zu spät gemerkt, dass ich mich in ihn verliebt hatte, dass es für mich mehr war

als eine aufregende Liebschaft. Ich meine, acht Monate sind eine lange Zeit, oder nicht? Als ich schwanger wurde, da war es schlagartig aus mit Sebastians Leidenschaft. Und mit allem anderen auch.

Angela verstummt. Ich erinnere mich an Sebastians schuldverstrickte Haltung und Miene, damals, im Restaurant, als er mir seine Variante erzählte.

Ich konnte sie nicht besonders gut leiden, hat er gesagt. Und vögelt sie acht Monate lang. Aber er hatte nie mehr eine feste Beziehung. Außer seinen Studentinnen gab es nie eine Konkurrentin für mich. Aber sofort kommen mir Zweifel. Was weiß ich schon von meinem Vater? Er könnte verheiratet sein, in Ägypten, China, Mesopotamien oder Indien, und ich hätte es nicht einmal bemerkt. Und dann? Was geschah dann?

Angela scheint zu erwachen.

Dann? Dass ich keine Kinder wollte, hab ich dir ja schon gesagt. Ich habe alles probiert, was man machen kann. Um ..., na ja, um die Schwangerschaft abzubrechen. Es war zu spät für eine Abtreibung. Sebastian ..., er hat sich nie geäußert. Wie er sich das vorstellt. Nachher. Wenn das Kind da sein würde. Ihn schien das alles nicht besonders viel anzugehen. Ich werde dafür geradestehen, hat er gesagt. Doch wie das aussehen sollte, habe ich nie erfahren. Ich nahm Tabletten, um nicht durchzudrehen.

Und die nimmst du bis heute, nicht wahr? Aber das denke ich nur. Es liegt auf der Hand.

Ich hatte niemanden, dem ich mich anvertrauen konnte. Meine Mutter ist eine Psychopathin, die heute noch anderen die Schuld gibt an ihrem Unglück, am liebsten mir. Wenn ich nicht gewesen wäre ... Wenn ich nie geboren wäre ... Und so weiter und so fort. Ich war auf mich allein gestellt.

Angela kramt in ihrer Tasche, zieht ein zerdrücktes Päck-

chen Zigaretten hervor, ich muss an Sebastian denken, der das Rauchen wieder angefangen hat. Sie schält eine Zigarette aus der Packung, betrachtet sie, legt sie beiseite.
Was ich ihm nie verziehen habe, sagt sie, er ist nicht gekommen. Obwohl er es versprochen hat. Ich rief ihn an, als es losging. Und vom Krankenhaus noch einmal. Er kam auch nicht, als die Schwester ihm mitteilte, dass er Vater eines Mädchens geworden war.
Angelas Gesicht ist hart geworden. Sie hasst ihn, und ich kann es ihr nicht verübeln.
Danach erinnere ich mich nur noch an ein ziemliches Durcheinander. Das Kind hatte …, ich meine, du hattest eine Infektion, und sie haben dich sofort in eine andere Station verlegt, ja, die Rede war auch von einer anderen Klinik, um mich hat sich keiner mehr groß gekümmert. Ich habe dich nicht einmal gesehen, vielleicht haben sie dich mir kurz auf den Bauch gelegt, ich habe keine Erinnerung daran. Die Geburt war ein Schock. Diese Schmerzen. Und die Wut, die in mir tobte. Danach lag ich in einem Zimmer mit drei anderen Frauen, die ebenfalls entbunden hatten. Eine heulte wie ein Schlosshund, hörte gar nicht mehr auf. Dann kamen die Väter anmarschiert. Und ich? Sobald ich konnte, kroch ich aus dem Bett, zog mich an und ging. In diesem Film war keine Rolle für mich. Zu Hause packte ich meine Sachen, fuhr zum Bahnhof. Nahm den nächsten Zug.
Das Gemälde wirbelt sich auf und wird zu einer drohenden Wolke. Und ich? Das kleine Baby? Was wird aus dem Baby …
Wo bist du hingefahren?
Nach Paris. Während meiner Schwangerschaft kam ein Gastdozent aus Paris an die Akademie. Ein Bildhauer. Der erzählte mir von einem Begabtenstipendium. »Wenn du das da im Griff hast«, hat er gesagt und auf meinen

Bauch gedeutet, »dann komm nach Paris.« Dorthin fuhr ich also. Stand vor seiner Tür. Mir war alles egal. Ich bekam das Stipendium. Die nächsten Monate stand ich unter Drogen. Arbeitete wie eine Verrückte. Dieses Bild habe ich damals gemalt. Alle anderen hab ich verkauft. Nur das eine dort, das hab ich behalten.
Ich wende mich ab, ehe es mich verschlingt mit seinen Strudeln und gaffenden Menschen und Universen, in denen ich nicht vorkomme. Starre auf die bestickte Seide auf dem Bett. Sie raschelt unter mir, blutrot ...
Warum bist du zurückgekommen, will ich wissen. Irgendwann bist du doch zurückgekommen.
Angela sieht aus, als versuche sie sich mühsam zu erinnern. Andere Bilder haben sich in ihr ausgebreitet, andere Geschichten mit anderen Protagonisten. Sie sieht an die Decke und sucht den Faden zu mir.
Eines Morgens wachte ich auf, sagt sie schließlich, und dachte an das Kind. Nein, unterbricht sie sich, so war es nicht. Eher so, als wollte dir jemand in einer Kneipe etwas Wichtiges sagen, aber du kannst ihn durch den ganzen Lärm hindurch nicht hören. Ja, du nimmst ihn zunächst überhaupt nicht wahr. Jedenfalls, eines Tages fragte ich mich, was aus dem Kind wurde. Das ist Monate her, sagte Jean-Luc. Er teilte alles mit mir. Das Bett, das Geld, sein Wissen, seine Drogen, seine Verbindungen. Irgendjemand wird sich schon kümmern, sagte er. Deutschland ist ein zivilisiertes Land.
Aber es ließ mir keine Ruhe. Ich wachte nachts auf, und da war diese Stimme. Du hast dein Kind im Stich gelassen, sagte sie. Du bist einfach abgehauen. Das sind die Instinkte, sagte Jean-Luc. Aber der Mensch ist kein Tier. Wie auch immer, irgendwann fuhr ich trotzdem nach München.
Wieder versinkt Angela in Schweigen. Ihr Gesicht ist

verschlossen. Ihre Augen wandern hin und her. Sie erlebt in diesem Moment alles noch einmal, ein weiteres Mal, doch mich nimmt sie nicht mit auf die Reise. Irgendwann schaut sie auf. Betrachtet mich wie eine Fremde.
Jedenfalls, sagt sie, und ich kann hören, dass sie keine Lust mehr hat, damals hat mich Sebastian gezwungen, diese Vereinbarung zu unterschreiben. Er hat gedroht, mich anzuzeigen. Er hat gesagt, er ruiniert mich, und das meinte er ernst. Er zwang mich, auf alle Ansprüche zu verzichten. Mich dir niemals zu nähern. Keinen Kontakt zu dir aufzunehmen. Niemandem zu erzählen, dass ich deine Mutter bin.
Das hast du unterschrieben?
Sie sieht mich an. In ihren Augen lese ich alles auf einmal. Trauer und Trotz. Scham und Stolz.
Ja, sagt sie und erhebt sich. Das hab ich unterschrieben. Ich habe gesehen, dass es dir gutgeht. Und jetzt geh. Ich bin müde.
Die Ader an ihrer Schläfe ist angeschwollen. Wieder ist ein Wandel in ihr vorgegangen, eine dieser Stimmungsschwankungen, die ich nicht verstehe. Aber so einfach geht das nicht.
Nein, sage ich. Das ist nur die halbe Geschichte. Ich will alles wissen. Wenn das so einfach für dich war, warum dann die Fotos. Warum die Postkarte. Nach so vielen Jahren. Warum?
Angela steht vor dem Bett und starrt mich an. Ihre Augen sind gerötet. Sie wird mich schlagen, denke ich. Und habe plötzlich Angst vor ihr.
Warum, willst du wissen?
Ihre Stimme ist gepresst.
Kannst du es dir nicht denken? Weil es mir keine Ruhe gelassen hat. Sebastian hat mir gedroht. Du bist davongelaufen, es ist nicht mehr dein Kind, hat er gesagt. Für

mich bist du tot. Und für Caroline auch. Ich war bei einem Anwalt. Pah. Bei einem? Bei vielen. Alle haben mir gesagt, dass diese Vereinbarung nicht das Papier wert ist, auf dem sie geschrieben steht.
Und, will ich zurückfragen, warum hast du dann nichts unternommen? Warum hast du nicht gekämpft? Aber ich kenne die Antwort. Das Gemälde ist die Antwort und die beiden Statuen, die Pläne und Skizzen draußen im Atelier, die schimmernden Gebilde, die sich umeinander drehen und sich im Licht verändern, im Wind Töne von sich geben und im Regen zu Trommeln werden, und wenn nicht sie die Antwort sind, dann steht sie in Angelas Augen geschrieben, weil ein Teil von ihr froh war, erleichtert, der Verantwortung enthoben zu sein, und darum schämt sie sich, darum hat sie Pillen in verschiedenen Farben, darum trinkt sie zu viel und macht Szenen und sucht sich Liebhaber, die nicht zu ihr passen. Weil sie zerrissen ist. Innen.
Eine einzige Frage habe ich noch, sage ich, und ich will eine Antwort darauf. Warum die Postkarte? Warum gerade in diesem Frühling?
Da sackt sie in sich zusammen. Presst die Hände gegen das Gesicht. Stöhnt, als habe sie Schmerzen. Ich warte. Und finde die Antwort selbst. Das Album. Die letzten Fotos. Die Bilder auf dem Friedhof. Das Grab. Der Grabstein. Der Namenszug, Angela. Sie hat begriffen, dass sie tot war. Jedenfalls für mich. Sie hat ihr eigenes Grab gesehen. Du wolltest Sebastian damit erschrecken, nicht wahr?
Wolltest ihm seine Ruhe rauben.
Angela schluchzt.
Du hast nicht erwartet, dass er mir alles erzählen würde, du bist in meinen Laden gekommen und wolltest es mir selbst sagen. Und dann hast du es dir im letzten Moment

anders überlegt. Du hast nicht gewusst, dass ich auf dich gewartet habe.
Ihr Schluchzen wird lauter, haltlos.
Du hattest einfach nicht den Mut dazu. Da waren andere Kunden, und du hast gemerkt, dass ich abgelenkt war. Dann komm ich eben später wieder, hast du dir gesagt. Und dann hast du es gelassen. Bist wieder abgefahren. Wie all die anderen Male. Weil du dich geschämt hast. Weil du dich abgrundtief vor dir selber schämst. So sehr, dass du nicht einmal mehr arbeiten kannst, seit drei Jahren nicht, und dir alles misslingt, was du in die Hand nimmst.
Sie presst die Hände vor den Mund. Aber sie kann die Schreie nicht zurückhalten, die aus ihrer Brust aufsteigen.
Und dann löst sich alles auf in mir. Meine Wut. Meine Enttäuschung, mein Ekel. Sie tut mir einfach nur leid. Alles geht wie von selbst, auf einmal halte ich sie in meinen Armen, wiege sie, streichle ihr das Haar, massiere ihr den Rücken. Nestle ein Paket Papiertaschentücher aus meiner Jeans und falte sie auf für sie, eines nach dem anderen.
Irgendwann beruhigt sie sich.
Jetzt hasst du mich, sagt sie.
Ihr Gesicht ist mit Wimperntusche verschmiert. Sie sieht aus wie ein gealtertes Kind, das sich im Schminktopf vergriffen hat.
Gib zu, beharrt sie störrisch und putzt sich die Nase, du verachtest mich.
Mag sein, sage ich und sehe aus dem Fenster. Der Morgen dämmert herauf, ein einzelner Vogel durchbricht die nächtliche Stille, andere setzen mit ein, zwischen den Bäumen färbt sich der Himmel rosig.
Aber du warst mir niemals so nah.

Achtundzwanzigstes Kapitel

in dem Gregor einen frühen Kaffee trinkt und in die Tiefe geht

Um sechs ziehe ich mich an und gehe hinunter. Natürlich gibt es noch kein Frühstück um diese Zeit. Alle Türen und Fenster sind geöffnet, eine Frau macht den Speisesaal sauber. Auf der Terrasse sitzt Sofia bei einer Kanne Kaffee.
Sie winkt mich zu sich, als sie mich sieht.
Wollen Sie auch eine Tasse?
Da sage ich nicht nein. Über dem Kap liegt ein Schleier aus Dunst. Noch ist es kühl. Ob wir wohl die ganze Nacht in der Düne geblieben wären? Caroline ist ein Buch mit sieben Siegeln. Ich hätte nicht gedacht, dass ein aufgestörtes Liebespaar sie so aus der Fassung bringen würde.
Der Kaffee ist schwarz und stark. Sofias Augen ruhen auf mir.
Haben Sie sich ein bisschen umgesehen, fragt sie, hier in der Gegend?
Ich erzähle von dem Spaziergang entlang der Klippe.
Ja, sagt sie, das ist ein schöner Weg. Man kann bis nach Lagos wandern, wenn man will.
Sie schenkt mir nach.
Sie sind ein Frühaufsteher, sagt sie, ganz wie Ihr Onkel. Wir haben jeden Morgen hier gesessen, wenn er da war, um diese Zeit.
Er ist nicht mein Onkel.
Eigentlich will ich das gar nicht sagen. Eigentlich will ich nicht daran denken. Auf einmal ist er mir wieder nah,

Onkel Gregor, der mein Vater ist. Ich kann mich nicht daran gewöhnen, ihn so zu nennen. Es ist, als würde er mit uns am Tisch sitzen. Oder nehme ich nur seine Stelle ein?

Hier saßen sie also, er und meine Mutter, verliebt und miteinander um eine Zukunft ringend, verrückt nacheinander und doch so verschieden. Ich mag es nicht, wie Sofia mich anschaut. Sie sieht ihn in mir, und das ist das Letzte, was ich heute Morgen ertragen kann. Ich bin ich, auch wenn ich ihm noch so sehr gleiche. Er ist nicht mein Onkel. Was geht es diese fremde Frau hier an, was er war?

Sie wussten das.

Ja, sagt sie, als sei das selbstverständlich. Mehr sagt sie nicht. Sie trinkt ihren Kaffee. Ihre Finger sind lang und schmal. An einem glänzt ein einfacher goldener Ring. Ein Ehering. Nehme ich an.

Wie kommt es, frage ich, dass Sie so gut Deutsch sprechen?

Ich habe sechs Jahre in Deutschland gelebt, sagt sie und stellt behutsam die Tasse ab. Hotelfachlehre. Ich habe in den besten Hotels gearbeitet. Und dort meinen Mann kennengelernt. Ana kam in Berchtesgaden zur Welt. Und Duarte in Frankfurt.

Mir wird bewusst, dass ich sie die ganze Zeit für Onkel Gregors Geliebte gehalten habe. Und wer weiß. Vielleicht war sie es ja auch. Trotz Ehemann, den ich noch nicht zu Gesicht bekommen habe. Hättest du ihn nicht davon überzeugen können, dass es besser ist, seinem Sohn die Wahrheit ins Gesicht zu sagen, bevor es zu spät ist?

Mein Mann ist vergangenes Jahr gestorben, sagt Sofia. Einfach so. Herzstillstand.

Sie schaut hinüber zum Kap. Ich kann ihre Augen nicht

sehen. Nein, denke ich. Wie hätte sie das verhindern sollen. Sie hat es ja nicht einmal gewusst. Wüsste ich, dass ich nur noch kurze Zeit zu leben hätte, auch ich würde es niemandem erzählen. Vielleicht hat auch sie einen Brief bekommen. Erst stirbt ihr Mann. Und dann ein guter Freund.

Das tut mir leid, sage ich unbeholfen.

Gregor brachte mich darauf, sagt sie und wendet sich mir mit einem Lächeln zu. Nach Deutschland zu gehen, etwas zu lernen, aus dem einfachen Hotel meines Vaters ein richtig gutes Haus zu machen. Ich verdanke ihm viel. Wie gefällt Ihnen übrigens das neue Zimmer?

Wenn du wüsstest, denke ich, aber wahrscheinlich weiß sie auch das. Irgendwie scheint diese Frau alles zu wissen.

Es ist ein schönes Zimmer, sage ich. Nur …, ich empfinde es als drückend. Zu viele Erinnerungen. Und nicht einmal meine eigenen …

Es scheint sie nicht zu überraschen.

Sie kennen die Geschichte, sage ich, und es ist mehr eine Feststellung als eine Frage.

Sie nickt.

Dann wissen Sie sicherlich auch, dass ich jemanden brauche, der mir hilft, einen Tauchgang zu machen. An einem bestimmten Ort, den ich nicht kenne.

Ja, sagt sie. Ich helfe Ihnen gerne. Heute wäre es gut. Gegen elf. Sonst ist es frühestens in drei Tagen wieder möglich. Wegen der Dünung und Ebbe und Flut.

Ich zögere. Gleich heute Morgen wollte ich Caroline sehen. Auf der anderen Seite, überlege ich, je schneller ich den Tauchgang hinter mich bringe, desto besser.

In Ordnung. Heute also. Warum nicht.

Ich fühle eine weiche Schnauze, die gegen meine Hand stupst.

Was ist mit Karl May?
Sofia beugt sich hinunter zu ihm, streichelt ihm den Rücken. Er kann bei meinem Sohn bleiben, sagt sie, Duarte liebt Hunde. Wenn Sie wollen, machen wir die beiden gleich miteinander bekannt.

Um elf erwartet mich Sofia in der Lounge. Sie sieht aus wie ein junges Mädchen in weißen Leinenhosen und Segeljacke. Erstaunt folge ich ihr in die Garage zu einem Jeep. Ihr langes Haar ist zu einem Zopf im Nacken geflochten, fällt ihr tief den Rücken hinunter.
Ich frage nicht mehr. Diese Frau weiß Bescheid. Sie fährt mit mir eine gute Viertelstunde nach Norden, dann biegt sie in einen Sandweg ein. So geht es ein paar Kilometer über die Ebene und später in steilen Serpentinen bergab Richtung Küste. Ich halte mich am Türgriff fest. Der Sandweg weicht einer off road, doch Sofia steuert den Wagen sicher um Schlaglöcher und Felsen herum und an Abgründen vorbei.
Auf einem Plateau, gerade groß genug, um den Wagen zu wenden, hält sie an.
Hier ist es, sagt sie.
Ich sehe mich um. Kein Mensch zu sehen. Nur Felsen, Klippen, einige hundert Meter über dem Meer. Das müssen Wahnsinnige sein, die hier einen Tauchgang wagen.
Und mit wem …, frage ich vorsichtig, doch Sofia ist schon aus dem Jeep gesprungen. Öffnet das Heck. Zieht zwei große Rucksäcke heraus.
Mit mir, sagt sie und lacht mich an. Dann wird sie ernst.
Wir sind immer zusammen tauchen gegangen, Gregor und ich. Er hat es von mir gelernt, vor vielen Jahren. Und mir hat es mein Vater beigebracht, da konnte ich kaum laufen.
Sie schultert einen der Rucksäcke. Leider müssen wir die

Ausrüstung ein Stück tragen. Das ist lästig. Aber es lohnt sich. Sie werden sehen.
Ich stopfe die Urne in den Rucksack. Wuchte ihn mir auf den Rücken.
Ich muss zusehen, dass ich Sofia folgen kann. Ein steiler Fußpfad führt vom Plateau zwischen den Felsen hinab. Gut, dass ich schwindelfrei bin. Gut, dass ich am Blauen Tötz trainiert habe. Aber was nützt mir der Blaue Tötz unter Wasser? Ich war nicht mehr tauchen, seit ich elf Jahre alt war.
Unter mir bieten sich immer neue Ausblicke auf mächtige Brecher, die gegen die Steilküste schlagen. Diese Frau ist verrückt, wenn sie hier tauchen will.
Vorsichtig steigen wir tiefer hinab. Ich klettere um einen Felsen herum – da liegt vor mir ein kleiner natürlicher Hafen, fast kreisförmig von hohen Klippen geschützt. Davor tosen die Wogen, hier ist das Wasser dunkel und still. Und friedlich. Hier also will er ruhen.
Sofia hat die Sachen aus dem Rucksack ausgebreitet. Sie macht ihren Neoprenanzug von innen nass, dann verzieht sie sich hinter einen Felsen. Ich werde ruhig. Als Sofia zurückkommt, habe ich meinen Anzug ebenfalls an. Sie zeigt mir alles, erklärt mir jedes Detail. Offenbar weiß sie, dass ich schon Jahrzehnte nicht mehr getaucht habe. Nicht, seit …, geht es mir durch den Kopf, und auf einmal wird mir flau. Alle tot. Heinrich. Gregor, der Ältere. Und dann muss ich lachen. Das gefällt mir. Gregor, der Ältere, dann bin ich Gregor, der Jüngere.
Ich probiere die Maske auf, sie passt. Mir wird klar, das ist seine Ausrüstung. Sofia reicht mir den Bleigurt, die Weste, in die die Pressluftflasche integriert ist. Wir kontrollieren die Geräte, ich teste den Lungenautomat.
Hier, nimm das Messer, vielleicht kannst du es gebrauchen.

Wir bleiben immer zusammen, sagt sie. Ich kümmere mich um die Abtauchzeit und den Druck. Die Höhle ist zu eng für uns beide, das machst du allein, aber ich warte draußen, und falls irgendetwas sein sollte, bin ich sofort bei dir. Alles klar?
Alles klar.
Wenn ein Problem auftritt, steigen wir augenblicklich auf. Hörst du, wir riskieren nichts, versprichst du mir das?
Ich verspreche es. Verstaue die Urne in einem Netz an meinem Gürtel. Dann bin ich bereit.

Wir steigen in den Pool. Paddeln ein bisschen darin herum. Gehen noch einmal die Handzeichen durch, mit denen wir uns verständigen. Dann lassen wir uns hinuntersinken.
Ich habe niemals im Meer getaucht. Meine Karriere endete im Baggersee. Hier fühle ich viel mehr Bewegung, selbst in diesem geschützten Abschnitt.
Die Zeit ist günstig, hat Sofia erklärt. Wir befinden uns am Wechsel der Gezeiten. Gegen zwei Uhr setzt die Flut ein, dann schwappt der Kochtopf über. Bis dahin ist genügend Zeit.
Ich lausche auf das schnorchelnde Geräusch meines Atems. Ein. Aus. Ein. Aus. Sofia steigt langsam hinab, ich folge ihr, hier und da weist sie auf einen Felsen, eine Muschelkolonie, Seeanemonen. Das ist ein guter Brutplatz, hat sie gesagt, und tatsächlich sind da ganze Fischschwärme in allen Farben und Formen.
Wir lassen uns Zeit, damit sich unsere Körper an den Unterwasserdruck gewöhnen. In meinen Ohren klickt es, der Druckausgleich ist gelungen. Immer wieder dreht sich Sofia nach mir um, hinter der Taucherbrille sehen ihre Augen aus wie zwei seltene Fische, die aufeinander zuschwimmen. Ich kann mein Herz klopfen hören, und

auf einmal fällt mir ein, dass erst vor ein paar Wochen mein Vater hier war.
Mein Vater. Sie haben mich um ihn betrogen. Was soll's, bin ich nicht längst erwachsen und gehe meiner eigenen Wege? Wen kümmert es, wer mein Vater war? Und trotzdem. Ich fühle mich betrogen. Zu dem, den ich Vater nannte, hatte ich immer ein seltsam unwirkliches Verhältnis. Er ging zur Arbeit und war eigentlich nie da. Und wenn er da war, fiel er nicht ins Gewicht. Meine Mutter war die Präsenz in unserem Haus. Was sie sagte, hatte Bestand. Mein Vater glich aus, wenn ihr Temperament gewisse Grenzen überschritt. Doch das letzte Wort behielt immer sie.
Sofia gibt mir ein Zeichen und steigt weiter ab. Es wird merklich kälter. Die Felsenlandschaft verändert sich. Neue Formationen treten aus dem Dunkel hervor. Zwischen den bislang geschlossenen Felswänden tut sich tief unter uns ein Spalt auf, der sich zur Basis hin verbreitert. Sofia weist in diese Richtung. Soll das heißen, wir müssen dort hindurch?
Mein Herz beginnt schneller zu schlagen. Ein. Aus. Ein. Aus. Ruhig bleiben, es gibt keinen Grund zur Panik. Etwas Dunkles schießt an mir vorbei. Mein Herz klopft rascher. Ich mache Sofia ein Zeichen, einen Moment zu warten.
Die Urne an meiner Seite schlägt gegen meine Hüfte. Ich lege eine Hand auf sie, wie um sie zu beruhigen. Und mich selbst gleich mit. Das ist deine farewell party, Onkel Gregor, und wenn du auch mein Vater bist, für mich bleibst du doch Onkel Gregor.
Ich kann einen kühlen Strom fühlen, der von der Felsspalte zu mir heraufdringt. Die ganze Masse Wasser um mich herum wird mir bewusst. Wie tief sind wir? Zwanzig Meter? Dreißig? Mit einem Mal fühle ich mich schreck-

lich verloren in dieser Tiefe. Sofia starrt mich an und macht fragend das Zeichen für: Aufsteigen?
Ich schüttle den Kopf. Fühle mein Blut in den Schläfen pochen. Kontrolliere meinen Atem. Ein. Aus. Ein. Aus. Alles ist gut. Dann signalisiere ich: Weiter.
Der Spalt öffnet sich zu einem breiten Durchgang. Sofia schwimmt hindurch, winkt mir nachzukommen. Ich weiß nicht, warum es mich so viel Überwindung kostet, ihr zu folgen. Es ist wie ein Übergang in eine unbekannte Welt. Kaum bin ich durch, fasst sie mich am Arm und zeigt nach oben. Milchweiße Flügel schweben in weichen Wellenbewegungen über uns dahin, ein Rochen mit schier unglaublicher Spannweite.
Ich sehe dem Segler nach, bis er aus meinem Blickfeld verschwindet. Doch da sind noch andere Wesen, Krebse mit bizarren Schneckenhäusern, die über die Felsen krabbeln, Wasserlilien in leuchtenden Farben, Tiere und Pflanzen in nie gesehenen Formen. Hier unten ist Leben, und das beruhigt mich. Schließlich bin ich bereit, Sofia weiter zu folgen.
Und dann begreife ich. Wir sind im offenen Atlantik. Über uns tosen Wellen, auch wenn ich hier unten kaum etwas davon ahne. Der Spalt ist ein Durchgang von der geschützten zur ungeschützten Welt der Meere.
Ein. Aus. Ein. Aus. Langsam. Gleichmäßig. Schlage ruhig, mein Herz. Sofia führt mich an den Felsen entlang. Mir wird klar, der Pool ist lediglich der Einstieg. Das eigentliche Abenteuer findet hier draußen statt.
Aber es geht noch tiefer. Wie lange sind wir schon unter Wasser? Zehn Minuten? Zwanzig? Ich habe jedes Gefühl für Zeit verloren. Was, wenn sie mich umbringen will, schießt es mir durch den Kopf. Wie viel Atemluft ist eigentlich in dieser Flasche? Was, wenn sie tatsächlich verrückt sein sollte? Wenn Onkel Gregor ihr den Auftrag

gab? Eine Reise in den Tod, um ihm Gesellschaft zu leisten? Ihm und Heinrich? Keiner wird wissen, wo ich geblieben bin. Niemand. Auch nicht Caroline.
Ruhig, mein Herz, das sind Hirngespinste. Meine Hand tastet nach der Urne, Wegbegleiterin nun schon seit so vielen Wochen. Und wirklich, es beruhigt mich, sie zu spüren.
Auf einmal flammt ein Lichtstrahl auf. Es ist Sofia, sie hat eine Unterwasserlampe dabei. Sie beleuchtet einen Schwarm rotglühender Fische. Dahinter eine Öffnung. Seepferdchen tanzen davor.
Es ist die Höhle. Sie macht das Zeichen für: Wir sind am Ziel. Die Höhle ist zu klein für uns beide, hat sie gesagt. Gib acht, dass du dich nicht stößt, auf der linken Seite sind ein paar scharfe Kanten. Ob es hier Haie gibt?
Sie reicht mir die Lampe. Ein. Aus. Ruhig, mein Herz, du kannst das. Meine Hand zittert. Sofia wartet geduldig. Sie schwebt neben dem Höhlenloch wie ein seltsames Tier. Aus ihrem Atemgerät steigen Perlfontänen auf.
Ein. Aus. Ein. Ich mache mich ganz schmal und gleite hinein.
Ein paar glotzäugige Fische schrecken auf, schießen an mir vorbei und hinaus. Vorsichtig beleuchte ich die Höhlenwände. Rechter Hand öffnet sich ein Raum, wie ein Gemach. Feiner Sand bedeckt den felsigen Grund, eine Nische, wie gemacht, um darin zu schlafen. Hier muss es gewesen sein. In diesem Sand hat er gekniet und die Weste mit der Pressluftflasche ausgezogen. Und hierher kehrt er nun zurück.
Ich lasse den Lichtstrahl über die Wand gleiten. Eine Gesteinsschicht stößt an eine andere und bildet ein paar Spalten. Eines der Löcher scheint mir gerade groß genug. Ich knie mich hin, auf den Sand, klemme die Lampe zwischen die Schenkel. Dann befreie ich die Urne aus dem Netz.

Eine Weile halte ich sie in den Händen. Leb wohl, Onkel Gregor, mein Vater, mein Freund, wer auch immer du warst. Plötzlich und völlig unerwartet steht da sein Bild vor mir, so, wie ich ihn zum letzten Mal sah. Es war bei einem meiner seltenen Besuche im Schwarzwald. Er stand im Garten unter dem Apfelbaum, ganz allein, und, warum auch immer, vielleicht, um meiner Mutter zu entrinnen, ging ich hinaus zu ihm. Er stand einfach so da und betrachtete den Apfelbaum.
Der ist so alt wie du, sagte er.
Ich verstand nicht, wovon er sprach.
Der Baum, erklärte er. Als du geboren wurdest, habe ich ihn gepflanzt. Und dann zeigte er zum Birnbaum auf der anderen Seite des Weges. Und den hier für Heinrich, schau, wie prächtig er trägt.
Jetzt verstehe ich. Ich verstehe, was er sagen wollte. Eine Botschaft war es, und ich habe sie nicht verstanden. Es ist der Vater, der Bäume für seine Kinder pflanzt, nicht der Pate. Ich bin dein Vater, ich bin auch Heinrichs Vater, sieh doch nur, wie prächtig der Birnbaum trägt, das ist es, was du sagen wolltest. Auch wenn Heinrich tot ist und begraben, sein Baum trägt noch immer, blüht im Frühjahr und spendet im Herbst üppige Ernte, so wie dein Apfelbaum. Und schon allein die Tatsache, dass er nicht zwei gleiche Bäume für uns pflanzte, zeigt, wie gut er uns verstanden hat, verwechsle niemals Äpfel mit Birnen, wer hat das damals so oft gesagt? Ich stand also neben meinem Vater, ohne zu wissen, dass er es war, ohne zu verstehen, was er mir sagen wollte, die Worte, ja, die haben mich erreicht, aber nicht der Sinn.
Heinrich. Heinrich, der im Wasser starb. Auf einmal habe ich das Gefühl, dass er hier unten ist, hier, in dieser Höhle. Ich wende mich um. Hinter mir liegt alles in Dunkelheit. Der Strahl der Lampe beleuchtet die Nische vor mir.

Ganz ruhig, ermahne ich mich. Es wird Zeit, Abschied zu nehmen. Und dann versuche ich, die Urne in die Spalte zwischen die Gesteinsschichten zu schieben, löse ein paar Steinbrocken mit dem Messer heraus. Schließlich passt sie genau hinein, klemmt darin fest. Hier soll er ruhen.

Leb wohl, sage ich in die Maske. Es klingt seltsam. Leb wohl.

Ich hebe einen der Steine auf, stecke ihn in das Netz. Dann wende ich mich zum Gehen. Lege die Arme an den Körper und schwimme durch die Öffnung hinaus ins offene Meer. Das war's, denke ich. Geschafft.

Da gleitet mir die Lampe aus der Hand. Langsam und tanzend trudelt sie in die Tiefe. Sofort bin ich hinter ihr her, will sie fassen, doch ich greife ins Leere, die Entfernungen sind durch das Wasser und die Maske verzerrt. Tiefer und tiefer sinkt die Lampe, behäbig, als wolle sie mich necken. Der Druck gegen meine Ohren, meine Lungen nimmt zu, aber ich will sie nicht aufgeben, auf keinen Fall aufgeben, und dann höre ich Heinrich, der mich ruft, Gregor, ruft er, so, wie ich es gehört habe in meinen Träumen, damals, nach seinem Tod, Gregor, rief er, und ich bin aufgewacht, aufgestanden, habe nach ihm gesucht, weil ich fest davon überzeugt war, dass er es war, dass er mich rief, doch sein Bett war leer. Natürlich war es leer. Er hat sich meine Tauchausrüstung genommen und ist heimlich hinuntergestiegen, und da hat er nach mir gerufen, da ruft er noch heute, da unten ist er und braucht meine Hilfe, und ich folge diesem Rufen, folge meinem Bruder hinunter in die Tiefe, die tänzelnde Taschenlampe zeigt mir den Weg. Und dann ist alles leicht, so leicht, ich strecke meine Hand aus – und halte die Lampe. Halte sie fest.

Ein. Aus. Ein. Aus. Undeutlich erinnere ich mich, ich

habe die Regeln verletzt, bin zu schnell abgestiegen. Doch der Gedanke verglüht wie die phosphorfarbenen Fische, die erschrocken vor mir ins Dunkel flüchten. Welch ein Narr war ich, solche Angst zu haben. Ich muss lachen, das hört sich komisch an. Tiefer will ich sinken und diese Welt erkunden, dort unten, wo mein Bruder wohnt und Schatten vorübergleiten. Eine Euphorie hat von mir Besitz ergriffen. Und dann, wie aus weiter Ferne, sehe ich ein Gesicht vor mir. Es ist Caroline. Ihre Gestalt. Und der Gedanke ist wieder da, … zu schnell abgestiegen, Tiefenrausch, das Gefährliche daran ist, dass man glaubt, man kann alles, dass man denkt, alles ist leicht, dass man sich überschätzt und womöglich noch tiefer hinunterwill. Wer hat das gesagt? Mein Tauchlehrer vor so vielen Jahren? Oder Caroline?

Ich will nach oben. Und doch zieht mich alles nach unten. Ich muss hinunter, muss meinen Bruder retten. Nein, sagt Heinrichs Stimme, nicht retten, ich rette dich, komm hinab zu mir, hier ist alles gut, alles still, alles richtig. Hier unten sind wir gleich, und auch du willst nicht mehr der Bessere sein, hier unten löst sich alles auf, hat keine Bedeutung, hier unten gibt es keine Schuld, keinen Vorwurf, alles löst sich auf, auch du.

Auch ich? Keine Schuld, keinen Vorwurf? Aber wer ist das, ich? Ich kann mich kaum erinnern. Einmal, vor langer Zeit, hatte ich einen Bruder, der sah genauso aus wie ich. Er ist gestorben. Ich vermisse ihn. All die Jahre habe ich ihn vermisst und wollte es mir und anderen nicht eingestehen, niemals zugeben. Und doch fehlt er mir, Heinrich, der starb, weil er so sein wollte wie ich.

Wie ich.

Alles verschwimmt, löst sich auf um mich. Es hört sich seltsam an, mein Schluchzen, hier unter Wasser. Und dann begreife ich. Er hat mir verziehen. Hat mir schon lange

verziehen, falls es überhaupt etwas zu verzeihen gab, und dann glaube ich wieder seine Stimme zu hören, leise, ganz leise und sehr von fern, solange du dir nicht selbst verzeihst, sagt er, nützt es nichts. Nützt alles nichts.
Er ist fort. Er ist tot. Dir selbst verzeihst ... Und ich begreife, hier unten habe ich nichts mehr zu suchen. Ich muss nach oben. Caroline. Nein, dort unten finde ich sie nicht. Ich steige auf. Irgendwann ist Sofia neben mir, hält mich am Arm fest, starrt mich erschrocken an. Ich bin okay, will ich sagen, alles okay.
Nach und nach legt sich der Druck auf meinen Ohren. Mein Kopf fängt an zu pochen, er schmerzt. Ein. Aus. Ein. Aus. Wir steigen auf, langsam. Ich bin müde, unsagbar müde. Das Gefühl der Leichtigkeit ist vorbei. Mein Onkel, nein, mein Vater steht vor mir, unter dem Apfelbaum, den er gepflanzt hat. Schau, wie schön er trägt. Ein. Aus. Sei ruhig, mein Herz. Und dann ist da Caroline, die mir entgegenschwimmt, komm, sagt sie, zum Strand, und ihre Arme umfassen mich, aber es ist Sofia, die mich langsam nach oben bringt. Ein, aus, alles ist gut, die Fische mit den Glotzaugen kommen zurück, starren mich an, schwimmen zur Höhle, dort drinnen umtanzen sie später die Urne, er war mein Onkel, seit gestern mein Vater, und während dieser Reise wurde er mein Freund. Ich soll es besser machen, hat er geschrieben. Ich bin nicht sicher, ob ich das kann. Ich sehe Carolines Augen vor mir, die Bewegung, mit der sie den Motor wieder anließ, gestern Abend, enttäuscht, resigniert. Wie zeigt man jemandem, dass man ihn liebt?
Sofia bugsiert mich durch den Spalt. Ich bin so müde. Ich lausche auf das gurgelnde Geräusch meines Atems, als gehöre er zu einem Fremden. Wer atmet da? Warum wird das Gurgeln lauter und lauter? Was schlägt da so hart gegen meine Brust?

Eine Weile rasten wir an einem Felsüberhang. Fasziniert betrachte ich ein paar Tiere, krabbenartige Krabbelwesen, eine kleine Welt für sich. Ich taste nach dem Stein. Er ist noch da. Alles scheint mir so unwirklich, wie ein Traum. Ich will nach oben, doch Sofia hält mich zurück. Endlich kann ich in weiter Ferne dort über mir das Sonnenlicht sehen, geriffelt und tanzend wie durch lebendiges Glas. Und ich sehe die Silhouette einer Gestalt. Caroline. Dort steht Caroline. Aber nein. Das kann nicht sein.

Sofia bedeutet mir zu warten. Sie sieht auf ihre Uhr. Dekompressionszeit, schießt es mir durch den Kopf. Auf keinen Fall sofort auftauchen. Sonst schäumt dein Blut auf, und es kann dich das Leben kosten. Taucherkrankheit nennt man das. Das habe ich damals im Baggersee gelernt. Je länger und je tiefer, desto länger die Wartezeit.

Sie dehnt sich aus zu einer Ewigkeit. Ein. Aus. Ein – aber meine Atemzüge werden kürzer, die Flasche, schießt es mir durch den Kopf, und ich mache Sofia Zeichen, die Luft geht zu Ende, und dann wird alles gläsern, das ist nicht Wasser um mich, es ist Glas, und es dringt ein in mich, ich selbst, ich bin aus Glas, zerbrechlich. Die Erkenntnis. Ich werde es nicht schaffen. Ein hoher, sirrender Ton erfüllt meine Ohren, meinen Schädel. Durch den Schleier meiner Müdigkeit fühle ich Sofias Angst. Sie nimmt mir mein Mundstück ab, atmet tief Luft ein, steckt mir ihres zwischen die Zähne. Ich nehme einen tiefen Zug, einen zweiten. Dann reiche ich es ihr zurück. Meine Hände, mein Körper, mein Kopf, alles wird schwer wie Blei. Ich bin in einer Zwischenwelt gefangen. Unter mir die Dunkelheit mit Onkel Gregors Grab. Über mir, unerreichbar, der Tag.

Neunundzwanzigstes Kapitel

in dem Caroline ihrer Intuition folgt,
etwas endet und etwas Neues beginnt

Sie sind schon ziemlich lange unten, sagt Duarte.
Karl May beschnuppert Gregors Kleider, winselt, schnüffelt auf den Felsen herum.
Komm hoch, was willst du dort!
Keine Ahnung, warum ich mir auf einmal Sorgen machte. Ganz plötzlich war es da, das Gefühl, eine kalte Angst, Gregor könnte etwas zustoßen.
Ich habe Kaffee für uns gekocht, solange sich Angela im Badezimmer zu schaffen machte. Ein bisschen Restauration betrieb, wie sie mit einem verlegenen Lächeln sagte, ehe sie verschwand. Als sie wieder auftauchte, schien sie aufgekratzt und erleichtert. Vielleicht hat sie auch im Badezimmer ein Pillenlager, dachte ich, doch es war mir egal. Es ist ihr Leben, nicht meines.
Wir machten es uns auf ihrem Bett gemütlich, und sie erzählte. Von ihren verpassten Chancen. Von den harten Regeln im Kunstbetrieb. Und von der Einladung nach New York.
Warum machst du nicht mit?, fragte ich.
Da zuckten wieder ihre Lippen. Ihre Hand, die die Kaffeetasse hielt, begann zu zittern.
Es gibt keinen Grund, sagte ich, es nicht zu tun. Du kannst das. Deine Arbeiten sind großartig. Das ist die richtige Gelegenheit, um wieder ins Geschäft einzusteigen und allen Dodants dieser Welt eine lange Nase zu zeigen.
Sie biss sich auf die Lippen.

Hör zu, fuhr ich fort, das ist nicht dein Grab. Die Frau kam bei einem Autounfall ums Leben. Ich habe ihre Mutter getroffen. Und Sebastian ..., warum zerreißt du nicht einfach diese blöde Vereinbarung? Ich bin schließlich erwachsen. Inzwischen kann ich selbst entscheiden, mit wem ich Umgang haben will.
Und da mussten wir lachen, alle beide.
Du warst mit diesem Beer zusammen, stimmt's, fragte sie aus heiterem Himmel, dort, am Strand? Es war Gregor Beer, sein Hund hat mich fast zu Tode erschreckt.
Ja, sagte ich. Es war Gregor.
Und wurde plötzlich unruhig.
Du bist in ihn verliebt, nicht wahr?
Was geht dich das an, dachte ich, auf einmal wieder aufgebracht.
Und er in dich, fuhr Angela fort. Das hab ich gleich gesehen, gestern, draußen vor dem Atelier.
Die Unruhe wurde größer. Gregor. Kann ich dich morgen sehen, hat er gefragt. Was, wenn er mich sucht?
Als ich zu Angela hinübersah, da war sie eingeschlafen. Von einem Moment auf den anderen. Vorsichtig nahm ich ihr die Tasse aus der Hand. Deckte sie zu. Hatte es auf einmal eilig.

So dunkel das Wasser, so still. Wieso bist du da runtergegangen? Auch Karl May fragt sich das, er hat zu winseln begonnen, leise und klagend. Seine klugen Augen hängen an mir, als wüsste ich die Antwort.

Am liebsten wäre ich gleich zu Gregors Hotel gefahren. Doch was, wenn er auf Ingrina auf mich wartete? Das war nicht der Fall, aber Mariza passte mich gleich am Eingang ab. Wollte mir alles haargenau erzählen. Die Ergebnisse bekommt sie erst in ein paar Wochen. Doch die

Prüfung lief gut. Sosehr ich mich freute, sie wiederzusehen, so war ich doch nicht recht bei der Sache. Dauernd sah ich zur Einfahrt hinüber. Verstand nicht, wo Gregor blieb.
Schließlich fuhr ich zum Hotel. Fragte nach ihm. Er war nicht da. Ob man mir sagen könne, wo er sei. Als sie merkte, dass sie mich nicht loswerden würde, rief die Empfangsdame den Juniorchef. Auf einmal sprang Karl May an mir hoch.
Und von Duarte erfuhr ich, Gregor sei tauchen gefahren. Kein Grund zur Besorgnis.
Tauchen?
Als Duarte meine Panik sah, schlug er vor, mich hierherzubringen. Ich glaube, ich habe auch ihn in Sorge versetzt. Meine Mutter ist eine der erfahrensten Taucherinnen hier am Kap, sagte er während der Fahrt. Und doch verstaute er, ehe wir losfuhren, seine eigene Ausrüstung samt Ersatzflasche im Kofferraum.

So dunkel, der Kessel, so tief. Dort unten soll Gregor sein?
Ich glaubte es erst, als Karl May Gregors Sachen zwischen zwei Felsen entdeckte, mit Steinen beschwert. Armani. Ich kenne keinen außer Gregor, der Armani trägt, um zum Tauchen zu fahren.
Duarte schaut dauernd auf die Uhr. Er macht mich nervös. Sie sind schon ziemlich lange da unten. Viel zu lange.
Da entdecke ich die feinen Blasen. Als würde der Kessel zu kochen beginnen.
Das sind sie, ruft Duarte erleichtert.
Doch nichts passiert. Blasen. Mehr nicht. Minuten vergehen.
Was bedeutet das?, frage ich.
Sie müssen warten, sagt Duarte. Neun, sechs und drei

Meter unter der Oberfläche. Je länger sie unten waren und je tiefer, desto länger die Dekompressionszeit.
Die was?
Ich wusste nicht, dass sie so tief runter wollten, sagt Duarte. Er springt auf.
Ich gehe rein, sagt er und packt seine Ausrüstung aus. Sicher ist sicher.
Ungeduldig sehe ich zu, wie er die Apparate anlegt. Endlich ist er so weit.
Wenn ich in einer Viertelstunde nicht auftauche, sagt er, während er die Flossen anlegt, dann fährst du zurück zum Hotel und trommelst Alarm.
Er verschwindet unter dem dunklen Spiegel. Karl May bellt wie verrückt die Wasseroberfläche an. Schließlich kommt er angetrabt, mit hängendem Schwanz, legt sich auf meine Füße, als wolle er sagen: Nicht auch noch du. Du bleibst hier, ich lass dich nicht gehen.
Ich setze mich hin und kraule ihn. Er hat meine Gedanken erraten, am liebsten würde ich selbst dort runtergehen, auch wenn ich niemals tiefer unter Wasser war als zwei, drei Meter. Ich kann nicht begreifen, warum Gregor das tut. Warum er zum Tauchen geht, gleich am Morgen nachdem er mir alles erklärt hat. Nachdem er mich so geküsst hat. Statt zu mir zu kommen.
Karl May springt wieder auf, spitzt die Ohren. Klettert von Fels zu Fels, umrundet den Kessel. Starrt immer wieder dort hinunter, ist schrecklich verwirrt.
So wie ich.
Hat mich mein Gefühl also nicht getrogen. Jetzt bin ich es, die auf die Uhr starrt. Der Zeiger kriecht über das Zifferblatt, behäbig, so wie damals in Santiago. Er kommt. Er kommt nicht. Doch heute ist alles anders.
Das Wasser gerät in Bewegung, ein Kopf taucht auf. Es ist Duarte.

Gib mir die Ersatzflasche, ruft er mir zu, schnell!
Ist etwas passiert, frage ich, als ich sie ihm ins Wasser reiche.
Ich erhalte keine Antwort. Duarte nimmt die Flasche, zieht die Maske vors Gesicht und taucht ab.
Es vergehen weitere Minuten. Viele. Sie nehmen kein Ende. Lieber Gott, lass ihn nicht sterben. Ich versenke meine Hände in die Taschen meiner Jacke. In der einen fühle ich etwas Hartes, Rundes. Es ist Marizas Stein. Es ist ein Glücksstein, höre ich ihre Stimme. Du musst durch das Loch schauen und dir etwas wünschen. Es wird sich ganz sicher erfüllen.
Nachdenklich betrachte ich den porösen Stein mit den beiden runden Löchern. Einen Wunsch. Ja, ich habe einen Wunsch. Ich halte mir den Stein vor die Augen, sehe durch die Löcher hinauf in die Bläue des Himmels. Mit aller Kraft wünsche ich mir, dass Gregor gesund auftaucht. Und zwar bald!
Dann stelle ich mich auf den äußersten Felsen, der den Pool ein klein wenig überragt. Karl May setzt sich neben mich. So starren wir beide auf das dunkle Wasser, aus dem Blasen aufsteigen, solange sie aufsteigen, denke ich, ist nicht alles verloren.
Endlich, endlich gerät der Wasserspiegel in Aufruhr. Der Kopf eines Tauchers, ein zweiter, ein dritter. Sie sehen aus wie seltsame Tiere, als sie mühsam an Land klettern. Duarte ist der erste, er reicht dem zweiten die Hand, hilft ihm aus dem Wasser. Nimmt ihm die Ausrüstung ab.
Gregor. Seine Lippen sind kalt. Ich halte ihn fest im Arm. Ich kann fühlen, wie sein Herz pocht.
Wie kommst denn du hierher, fragt er. Und seine Augen strahlen.

Dreissigstes Kapitel

in dem Gregor auftaucht und eine echte Gregor-Idee hat

Der Himmel. Und Carolines Gesicht.
Woher wusstest du …?
Ich wusste es einfach.
Sie hilft mir aus dem Neoprenanzug. Rubbelt mit einem Handtuch Wärme in mein Fleisch. Mit zitternden Fingern ziehe ich meine Kleider an. Karl May springt an mir hoch, wirft mich fast um. Es gibt also welche, die mich vermisst haben. Ein seltsamer Gedanke, der mich mehr wärmt als die Sonnenstrahlen.
Sofia kommt herüber und reicht Caroline die Hand.
Danke, sagt sie. Das hätte böse enden können. Und dann nimmt sie Caroline in ihre Arme und drückt sie fest an sich.
Wenn ich gewusst hätte, sagt sie dann streng zu mir, dass du noch einen Tiefseeausflug vorhast, hätte ich eine größere Flasche für dich vorbereitet. Ist dir klar, dass es dich das Leben hätte kosten können!
Ach, sage ich und grinse sie an, ich hab mich doch nur ein bisschen umgesehen.
Ist es schön dort unten?
Schön?
Caroline betrachtet mich forschend. Sie versteht nicht, was ich da unten wollte. Natürlich nicht, wie sollte sie auch.
Ganz nett, sage ich und beiße mir auf die Zunge. Nein. Sie hat etwas Besseres verdient als das. Zum Beispiel die Wahrheit. Ich hole tief Luft.

Ich habe meinen Vater da runtergebracht, sage ich. In der Urne. Er hat sich das gewünscht.
Die Überraschung steht in ihr Gesicht geschrieben. Schon bereue ich, es gesagt zu haben. Jetzt beginnt das Fragenkarussell, das ich so hasse.
Aber sie stellt keine Fragen. Nein, sie tut etwas höchst Erstaunliches. Nimmt mein Gesicht zwischen ihre Hände, küsst mich. Lange und zärtlich. Davon wird mir vollends warm. Ich werde ihr alles erzählen. Möglicherweise begreife ich dann selbst erst, was geschehen ist. Doch im Augenblick ist das nicht wichtig. Im Augenblick zählt nur ihr Lächeln, ihre Lippen, der Druck ihrer Hände.

Im Hotel sage ich zu Sofia, nimm es mir nicht übel, aber wir brauchen ein anderes Zimmer. Sie lacht. Und reicht mir einen Schlüssel. Ich lasse Carolines Hand nicht los, den ganzen Weg hinauf. Erst dort, im Zimmer, neben dem Bett. Da lasse ich sie los. Aber nur, um ihre Bluse aufzuknöpfen.
Ich habe die ganze Nacht kein Auge zugemacht, sage ich.
Ich auch nicht, antwortet sie.
Ich habe immer nur an dich gedacht.
Und ich an dich.
Dann reden wir nicht mehr. Die Laken sind kühl und glatt. Ihre Haut ist weich wie Samt. Ihre Küsse schmecken nach Salz. Es ist das Salz von meinen eigenen Lippen. Ihre Hände spinnen mich ein in einen Kokon aus Zärtlichkeit.
Ich wäre fast da unten geblieben, flüstere ich.
Ich weiß, raunt sie mir ins Ohr. Aber ich habe dich gerufen. Und du bist gekommen.
Caroline. Und wenn diese Reise nur den einen Sinn hatte, nämlich dich zu finden. Zu verlieren und wiederzufinden. Und jetzt lass ich dich nicht mehr los.

Meine Hände umfassen ihre Taille, erfinden ihre Brust ganz neu, erkunden ihren Bauch, die Hüften, ihren Schoß. Ich kann fühlen, wie sie sich fallen lässt, Stück um Stück. Wie sie in meine Arme gleitet, ohne ein Zögern. Ich kann spüren, wie sie alles loslässt, alle Anspannung und Angst, alle Vorbehalte und Vorwürfe, alle Einwände und jede Enttäuschung, alles, alles löst sich unter meinen Händen auf. Und in mir wird alles weit und groß und fließt zu ihr, in sie hinein, von ihr wieder zu mir zurück, unsere Körper werden zu Federn, zu Flügeln, ineinander verschlungen heben sie ab und schweben auf und davon.

Später sehe ich Caroline beim Schlafen zu. Wie hingegossen liegt sie unter dem Laken, bis in die letzte Spitze ihrer ansonsten so widerspenstigen Haare entspannt. Ich betrachte die Linie ihrer Augenbrauen, den Schwung der Wimpern, die Blässe ihrer Wangen. Ihr Atem geht gleichmäßig. Mit der Fingerspitze streiche ich sanft die Rundung ihrer Nasenspitze nach. Sie rührt sich nicht. Ich glaube, auch ein Erdbeben könnte sie jetzt nicht wecken. Ich dagegen bin hellwach. Nein, hier an diesen Orten voller Vorgeschichten kann ich nicht zur Ruhe kommen. Und warum auch zur Ruhe kommen, wo doch da draußen das Leben auf uns wartet? Wir müssen fort von hier, Caroline, flüstere ich, je eher, desto besser.

Und dann habe ich eine Idee. Im ersten Moment kann ich es gar nicht glauben. Endlich wieder eine echte Gregor-Beer-Idee, ich bin selbst hingerissen von ihrer Brillanz.

Schlaf dich ruhig aus, meine Liebste, sage ich leise in Carolines Ohr. Schlafe ruhig. Und lange!

Einunddreissigstes Kapitel

in dem Caroline und Gregor,
jeder auf seine Art,
das Wort »gemeinsam« entdecken

Ich erwache mit einem Lachen. Doch als ich die Augen aufschlage, da erstirbt es in mir. Denn er ist fort. Das Bett neben mir ist leer. Auch Karl May ist nicht mehr da. Wie damals in Frankreich, auf der Insel, als ich aufwachte, an jenem schrecklichen Morgen, meinen Arm ausstreckte und ins Leere griff.

Die Panik fährt mir durch alle Glieder, die Eingeweide, schnürt mir die Kehle zu. Oh mein Gott, das darf doch nicht wahr sein. Aber es ist wahr, ich weiß es tief innen. Gregor Beer ist und bleibt Gregor Beer. So einer ändert sich nie. Hast du geglaubt, er ändert sich? Hast du das wirklich geglaubt?

Ich schlinge mir das Leintuch wie eine Tunika um und sehe vorsichtig im Badezimmer nach. Auch hier ist er nicht. Aus dem Spiegel starrt mich eine verstrubbelte, verwirrte Caroline an. Wird sich denn alles immer aufs Neue wiederholen? Bin ich die, die man verlässt, ein Leben lang?

Da höre ich seine Stimme.

Caroline?

Mein Herzschlag setzt eine winzige Ewigkeit lang aus.

Caroline, bist du da?

Er steht mitten im Zimmer und strahlt über das ganze Gesicht. Als er mich sieht, wechselt sein Ausdruck in Bestürzung.

Was ist los? Ist etwas passiert?

Ich bringe kein Wort heraus. Und zusammenreißen kann ich mich auch nicht. Er hält mich in seinen Armen, bis mein Schluchzen verebbt.
Himmel, sagt er ratlos, was ist denn geschehen?
Was passiert ist? Ich wache auf, und du bist nicht da.
Da wird er still. Wiegt mich, streicht mir übers Haar.
Wo bist du gewesen, will ich fragen, doch ich lass es sein. Ganz langsam werde ich ruhiger.
So war es immer, sage ich schließlich und putze mir die Nase. Immer sind die Leute einfach verschwunden. Mein Vater. Oft hat er mir gar nicht gesagt, wann er fährt. Ich wache morgens auf, und er ist fort. Meine Großmutter hat mich dann geholt. Manchmal bin ich nachts wach geworden und in sein Zimmer gelaufen, nur um nachzusehen, ob er noch da ist.
Seltsam, denke ich, das habe ich noch niemandem erzählt. Ich habe es mir selbst nie so klargemacht. Aber es stimmt. Alle sind gegangen und haben mich zurückgelassen. Auch Anna. Und schon viel früher Angela, kaum war ich auf der Welt.
Lange sitzen wir so. Ich beginne zu erzählen, stockend, ein paar Fetzen hier und ein paar andere dort. Wie soll er das begreifen, denke ich. Das hat doch keinen Zusammenhang. Aber er hört mir zu und streicht mir das Haar aus dem Gesicht.
Und irgendwann sagt er, Caroline, ich möchte, dass du eines weißt. Ich werde bleiben. Vielleicht länger, als es dir lieb ist. Wenn Gregor Beer einmal etwas beschlossen hat, dann bleibt er dabei. Ich bleibe bei dir. Auch wenn ich mal aus dem Zimmer gehe. Auch wenn ich mal woanders bin. Ich verlasse dich nicht. Du und ich, wir gehören zusammen.
Zusammen, echot es in mir. Zusammen.

Später stehen wir zusammen auf dem Balkon. Er hält mich von hinten umfasst.
Möchtest du auch gern wissen, fragt er, was dahinter liegt?
Hinter dem Meer? Da liegt Afrika.
Woher weißt du das, will er wissen.
Ich muss lachen. Sein Atem kitzelt mich an meinem Ohr.
Das habe ich in der Schule gelernt.
Und dort?
Sein Arm weist weiter nach rechts.
Da kommt lange, lange nichts, und dann Südamerika.
Und dann habe ich eine Idee.
Am liebsten möchte ich hinfahren!
Du meinst, um nachzusehen, ob es stimmt? Dass dort Afrika liegt?
Ja. Afrika. Oder Brasilien. Da wachsen die tollsten Baumfarne, die du je gesehen hast.
In Ordnung, sagt er leichthin. Lass uns übers Meer fliegen. Den Himmel erobern. Wir beide, du und ich. Und was würdest du gerne als Erstes tun? Afrika? Oder Amerika?
Ich denke nach. Mein Herz klopft. Reisen. Einfach so, ohne Ziel, ohne Aufgabe. Zusammen mit Gregor. Wohin zuerst?
Zuerst nach Afrika, sage ich. Nach Marokko, gleich morgen früh. Und dann nach Brasilien. Und dann sehen wir weiter.
Gregor lacht. Ich kann fühlen, wie sein Brustkorb vibriert. Klar, denke ich, es ist ja doch alles nur ein Scherz. Und ein Bedauern breitet sich in mir aus.
Warum bis morgen warten, sagt Gregor, wie wäre es mit heute Nachmittag? Schaffst du das mit dem Packen?
Er hat mich losgelassen. Ich drehe mich zu ihm um. Er

macht sich über mich lustig. Da fasst er in seine Jackentasche und zieht einen dicken Umschlag heraus.
Hier, sagt er. Um sechzehn Uhr.
Was ist das, frage ich.
Unsere Tickets.
Unsere was!
Ich öffne den Umschlag. Flugtickets. Das Datum von heute. Dann verschwimmt mir alles vor Augen.
Ich dachte, wir machen eine kleine Reise. Einmal rund um die Welt.
Ich starre ihn an und verstehe kein Wort. Um die Welt? Das hast du …
Darum war ich weg. Verzeihst du mir?
Aber …
Was aber?
Über all die Verwirrung und Freude legt sich ein altbekanntes Gefühl, mein Gefährte, so lange. Der Trotz.
Aber …, Gregor, so geht das nicht.
Wieso? Was geht nicht?
So etwas müssen wir gemeinsam entscheiden. Verstehst du? Gemeinsam. Du und ich. Nicht du allein für uns beide. Wir beide gemeinsam.
Aber dann wäre es doch keine Überraschung geworden.
Gregor sieht ratlos aus, und ich muss lachen.
Das kannst du doch nicht über meinen Kopf hinweg …, ich meine, woher willst du wissen …, die Route, und alles …
Liebste Caroline, sieh doch mal nach, sagt er geduldig, hier, die Route: Lagos – Agadir. Das liegt in Marokko. Hast du nicht gesagt, zuerst nach Marokko? Und danach, wenn wir genug von Marokko haben, hier, sieh her, nach São Paulo. Das liegt in Brasilien. Genauso hast du es dir doch gewünscht. Wo liegt das Problem?
Ich schlucke. Er hat recht.

Sag doch mal, freust du dich denn gar nicht? Schließlich ist das mein Verlobungsgeschenk.
Dein … was?
Willst du meine Frau werden?
Ich klappe meinen Mund auf und wieder zu. Dieser Mann ist verrückt.
Ich finde, sagt er, gerade wir mit unseren Familien voller Unverbindlichkeiten, wir sollten Zeichen setzen und mit dieser Tradition ein für alle Mal brechen. Wir könnten auf Hawaii heiraten, das soll sehr romantisch sein. Oder in Las Vegas. Wo du am liebsten möchtest.
Aber … aber, stammle ich, wir kennen uns doch noch überhaupt nicht.
Eben. Eine Reise ist die beste Gelegenheit, um sich kennenzulernen. Und eine Ehe auch.
Das muss ich mir erst noch überlegen, sage ich und küsse ihn lange. Sehr lange.
Und, fragt er, reicht das, oder musst du noch länger überlegen? Und dann küsst er mich, lange, sehr lange, und mein Trotz und mein Verstand und alles, was mich hier am Boden hält, schmelzen darin.
Noch ziemlich lange, sage ich, und während wir uns weiterküssen, denke ich an all das, was hinter mir liegt, doch dann ist es auch schon vorbei, vergessen, etwas Neues beginnt, in diesem Moment.
Gemeinsam, murmelt er, ja, sage ich, das ist wie Küssen, das kann man auch nicht allein tun, oh, sagt er in meinen Mund hinein, wenn es so ist wie Küssen, dann wird das jetzt mein Lieblingswort, gemeinsam, und ich muss lachen, denn es kitzelt in meinem Mund, das hineingeküsste Wort.
Gut, sage ich, während Gregor seine Sachen packt, dass wir nicht mit dem Auto auf Weltreise gehen. Dann kann es einem schon mal nicht geklaut werden.

Nein, sagt er, schließlich wollen wir den Himmel erobern, du und ich, das geht mit einem Auto schlecht. Nicht einmal gemeinsam.

Am Flughafen rufe ich Sebastian an.
Nach dreimal läuten meldet er sich.
Hallo, rufe ich in den Hörer, ich bin's, Caroline.
Einen Moment lang ist es still auf der anderen Seite.
Caroline!
Ich höre seine Erleichterung.
Wo steckst du? Seit Wochen hab ich nichts von dir gehört!
Ich bin in Portugal. Und rate mal, wen ich hier getroffen habe.
Wieder ist es still.
Ich habe nicht den leisesten Schimmer, gibt er zur Antwort, aber am Klang seiner Stimme kann ich hören, dass er sehr wohl eine gewisse Vermutung hat.
Angela. Wir haben uns lange unterhalten.
Über Tausende von Kilometern hinweg kann ich hören, wie er den Atem anhält.
Dann hältst du mich jetzt für einen Schuft.
Ja, will ich sagen. Nein.
Ich beobachte Gregor, der Karl May in eine Flugzeugkiste verfrachtet.
Bist du das, frage ich meinen Vater, bist du ein Schuft?
Der schweigt.
Hör zu, sage ich schließlich, ich finde, du solltest dich mit Angela versöhnen. Sie hat Fehler gemacht. Und du auch. Aber es gibt mich. Und wenn das für euch auch bislang kein Grund war, ich finde, ihr solltet Frieden schließen. Vergiss, was war. Ich bin erwachsen. Es gibt keinen Grund mehr, hörst du?
Ja, sagt er leise. Wann kommst du nach Hause?

Noch nicht, sage ich und muss an die vielen Male denken, als ich ihm am Telefon diese Frage gestellt habe und genau diese Antwort erhielt. Meine Reise ist noch nicht zu Ende. Leb wohl, Vater, ich melde mich wieder. Und dann unterbreche ich die Verbindung.

Karl May legt seinen Kopf auf die Pfoten und sieht uns schläfrig an. Die Beruhigungspille wirkt. Die Augen fallen ihm zu. Langsam verschwindet seine Reisekiste über dem Laufband. Mach's gut, alter Junge! Auf Wiedersehen in Afrika.

Wieder hält mich Gregor von hinten umarmt. Ich kann fühlen, wie sein Herz gegen meinen Rücken pocht. Und kann beim besten Willen nicht sagen, wo sein Herzschlag endet und meiner beginnt.

Dank

Die Entstehung von »Das Liebesleben der Farne« wurde durch ein Stipendium des Förderkreises deutscher Schriftsteller in Baden-Württemberg unterstützt. Außerdem schrieb ich an dem Manuskript während meines Aufenthalts in der Fondazione Studi Ligure in Bogliasco bei Genua und in der Artist's Enclave ipark in Connecticut. Für die wunderbare und kreative Atmosphäre an beiden Orten bedanke ich mich sehr herzlich bei den Stiftern und Organisatoren.

AGNÈS DESARTHE

Mein hungriges Herz

Roman

Einst wurde Myriam von ihrer Familie verstoßen. Seitdem sucht sie nach Erlösung und nach ihrem Weg. Zu lange musste sie sich verstellen, um den Ansprüchen anderer gerecht zu werden. Zu lange war sie nur Zuschauerin ihres eigenen Lebens. Nach Jahren zielloser Wanderschaft eröffnet sie in Paris ein Lokal, das *Chez moi* heißt. Ihr Restaurant ist klein und von der Eigenwilligkeit und Phantasie der Besitzerin geprägt: Viel wichtiger als Vorschriften zu beachten ist es für Myriam, dass jeder sich bei ihr wohl und ungezwungen fühlt. Schon bald wird das Chez moi zum Lieblingstreffpunkt des Viertels, und sie findet in ihren Nachbarn und Gästen eine neue Familie.
Doch kann man die Vergangenheit einfach so hinter sich lassen?

»›Mein hungriges Herz‹ ist ein wahres Festmahl aus Wörtern, Düften, Poesie, Feinfühligkeit, Witz und Humor, aber auch aus tiefsinnigen Überlegungen und heiterer Melancholie.«
Le Monde des Livres

Droemer